Deb Spera

Deb Spera est une journaliste américaine, également auteure d'une pièce de théâtre et propriétaire de sa propre société de télévision, One-Two Punch Productions. Elle a notamment produit les séries *Criminal Minds* (*Esprits criminels*), *Army Wives* (*American Wives*) et *Reaper* (*Le Diable et moi*). *Le Chant de nos filles* est son premier roman, publié aux éditions Charleston en 2020.

LE CHANT DE NOS FILLES

DEB SPERA

LE CHANT DE NOS FILLES

Traduit de l'anglais (États-Unis)
par Virginie Buhl et Typhaine Ducellier

CHARLESTON

Titre original :
CALL YOUR DAUGHTER HOME

MIXTE
Papier issu de sources responsables
FSC® C003309
FSC www.fsc.org

Pocket, une marque d'Univers Poche, est un éditeur qui s'engage pour la préservation de l'environnement et qui utilise du papier fabriqué à partir de bois provenant de forêts gérées de manière responsable.

ISBN : 978-2-266-31364-3
Dépôt légal : janvier 2021

Pour Mamaw, ma grand-mère.

I

1

Mrs Gertrude Pardee

Tuer un homme, c'est plus facile que tuer un alligator, mais c'est le même genre de traque. Faut guetter le moment de faiblesse, et lui tirer derrière la tête. L'alligator que j'ai dans le viseur, il m'a à l'œil, lui aussi. Il a flairé l'odeur du sang – la fin de mes règles –, il est à moitié sorti de l'eau et il reste campé sur le bout de terre qui nous sert à traverser le marais pour rejoindre la grand-route. Je suis adossée à un vieux cyprès. On fait la paire, lui et moi. Tout mon corps me fait souffrir. Ces heures à attendre, ça m'a tout engourdie, mais ça fait rien. C'est pas grave, tout ça. La seule chose qui compte, c'est cette bande de terre qui fait comme une corde entre nous. C'te vieille bestiole tourne le dos au nid que ma p'tite Alma a repéré un peu plus tôt dans la journée. Elle fait bien trois mètres de long, la mère alligator, de quoi nous nourrir jusqu'à la fin de l'automne. J'ai deux cartouches dans mon fusil, mais une seule chance de la tuer.

* * *

En arrivant à Reevesville, je pensais remettre Alvin dans le droit chemin, mais j'ai l'impression qu'il va me rendre folle. Depuis que notre récolte a été dévastée par les charançons du coton, il passe son temps à boire et ça fait près d'un an que ça dure. On a laissé tout ce qu'on avait à Branchville, plus deux de nos quatre filles, et on est venus ici pour qu'il s'embauche dans la scierie de son père. Moi, j'espérais qu'avec un boulot régulier et de quoi manger dans nos assiettes, il irait mieux, mais il y a pas de mieux. Peut-être que ça s'arrangera jamais. Hier après-midi, il a fermé la scierie à une heure, mais il est rentré chez nous que tard dans la soirée. Ensuite, il est tombé sur la lettre de mon frère Berns qui me parlait d'un travail à Branchville. Al déteste Berns parce qu'il veille au grain alors que lui en est incapable. Il m'a flanqué une raclée et interdit de bouger d'ici. Il m'en veut encore pour la dernière fois où j'ai demandé de l'aide à mon frère. Maintenant, j'ai l'œil tellement enflé que je peux plus l'ouvrir, j'y vois rien de ce côté-là. Et la seule lettre que j'ai reçue en un mois, avec des nouvelles de mes deux aînées, est partie en fumée.

Alvin a passé la matinée au lit jusqu'à ce que son père vienne lui brailler dessus comme pas possible. Alors, il est parti au travail, tout endormi et mal en point qu'il était, et il nous reste rien que nos ventres qui crient famine. Je me suis presque tuée à la tâche dans cette maison, tout ça pour ça ! Je suis femme au foyer, mais c'est pas un foyer qu'on a.

Le père d'Alvin pense que tout est ma faute. Il le dit pas, mais je le sais. Quand Alvin est en train de boire, c'est-à-dire tout le temps, le vieux fait comme si j'existais pas. Mon corps est le champ de bataille où mon mari se soulage de son mal. Son père, je l'ai entendu lui répéter cent fois qu'il lui faudrait un p'tit gars pour l'aider. Mais quand je regarde Alvin, ça n'a pas de sens, cette histoire-là. Maintenant, Alvin crie haut et fort que si on avait eu un fils, on aurait pu sauver le peu qu'on avait à Branchville. Il raconte partout que c'est à cause de moi s'il reste à traîner dehors.

On a quatre filles et deux en âge de se marier, ou pas loin. Ça pourrait être une bonne chose, mais je me demande bien qui en voudra sans dot. Je me fais un sang d'encre en pensant aux ennuis qui vont pointer le bout de leur nez. Ma première, Edna, elle a quinze ans et ne songe qu'à causer au premier qui s'avisera de la regarder dans les yeux. Elle va finir par mal tourner. Ma deuxième, Lily, a treize ans et s'imagine qu'elle a du cran, ce qui est faux bien sûr. Elle vous suivra jusqu'à la maison en vous balançant des coups, mais le soir venu, elle vous suppliera de la laisser rentrer par-derrière vu qu'elle a peur du noir. Moi, j'avais tout juste son âge quand ma mère a perdu la tête et s'est mise à délirer toute la sainte journée. Une fois de temps en temps, ses crises la laissaient tranquille et elle se rappelait qu'elle était ma mère.

« Gertie, elle m'a dit un jour, quand tu seras mariée et que t'auras des enfants, je te souhaite tout le meilleur, mais j'espère que t'as bien compris ce qu'est une bonne épouse : une femme fait soit le bonheur, soit la ruine de son mari. Faut s'y mettre à deux pour réussir un mariage, mais la femme, c'est le pilier d'un foyer heureux. »

La première fois que j'ai vu Alvin, c'est quand il est venu à cheval me demander ma main. Mon père avait tout arrangé avec lui. Alvin est un gros costaud qui a toujours été brusque, mais à l'époque, il allait à l'église et Papa disait qu'il était dur à la peine. Le jour où je suis partie de la maison, à peine deux semaines avant mon quatorzième anniversaire, ma mère était assise à la table de la cuisine, elle se tordait les mains en marmonnant une histoire d'ouragan. Y avait rien d'autre que des nuages de pluie dans le ciel ce jour-là, mais elle voulait pas en démordre. Une fille a besoin de sa mère au moment où elle quitte le nid, mais pour ma mère, c'était comme si j'existais plus. J'ai pris une sacoche et j'y ai mis ce que je pouvais : une chemise de nuit et une robe de rechange, deux tabliers et des sous-vêtements. Une fois le sac rempli, j'ai pris une courtepointe qu'on avait cousue ensemble, ma mère et moi. C'était surtout la mienne vu qu'il y a du coton dans les carrés de tissu – celles que faisait ma mère, elles avaient quasiment pas de rembourrage dedans –, et au milieu, j'ai mis un poêlon en fonte, des casseroles et du linge de maison que j'avais gardés pour le jour de mon mariage. J'ai noué les coins de la couverture autour de mon cou et mis le sac sur mon épaule. J'ai décroché ma vieille poupée de chiffon qui était suspendue à un crochet dans la chambre où je dormais avec Berns, et je l'ai posée dans les bras de Maman. « Prends soin du bébé », je lui ai dit. Il y avait pas d'autre moyen qu'elle arrête de parler de la tempête. Elle s'est mise à l'embrasser et à la bercer. Moi, j'aurais tellement voulu être à la place de cette poupée.

Ce matin, les cigales braillent comme pour me prévenir, mais j'ai pas besoin d'elles pour me dire qu'il fait une chaleur d'enfer. En août, il y a pas de répit. Il est même pas encore sept heures et je sens déjà la sueur mouiller ma robe. Cette vieille guenille est toute distendue, il y a que quand je transpire qu'elle me colle à la peau. J'ai mis mes derniers chiffons propres dans ma culotte vu que j'ai mes règles. Mes deux filles cadettes ont six et dix ans. Il faut qu'elles retournent à Branchville sinon elles vont mourir. Mary, la plus p'tite, est malade. Deux jours qu'elle a rien mangé, j'ai peur de ce que la journée va nous apporter. Je leur donne un peu de tabac à priser pour tromper la faim et je les lave comme je peux avec l'eau de la pompe, dehors. Mais elles ont que la peau sur les os. On est tous affaiblis par la faim et je ne vois pas comment les choses pourraient s'arranger avant que je perde une des p'tites, ou les deux.

J'ai bien l'intention d'aller trouver mon frère rapport à sa lettre, et peut-être qu'avec sa femme, ils pourront garder Mary et Alma le temps que je trouve une solution. Mary peut faire un peu de couture, et le ménage. Elle a un appétit d'oiseau. Alma sait se servir d'un fusil et étriper un porc. Et elle connaît ses tables. C'est moi qui lui ai appris, même si l'arithmétique, ça sert pas à grand-chose par les temps qui courent. Il y a rien à compter. Zéro c'est zéro, un point c'est tout. N'empêche, c'est rudement utile de savoir compter pour une gamine de dix ans.

Je vais chercher le fusil de chasse qu'on va emmener à Branchville, mais je laisse le vomi et les dégâts qu'Alvin a faits pendant la nuit. Un tas d'insectes passent au travers de la porte moustiquaire trouée et se posent sur toutes ces saletés. Dehors, c'est pas mieux. Le marais de Polk est sans pitié. J'ai trouvé des sangsues grosses comme des bébés couleuvres sur mes filles et elles ont les pieds couverts de plaies à cause de l'humidité. Ce marais, c'est une infection. Il grouille de bestioles que tout le monde préférerait oublier.

Le fusil, il était à ma mère – un Fox Sterlingworth à double canon juxtaposé. C'est son père qui lui avait donné. Quand mon père est mort, Berns me l'a apporté lui-même vu qu'Al m'avait enfermée à la maison pour pas que j'aille à l'enterrement. Mon frère s'est arrangé pour que le corbillard longe le chemin de terre devant chez nous, pour que je puisse rendre un dernier hommage à mon père derrière la porte moustiquaire. Après l'enterrement, Berns est revenu et quand Al a vu le fusil, il l'a laissé entrer. Berns l'a posé sur la table et m'a expliqué que ça appartenait à la famille du côté de ma mère, alors c'était normal que ça revienne à la fille. Alvin a fait main basse dessus et a voulu le vendre, mais je lui ai dit que ça pouvait servir à chasser. Et il nous a nourris, ce fusil-là. J'ai bien l'intention de l'emmener à Branchville aujourd'hui. Les temps sont durs et désespérés ; sur la route, le premier venu est prêt à tuer pour cinq *cents*. Vrai de vrai.

On est parties avant la demie et on coupe par le marais, où les arbres nous protègent de la chaleur. La route de Branchville, je la connais bien. Ça nous prendra plus de temps que de longer la voie ferrée, mais au plus chaud de la journée, on aura besoin d'être abritées du soleil. Les pucerons noirs se jettent sur nous comme sur un festin. Ce que ça serait bien de pouvoir manger comme ça ! Alma surveille le bord de la route, à l'affût d'un serpent ou d'une autre proie. Devant nous sur le chemin, elle m'appelle :

— Regarde, Maman !

Je suis son doigt du regard et j'aperçois le plus gros nid d'alligator que j'ai jamais vu. Ni une ni deux, je cherche la mère des yeux, mais non, pas de maman alligator en vue. Elle doit être énorme, d'après la taille du nid.

— Bon Dieu, Alma, il est sacrément gros, hein !

Elle sourit, toute fière de l'avoir repéré. Mary la tire par la manche et demande :

— C'est quoi ? Fais voir !

Alma l'attire vers elle et lui montre. Quand la p'tite le découvre, elle aussi, elle se retourne vers moi, effrayée, mais je m'arrête pas de marcher pour autant.

— Les alligators, ça chasse que la nuit, il y a pas de danger, je lui dis.

Ensemble, on passe à côté du monticule et on avance au milieu des plantes rampantes.

Alma gambade devant pour montrer qu'elle connaît le chemin. C'est une rapide. Je l'ai vue attraper un écureuil et lui briser la nuque avant qu'il ait eu le temps de se retourner pour la mordre. Elle a toujours été vive, mais à force de privations, elle devient moins agile. Elle a réussi à échapper aux mains de son salaud de père plus d'une fois. J'ai peur qu'un jour, il prenne le fusil et qu'il en finisse avec elle. S'il nous tue, je devrai en rendre compte à Dieu. Ces deux petites iront en enfer payer pour les péchés de leur mère, vu que je les ai pas encore fait baptiser.

* * *

C'est mon père qui m'a appris à chasser. L'essentiel, c'est de savoir attendre. Alors je reste accroupie, en embuscade. L'alligator m'a pas quittée des yeux non plus. Mon père avait l'habitude de chasser ces bestioles-là et il m'a montré comment elles font leur nid. Les femelles pondent leurs œufs sur la rive puis elles les couvrent de brindilles, de feuilles et d'un tas d'autres trucs. Après la ponte, elles restent dans les parages pour chasser et se nourrir en attendant que leurs petits les appellent. Un jour, mon père m'a expliqué que quand les bébés alligators sont prêts, ils braillent jusqu'à ce que leur mère vienne briser leur coquille pour les libérer. Après, elle les porte dans l'eau l'un après l'autre et elle les élève pendant presque six mois. C'est le seul reptile qui fait ça. Et après, si les petits ne décampent pas vers un autre territoire, elle les tue pour pas qu'ils se disputent la nourriture. J'ai déjà vu des nids énormes mais celui-ci, on dirait bien qu'il contient soixante-quinze œufs, peut-être une centaine. Je suis pas friande de la viande d'alligator. On en a plein la bouche avant d'avoir eu le temps de mâcher pour l'avaler. On en a mangé plus souvent qu'à notre tour, même si c'est pas une proie facile.

* * *

En arrivant à Branchville, je vois des visages qui ont l'air bien plus vieux que leur âge. Il y a des gens qui partent à la gare avec des valises en carton. Ils s'imaginent sans doute trouver une vie meilleure là-haut, dans le Nord… peut-être qu'elle le sera. Si j'avais de l'argent et pas de bouches à nourrir, je tenterais ma chance. Il faut toujours essayer. Comme je préfère croiser aucune de mes connaissances, on coupe par les bois au lieu de passer par la ville. Autant que personne ne voie mon visage dans cet état. Branchville aime les ragots et mes deux aînées vivent ici, chez mon frère ;

elles ont pas besoin de se faire traîner dans la boue par les mauvaises langues qui croient que le Bon Dieu leur a donné le droit de juger autrui.

Mary est affaiblie par la fièvre, mais on continue notre route. Je la porte, Alma tient le fusil et je leur chante la chanson que ma mère me fredonnait : « *Go tell Aunt Rhodie, go tell Aunt Rhodie, go tell Aunt Rhodie the old gray goose is dead*[1]. »

Mary est un poids plume. Presque aussi légère qu'une fillette de quatre ans. Elle s'assoupit, la tête sur mon épaule, pendant que je chante : « *The one she's been saving, the one she's been saving, the one she's been saving to make a feather bed*[2]. »

Alma agrippe ma robe le temps qu'on traverse les herbes hautes.

« *The goslings are mourning, the goslings are mourning, the goslings are mourning because their mother's dead*[3]. »

Mon œil me fait mal. La douleur palpite en rythme avec mon cœur, elle s'étend dans ma tête et gagne mes épaules comme un feu de forêt. J'ai peur qu'Alvin m'ait cassé quelque chose et j'y vois plus de cet œil-là. Après toutes ces années, je connais assez bien Al pour savoir quand il va cogner, mais cette fois-ci il était de dos, alors j'ai pas vu son poing quand il s'est retourné pour m'envoyer valdinguer en arrière. Il est resté là,

---

1. Chanson traditionnelle américaine : « Va dire à Tante Rhody / Va dire à Tante Rhody / Va dire à Tante Rhody / Que la vieille oie grise est morte. » *(Toutes les notes sont des traductrices.)*

2. « Celle qu'elle gardait / Celle qu'elle gardait / Celle qu'elle gardait / Pour faire un lit de plumes. »

3. « Les oisons pleurent / Les oisons pleurent / Les oisons pleurent / Parce que leur mère est morte. »

à tituber au-dessus de moi, et après ça il a brûlé ma lettre, il a vomi partout par terre et il s'est écroulé sur le lit.

Il a pas toujours été aussi méchant, Al. Il en a vu des vertes et des pas mûres dans sa vie, comme nous tous, mais l'invasion de charançons en 1921, ça l'a brisé. Cette vermine a tout détruit, où qu'on regarde. Partout autour de nous, le monde a disparu sous une nuée noire qui recouvrait tout. J'allais me coucher tous les soirs et je me levais tous les matins au son des charançons du coton qui dévoraient tout ce qu'on avait. Ils sont arrivés comme un raz de marée, ils ont pondu leurs œufs et ils sont revenus dévaster la récolte de la saison suivante. Ils se sont même mis dans la farine et on a dû la cuire et les manger dans nos gâteaux secs de peur qu'il nous reste plus rien du tout.

Dans les premiers temps de notre mariage, Alvin gagnait assez d'argent pour nous nourrir, mais ça a changé quand il s'est plus arrêté de boire. Au début, c'était juste une bouteille par-ci par-là, mais rapidement, si je lui faisais pas les poches, tout passait dans l'alcool, jusqu'au dernier *cent*. Il avait l'impression que l'alcool lui donnait des ailes, il voyait pas que ça le rendait instable. Au départ, j'ai vendu des choses à mes voisins : une conserve de tomates, un torchon ou un tablier que j'avais cousu avec de vieux bouts de tissu, tout ce que je pouvais fabriquer de mes mains et qui avait de la valeur pour quelqu'un. Mais un jour, un vieux garçon à l'église a eu la bonne idée de dire : « Pauvre Alvin, il a pas une vie facile avec une femme qui sait pas rester à sa place. Pauvre bougre. »

C'est à ce moment-là qu'il s'est mis à me frapper. Au point que plus personne voulait m'acheter quoi que ce soit, à croire que j'étais devenue lépreuse. On n'est plus allés à l'église et j'ai appris à éviter le regard des gens. J'ai fini par me décider à faire ce qu'il fallait. J'ai fait tout le chemin à pied jusqu'à Saint George, je suis allée trouver le père d'Alvin et j'lui ai dit que son fils était tombé dans la boisson, et que ses quatre enfants mangeaient pas à leur faim. J'lui ai dit les choses comme elles étaient. Maintenant, le père d'Al m'ignore, parce qu'une femme l'a forcé à voir les choses en face. Aucun homme n'aime ça.

En sortant des bois, j'aperçois mon frère et mes filles en train de cueillir ce qu'il reste de coton à glaner pour la saison. Des bouts de duvet blanc entourés de piquants noirs dans un champ immense brûlé par le soleil. Ils ont un sac en toile accroché autour des épaules, je les vois courber le dos, les mains en sang, bien avant qu'ils lèvent les yeux vers nous.

Berns travaille penché en avant. Berns Caison III, comme on l'a toujours appelé. Il a jamais été troisième en rien, mais on l'appelait comme ça parce qu'il aimait l'école et qu'il savait bien parler. Edna, mon aînée, s'étire, les bras tendus vers le ciel, comme elle fait le matin au réveil. Et à ce moment-là, elle m'aperçoit. Son visage s'éclaire et je revois la petite fille qu'elle était. Elle crie :

— Maman !

Et elle court vers moi. Ma Lily, elle, ne bouge pas et me regarde, les mains sur les hanches, l'air de chercher la bagarre. Berns met sa main en visière et plisse les yeux, exactement comme mon père dans le temps. L'espace d'une minute, j'ai l'impression d'avoir vu un fantôme. Il est tout en longueur, mon frère, guère plus épais qu'une femme, mais c'est un dur à cuire. Il me fixe avec attention, il voit que je suis seule avec les p'tites et se raidit. Il sait ce qui m'amène.

* * *

Il y a qu'une seule façon de tuer un alligator avec un fusil. Si on veut l'abattre vite fait, il faut viser derrière la tête, là où ça fait comme une bosse, à la jointure du dos et de la tête. Il faut passer derrière lui sans qu'il se rende compte de rien. Pas facile. Mon père a dit qu'un jour, il a vu un alligator dévorer un cerf qu'il pistait sur les berges du fleuve Edison. L'alligator a sauté hors de l'eau, il a attrapé le cerf à la gorge et il l'a emporté au pays des morts. Aujourd'hui, je sais que c'était pas vrai – mon père a toujours adoré raconter des histoires à dormir debout. Il me l'a bien appris, aucun alligator n'irait se fatiguer à chasser une proie aussi méfiante qu'un cerf. Non, il préférera un cochon, un raton laveur ou même un lynx, mais les cerfs, c'est trop nerveux, ça détale trop vite. Si un alligator vous chope, c'est que vous êtes ou stupide ou paresseux et je ne suis ni l'un ni l'autre.

* * *

Berns donne du pain et du beurre aux filles ; après, il les envoie s'asseoir à l'ombre du saule dans le jardin pour qu'on puisse causer, et il me sert une tasse du café de ce matin. Il repose la cafetière sur le fourneau, me rejoint à la table de la cuisine et pousse le sucrier vers moi, mais je secoue la tête. Le sucré me reste sur l'estomac.

— T'as reçu ma lettre ?

— Alvin l'a brûlée avant que j'l'aie lue en entier, mais j'ai vu ce que t'as écrit à propos du travail à l'atelier de couture.

— Mrs Walker est morte, sa place est libre et sa maison est à louer. Dix dollars par mois.

— J'ai pas dix dollars, Berns.

— Tu les aurais si tu décrochais ce travail.

— Y a Alvin qui me cause du souci.

Berns regarde ses mains, ses jointures usées jusqu'à l'os, ou pas loin.

— Mais toi et ta famille, il s'en soucie pas, Alvin.

J'ai rien à répondre à ça, alors je me tais. Je bois mon café et je regarde mes filles par la fenêtre, là-dehors, dans le jardin. Mary, ma pauvre petite qui est malade, allongée la tête sur les genoux d'Alma. Edna qui n'arrête pas de parler – elle est bavarde comme une pie, celle-ci ! Lily reste assise de son côté. Elle tient de son père.

— Pourquoi il a cogné, cette fois-ci ?

Berns en a après moi, maintenant.

— Il était saoul.

— Il boit beaucoup, hein ?

— Comme s'il allait passer le reste de sa vie derrière les barreaux. Il veut que Lily aille vivre chez son père. Qu'elle lui serve de boniche quand il aura sa nouvelle chérie. Al dit qu'il peut pas refuser ça à son père. Alors moi j'ai dit non.

Berns se lève et va laver sa tasse dans l'évier. C'est un bon mari. C'est un bon mariage qu'ils ont, sa femme et lui. Marie a eu la fièvre des marais il y a deux ans. Elle a survécu, mais maintenant elle est infirme et marche avec une canne. N'empêche qu'elle se lève avant le soleil tous les jours et qu'elle fait les huit kilomètres à pied jusqu'à l'atelier de couture, en dehors de la ville, pour coudre des sacs à grains. Ils ont pas eu d'enfants, mais mon frère s'en fiche. Avoir un bébé, probable que ça la tuerait. Berns, c'est pas un homme comme les autres, mais c'est pas pour autant que les gens ont de la compassion pour lui.

— D'après Marie, Mrs Coles te donnerait le travail si tu lui demandes.

J'ouvre de grands yeux.

— Je peux pas me présenter chez les Coles dans l'état où je suis !

— Gert, on a déjà tout juste de quoi manger et on peut pas élever tes filles. Moi, j'y connais rien aux filles et Marie a pas l'énergie qu'y faut. Lily traîne avec le fils Barker. C'est un bon à rien, mais quand j'le dis à Lily, elle me répond que je suis pas son père et qu'elle a pas à m'écouter.

— Je vais lui parler.

— C'est pas la question, Gertrude. Elle a raison, je suis pas son père et Marie n'est pas sa mère. Elles ont besoin de toi, ces filles.

Je pose ma tête sur mes bras pour trouver un peu de paix, rien qu'une minute. Berns pousse un gros soupir, il recule sa chaise et se lève.

— Je garde Alma. Je peux pas faire plus. Je vois pas comment je m'occuperais d'une petite malade, Gert. C'est tout juste si j'arrive à veiller sur celles qui sont bien portantes. Faut que t'ailles t'expliquer avec Alvin.

Avant d'aller terminer sa journée de travail dehors, il me dit d'emmener Mary chez le docteur et referme la porte derrière lui. Le silence retombe dans la cuisine. Dans le temps, ma mère s'asseyait sur le canapé, elle mettait ma tête sur ses genoux et elle me caressait les cheveux jusqu'à ce que je m'endorme. J'avais peur de la nuit et de ses ombres. Si je ferme les yeux et que je reste sans bouger, j'entends la voix de ma mère dans ma tête, son filet de voix qui me fredonne la chanson que je chante à mes filles : « *The old gander's weeping, the old gander's weeping, the old gander's weeping because his wife his dead*[1]. »

Quand je relève la tête, je découvre les deux dollars que Berns a laissés sur la table, devant moi.

Près de la route, sous le saule, j'annonce la nouvelle à mes filles. Mary pleure pour rester avec ses sœurs jusqu'à ce que je les sépare en disant à Alma et Edna de retourner dans le champ de coton. Elles me donnent un baiser chacune et m'obéissent. Lily est sur le point de les suivre, mais je la retiens en lui tirant les cheveux d'un coup sec. J'lui dis que si elle se montre insolente avec qui que ce soit sous le toit de son oncle, j'lui botterai les fesses au point qu'elle pourra plus s'asseoir. J'lui donne une gifle pour qu'elle me regarde dans les yeux et j'ajoute :

— Lily Louise, si j'entends encore parler de ce Harlan Barker, je laisse ton père régler le problème. Tu sais ce que ça veut dire ?

— Oui.

Son visage est fermé.

— Tu sais ce qu'il vous fera, ton père, à ce garçon et à toi aussi, sans doute ?

— Oui.

— Dis-le.

1. « Le jars pleure / Le jars pleure / Le jars pleure / Parce que sa femme est morte. »

Je veux être sûre qu'elle m'a bien comprise.

— M'man, j't'en prie, je le verrai plus.

— S'il revient, tu lui diras quoi ?

— Que mon père va le tuer.

— S'il revient, tu lui dis que ton père va l'égorger. Dis-lui ça.

Elle pleure maintenant et c'est tant mieux.

— Écoute ta tante et ton oncle. Allez, file maintenant.

Je la pousse vers le champ où Alma a déjà fini un sillon entier, toute ravigotée par le pain beurré.

Je m'en vais avec Mary calée sur un bras et le fusil niché au creux de l'autre. On offre un sacré spectacle aux passants dans la grand-rue, mais je garde la tête baissée pour éviter qu'on me dévisage. La famille Coles possède l'atelier de couture et la plupart des terres de Branchville. Peut-être même la ville entière, pour ce que j'en sais. Mon père a travaillé pour eux et son père avant lui. On cultivait des terres qu'on avait en fermage, mais ça, c'était avant que les charançons nous mettent sur la paille. Après, les Coles ont demandé à leurs fermiers de faire de l'élevage de poulets. Papa a cultivé cette terre toute sa vie et au début, quand les temps étaient moins durs, la famille Coles nous donnait un cake aux fruits confits et au rhum à chaque Noël, acheté au magasin et tout emballé dans un papier rouge transparent. C'était le temps où on manquait de rien.

Un jour, le président Taft est venu en ville faire un discours à la gare de chemin de fer et on a tous eu droit à une journée de congé. On a pu aller l'écouter, les Blancs comme les gens de couleur. Il en est arrivé de partout, sur des kilomètres à la ronde. J'avais huit ans, mon père et ma mère nous ont pris par la main, Berns et moi, et on est allés en ville. Quand le train est entré en gare, on aurait dit une bête qui crachait de la vapeur et des colonnes de fumée noire. Il y avait une petite fille noire qui venait de la cambrousse, elle avait jamais vu de train.

— C'est le diable ! elle a crié. Je vois la pluie de feu et de soufre ! Dieu ait pitié de nous !

Après, elle s'est évanouie, sûre que les feux de l'enfer allaient nous tomber dessus. Moi, j'ai demandé à mon père si c'était vrai mais il s'est mis à rire :

— C'est des bêtises de négros, il a dit et il m'a montée sur ses épaules pour que j'entende le président.

Tout ce que j'en sais, de l'enfer, c'est ce qu'on en dit dans les saintes Écritures. Maman croyait que si on en parlait, il pouvait s'abattre sur vous. Du coup, elle avait son arbre aux esprits dans le jardin devant la maison pour éloigner les esprits de chez nous. Pendant des années, tout ce que je connaissais du mal, c'était seulement ce qu'une petite fille peut s'imaginer : des fantômes et des monstres, rien à voir avec la vraie vie.

La maison des Coles est d'un blanc immaculé, elle en impose autant que l'entrée du paradis. Il y a de vieux chênes de chaque côté de l'allée, jusqu'à la véranda à l'avant, avec ses fauteuils à bascule pour prendre le frais à la fin de la journée. Quand on marche entre ces arbres et qu'on monte ce bel escalier, on se croit sur le chemin qui conduit au ciel. Les colonnades soutiennent deux étages, c'est une maison digne d'un roi ; et la grande porte est d'un bleu que j'ai jamais vu à part sur des œufs de merle. J'installe Mary derrière un chêne et je lui dis de ne pas bouger pendant que je vais régler mes affaires. Le heurtoir en cuivre est tellement lourd que j'hésite à le soulever, mais le soleil est déjà haut dans le ciel et j'ai pas de temps à perdre. Il faut que je rentre avant Alvin. Je donne deux coups sur la porte et je recule un peu, par politesse.

La mère Retta vient ouvrir dans sa tenue de bonne, blanche et empesée. C'est une Noire que j'ai toujours connue vieille, elle travaille pour les Coles depuis toute gamine. Sa mère appartenait à leur famille en tant qu'esclave, alors elle est mal placée pour prendre des grands airs, mais elle me regarde quand même de haut et elle me dit d'un ton cinglant :

— Si tu veux quelque chose, passe par-derrière. Cette porte-là, c'est pour les gens respectables.

Je la dévisage et je réponds d'une voix bien forte :

— J'suis venue voir Mrs Coles.

— Pour tes petites affaires, passe par-derrière.

Elle va me refermer la porte au nez quand j'entends Mrs Coles dans le grand hall qui demande :

— Retta, qui est-ce ?

J'élève la voix pour qu'elle m'entende :

— C'est moi, Gertrude Caison, m'dame. Je viens vous trouver pour affaires.

— Sors de cette véranda, t'as rien à faire ici ! chuchote Retta.

Il y a que pour le maître et la maîtresse de maison qu'elle prend sa voix de miel.

Je fais ce qu'elle me dit ; je me dépêche de redescendre les marches et je me retrouve dans l'allée en gravier. Je pose mon fusil par terre et je lisse mes cheveux en arrière pour dégager mon visage. Retta tient la porte à Mrs Coles qui sort sur la véranda pour me voir. C'est une vieille dame encore très belle. Ses cheveux sont relevés et elle porte une robe verte avec des boutons en nacre blancs sur le col. Je sais bien des choses sur elle. Qu'elle a l'électricité dans cette maison, qu'elle est inscrite sur les listes pour voter et qu'elle a élevé cinq enfants, mais il y en a un qui s'est pendu dans l'écurie quand il était gamin. Je sais que son père venait de New York et qu'elle est propriétaire de l'atelier de couture. Elle a pas de petits-enfants, et à c'qu'on m'a dit, le maître et la maîtresse dînent tous les jours dans la porcelaine avec des serviettes en tissu sur les genoux, même quand il y a qu'eux à table.

Mrs Coles sort, me regarde du haut des marches et demande :

— Gertrude Caison ?

— Oui. C'est Pardee maintenant, mais c'était Caison quand j'étais pas mariée.

— Vous êtes la fille de Lillian Caison ?

— Oui, m'dame.

— C'était une femme de bien.

— Oui, m'dame, c'est vrai.

— Qu'est-il arrivé à votre visage, Gertrude ?

— J'suis tombée, m'dame.

Elle me toise d'un regard dur et dit :

— Qu'est-ce qui vous amène ?

— Je viens pour le travail à l'atelier de couture et pour la maison de Mrs Walker.

— Vous savez coudre ?

— Ça oui, patronne. J'suis bonne en couture. C'est ma mère qui m'a appris.

— Votre mère aurait pu coudre n'importe quoi.

J'aperçois les veines bleues sur ses mains, elle les garde jointes sous sa poitrine quand elle parle, comme ma mère faisait. Retta s'avance sur la véranda et vient se poster derrière sa patronne.

— Oui, m'dame. J'ai deux dollars pour la caution de la maison et si vous me donnez ce travail à l'atelier, je ferai ce qu'il faudra pour être à Branchville en milieu de semaine prochaine.

— Et si j'ai besoin de vous dès demain, Gertrude ?

— Je peux pas commencer demain, m'dame. J'ai des choses à régler avec mon mari et je dois faire venir mes quatre filles. Mais j'peux être au travail mercredi prochain.

Je monte une marche et je lui tends les deux dollars. Elle regarde l'argent et me demande encore :

— Qu'est-il arrivé à votre visage, Gertrude ?

— J'ai reçu un coup.

— C'est votre fille ?

Je me retourne et je vois Mary disparaître aussitôt derrière l'arbre.

— Une de mes filles, je réponds. Celle-là, c'est Mary.

— Sors de là, Mary, laisse-moi te regarder.

Mais Mary fait ce que j'ai dit, elle bouge pas de derrière l'arbre.

— J'suis désolée. Elle est timide avec les gens.

Mrs Coles laisse retomber ses bras et lève les yeux vers les chênes.

— Nous avons eu des cardinaux rouges dans le jardin toute la journée, dit-elle. Retta n'aime pas ça, n'est-ce pas, Retta ?

Retta secoue la tête :

— Non, m'dame, ça ne me plaît pas.

— Je pense que personne aime ça, je dis.

Tout le monde sait que des cardinaux rouges dans un jardin, c'est un présage de mort.

— Je ne sais pas trop, dit Mrs Coles.

Je comprends qu'elle parle pour moi.

— Je travaillerai dur. Vous aurez jamais à vous plaindre de moi.

— Il n'y a pas l'eau courante dans la maison des Walker. Comment laverez-vous vos enfants ?

— Le samedi, dans la cuisine. On fera bouillir de l'eau sur le fourneau. Mes filles resteront propres.

La patronne a l'air satisfaite vu qu'elle prend enfin l'argent ; elle me dit qu'elle me garde l'emploi et la maison de Mrs Walker, mais que le premier mois de loyer sera retiré de ma paie, ce qui me va très bien. Le travail est payé douze dollars par mois. On pourra s'en sortir avec ça. Une fois arrivée à la porte, elle se retourne et elle me lance :

— Si vous vous présentez à nouveau devant chez moi dans cet état, je vous ferai jeter à la rue, vous m'entendez ?

Je réponds « oui, m'dame » et j'attends qu'elle soit partie pour ramasser mon fusil et emmener Mary derrière la maison, à l'abri des regards des gens respectables. Là, je la prends dans mes bras et je la serre contre moi. Au moment de repartir, j'entends une porte moustiquaire qui claque et un « *psst, pssst !* » bien appuyé.

Je me retourne et je vois Retta s'approcher de moi avec son sac à main sur son épaule et un paquet emballé dans un torchon.

— Gertrude Pardee.

Elle m'en veut de pas l'avoir écoutée, mais je m'en fiche. Je suis sur le point de lui dire quand elle me met son paquet dans les mains.

— Y a des fèves et du gâteau là-dedans. Et de la viande aussi.

Cette femme-là est pas du genre à donner sans rien attendre en retour, mais je suis trop dans le besoin pour réfléchir. Je prends ce qu'on m'offre.

— Viens par ici, petite, elle ordonne à Mary.

Avec Retta, ma fille est plus docile qu'avec la patronne tout à l'heure. Elle obéit. Sans lâcher ma jupe, elle se met devant moi.

La vieille dame la regarde de haut en bas et lui dit :

— Fais voir ta langue.

Mary lui montre et Retta l'examine avec attention. Elle inspecte l'intérieur de ses oreilles et la fait tourner sur elle-même pour examiner ses bras, ses jambes et ses pieds. Mary cache sa tête contre ma hanche en tremblant.

— Cette petite est infestée de vers et brûlante de fièvre.

Elle me parle comme à une imbécile. J'ai comme un coup de chaud.

— Elle a besoin d'un docteur, m'explique Retta comme si je le savais pas.

— J'ai pas l'argent pour ça.

Retta regarde du côté de la maison des Coles et je me tourne pour partir sans lui laisser le temps d'aller voir la patronne et de la faire revenir sur sa décision.

— Si ta maman te voyait, Gertrude, ça lui briserait le cœur. T'étais tout pour elle.

— Je sais bien.

— On dirait qu'non, à te voir.

J'ai peur de c'que je vais lui demander, mais tant pis. Je connais les conséquences de ce que je m'apprête à faire… les gens vont causer. Mais le soleil est déjà bien à l'ouest dans le ciel. Et retourner au marais, c'est à coup sûr une mort certaine pour ma petite.

— Gardez-moi Mary. Je serai de retour dans quatre jours.

Retta en reste bouche bée.

— Non, Maman, non ! s'écrie Mary en s'accrochant à mes jambes. Je serai sage.

— Tais-toi, petite. Tais-toi avant que je te fasse taire.

Je la secoue. Elle ne geint plus, mais elle ne me lâche pas pour autant.

— Elle est très sage et elle mange pas grand-chose.

— Pourquoi moi ?

Retta me fixe en plissant les yeux, comme si je voulais lui voler ce qu'elle m'a déjà donné.

— Ma mère disait toujours que si on demande pas, les gens penseront pas à vous aider.

Les mots sont sortis de ma bouche sans que j'y pense. Je suis pas certaine que ma mère m'ait dit ça un jour, mais c'est du pareil au même.

Retta pose une main sur sa hanche, elle nous observe, d'abord Mary et ensuite moi. Elle s'attendait pas à ça.

— C'est ce que ferait une bonne chrétienne, j'ajoute.

Elle finit par se décider, s'approche et tend la main. Je force Mary à me lâcher pendant qu'elle me chuchote :

— Je serai sage, Maman, promis, je serai sage !

Comme elle voit que Mary ne veut pas lâcher prise, Retta la tire brusquement vers elle et la traîne sur la route qui mène au centre de Branchville. Là où tout le monde la verra emmener une petite fille blanche chez elle, Dieu seul sait pourquoi. Même son mari, à Retta, il dira qu'il est contre. Je fixe le soleil qui tremblote, noyé dans les larmes de mon œil encore ouvert et je repars chez moi.

* * *

Le soleil étire les ombres sur le sol. Il y en a plus pour longtemps. Toutes les créatures nocturnes lancent déjà leurs appels, à croire qu'elles font un concours, tellement fort que je fais plus la différence entre les sons. C'est un miracle que les mères entendent les cris de leurs petits dans ce boucan. Mais même si ses bébés étaient prêts à venir au monde, cet alligator me tournerait pas le dos.

Le nid forme un gros tas au sud du sentier. Toutes sortes de plantes ont poussé dessus, on dirait une tombe qu'on a recouverte vite fait. La fin du jour est pour très bientôt. J'entends Alvin sur la piste avant qu'il débouche au tournant. Je reconnais son pas lourd qui indique qu'il a bu, le bruit de son rot prolongé.

La voix de ma mère m'apaise. « *The goslings are mourning, the goslings are mourning, the goslings are mourning because their mother's dead.* »

Je me redresse lentement contre l'arbre et l'alligator s'élance vers moi. Je soulève mon fusil. Alvin se retrouve tout près de l'animal avant qu'ils aient le temps de s'apercevoir, tous les deux. Trop tard, la bestiole tourne la tête vers lui, elle me regarde plus. Alvin se met à brailler et fait un bond en arrière. Je m'éloigne de l'arbre, j'avance un peu vers la bande de terre et je vise avec l'œil qui y voit encore. Quand j'appuie sur la détente, on entend un « splash » et la queue de l'alligator disparaît sous la couche de mousse verte. Alvin titube comme s'il s'était levé trop vite d'un lourd tabouret de bar, après ça, il tombe en avant dans les ténèbres épaisses du marais.

« *She died in the mill pond, she died in the mill pond, she died in the mill pond, standing on her head*[1]. »

Son corps flotte au milieu des roseaux. Une proie facile.

1. « Elle est morte dans l'étang du moulin / Elle est morte dans l'étang du moulin / Elle est morte dans l'étang du moulin / D'être restée la tête en bas. »

2

Mrs Annie Coles

Chaque fois que le téléphone sonne, j'en suis toute étonnée. Au cours des premières semaines, « bonjour » me paraissait trop anodin mais indiquer le nom de ma maison et mon identité me semblait outrageusement solennel. « Résidence Coles, Annie Coles à l'appareil », c'est ridicule ! Je m'annonce moi-même. Ici, dans l'intimité tranquille de ma maison, un simple « bonjour » devrait suffire. Je n'ose même pas imaginer à quel point mon mari a fait jouer ses relations pour m'obtenir non pas une mais deux lignes téléphoniques : une pour notre domicile et l'autre pour l'atelier de couture. Tout Branchville a profité de sa clairvoyance puisque nous sommes à présent la première petite ville de campagne à des kilomètres à la ronde qui soit reliée au monde moderne.

The bells, voilà comment Edwin appelle la sonnerie du téléphone et ce nom est resté. Décrocher l'appareil et entendre résonner à votre oreille la voix d'une autre personne – cela pourrait être n'importe qui – vous parler depuis un autre lieu, sa propre maison ou son travail, un endroit où une vie entièrement différente suit son cours, c'est prodigieux. Tout d'un coup, le monde s'est agrandi de façon exponentielle. Jamais je n'aurais pu rêver pareille évolution. L'électricité, l'automobile et maintenant le téléphone prouvent clairement que les possibilités sont infinies pour un esprit audacieux. Je ne peux qu'imaginer ce qu'ont dû éprouver les navigateurs qui pensaient voyager sur une terre plate et ont découvert qu'elle était ronde. Mais le plus étonnant, à mes yeux, c'est ce qui vient après toute grande découverte. L'émerveillement laisse progressivement place au possible, à un « après tout, pourquoi pas ? » qui finit toujours par s'imposer en ce bas monde. L'incroyable devient alors une évidence. Au bout d'un mois à peine, on a l'impression que ces « clochettes » ont toujours fait partie de notre vie. Soudain, juillet nous semble très loin. La nouveauté a fait irruption dans notre quotidien et sa présence va déjà de soi. À cet instant même, alors que je m'apprête à quitter la maison pour monter dans mon automobile, je dois m'arrêter, le temps de prendre un appel.

Quand les clochettes retentissent, deux tintements prolongés signifient que l'appel est pour notre résidence. Au lieu de traverser la salle à manger, je tourne les talons et je me dirige vers le salon pour aller décrocher comme s'il n'y avait rien de plus naturel. Je me suis trompée une seule fois en répondant à un appel qui ne m'était pas destiné et je suis restée en ligne assez longtemps pour entendre Mr Laing, le propriétaire du Mercantile, apprendre que son père était mort. Cela m'a servi de leçon. Depuis, je suis prudente. Je ne suis pas superstitieuse, mais cet appareil n'a jamais apporté que de bonnes nouvelles dans cette maison. Je me surprends toujours à m'empresser d'aller répondre, comme une petite fille qui court derrière saint Nicolas pour avoir tous ses cadeaux. Légèrement essoufflée, j'arrive près du téléphone et je décroche.

— M-maman, j'ai une n-nouvelle à t-t'annoncer, dit Lonnie.

La moindre parole est un défi pour mon fils. Le simple fait qu'il ait téléphoné prouve que cette invention est extraordinaire. Nous parlons d'un petit garçon qui a refusé d'avoir cinq ans le jour de son anniversaire parce qu'il avait peur d'aller à l'école ! Il ne manque pas de volonté, mais son courage est encore balbutiant. Mieux vaut tard que jamais, même à quarante-huit ans. Je le lui répète depuis si longtemps qu'il commence peut-être à le croire.

— Je t'écoute, lui dis-je.

— J'ai r-reçu un ap-p-pel.

Il pousse un gros soupir, déjà frustré par son défaut d'élocution.

— Les m-magasins B-Berlin's de Charleston sont intéressés p-par la ligne de v-vêtements pour hommes.

— Ça ne m'étonne pas.

— Oui, m-mais, ils veulent nous r-rencontrer pour voir les chemises par eux-mêmes, l-lundi.

Cet honneur revient à Lonnie, ne serait-ce que parce qu'il a accompli tout cela sans moi. C'est lui qui a eu l'idée de développer notre affaire, fait toutes les recherches sur les nouveaux modèles de machines à coudre électriques et calculé le temps nécessaire pour les amortir grâce aux gains de productivité. Il a dessiné les chemises, choisi les tissus et sollicité des rendez-vous. Pendant des mois, il a essuyé un refus après l'autre et il a perdu espoir. Je lui ai dit que cette attitude défaitiste était absurde, qu'il faut croire à ce qui est bien, à ce qui est juste. Que son idée, c'est l'avenir. Il m'a répondu qu'une mère n'est pas censée dire autre chose, mais je ne suis pas d'accord. Lonnie a l'esprit créatif et le sens des affaires. Je ne suis pas simplement aveuglée parce qu'il est mon fils. Je connais les talents de mes enfants aussi bien que leurs faiblesses.

— Détends-toi et savoure ta victoire, lui dis-je. J'arrive tout de suite. Nous allons trouver une solution.

Ma première pensée est : « Voilà, tu as une bonne raison d'aller à Charleston. » Cela fait trop longtemps et j'ai un motif pour m'y rendre, à présent. Ensuite, je me dis que Lonnie mérite de fêter sa réussite comme il se doit. Il vit dans l'ombre de son grand frère, surtout aux yeux de son père, mais il a su révéler son talent et ses efforts se voient enfin récompensés. Il faut marquer une journée aussi importante. Comme le disait Papa, « si on ne célèbre pas chaque pas en avant, on finit par les oublier ».

Au grenier, la température est de quinze degrés supérieure à celle du reste de la maison. C'est étouffant, même pour moi qui suis rarement incommodée par la chaleur. L'odeur qui règne là-haut est infâme. Une bête s'est sans doute glissée jusqu'ici pour y mourir, même si je ne vois aucune déjection. J'essaie de soulever la fenêtre pour chasser l'odeur, mais elle est si vieille qu'elle reste coincée ; je donne un coup de chaque côté et elle bouge un peu. Quand enfin elle s'ouvre de quelques centimètres en grinçant, je me dis qu'il faudra penser à revenir la fermer plus tard. Par le passé, plus d'un animal a grimpé jusque sous les combles. Les compartiments du grenier renferment tant de choses, entassées là-haut loin des regards, c'est un miracle que notre passé ne nous dégringole par sur la tête. Derrière une cloison, il y a une minuscule baignoire dans laquelle Edwin prenait son bain enfant, les meubles de la chambre à coucher de ses parents, des vieilleries d'un autre âge, et tous les effets personnels de ses deux frères qui sont morts de maladie avant sa naissance. Dans un autre coin, voilà le cheval à bascule que se disputaient nos filles. Sarah a gardé jusqu'à l'âge adulte la cicatrice de l'éraflure que lui a faite Molly. Ce jouet est entouré de nombreux objets associés à des événements douloureux. Après la mort de mon petit Buck, j'ai mis ses affaires dans des cartons et demandé à Edwin de tout monter au grenier. Ensuite, quand nos filles sont parties de la maison si brusquement, poussées par une telle colère, j'ai débarrassé leurs chambres et j'ai tout mis ici. J'ignore ce que j'avais en tête. Peut-être qu'en bannissant les traces de leur présence, j'excisais la souffrance causée par leur absence ? Il faudra débarrasser cette pièce avant l'été. Je ne veux surtout pas que les garçons héritent de nos fantômes.

Le passé est révolu et les germes de la nouveauté font éclore des possibilités en tous sens. J'ai l'intention de poursuivre le projet d'un nouveau type de culture. À mon âge, connaître une sorte de révélation, trouver un second souffle, voilà ce que Retta, notre servante, appellerait une bénédiction. Cela dit, à mes yeux, Dieu n'est pas plus réel que le lapin de Pâques. Je préfère avoir foi en la science. Mais après tout, je veux bien reconnaître qu'elle n'a pas tort et qu'un vent de changement s'est levé.

Au fond du grenier, je trouve le vieux coffre en bois de cerisier que m'a donné mon père autrefois.

C'est tout ce qui subsiste de la jeune fille que j'étais avant de rencontrer mon mari. Mon père a rempli ce coffre d'objets qu'il estimait utiles pour mon mariage. Il ne savait pas quoi donner à un enfant qui n'avait plus de mère – une fille, de surcroît ! – pour le plus beau jour de sa vie. Aussi, en homme pragmatique, il a rempli la malle de choses qui avaient appartenu à ma mère : bijoux, objets en cristal, vaisselle en porcelaine, dentelles et soies d'une beauté délicate provenant du monde entier – un peu de mon ancienne maison à emporter dans mon nouveau logis, un fragment de mon passé pour aborder l'avenir. Il a su d'instinct que cela apaiserait mon âme errante. Je n'ai pas compris le geste de mon père à l'époque, mais c'est le cas à présent.

Ce vieux coffre contient le peu de choses qu'il me reste de lui. Il est passé de mode, mais je n'ai pas le cœur de le jeter. Cela reviendrait à mettre mon propre père au rebut. Je ne suis pas devenue insensible à ce point ! Je soulève le couvercle pour en examiner le contenu. Rangée dans un coin, sous ma robe de baptême, il y a une petite boîte rouge et carrée garnie de velours noir, si ancienne qu'elle ne ferme plus très bien. La montre de gousset de mon père se trouve à l'intérieur, tel un trophée. Elle est en or et porte une inscription choisie par ma mère pour le jour de leur mariage. Il la portait toujours sur lui, où qu'il aille. Sur quelque continent qu'il fût, à tout moment de la journée, ma mère lui rappelait que l'heure tournait et que le temps passait vite, disait-il. Elle savait ce qu'elle faisait, c'est le moins qu'on puisse dire ; j'aurais bien aimé la connaître. À en croire les récits de Papa, elle avait tout d'une reine, mais aujourd'hui, au soir de ma vie, je me demande simplement à quoi ressemblait sa voix. En percevoir le timbre me suffirait.

J'ouvre le couvercle à l'arrière de la montre et, avec la petite clé que j'ai retrouvée dans le coffret, je réamorce le mécanisme jusqu'à ce qu'elle reprenne vie, tout comme il y a quarante-cinq ans, la dernière fois que je l'ai remontée dans la main de mon père, couché sur son lit de mort. Le temps a poursuivi sa course effrénée longtemps après qu'il a poussé son dernier soupir. C'est exactement le genre d'objet qu'appréciera Lonnie. Cela lui rappellera peut-être qu'il perd trop de temps à craindre le monde qui l'entoure.

Je me relève mais, avant de repartir, je reste là à écouter. J'aime me retrouver seule à la maison. Retta ne voulait pas finir sa journée plus tôt aujourd'hui, mais je lui ai dit qu'elle ne rendait service à personne en se tuant à la tâche, et surtout pas à moi. La qualité du silence est tout autre quand tout le monde est parti. Dans cette vieille demeure, les bruits portent jusqu'ici, sous les combles : l'horloge dans le hall, les cris lointains des hommes sur la plantation, le grincement des lattes du parquet qui ploient sous mes pieds. Ce lieu a son identité propre. Pour une fois, j'ai l'occasion de faire une pause, le temps d'écouter sa voix.

La route jusqu'à l'atelier de couture est assez agréable ; la cueillette du coton bat son plein dans les autres propriétés et les ouvriers s'interrompent dans leur travail pour me regarder passer, la main en visière. Aucun ne s'est encore fait à l'idée qu'une femme circule en automobile, et pourtant ils m'ont vue au volant un nombre incalculable de fois. Par la fenêtre du véhicule, je salue d'une main gantée les Noirs qui s'activent dans les champs et ils me font signe à leur tour. Leur présence me rappelle que cette semaine aurait dû être celle de la récolte pour nous aussi. Cette première année consacrée à la culture du tabac a chamboulé tous nos repères. Le tabac exige des soins différents auxquels je ne suis pas encore habituée. Il y a trois étapes au lieu des deux que comportait l'ancienne récolte : la cueillette, le séchage et ensuite la vente. La culture du coton était beaucoup plus simple.

Stoïques sous un soleil déjà bien haut dans le ciel, les ouvriers portent leurs sacs en bandoulière et s'activent dans le champ moucheté de blanc. Ils oscillent à l'unisson en progressant d'une plante à la suivante, d'un sillon à l'autre. Ils chantent de vieilles chansons héritées de leurs ancêtres. Je tends l'oreille par la vitre baissée, mais la mélodie est couverte par le bruit du vent et le vrombissement du moteur.

Bien que la culture du coton ait repris, les ravages causés par la rouille sont encore visibles. Le tabac sera notre sauveur, et nous en avons bien besoin. Il n'y a aucun champ de tabac au sud de notre exploitation. Tous les yeux sont braqués sur Branchville et sur Orangeburg. Si notre récolte se vend bien au marché, l'année prochaine à la même époque, la production agricole sera diversifiée. Tous les champs au sud d'Orangeburg offriront un type de culture différent.

Depuis des semaines, Edwin et Eddie, notre fils aîné, se tracassent pour ce tabac dans la grange. Au point que je me réjouis de savoir qu'une petite récolte de maïs a consumé leur énergie pendant une bonne partie de la semaine. Ils vont se faire un sang d'encre à cause de ce tabac, sans raison aucune. L'inquiétude, voilà une chose que je n'ai jamais comprise. À quoi sert de s'inquiéter si ce n'est à épuiser les perspectives de la journée ? Tel père, tels fils, je suppose. Ce n'est certainement pas de moi qu'ils tiennent cela. Mes filles se montraient pragmatiques, elles. Elles nous ont quittés sans un regard en arrière.

Les employées de l'atelier de couture travaillent sans relâche à leur machine. J'aperçois Lonnie derrière la paroi vitrée qui sépare notre bureau des couturières ; il est assis dans mon fauteuil, la tête baissée. Il a une petite tonsure circulaire sur le haut du crâne, exactement comme son père. Je salue les dames en me faufilant entre leurs postes de travail pour rejoindre mon fils. Elles me répondent par un sourire ou marmonnent un « m'dame » sans cesser de manipuler le tissu qu'elles cousent. J'adore le bruit des machines qui fonctionnent toutes à l'unisson. En fermant les yeux, je le prendrais presque pour celui d'une locomotive qui se met en branle et démarre. Cette usine pourrait aussi bien être un train, car elle nous emmènera loin. Si tout se passe comme prévu, j'ai bon espoir qu'en l'espace d'un an, nous doublerons de taille et embaucherons autant d'ouvrières que nous en avons à présent. Pour une entreprise de confection qui a commencé avec six couturières dans une salle à l'arrière d'une église, nous avons joliment bien réussi.

Lonnie ne lève pas la tête au moment où je passe la porte. Trois échantillons de chemises, bleu, marron et jaune, sont étalés sur le bureau à l'envers et il en examine les coutures. Il prend les ciseaux posés à côté de lui, prêt à couper.

— N'y pense même pas, lui dis-je.

Il redresse la tête et me regarde, le visage tordu par le désespoir. Il s'est échiné sur ces chemises et les a recommencées trois fois en s'obstinant à les trouver mal faites.

— Elles sont parfaites, arrête-toi là.

— Non, les coutures sont f-faiblardes sur les p-poches. Elles ne dureront p-pas un m-mois.

— Ne sois pas ridicule, elles tiendront des années si on en prend soin.

Son regard passe des chemises à ma personne, puis il laisse tomber les ciseaux sur le bureau, dépité. Je pose devant lui le paquet que je lui ai apporté. Il lève les yeux, curieux, et d'un signe de tête, je l'invite à l'ouvrir. Il s'exécute avec le plus grand soin, tout comme quand il était petit. À l'époque, il personnifiait tout, ses mitaines, le sapin de Noël, le papier cadeau, il traitait chaque objet inanimé comme s'il avait une âme que l'on pouvait blesser. Il allait même jusqu'à parler d'un ton rassurant aux objets qu'il aimait bien. Je remets les chemises à l'endroit, les plie et les range tandis qu'il écarte le papier de soie qui garnit la boîte. Lonnie retourne la montre dans ses mains et, tandis qu'il l'examine, je m'étonne une fois encore de la ressemblance entre ses mains et celles de mon père.

— Elle appartenait à ton grand-père et maintenant elle est à toi. C'était l'homme le plus entreprenant que j'aie connu et tu lui ressembles beaucoup.

— Il a commencé p-plus tôt que moi.

— Les débuts tardifs ne sont pas moins édifiants que les départs précoces. En fait, je dirais même qu'ils le sont davantage. L'expérience de la vie ne se juge qu'aux obstacles qu'on doit surmonter pour l'acquérir.

J'ôte mon chapeau et il se lève, me propose le fauteuil. Il tire un autre siège à côté du mien.

— Je pense que vous d-devriez v-vous charger d-de la réunion, déclare-t-il.

— Absolument pas. D'ici un an, cette usine sera à toi. Tu devras apprendre à communiquer avec le monde extérieur tôt ou tard. Et puis c'est toi qui connais le mieux le produit.

— Je peux v-vous aider à vous préparer.

J'étudie son visage quelques instants, puis je prends mon stylo dans l'encrier et une feuille de papier dans le premier tiroir.

— Que voudrais-tu que je dise ?

J'écris tout ce qu'il m'explique, à combien revient la fabrication de chaque chemise, combien de temps il faut pour les coudre, quels sont les choix de motifs et de couleurs. Son élocution est quasiment parfaite. Je lui donne la feuille dont les deux côtés sont couverts des indications qu'il m'a fournies et je lui dis de tout apprendre. Il reste assis là, à contempler ses propres mots.

— Nous nous entraînerons dans le train.

Il lève la tête, plein d'espoir.

— Je ferai le voyage avec toi, mais pour la réunion, tu seras seul.

Il ferme les yeux et secoue la tête.

— Arrête, dis-je.

Le nez pincé, il plie le papier en quatre. Je le lui prends des mains et je le range, tout comme la montre, dans la poche de sa chemise, celle qu'il s'est taillée lui-même.

— En voilà une poche solide !

Lonnie acquiesce et s'étire, avant de s'atteler à son travail de l'après-midi à l'étage. J'ouvre les livres de comptes pour les étudier pendant qu'il adosse sa chaise au mur. Le téléphone se met à sonner sur le bureau avant qu'il ait passé la porte. Il se raidit et attend ; ma main reste en suspens au-dessus du combiné, un long tintement de clochette, puis un autre bref – ce n'est pas pour nous. Il sourit, soulagé, et se dirige vers la table des tissus, prend un rouleau de toile colorée et imprimée de grosses fleurs et la déploie. Il l'étale sur le plan de travail, et découpe à l'aide d'un long cutter plusieurs carrés aux contours bien nets et aux dimensions identiques qu'il empile soigneusement ; les ouvrières viendront prendre ce dont elles ont besoin.

C'est Lonnie qui a eu l'idée d'utiliser des imprimés de couleur pour fabriquer les sacs de provisions. Il a remarqué que les femmes de Branchville se servaient de leurs vieux sacs en tissu pour confectionner des tabliers, des robes et des dessus-de-lit et il m'en a parlé. C'est étrange, mais je n'y avais jamais prêté attention. À présent, je ne vois plus que ça. La moitié des employées de l'atelier portent des vêtements faits de chutes de sacs. La salle de travail est un festival de couleurs : rouges, bleus, jaunes et verts, fleurs ou motifs géométriques, à chaque robe son modèle et ses ornements. Un ruban autour de la taille et une série de boutons sur le col pour certaines, d'autres se limitent au sac en toile d'origine avec des trous pour les bras et la tête. On repère le style de robe propre à une famille aussi facilement que les plus pauvres ouvrières du lot. Mères et filles sont assises côte à côte dans des tenues assorties qui me rappellent un peu celles dont j'habillais mes propres filles. Un jour, je leur ai cousu des robes avec des ailes dans le dos et, pendant des semaines, je les ai regardées se déplacer dans la maison, aériennes, qui se prenaient pour des fées. En ce temps-là, la magie était très présente chez nous ; les feux follets étaient des hippocampes enchantés et les champs de lilas, les quartiers d'été de notre royaume.

Des générations entières se sont succédé à l'atelier. Je suis prise d'une nostalgie fugace à l'idée de tout ce qu'ont mes ouvrières et que je n'ai plus. Elles sont ensemble. Quand je ne serai plus là, que je ne serai plus de ce monde, est-ce qu'elles me manqueront encore ? L'absence à venir peut-elle vous peser aussi cruellement que le passé qui s'est enfui ?

Je prends l'annuaire téléphonique que Lonnie a commandé au début de l'été. Il a entouré les noms de boutiques de vêtements et tous les magasins de Charleston dans les pages professionnelles. Moi aussi, j'y ai fait mes recherches ; à deux endroits différents, mais personne ne songerait à les consulter : le numéro de téléphone de ma fille Sarah, à Mr et Mrs Morgan Abbott, et celui de la résidence de Molly, à Mr and Mrs Fitzgerald Osteen. Quand j'ai retrouvé mes filles dans ces pages, j'ai ressenti un mélange d'excitation et de terreur. Tous mes souvenirs d'elles me sont revenus en mémoire : l'époque où nous avons fait installer le téléphone, et ensuite celle où je les ai fait inscrire dans l'annuaire ; une avalanche de réminiscences, les bons moments comme les mauvais, ont refait surface comme par magie. Je n'ai pas vu mes filles depuis quinze ans. Je sais qu'elles ont vieilli, mais dans le sillage d'une invention, des images de leur jeunesse ont afflué, un autre miracle de l'esprit humain. J'ai mémorisé leurs numéros de téléphone à force de les regarder à intervalles réguliers. Si mon fils parvient à dominer sa peur, je peux certainement surmonter mes craintes et appeler ses sœurs. Ai-je quelque chose à perdre, après tout ? Le temps est peut-être venu de nous réconcilier.

Il est encore tôt quand je rentre chez nous et constate, non sans soulagement, qu'Edwin est absent ; une fois de plus, j'ai le calme de la maison pour moi seule. J'enlève mes gants de conduite, les pose sur la table de la salle à manger et me dirige aussitôt vers le salon. Assise au bord du canapé, je décroche le téléphone. La dernière fois que nous nous sommes parlé, la dispute portait sur le respect et sur les réticences de notre fille à nous en témoigner. Lorsqu'elle a éclaté, Sarah et Molly vivaient à Charleston depuis une bonne année ; leurs visites étaient sporadiques, ne duraient guère que quelques heures chaque fois, à l'heure qui leur convenait, généralement celle du dîner. Je trouvais cela impoli et leur en ai fait la remarque. Sarah s'est mise à pleurer mais Molly s'est rebiffée, elle a déclaré qu'elle nous tenait, Edwin et moi, pour responsables du geste de Buck et de l'éclatement de notre famille. Compte tenu des circonstances de la mort de Buck, j'ai durement accusé le coup. Furieux, Edwin les a mises à la porte. Je savais très bien que Molly ne pensait pas vraiment ce qu'elle disait, et j'en suis sûre aujourd'hui encore. Elle était en colère. Elle a sorti les griffes. Ensuite chacun a choisi son camp. Les garçons ont pris notre parti.

Je porte le combiné à mon oreille et je compose le numéro de Sarah – elle a toujours été plus malléable que Molly –, mais je n'entends rien à l'autre bout du fil. J'ai fait une erreur, j'ignore laquelle. Le manuel d'utilisation se trouve dans le tiroir de la table basse. Je consulte la table des matières et trouve le chapitre qui explique comment passer un appel. Il fallait attendre la tonalité avant de composer le numéro – ce n'est pas bien compliqué.

— Ma chère ? appelle mon mari, dans la salle à manger.

Je sursaute. Edwin est entré par la porte de derrière et la cuisine sans que je l'entende. Il sait se déplacer sans bruit, c'est le moins qu'on puisse dire. Dans les premiers temps de notre mariage, il adorait s'approcher de moi par-derrière. Il n'a cessé que lorsque j'ai moi aussi pris un malin plaisir à le surprendre, en lui versant de l'eau froide sur la tête au petit matin, alors qu'il dormait ! Je coince le numéro entre les pages du manuel à l'instant où il entre dans la pièce et me voit, le téléphone à la main. Il est plein de terre des pieds à la tête. Sa chemise et son pantalon sont couverts de barbe de maïs.

— Que faites-vous ? demande-t-il.

— J'apprends à passer un appel. Je m'entraîne avec Lonnie. Doux Jésus, Edwin, que vous êtes sale ! Allez prendre un bain pendant que je fais servir le dîner.

— Vous m'apprendrez, après.

— Qui appelleriez-vous ?

— Vous, quand je serai en ville pour le marché.

Il s'apprête à ressortir du salon quand je me rappelle :

— Edwin, vous voulez bien aller voir au grenier ? Il y a un cadavre d'animal quelque part et j'ai oublié de refermer la fenêtre.

Il acquiesce d'un murmure et monte l'escalier ; le bruit de ses pas s'éloigne.

3

Mrs Oretta Bootles

Je suis une vieille femme noire, j'ai passé l'âge de traverser toute la ville en portant une gamine blanche en pleurs. J'ai couru du mieux que j'ai pu sur tout le chemin ou presque pour rentrer chez nous, à Shaker Rag, de l'autre côté de l'épaisse haie de cyprès. La p'tite est rongée par les vers, jamais vu ça dans un corps qu'a pas encore rendu l'âme. Elle sera p't'être plus en vie demain.

Y avait des cardinaux rouges dans le jardin toute la matinée avant que je parte au travail et aussi dans les chênes des Coles… à croire que le malheur me suivait à la trace. Y en a un qui s'est posé sur la balustrade de la véranda et m'a regardé droit dans les yeux pendant que je faisais la vaisselle du petit déjeuner. L'inquiétude m'a pas lâchée de la journée : qu'est-ce qu'ils veulent nous dire, ces oiseaux-là ? Dès que Miss Annie est sortie de la cuisine, je me suis agenouillée pour causer un peu avec le Seigneur, parce que j'ai peur de ce qui va arriver.

— Mon Père, je lui ai dit en pointant mon doigt vers lui, histoire qu'il sache que je plaisantais pas.

Sous mes airs brusques, vous savez qu'j'ai un cœur d'artichaut, et j'suis pas prête à perdre mon mari. Même si vous voulez le rappeler à vous, j'ai pas l'intention de me laisser faire. Y faudra me passer sur le corps si vous voulez Odell. Veillez sur lui et je ferai tout ce que vous me commandez.

Y a moins de deux semaines, j'ai remarqué un tremblement dans la main droite d'Odell. Il a dit que c'était rien, mais je sais reconnaître le mal qui monte en graine et grossit sous le soleil quand j'le vois. Quelque chose a pris racine dans le corps de mon mari et je veux pas de ça ! Le pasteur répète que c'est pas bien de marchander avec Dieu, mais c'est Jésus qui a commencé. Dans l'Évangile selon Jean 3-3, Jésus dit : « Si un homme naît à nouveau il ne peut voir le royaume de Dieu. » Voilà ce qui est écrit dans la Bible, aussi clair que les cloches du dimanche matin, croyez en moi et vous aurez la vie éternelle. Il donne pas la vie éternelle tout de go. Il vous propose un marché. C'est vous qui décidez. Faites ce que le Sauveur commande et vous serez sauvé. Quel que soit le prix, la promesse tiendra. Tout le monde est gagnant si la promesse vaut vraiment le coup. Voilà ce que dit la Bible et c'est ce que j'ai toujours cru – jusqu'à maintenant. Maintenant, j'ai peur que ma promesse et l'enfant que je porte dans mes bras n'amènent la mort sur nous deux.

* * *

J'ai eu mon premier pressentiment juste après la maladie de M'man, quand je suis devenue la bonne à plein temps de Miss Annie. Je peux pas dire si j'en avais eu avant ça, tout ce que je sais, c'est que, depuis ce jour, j'en ai régulièrement. Je travaillais seule pour Miss Annie depuis que j'avais dix-sept ans et elle vingt-huit. Elle avait quatre enfants, à l'époque. Molly n'était pas encore née. Miss Annie, elle était débordée avec ces petits. M'man était alitée depuis près de deux mois. Mr Coles a dit à sa femme que M'man manquait trop souvent et qu'il fallait lui demander de partir. Il pensait que je ferais très bien l'affaire comme bonne chez eux, que la chambre près de la cuisine pourrait m'aller, mais cette idée-là ne plaisait pas à M'man et Miss Annie l'écoutait.

Miss Annie a dit non à Mr Coles, elle a dit que c'était pas bien de renvoyer M'man après toutes ces années au service de la famille. Alors Mr Coles a laissé sa femme faire les choses à son idée. N'empêche qu'il a demandé à M'man de payer dix dollars par mois pour vivre sur la propriété où elle avait servi comme esclave. Les temps changent, mais pas les gens. Les Noirs, c'est juste assez bon pour trimer tant qu'ils ont pas d'opinion.

M'man m'a tout appris. Je sais cuisiner, faire le ménage et repasser. Je sais me débrouiller dans un jardin. Je sais mettre tout ce qui se mange en conserve au vinaigre. Je sais où creuser pour trouver des feuilles de pissenlit et comment les cuisiner pour qu'elles perdent leur amertume. Je sais quel effet chaque plante a sur le corps et je sais tout ce qu'il y a à savoir sur les bébés. Je change des couches depuis que je sais marcher. M'man et moi, on a aidé à mettre au monde la moitié des enfants de couleur du comté, plus ceux de Miss Annie. C'est moi qui lui épongeais le front quand elle hurlait de douleur. Ce que j'ai eu peur la première fois ! J'avais jamais vu une Blanche accoucher.

J'ai été sacrément surprise de voir qu'on est toutes faites pareil, en bas. Quand Molly est née elle aussi, j'avais déjà aidé la moitié des femmes de la ville à enfanter, les Blanches comme les Noires.

Quand j'ai pris les choses en main dans la maison de Miss Annie, tous les soirs en rentrant chez nous, j'aidais M'man à manger et à se laver. On avait notre petite organisation. Mon frère Willie travaillait toute la journée dans les champs de coton et après il venait me prêter main-forte. Je vidais et lavais le pot de chambre, je faisais sa toilette à M'man du mieux que je pouvais pendant que Willie démarrait le poêle à bois, et ensuite je préparais un repas avec ce qu'on avait. Parfois, c'était un bon petit lapin que Willie avait attrapé dans les champs, ou du poisson qu'il avait pêché dans le fleuve Edisto.

La maladie de M'man, c'était pas rien. Ses jambes et ses pieds ont enflé au point qu'elle pouvait plus se tenir debout, tellement ça lui faisait mal. Elle croyait qu'elle pouvait guérir, elle disait que c'était la goutte, mais ça s'est jamais arrangé. Malgré tout, chaque jour, matin et soir, on parlait. Elle voulait savoir ce qui s'était passé pendant la journée, elle demandait des nouvelles des garçons de Miss Annie et de leurs leçons. J'étais pas tranquille à l'idée de m'occuper de la maison des Coles sans M'man. Même sur son lit de mort, elle continuait à me donner des conseils, mais y avait rien à faire, j'avais le cœur lourd et le sommeil agité. Maman chantait en me caressant la tête. Elle parlait des saisons de l'année et des saisons de la vie qui sont toutes pareilles. Tout passe, qu'elle disait. Je le sais maintenant. Elle continuait à me parler jusqu'à ce que je sois assez calme pour dormir un peu avant le lever du soleil. C'est vraiment atroce quand le souci ne vous laisse pas de repos, la nuit, mais M'man arrivait toujours à m'apaiser. « Tu sais ce que tu fais », qu'elle me disait, mais j'avais beau être sûre qu'elle me mentirait pas, je pouvais pas m'empêcher de douter de moi-même.

Un soir, Maman m'avait bercé de ses paroles jusqu'à ce que je m'endorme. En pleine nuit, j'ai eu l'impression de m'enfoncer dans le lit comme si un énorme poids m'écrasait – j'arrivais plus à respirer tellement c'était lourd. Quand j'ai réussi à me débarrasser de cette sensation, j'avais de la fumée plein les narines. J'ai vu notre maison en feu, les flammes lécher les murs tout autour de nous. J'ai tendu la main pour toucher M'man, mais elle était plus à côté de moi. J'entendais Willie crier mon nom dans le vacarme de l'incendie et je me suis rapprochée à tâtons jusqu'à ce que je trouve sa main dans le noir. On a cherché dans toute la chambre, on a retrouvé Maman et on l'a attrapée par la taille. Elle arrêtait pas de hurler : « Sauvez le miroir ! Sauvez le tableau ! » On l'a emmenée dans le jardin et avant que j'aie pu le retenir, Willie est reparti vers la maison en courant – tout droit vers l'enfer. Je l'ai cru perdu pour toujours.

Quand je me suis réveillée en sursaut cette nuit-là, j'ai crié si fort que M'man a mis sa main calleuse sur mon front pour me calmer. Je lui ai raconté mon cauchemar et elle a dit :

— J'veux pas entendre parler de ça, ma p'tite ! Le Seigneur nous a conduits jusqu'ici. Mon garde-manger est bien garni, j'ai quelques dollars en poche et on doit rien à personne. Quoi qu'il arrive, ça ira.

Le lendemain, j'étais en train d'habiller Buck quand j'ai entendu la sonnerie d'alarme et l'appel au secours. J'ai couru à la fenêtre et j'ai crié au garçon de ferme :

— C'est la maison de qui ?

— C'est vot' maison, Miss Retta. C'est la vôtre ! il m'a répondu.

Je suis sortie de chez les Coles comme un ouragan et j'ai traversé le champ aussi vite que j'ai pu. J'ai vu la colonne de fumée et les Noirs qui se démenaient en hurlant ; ils faisaient une chaîne entre le puits et la maison pour amener des seaux d'eau. Quand je suis arrivée au bois, je hurlais à en perdre la tête :

— Il est où, Willie ? Il est où, mon frère ?

Je l'ai trouvé derrière la maison, mais pas tout à côté, à la lisière du bois. Assis par terre, couvert de suie. La figure couverte de larmes et de morve, il se balançait d'avant en arrière comme un bébé qui a besoin de réconfort. Il serrait le miroir de M'man dans ses bras, et aussi son tableau avec un bateau sur la mer. Il les avait tous les deux, mais on avait perdu M'man. J'avais pas été là pour la sauver.

* * *

Je ne sais pas ce que ces cardinaux veulent nous dire, mais si ça concerne cette petite, j'ai du pain sur la planche. Elle est recroquevillée comme un petit insecte sous sa pierre dans le hamac suspendu entre le figuier et le pêcher, près de la maison. Odell me l'a installé pour se rendre utile quand j'étais rongée de chagrin, après la mort de M'man. Des fois, je m'y mets pour me reposer, mais pas aussi souvent que je voudrais. Je la pousse un peu pour qu'elle se balance pendant que je détache des morceaux d'écorce d'un buisson de grenadiers avec mon vieux couteau de cuisine, près du tas de bois. Je dois préparer une décoction contre les vers et l'écorce de grenadier, c'est ce qui marche le mieux pour soigner ça.

Ensuite, il faut faire travailler les intestins. On n'a pas grand-chose comme fruits pour ça. Les pommes sont pleines de vers par ici. Au bout de trois ans, ces arbres ne sont toujours pas remis de l'infestation. Mais les figues feront l'affaire. Cette petite est affamée, son corps se consume. Si j'lui donne pas ce qu'il faut, elle pourrait aller de mal en pis. Et alors je me retrouverais avec une gamine blanche *et* morte sur les bras. Jésus, je sais que c'est un péché de s'inquiéter d'avoir une petite morte quand j'en ai une vivante, mais les ennuis que j'attire sur mon toit, ça suffirait à tuer quelqu'un.

Une fois ma cueillette finie, je repasse à l'avant de la maison et je vois Mabel approcher dans la petite rue en terre battue. Je sais qu'elle vient vérifier si ce qu'elle a entendu dire en rentrant du travail est bien vrai. Des lucioles volettent autour d'elle dans le crépuscule. C'est une bonne chrétienne qui connaît sa Bible, même si elle a pas de jugeote. J'essaie de pas la juger, mais c'est pas facile. Je lève la main dans sa direction avant qu'elle ait débouché au coin de l'allée et je reste comme ça jusqu'à ce qu'elle lève la tête. Alors, je lui crie de loin :

— J'peux pas recevoir de visite maintenant, Mabel, rentre chez toi.

Elle entend la petite pleurer. Je le devine parce qu'elle tourne la tête. Je sens qu'elle pèse ses mots, ceux qu'elle devrait dire et ceux qu'elle a envie de dire.

Mais moi, j'ai pas de temps à perdre avec ses sottises. Elle sait pas ce que c'est que d'être à ma place.

— Retta ?

— Rentre chez toi, Mabel, j'peux pas te parler maintenant.

J'imagine qu'elle sera pas la seule à pointer son nez par ici, mais j'ai autre chose à penser pour le moment. Odell sera bientôt à la maison et j'ai pas assez de mes deux mains pour toute la besogne que j'ai à abattre.

Il y a un hymne qui me soutient quand le fardeau devient trop lourd à porter. Je le chante en poussant la porte moustiquaire avec du bois plein les bras et en traversant le coin salon pour aller dans la cuisine. Je le chante pendant que j'allume le petit bois et tisonne le feu. « *Oh my Lord, oh my good Lord, keep me from sinkin down.* » Je le fredonne comme une berceuse en ressortant de la maison pour prendre la petite dans mes bras et la ramener à l'intérieur. Elle s'accroche à moi comme un bébé araignée. « *I mean to go to heaven too, keep me from sinkin down.* » Je la chante en mettant l'écorce de grenadier à tremper dans la bouilloire et en berçant la petite. « *I look up yonder and what do I see ? Keep me from sinkin down.* »

La fillette se met à geindre.

— Chut, chut. Regarde là-haut, regarde les anges.

Elle lève les yeux vers le toit de ma maison, on dirait qu'elle y voit un souvenir du passé. « *I see the angels beckoning me. Keep me from sinkin down*[1]. »

1. « Oh mon Dieu, oh mon Dieu, empêchez-moi de sombrer. / Je veux aller au ciel moi aussi, empêchez-moi de sombrer. / Je regarde là-haut et qu'est-ce que je vois ? Empêchez-moi de sombrer. / Je vois les anges qui me font signe. Empêchez-moi de sombrer. »

J'entends les clochettes de la carriole d'Odell bien avant qu'il arrive et traverse le jardin, à la demie, avec ces vieilles juments qui soufflent comme si elles venaient d'escalader une montagne. Et moi, ô Seigneur, je chante ! Je chante pour Odell et sa jambe infirme, je chante pour moi, une vieille femme qui a un enfant mort et enterré, et je chante pour cette petite-là, qui n'a rien à elle. Rien du tout.

* * *

J'ai été la première de tous les miens à quitter la plantation pour venir m'installer ici, sur Hunter Lane. Après la mort de M'man, nous autres, on n'y était plus chez nous. Ce temps-là était révolu et il fallait avancer. Ça a pas traîné, tout le monde est venu s'établir par ici et presque du jour au lendemain, y avait neuf vraies maisons nichées dans le bois et vingt-deux enfants qui couraient autour – chaque couple élevait sa petite famille, sauf Odell et moi. Les années ont passé sans nous apporter d'enfant. Mais on allait de l'avant. Odell se levait avant l'aube et j'lui préparais sa petite assiette avec son café et ses gâteaux secs avant qu'il parte pour la gare de chemin de fer. Toute la journée, il mettait du charbon dans la locomotive des trains qui font l'aller-retour entre Branchville et Columbia. C'était un homme grand et fort. Il besognait dur pendant seize heures par jour, même plus que ça juste avant d'être blessé. Quand il était parti, je rejoignais les autres femmes sur le chemin du travail, on allait s'occuper du ménage et de la lessive des patronnes blanches. Toutes les femmes de couleur dans ma rue nettoyaient les maisons des Blancs pour gagner leur vie.

On appelait ça « secouer les chiffons ». Au point que tout le monde en ville s'est mis à appeler notre quartier *Shaker Rag*. Le nom est resté.

Odell et moi, on s'est mariés après la mort de M'man. On s'est écrit des lettres tout l'automne avant qu'elle nous quitte, quand il travaillait pour les chemins de fer du côté de Williston. Cet été-là, sa mère est venue chez nous et nous a demandé, à M'man et moi, d'écrire à Odell. Il était triste comme les pierres et il avait le mal du pays comme pas possible. Alors j'lui ai écrit une lettre et il m'a répondu. On se racontait un petit quelque chose de chaque journée, rien que des nouvelles du coin, c'est tout. Dans une de ses lettres, c'était écrit :

« *Chère Oretta, O, O, O, comme j'aime la lettre O. Ton ami, Odell.* »

Un peu après ça, un dimanche après-midi, il nous a tous surpris en revenant à Branchville pour un repas en famille. C'était une belle journée. Les feuilles commençaient tout juste à prendre les couleurs vives qu'elles ont juste avant de quitter leurs branches. C'était une grande réunion de fête où tout le monde apportait quelque chose à mettre sur la table. Quand on a fini de manger, Odell s'est levé et il a dit à M'man :

— Miss Sally, j'veux épouser Retta. J'ai pris deux jours de congé pour qu'on puisse se marier demain.

M'man s'est tournée vers moi et mon sang n'a fait qu'un tour, j'ai quitté ma chaise d'un bond et j'ai crié :

— Non, tu vas pas m'épouser demain, Odell Bootles, c'est pas comme ça que ça se passe !

— Et comment ça se passe, alors ?

— Tu dois me demander d'abord.

— Tu sais que je t'aime.

— Non, je le sais pas.

— Ben, je t'écris tous les jours, non ?

À ce moment-là, j'ai compris d'un coup que je l'aimais aussi. Mais je pouvais pas l'avouer avec tous ces regards sur nous, même si je m'doute aujourd'hui que personne n'était dupe, ils le savaient avant moi. J'ai fini par dire oui mais j'ai demandé à Odell de s'embaucher sur la ligne de Branchville. J'avais pas l'intention d'élever mes enfants loin de ma famille. Quand ça serait fait, on se marierait.

Après ça, M'man m'a dit :

— Ma p'tite, t'es p't'être passée à côté de ta chance.

Mais je connaissais le cœur d'Odell et lui connaissait le mien. Il voulait la même chose que moi.

* * *

Le temps qu'Odell attache les chevaux et leur donne à manger dans leurs boxes, j'ai déjà fait avaler deux tasses de décoction à la petite. Elle y met de la bonne volonté, mais quand elle voit mon mari passer la porte, c'est reparti, elle se remet à pleurer.

— Je serai sage !

Elle braille si fort qu'Odell recule et ressort attendre sous le porche, de l'autre côté de la porte moustiquaire.

— Tais-toi maintenant !

Elle fait ce que je dis. Je rejoins Odell dehors, il s'appuie d'un côté sur sa béquille en bois.

— Qu'est-ce qui se passe ici, ma belle ? il demande.

Qu'est-ce qui se passe ? Comment je réponds à cette question, moi ? Quand j'ouvre la bouche pour essayer, je peux pas.

— Remplis la baignoire, faut que je donne un bain à la petite. Elle a la fièvre.

Y a pas grand-chose qui aide un homme à se sentir un homme quand il trouve plus d'emploi digne de ce nom. Qu'Odell soit infirme, ça change rien au fait qu'il m'aide. Dès que j'ai besoin de quelque chose, il se lève. C'est l'homme le plus fort que je connaisse. Il m'aide à transporter la baignoire, on passe par la porte de devant et on la pose sur le tapis que j'ai tissé de mes mains. Ensemble, on le traîne jusqu'à la cuisine et après, j'y verse un mélange d'eau bouillante et d'eau froide. La petite fille se cache derrière le canapé comme si on s'apprêtait à la cuire vivante. Faut que ça soit ni trop chaud ni trop froid. Si c'est trop chaud, ça fera monter la fièvre, si c'est trop froid, le choc peut lui causer un arrêt du cœur. Odell va chercher le savon.

— J'te ferai à dîner après l'avoir lavée, je lui dis.

— T'inquiète pas pour moi.

Il retourne chercher du bois.

Quand je la déshabille, je vois combien elle est mal en point. Ses côtes et ses os ressortent de partout, on croirait qu'ils vont lui transpercer la peau. Elle est couverte de bleus et de marques de teigne.

— Doux Jésus ! murmure Odell en arrivant avec une pleine brassée de bois.

On se regarde et j'ai peur qu'un seul mot suffise à m'enlever ce qui me reste de courage. Odell rajoute du bouleau dans le poêle, puis il ressort et je l'entends s'installer sur la balancelle, à portée de voix au cas où j'aurais besoin de lui. Je soulève la petite et je l'emmène jusqu'à la baignoire pour la mettre dans l'eau. Elle est si faible et fatiguée qu'elle peut même pas relever la tête et elle reste là, allongée, à regarder les anges. La nuit va bientôt tomber et le spectre de la mort ne s'éloignera pas avant la fin du jour.

— Y t'arrivera rien, Miss Oretta est avec toi. Tu m'entends, petite ?

Elle hoche la tête et chuchote :

— Mary. J'm'appelle Mary.

Après ça, elle ferme les yeux pendant que je m'occupe d'elle.

J'lui lave les cheveux et les aisselles, je frotte entre les orteils et à l'endroit où le cordon la rattachait à sa mère. Je l'aide à se relever et à se tenir accroupie pour que je puisse lui nettoyer les fesses. Elle s'accroche à mon épaule pour ne pas tomber. J'lui enlève toute la saleté qu'elle a dans les oreilles et aussi derrière, et quand j'ai fini, l'eau est si noire et grouillante de petites créatures que je vois plus le fond de la baignoire. Si elle passe la nuit, je sais que je devrai faire la même chose demain.

J'lui mets une chemise de nuit en coton que je garde dans une valise sous le lit. Elle reste assise sur une chaise pendant que je fais un nœud avec le tissu pour qu'elle voie ses pieds quand elle marche. Je la mets sur mes genoux pour peigner les nœuds qu'elle a dans les cheveux, des nœuds gros comme le poing. Elle me laisse faire sans rechigner. Le pot de chambre est posé par terre, à mes pieds. On va en avoir besoin. Quand Odell revient dans la cuisine, la petite se serre contre moi comme si elle pouvait traverser ma vieille carcasse pour se réfugier à l'intérieur.

— C'est Mr Bootles, je lui dis. Il n'est pas méchant.

Odell hoche la tête.

Elle se met à trembler de tous ses membres, à croire qu'elle a vu le Saint-Esprit lui-même. Après ça, elle est prise de hoquets. C'est la décoction qui fait effet. Je me penche et je prends le pot de chambre pour le poser sur ses genoux. Aussitôt, elle vomit tout ce qu'elle a avalé. Odell reste immobile, comme un arbre au milieu de la cuisine, pendant que je caresse le dos de la petite. Quelque part, très loin, on entend le grondement du tonnerre.

— La p'tite a besoin d'un docteur, Retta.

— Aucun docteur viendra ici le soir, Odell.

— Alors faut qu'on l'y emmène.

— On n'a pas le temps.

— Je vais chercher Roy pour qu'il m'aide à atteler les chevaux.

— Je laisserai pas cette petite chez le docteur.

J'ai bien l'intention de tenir la promesse que j'ai faite au Seigneur. Cette enfant, c'est mon fardeau. Si j'lui sauve la vie, je sauve Odell. L'air est lourd de tension entre nous.

— Mon vieil Odell, t'as rien à dire et je veux pas t'entendre.

Il tourne les talons et pousse la porte moustiquaire. Pas la peine que j'lui explique, il comprendra pas. Je caresse le dos de la petite et j'empêche ses cheveux de tomber dans le pot de chambre.

— Vas-y, petite, sors tout ça de ton ventre.

À la fin, elle se laisse aller contre moi. Je l'allonge sur le canapé et je lui caresse la tête jusqu'à ce qu'elle respire tranquillement. Quand elle finit par fermer les yeux, je regarde c'qu'y a dans le pot de chambre : des asticots flottent et se tordent dans le liquide.

Une fois que j'ai couché la petite, que je nous ai préparé notre dîner, à Odell et moi, on se retire dans notre chambre. Je lui frotte son moignon avec de la vaseline. Sa jambe est toute ravagée par la brûlure que lui a causée son accident. Après toutes ces années, il a encore mal comme si c'était hier. Pour moi, ça compte pas qu'il ait une jambe en moins. C'est toujours un homme. Y m'en a fallu du temps, pour le convaincre, mais il me laisse masser son corps fatigué tous les soirs. Il dit que je l'ai ramené à la vie, mais c'est lui qui m'a sauvée en survivant.

— Tu dois garder la foi, Odell. Y a des choses qu'on voit pas. Tout ce qu'on voit, c'est ce qu'on a là, devant nous, ce que nos yeux peuvent distinguer. On voit pas les choses comme Dieu. Peut-être que cette épreuve est une bénédiction. Peut-être qu'il en sortira quelque chose de bon.

— Toi, tu es incroyable !

Odell, il sait pas ce que je sais, ce que j'ai vu et je fais attention à pas l'inquiéter avec ça. Les maris n'ont pas besoin de tout savoir. Il doit pas s'embrouiller les idées, faut qu'il se concentre sur sa santé. Il se surmène déjà assez comme ça. J'ai à peine posé la tête sur l'oreiller qu'il dort déjà. Je reste allongée bien tranquille pour ne pas le déranger dans son sommeil, mais à l'intérieur, mes pensées se bousculent. Cette petite est dévorée de l'intérieur et les vers, il faut leur donner autre chose que de la chair humaine à manger. Demain, je dois trouver quelque chose de solide à lui mettre dans l'estomac, quelque chose qui passe.

Quand la pluie arrive, je suis bien contente qu'Odell soit là. C'est un orage d'été, violent mais vite passé. Mon mari dort à côté de moi comme il le fait toujours.

Il dit que ma présence lui apaise l'âme. Mais c'est lui qui me calme, je suis moins nerveuse quand j'ai son grand corps près de moi. Rien ne peut me faire du mal quand Odell est là. J'ai fait ce que j'avais promis, mais je sais que cette promesse-là va occuper plus d'une journée. La petite n'est pas bien vaillante. C'est terrible à voir chez quelqu'un d'aussi jeune. Y va falloir qu'elle se batte et je suis bien décidée à l'aider tant qu'elle sera sous ma garde. Je ferme les yeux un instant. Un bon orage, ça aide. La tempête du dehors calme celle de l'intérieur. Je suis réveillée par une main posée sur mon bras. La petite est debout près du lit et elle tremble comme si la fin du monde était pour ce soir. Je soulève le drap et elle se glisse à côté de moi, brûlante comme la braise. Pour l'endormir, je lui fredonne à voix basse : « *I looked out to Jordan and what did I see, coming for to carry me home ? A band of angels comin' after me, coming for to carry me home*[1]... »

Y faut savoir faire la paix avec la mort. J'y suis arrivée pour tout le monde sauf Odell. Le perdre, ça me tuerait. Je lui ai dit plus d'une fois : « Si tu meurs le premier, attends-moi là-bas, dans la minute qui suivra, j'te rejoindrai. »

Même si je le dirais jamais à voix haute, je me demande si j'ai vraiment rendu service à Odell en priant pour que sa vie soit épargnée quand il a été blessé, y a des années de ça. Si je voulais pas le laisser

---

1. « J'ai regardé du côté de la Jordanie et qu'ai-je vu venir pour me ramener à la maison ? Une nuée d'anges qui venaient vers moi, pour me ramener à la maison. » Extrait du gospel *Swing Low, Sweet Chariot*.

partir, c'était parce que j'avais besoin de lui. C'était pour moi. Pas pour lui. C'est bien malheureux d'avoir tant besoin de quelqu'un. Un besoin qui est jamais satisfait, qui a toujours besoin d'être nourri. Aimer, c'est pas la volonté de Dieu, c'est une idée de Satan.

Quand Odell se réveille à côté de moi, je me serre contre lui pour trouver un peu de réconfort. Ça doit être quelque chose de nous voir tous les trois dans ce lit ! Il tend le bras par-dessus mon épaule, sa main rencontre la tête de la petite et s'y pose rien qu'un instant. Personne n'est mort sous mon toit aujourd'hui, mais c'est arrivé quelque part, là-dehors. Pour que les uns vivent, les autres doivent mourir. C'est la promesse des cardinaux rouges.

— Tout ira bien, je dis à Odell.

Il pousse un gros soupir.

Quelqu'un à Branchville va trouver quelque chose à y redire avant que j'en aie fini avec ma mission. Il s'est encore rien passé, mais ça viendra.

4
Gertrude

Les alligators se nourrissent une fois par semaine et parfois, si leur proie est assez grosse, ils n'ont plus besoin de manger pendant près d'un an. Mais je sais pas combien de temps y faut à un alligator pour manger une grosse proie. Papa l'a jamais dit et je lui ai jamais demandé.

Je sens l'orage qui vient du nord avant qu'il éclate. Maman les flairait toujours, plusieurs jours à l'avance, des fois. Elle avait le nez pour ça et elle me l'a transmis. Je sens l'orage dans le vent, une douceur pesante, pleine, comme quelque chose qu'est sur le point de rompre. C'est comme ça que je me sentais juste avant de donner naissance à chacune de mes petites. Mûr, voilà ce que c'est, un orage. Avant qu'il éclate, j'ai juste le temps d'enlever mes habits et de faire un feu avec ce qui reste de petit bois. S'il me restait une robe, je brûlerais aussi celle que j'ai sur le dos. Elle me fait plus de mal que de bien, vu comme elle est fine, on voit au travers. Le soleil est couché mais j'ai la lumière du feu pour m'éclairer. Toute nue, je m'accroupis près de la pompe et, sous les grondements de l'orage qui approche, je me lave des saletés de la journée. Je frotte chaque partie de mon corps. Je sens pas le froid et pourtant l'eau est assez glacée pour que ça fasse mal. J'ai dépassé ça. Je serai prête quand ils viendront. Je serai propre et respectable. Je verse une cuvette d'eau froide sur ma tête pour rincer le savon dans mes cheveux. Je sais à quoi je dois ressembler. J'suis un animal dans les bois, j'suis pas digne de vivre en société. Pas grave, même un animal a sa vertu. J'ai un flair de renard. Et je sens ce qui arrive.

Maman nous faisait toujours tirer les matelas par terre avant que l'orage arrive. Elle avait peur que la foudre nous frappe dans nos lits. Avant qu'elle tombe malade, je l'avais jamais vue se rendre folle pour autre chose qu'un orage. S'il était vraiment violent, elle hurlait et pleurait à chaque roulement de tonnerre. Personne pouvait la ramener à la raison. Rien de ce qu'on pouvait dire ou faire ne la calmait jusqu'à ce que l'orage soit passé. Parfois, ça prenait deux, trois jours avant qu'elle nous revienne. Son esprit s'égarait déjà en ce temps-là, avant qu'elle perde la tête pour de bon. Papa disait que c'était parce que son père avait été frappé par la foudre sous ses yeux. Il était sorti sur le perron pour fumer une cigarette et *boum !*. Comme si la main de Dieu lui-même, avec ses doigts osseux, lui était tombée dessus. C'est à se demander quel genre de péché mérite un châtiment aussi rapide ! Maman a été projetée en arrière et elle s'est retrouvée au milieu de la maison. Tout ça lui est resté dans la tête. Elle a eu beau essayer, pas moyen de l'en sortir. Si on découvre ce que j'ai fait à Alvin, les gens diront que j'avais perdu la raison, mais je sais, pour chaque minute de chaque journée, où j'en étais dans mes pensées.

Des fois, les années passent tellement vite qu'on dirait les pages d'un livre qui défilent, mais une seule journée peut paraître aussi longue qu'une vie entière avant que le soleil se couche enfin.

Demain, c'est samedi. Alvin doit être à la scierie à six heures, et vu qu'il y sera pas, son père va venir ici faire un foin de tous les diables. Le matin sera bientôt là. Je dois me lever et me mettre au travail au lieu d'écouter la voix dans ma tête qui est de mauvaise compagnie. Il faut que je sois prête. Avec une bougie pour m'éclairer, je nettoie ce que je vois des saletés et du vomi d'Alvin qui ont séché par terre. Les mouches et les insectes grouillent sur les taches, un sacré tas de vermine. Ils pourraient sans doute faire le ménage à ma place, sauf qu'ils pondraient des œufs et se multiplieraient. Ils me rampent sur les mains et les bras et sur ma robe, ils me mordent et me piquent sans arrêt mais je sens rien. Je les écrase. Je peux en tuer dix, peut-être vingt d'une seule claque, mais ils reviennent toujours.

L'idée de manger suffit à m'écœurer, mais je sais que j'ai besoin de prendre des forces alors je mange un p'tit bout du pain de maïs de Retta avant de descendre le matelas par terre. Que c'est lourd ! Je m'y reprends à trois fois. C'est Alvin qui faisait ça pour nous. L'histoire de mon grand-père, ça l'avait secoué. Du coup, quand un orage s'annonçait, il se mettait à descendre tous les matelas sans que j'aie à lui demander. Il voyait rien d'excentrique à dormir par terre. Je pose ma tête bien au milieu du lit et j'étends les bras des deux côtés avant de fermer les yeux. J'suis malade comme jamais, à cause des coups et à cause de ce que j'ai fait. Mais je suis fatiguée aussi, une fatigue qui durera toujours. J'aimerais rester couchée là sans plus jamais me relever. Au lieu de prier, je dis à voix haute :

— Maman, bénis-moi.

J'essaie d'entendre sa voix et les gentilles paroles qu'elle me dirait si c'était une gentille femme. Mais elle est partie. Je l'ai perdue dans le vent.

Le péché que j'ai commis envers Alvin est terrible, je le sais. La Bible nous le dit. Mais quel péché est pire : vivre dans la misère sans aucun espoir, prisonnière de l'endroit qui devrait être votre refuge, ou tuer votre mari ? Il faut bien être responsable de son foyer. C'est le travail de toute femme. C'est ce que Maman disait. Si Alvin était pas heureux avec nous, avec moi, c'est que j'ai pas su faire son bonheur. Mais j'ai essayé, même si ça a pas marché. Sans doute que j'étais pas assez futée. Et si Maman avait raison de dire que la femme est le pilier d'un foyer heureux, alors le crime que j'ai commis envers Alvin n'est pas pire que la vie que j'ai construite pour mes enfants. Ce péché, je le porterai sur mes épaules. Je vais le prendre, l'avaler et le porter comme une croix si ça peut donner une chance à mes filles de vivre et d'avoir de quoi manger. J'irai en enfer ou en prison, on verra bien ce qui arrive en premier, mais si elles ont une chance, je suis bien décidée à leur donner et tant pis si mon crime jette une ombre sur leur nom.

À un moment, dans la nuit, avant l'aube, je suis réveillée par l'orage. Je ne sais plus d'où il vient ni où il va, c'est comme si le ciel s'était arrêté juste au-dessus de moi pour se déchaîner. Les éclairs et le tonnerre sont si proches que j'arrive pas à les distinguer – c'est plus rien qu'un énorme grondement. La pluie tambourine sur le sol et le vent secoue le toit en tôle. La vieille maison tangue sur ses pilotis. Cet endroit, ça sera bientôt plus qu'une île, si c'est pas déjà le cas. Après, le marais rejettera tout ce qui y vit : alligators, mocassins d'eau, grenouilles-taureaux, tiques et sangsues…, toutes les créatures de l'enfer.

À la lumière d'une bougie, j'examine mon visage dans un miroir. J'ai peur que mon œil gauche soit devenu aveugle. Même quand j'écarte les paupières pour l'ouvrir, je vois rien d'autre que le noir du sang à l'intérieur. Dans l'obscurité, je me prépare un cataplasme avec du tabac à priser humidifié et je me recouche. Le père d'Alvin ne va pas tarder. Il saura ce que j'ai fait. Il voudra se venger. Le besoin féroce de protéger les siens, je sais ce que c'est. Je ferme les yeux pendant que le ciel continue de lâcher ses imprécations tout autour de moi.

* * *

Quand je reviens à moi, l'horloge indique cinq heures et demie de l'après-midi ; ce samedi est presque fini. Tout ce temps perdu, ça me donne un coup au cœur. Quelle bonne à rien, j'ai perdu une journée au lit ! Je sors sous le porche de devant et je tends l'oreille, à l'affût d'une présence humaine. Dehors, mon feu n'est plus qu'une tache noire dans les mauvaises herbes. Le sentier qui part vers le marais disparaît sous une large étendue d'eau. Aucun signe du père d'Alvin. J'ai un jour de sursis. Peut-être qu'elle m'a entendue. Peut-être que Maman a entendu ma prière.

5

Retta

Depuis qu'elle est morte, il y a deux semaines, il m'arrive de voir Mrs Walker là-bas, sur le chemin. C'est souvent au petit matin, juste au point du jour. Je peux pas dire si c'est moi qui la fais apparaître ou autre chose. La tristesse vous joue de sacrés tours, parfois. Moi, j'suis une pauvre vieille folle qui aime son infirme de mari bien plus qu'elle devrait, une femme qui a pas besoin d'avoir une amie blanche ni d'aider une petite fille blanche. Dans les jours qui ont suivi la mort de mon amie, je l'ai vue sortir de terre et prendre forme dans la chaleur de l'été. On voit au travers d'elle, mais n'empêche qu'elle est bien là. Trente-cinq ans qu'elle vit dans ce coin, à un pâté de maisons de Shaker Rag. Je l'ai vue tous les jours de sa vie et depuis sa mort, quand les ouvrières de l'atelier de couture forment une petite file sur le chemin et se préparent à affronter les kilomètres qui les séparent de leur journée de travail, le spectre de mon amie les accompagne, comme quand elle était parmi les vivants.

Mais pas aujourd'hui. Aujourd'hui, elle reste debout sous la pluie battante, trempée, l'air fatigué. Je remarque qu'elle est là pendant qu'Odell et moi on charge la carriole à côté de la maison et qu'on installe la petite à l'arrière. Je l'aperçois du jardin, debout au milieu de la route – le bas de sa robe est taché de boue. Aujourd'hui, elle se fiche de la ribambelle de femmes qui vont au travail. Aujourd'hui, c'est moi qu'elle regarde.

J'ai prié pour Mrs Walker avant et après sa mort. J'arrive pas à m'accommoder d'un Dieu qui vous aide pas à comprendre qu'on n'est plus de ce monde. Où elle est, la promesse d'une vie éternelle ? J'y comprends rien, mais j'suis bien décidée à avoir les réponses à mes questions quand mon heure sera venue. Oh, les questions que j'ai à Lui poser, j'aimerais pouvoir les enterrer dans le jardin, à côté de la maison, avec ma petite fille ! Mais elles continuent à me tarauder. Je jure que si j'ai pas les réponses que je veux quand je serai au paradis, je m'en retournerai d'où je viens.

Avant de mourir, Mrs Walker m'a donné ses poules. Toutes. Elle a même signé un papier pour dire qu'elles sont à moi, comme ça personne pourra m'accuser de vol. Elle me les a apportées l'une après l'autre, toutes les six. Elle les adorait, elle leur avait même donné des noms.

— Celle-ci, c'est Georgia, elle m'a dit en me passant une de ses pondeuses. Elle est nerveuse et elle aime bien qu'on lui parle. Si tu ne lui dis pas bonjour le matin, elle ne te donnera pas d'œufs, alors parle-lui, compris ?

Elle m'a apporté cinq grosses poules : Georgia, Kentucky, Florida, Mississippi, Alabama et un vieux coq nain tout maigrichon qui s'appelle Sugar.

Un jour, assise devant la table de sa cuisine, je lui ai demandé :

— Pourquoi tu l'as appelé Sugar, ce coq ?

— Je croyais que si je lui donnais ce nom-là, il serait doux comme le miel.

— Doux Jésus, je lui ai dit, tu peux pas plus changer la nature d'un animal que celle d'un homme !

— Tant qu'on n'a pas essayé, on ne peut pas l'affirmer.

— Ça a marché ?

— Pas encore.

— C'est bien ce que je pensais.

— On ne peut pas toujours rester là, à attendre que ça se passe, Oretta. Parfois, il faut essayer de changer ce qui ne vous plaît pas.

Elle a sauvé Sugar un jour où des gars l'avaient laissé pour mort un samedi soir, après un combat de coqs. Elle l'a trouvé dans le champ pas loin de la route en rentrant de l'église et elle l'a soigné. Mais qu'elle l'appelle Sugar et qu'elle prenne soin de lui, ça n'a rien changé : il est resté méchant. Et vous savez quoi ? Elle l'aimait d'autant plus qu'il avait mauvais caractère. En plus, il a engendré une tripotée de poussins. Il montait les poules dès qu'il pouvait, celui-là !

Quand elle m'a amené Sugar, j'ai su que c'était grave. Ça m'a fait un coup au cœur. Je lui ai dit que je voulais bien m'occuper des poules et du coq tant qu'elle avait besoin, mais que j'allais pas les prendre. J'allais juste les garder pour elle en attendant qu'elle les reprenne.

— Non, elle m'a répondu, je ne veux pas être un fardeau pour toi, Oretta, tu en as déjà un bien assez lourd sur les épaules. Mes volailles sont à toi maintenant. Fais comme tu l'entends.

Elle ne voulait pas être un fardeau. Un fardeau de plus à porter. Une femme blanche me disait qu'elle ne voulait pas être un fardeau pour moi. J'avais jamais rien entendu de pareil. Une semaine après, elle était morte et je me suis demandé ce qu'elle savait et ce qu'elle avait gardé pour elle.

Ce matin, la rue est encombrée de gens qui partent au travail et s'abritent sous des journaux, sous leur veste ou leur parapluie pour ne pas être mouillés. Des chauffeurs et des porteurs qui se dirigent vers la gare, les femmes de Shaker Rag qui vont faire le ménage, les cheveux noués dans un fichu, les ouvrières blanches qui marchent dans la boue et sautent par-dessus les flaques, en route pour l'atelier de couture. On est samedi. Tous ceux que je vois vont travailler une journée complète avant le jour du repos dominical.

La petite est couchée sur une courtepointe à l'arrière de la carriole, sous une bâche qu'Odell a installée pour l'abriter. Elle est trop malade pour marcher. Elle a passé la nuit, mais sa fièvre reste forte et elle n'a toujours rien mangé. Je tiens un parapluie bien haut pour protéger la tête d'Odell à qui les rênes causent du tracas. Il a du mal à les garder en main. Le temps qu'on sorte du jardin, la pluie s'est calmée et on prend la route sous une petite bruine. Pour finir, je pose la main sur celle d'Odell pour qu'il arrête de se tracasser et je sens qu'il tremble. Il se dégage et tient les rênes de la main droite comme il le fait toujours, mais il les serre si fort que ses doigts sont tout blancs aux jointures. Le temps que je reprenne mes esprits et que je regarde du côté où Mrs Walker se tenait, les chevaux s'approchent d'elle et passent au travers. Elle s'évapore sous la pluie.

Les têtes se tournent, on nous suit du regard, Odell et moi, sur le chemin qui nous mène jusqu'à la ville. Je suis bien contente que la pluie me donne une bonne excuse pour couper court aux bavardages.

Quand Odell arrête la carriole à l'arrière de la maison des Coles, près de la porte de la cuisine, il ne pleut plus. J'appelle la petite et elle se lève. J'aide Odell à tenir debout pendant qu'il la soulève pour la sortir de la charrette. Elle ferme les yeux, les paupières bien serrées jusqu'à ce qu'il la dépose dans mes bras. Après, elle pose la tête sur ma poitrine. Pour un peu, je croirais que je porte une brassée de coton, tellement elle est légère. Odell se sert de sa béquille pour se remettre d'aplomb et se hisser sur son siège avant de reprendre les rênes.

— Où tu vas ? je lui demande.

— Je vais taquiner le poisson dans l'Edisto. Ça devrait mordre aujourd'hui.

— Tu te sens assez en forme ?

— En forme pour pêcher ?

Il secoue la tête comme si j'avais perdu la boule et retourne les courroies en cuir dans ses mains, les yeux tournés vers les champs qui bordent la maison. Il y a six semaines, c'était plein de tabac par là-bas, et d'hommes, de femmes et d'enfants en sueur qui le récoltaient sous un soleil de plomb.

— Rentre avant que quelqu'un te voie.

— On n'a rien fait de mal, Odell.

— Cette petite n'est pas à sa place dans cette maison.

Il me regarde et je plonge mes yeux dans les siens.

— Tu veux l'emmener avec toi ?

Il pousse un soupir et fait claquer les rênes sur le dos des vieilles juments, elles sortent du jardin et s'éloignent tranquillement sur la route.

Je vais installer la petite dans la chambre qui donne sur la cuisine, celle où je dors quand Miss Annie a besoin que je travaille tard. C'est là que j'ai vécu après la mort de Maman. Miss Annie avait fait mettre une serrure sur la porte rien que pour moi à l'époque, et elle m'avait donné la clé.

— C'est ta chambre maintenant, utilise-la comme bon te semble, elle a dit ce jour-là.

Elle est petite, mais il y a une fenêtre avec vue sur le jardin de derrière, sur les écuries et les autres dépendances un peu plus loin et on aperçoit les anciennes cases d'esclaves entre les arbres. Des fois, je jurerais que je sens la fumée qui s'échappe de leurs cheminées même si ça fait plus de cinquante ans que personne n'y habite.

J'essuie la petite, je la déshabille et je la laisse en culotte en attendant que sa robe sèche. Elle claque des dents et elle grelotte de fièvre, si fort que je l'allonge sous une pile de couvertures en espérant que tout ira pour le mieux. Je vais lui chercher un verre d'eau et je lui promets que je viendrai voir comment elle va.

— Repose-toi donc pendant que je travaille. Et pas un bruit, tu m'entends ? J'veux pas causer des ennuis à Miss Annie.

— Oui, ma'am, elle chuchote.

Odell a raison, cette petite n'est pas à sa place dans cette maison, mais qu'est-ce que je pouvais faire d'autre ? On va célébrer Homecoming à l'Indian Field Camp pendant la première semaine d'octobre.

Pour tous les fermiers de la région, le travail pourra attendre, ils vont se réunir dans un camp pendant sept jours entiers de dévotion et de communion. C'est dans moins de six semaines. J'ai du pain sur la planche, je dois m'occuper des conserves, des haricots secs, des desserts, emballer les ustensiles de cuisine et la literie.

Au moment où je termine de préparer le café, Miss Annie pousse la porte battante et la surprise me fait sursauter, ce qui nous effraie toutes les deux.

— Dieu tout-puissant ! je m'écrie, la main sur le cœur.

— Désolée, Retta.

Elle s'assoit à la table et pose une feuille devant elle.

— Vous vous êtes levée tôt aujourd'hui.

— J'ai fait une liste de tout ce qu'il nous faudra pour le Campement. J'ai envie de quelque chose qui change de l'ordinaire pour le jubilé du samedi. J'en ai plus qu'assez de l'éternel poulet frit.

Je lui réponds en lui servant son café avec beaucoup de lait et une petite cuillère de sucre, juste comme elle l'aime.

— Et si on faisait un ragoût de Frogmore ? je propose. Les garçons peuvent ramener des crevettes et du crabe de l'Edisto et il nous reste assez de viande d'alligator fumée et de saucisse de l'hiver dernier.

Je pose le café devant Miss Annie.

— C'est exactement ce qu'il nous faut !

Je me sers une tasse et la pose sur le plan de travail. Miss Annie ne dit plus rien, elle rajoute des choses à faire sur sa liste.

Moi, une oreille tendue vers la petite chambre et l'autre dans la cuisine, je verse de la farine dans la jatte et je creuse un puits au milieu avec mon poing. Je le remplis avec du saindoux, du lait et je pétris le tout pour en faire une belle pâte bien épaisse. Après, je la roule et je façonne un long boudin, j'en coupe des morceaux que je pose sur la plaque à pâtisserie. Mr Coles aime mes biscuits, alors j'en prépare une nouvelle fournée chaque matin. Le lit grince dans l'autre pièce, mais Miss Annie ne remarque rien. Je prends des œufs dans le réfrigérateur, mais j'ai les mains qui tremblent quand je les casse. Des bouts de coquille tombent dans la jatte et je suis obligée de les repêcher avec mes ongles.

Je romps le silence.

— Qu'est-ce qui vous turlupine comme ça, Miss Annie ?

Elle agite la main comme pour chasser une mouche, alors je me tais. Elle prend son café et souffle dessus avant d'en boire une gorgée pendant que je fais frire le bacon dans la poêle. Elle finit par répondre :

— Je pense juste à mes filles. Est-ce qu'elles viendraient à la fête si je les invitais ? Je me demande. Elles pourraient venir avec leurs maris. Elles s'y amusaient tellement quand elles étaient petites. Tu te rappelles ?

— Pour sûr.

Je prends ma tasse près de la jatte et je bois un peu de café. Les filles de Miss Annie, c'est des femmes maintenant ; quinze ans qu'elles sont pas passées voir leur Maman. La dernière chose que Miss Molly lui a dite, c'est qu'elle mettrait plus les pieds ici et elle a tenu parole. En grandissant, Miss Molly est devenue de plus en plus fougueuse, comme sa mère. Miss Sarah a un peu écrit au début, mais les lettres se sont faites de plus en plus rares avec le temps. Dans la dernière, elle annonçait à Miss Annie que Molly avait trouvé un vrai travail, pour une dame du nom de Clelia McGowan. Elle fait un sacré foin là-bas, à Charleston, avec sa campagne pour les droits de la femme ! Quand Miss Annie a su ça, elle est allée s'inscrire sur la liste pour voter. Et elle a écrit à Sarah pour le lui dire, sachant que Molly l'apprendrait. Mais Miss Molly n'a jamais répondu, et au bout d'un moment, Sarah aussi a arrêté de donner des nouvelles.

— Pourquoi vous leur téléphonez pas pour les inviter ?

— J'y ai pensé.

— Le temps, ça radoucit les gens.

— J'aimerais comprendre comment on en est arrivés là. J'ai essayé. J'ai ressassé tout ça encore et encore dans ma tête. Ça m'a fait plus de peine que la mort de Buck.

— Qu'est-ce qui t'a fait plus de peine que la mort de Buck ?

Mr Coles entre dans la cuisine et s'approche du comptoir pour se servir son café comme il le fait chaque matin. Je vois l'air surpris de Miss Annie. Elle a dit tout haut ce qu'elle pensait tout bas et maintenant, y faut qu'elle s'explique.

— Les filles me manquent, c'est tout.

Il verse deux cuillères de sucre dans sa tasse et remue.

— Nos filles ne sont plus des enfants, ma chère. Elles t'ont tourné le dos, à toi qui leur as donné la vie, et quelle belle vie ! Je n'ai que faire de telles ingrates. Plus vite tu te les seras sorties de la tête et mieux ça vaudra pour toi… pour nous tous.

— Oh, Edwin ! Tu n'as pas besoin de me défendre.

— Je me contente d'énoncer les faits, ma chère.

Il prend le journal du matin sur le comptoir et le pointe vers Miss Annie.

— L'impudence ne mérite pas qu'on y prête attention. D'aucune manière.

Sur ces mots, il lui pose un baiser sur le front et sort de la cuisine. Miss Annie soupire, repousse sa chaise et se lève.

— Il se fait du souci pour la récolte de tabac. Il compte vraiment dessus.

— Oui, m'dame.

— Tu as peut-être raison pour les filles, Retta. Je ne sais pas.

— Ça peut pas faire de mal. Le petit déjeuner sera prêt dans deux petites minutes.

Je verse les œufs dans la poêle et je les fais revenir dans la graisse du bacon.

— Prends ton temps. Je fais tout à une allure d'escargot aujourd'hui.

Elle me laisse à mes pensées. La journée ne fait que commencer. Avant, l'idée de me retrouver au calme dans une pièce suffisait à m'apaiser. Je mets une assiette d'œufs et un biscuit de côté pour la petite. Je vais la nourrir et elle mangera. Tout ira bien.

Quand Mr Coles est parti inspecter le tabac qui sèche dans la grange et Miss Annie à l'atelier de couture, je tourne la clé de la porte et je tire une chaise pour m'asseoir au chevet de la petite qui dort. Je la touche pour la réveiller, mais elle ne réagit pas et, l'espace d'un instant, j'imagine le pire avec la mort dans l'âme. Quand elle ouvre enfin les paupières et me regarde, ses yeux sont vitreux à cause de la fièvre. Elle me chuchote :

— J'veux ma maman.

— Ta maman a des choses à faire. Elle sera de retour dans trois jours. Allez, assieds-toi et mange.

— Et si elle revient pas ?

Seigneur, les questions qu'elle pose, cette petite !

— Ta maman te connaissait avant que tu saches qui t'étais. Les mamans, ça ne part pas. Elle reviendra.

Je prends une cuillère d'œuf et je la mets devant ses lèvres. Elle la prend en bouche, mais ça l'écœure aussitôt et elle recrache tout sur le lit. La voilà qui se remet à pleurer. Un si gros chagrin que ça me tire les larmes des yeux.

— Arrête de pleurer, arrête ça !

Elle se calme, mais des hoquets continuent de la secouer. Elle se referme sur elle-même. Je me glisse dans le lit et je la prends dans mes bras jusqu'à ce qu'elle revienne parmi nous. Pour finir, elle mange un petit bout de biscuit avec du miel, mais pas assez pour lui remplir le ventre. Après, je l'emmitoufle dans une couverture, je l'installe dans le fauteuil près de la fenêtre et je tire le rideau juste assez pour qu'elle voie le jardin et le reste de la propriété jusqu'à l'écurie. Les chevaux sont au paddock. Je lui dis de leur donner des noms pendant que je vais pétrir le pain et je referme la porte. Je suis devant l'évier quand j'entends un bruit de bottes. La porte moustiquaire s'ouvre en même temps que celle de ma chambre. La petite apparaît juste au moment où Mr Coles passe le seuil et entre dans la cuisine. Je sais pas pourquoi il est revenu des champs plus tôt que d'habitude.

— Qu'est-ce que c'est que ça ? il demande quand il la voit.

Je me suis fait prendre. À reculons, la petite s'éloigne de la porte ouverte et retourne dans la chambre et je me dépêche de la rejoindre en parlant à Mr Coles.

— C'est Mary. Je m'occupe d'elle le temps que sa maman revienne.

Je pose la main sur la tête de la petite pour qu'elle arrête de trembler.

— Vous êtes payée pour garder cette petite fille, Retta ? Vous gagnez de l'argent dans mon dos ?

— Non, m'sieur. Sa maman avait besoin d'un coup de main, juste pour quelques jours, et je me suis dit que je devais l'aider en bonne chrétienne. Pardonnez-moi, m'sieur, j'aurais dû voir ça avec vous d'abord, mais c'est arrivé hier après mon service…

— Une femme blanche vous a demandé un service ?

— Oui, m'sieur, je crois qu'elle avait plus personne à qui demander.

Il regarde la petite qui s'accroche à ma jupe.

— Madame sait qu'elle est ici ?

— Non, m'sieur, je voulais embêter personne avec ça. C'est une petite fille tranquille, très timide, et elle demande pas beaucoup d'attention.

— Combien de temps devez-vous vous en occuper ?

— Encore trois jours, m'sieur.

Il reste là et, sans quitter la petite des yeux, il joue avec les pièces qu'il a dans la poche.

— Je ne veux pas que vous causiez du souci à Madame avec ça. Compris ? Gardez-la cachée.

— Oui, m'sieur.

— Tu t'appelles Mary, c'est ça ? il demande à la petite.

Elle hoche la tête en le regardant.

Mr Coles sort une pleine poignée de monnaie, cherche et y trouve ce qu'il veut. Il tend cinq *cents* à ma protégée.

— Tu as déjà eu une pièce de cinq *cents* rien qu'à toi, Mary ?

Elle fait non de la tête.

— Celle-ci porte ton nom. Viens voir ça.

Elle s'éloigne de moi et va jusqu'à la porte près de laquelle il se tient, avec sa pièce qui brille. Quand elle arrive devant lui, il pose la pièce dans sa paume et lui montre les caractères imprimés dessus.

— Juste là, c'est ton prénom. Tu vois ?

Elle secoue la tête et ça le fait bien rire.

— À quoi j'ai droit en échange ? il demande.

Elle hausse les épaules.

— Moi je pense que j'ai droit à un câlin en échange d'une grosse pièce comme ça. Pas toi ?

Il ouvre les bras. C'est une gentille petite, elle fait ce qu'on lui demande. Mr Coles la soulève dans les airs. La petite pendille mollement contre lui, comme un agneau dans la gueule du lion.

6

Gertrude

Le jour du Seigneur, je me lève tôt, avant que le soleil prenne sa place dans le ciel. Je pose une marmite sur le fourneau et j'y mets les fèves. Caché au milieu comme un cadeau de Noël, il y a un morceau de lard. J'ai pas mangé de haricots blancs depuis des années, et la viande de porc, n'en parlons même pas. Je pense à mes filles, à l'abri chez Berns et Marie, où on leur donne ce que je peux pas leur offrir. Elles ont sans doute quelque chose dans le ventre à cette heure-ci, un peu de pain et de beurre, du café peut-être. Elles doivent se frotter les paupières, les yeux encore pleins de sommeil. Je pense à Mary et à toutes les fois où je lui ai dit que je la donnerais au chiffonnier si elle était pas sage. Et voilà que je l'ai laissée à la femme du chiffonnier comme un objet qu'on met au rebut. Oh, ma tête, ma tête ! Si je pouvais, je la détacherais de mon cou et je la poserais sur une étagère jusqu'à ce qu'elle guérisse. Mais je ne peux pas. J'ai du travail qui m'attend.

Je lave toute la maison, même les murs. Après, je rassemble nos affaires sur le sommier. C'est pas grand-chose, il n'y a même pas de quoi faire une dot à l'une de mes filles, mais si je peux tout réunir sous le même toit, j'ai de quoi les équiper. Il y a des ustensiles de cuisine, des assiettes, ma poêle en fonte, une grosse marmite, deux pots en terre avec leur couvercle, un peu d'argenterie et un couteau avec un manche en bois assez gros pour trancher une pastèque. Il y a ma Bible, tout usée et abîmée d'avoir pris l'eau, quelques courtepointes et un peu de linge de maison, juste ce qu'il faut pour que mes petites ne meurent pas de froid. Sous la maison, dans un coin près des pilotis, je trouve une boîte à outils en métal. Ça m'étonne, j'ai jamais vu Alvin s'en servir. Dedans, il y a un marteau, des clous, un tournevis, une clé à molette et une pince. Au milieu de tout ça, il y a une bouteille en verre transparent, posée à plat au fond de la boîte – plus qu'à moitié pleine. Sans doute qu'il était saoul quand il l'a cachée là et il l'a oubliée. À l'intérieur, le liquide ressemble à de l'or. Je la lève vers le soleil. Elle donne une couleur ambrée aux arbres qui ont l'air tout droit sortis d'un rêve, mais c'est une tromperie. Je connais la traîtrise de ce qu'il y a là-dedans.

Je lave la totalité de notre linge, y compris la robe que j'ai sur le dos et, toute nue, je vais étendre ma lessive sur la corde, dehors. La chaleur est un peu moins forte après l'orage, mais le mois d'août est une étuve, on peut rien y changer. Tout ce qu'on a est étendu sur cette corde. Quand je m'assois à table pour dîner, le soleil se couche. Sans habits, la chaleur est tolérable, alors je reste comme ça. Pendant des années et des années, j'ai détesté mon corps et ce qu'on lui imposait. J'avais juste l'impression qu'il n'était pas fait pour moi. Mais après, quand j'ai donné naissance à Edna, je me rappelle avoir regretté tout le mal que j'en avais pensé. Mon corps avait fait tout ce qu'il était censé faire. Il avait fabriqué l'enfant qui était dans mes bras. Je m'étais même pas aperçue de quoi il était capable, jusqu'au jour où un bébé s'est niché contre ma poitrine pour se nourrir.

J'ai une palanquée de fèves et de pain de maïs, de quoi manger pendant trois à quatre jours pour une seule personne. Ça nous tiendrait un jour si les filles étaient à la maison. Je goûte tout comme si elles étaient assises à table avec moi. C'est les meilleures fèves au lard que j'ai jamais mangées et le pain de maïs est un vrai délice, même sans beurre. Je me limite à un bol et je mets le reste de côté, je le rangerai dans le placard pour demain. Après ça, je vais faire ma vaisselle dehors, dans la nuit sans nuages. Demain est un autre jour, on verra bien ce qui m'arrivera. Ce soir, je me sers un verre de ce qu'Alvin m'a laissé dans la bouteille. Le liquide doré fait des tourbillons contre les bords du verre. Son odeur me brûle l'intérieur des narines. Assise sur la première marche du perron, sous le ciel obscur, je laisse les insectes se repaître de la peau que j'ai toujours jalousement cachée aux regards du monde, je lève mon verre et je bois. Le feu de l'alcool coule dans ma gorge et me réchauffe le ventre. Il m'envahit tout entière et calme un peu la douleur. C'est ça, l'avantage. Je lève encore mon verre et je bois jusque tard dans la nuit, jusqu'à ce que la douleur disparaisse, j'avale tout ce qu'avalait mon mari.

On est lundi, je suis habillée et je plie les couvertures bord contre bord quand j'entends les animaux du marais se lancer des cris comme ils le font à l'approche du danger. Du coup, je sais que le père d'Alvin arrive par le bois avant d'entendre le bruit de ses pas et ses éclats de voix.

— Alvin ! Alvin ! il braille. Bon sang, Alvin, lève ton cul, sale paresseux !

Je laisse le fusil derrière la porte moustiquaire et je vais attendre sur le perron. Un taureau qui déboule au milieu d'un poulailler ferait pas autant de bruit que cet homme-là. Je sais que je devrais avoir peur, mais je suis calme. On vit sur les terres du père d'Alvin. Il en a plein, et les arbres qui poussent dessus lui servent à faire du bois de construction. Grâce à ça, il s'est construit une belle maison avec l'eau courante à Saint George. C'est bien dommage pour la maman d'Alvin, qui n'a pas connu la grande vie. Elle a attrapé la fièvre des marais ici même, dans cette maison, et elle est morte quand Alvin était petit. Alvin dit que sa mort a changé son papa et moi je suis sûre que ça l'a abîmé, lui aussi. Il y a eu un autre mariage, pour qu'Alvin ait une maman, mais elle s'est fait la malle au bout d'un an et on n'a jamais plus eu de ses nouvelles. Maintenant, il y a la question de savoir si le troisième mariage est bien légal, vu qu'il y a jamais eu de divorce avec la deuxième femme. Du coup, je me demande si le père d'Alvin ne saurait pas quelque chose de ce qui lui est arrivé…

Sa troisième femme n'a pas plus de seize ans et elle est enceinte de son premier enfant. Je crois pas que ça soit la joie d'être mariée à un vieux bonhomme comme ça, mais elle fait comme s'il était le roi de Saint George. Lui, je me doute que ça lui plaît, alors il est prêt à lui donner tout ce qu'elle veut, même une de mes filles pour lui servir de boniche.

Quand le père d'Alvin m'aperçoit, il détourne la tête et crie par-dessus son épaule :

— Va chercher ton bon à rien de mari.

Debout de l'autre côté du jardin, il examine la propriété comme le maître d'une plantation qui inspecte la maison de son esclave.

Il sursaute quand je lance :

— Il est pas ici.

Il ne s'attendait pas à ce que je lui réponde, mais il évite toujours de poser les yeux sur moi. Je me rends compte que cet homme m'a jamais regardée en face, jamais appelée par mon nom de baptême. Pas une fois depuis tout le temps que je le connais, à croire que je compte pas plus qu'un chien. S'il me regardait maintenant, il comprendrait. S'il passait la porte moustiquaire, il verrait que j'ai effacé toute trace de son fils dans la maison. Pourtant, je ne cherche pas à cacher ce que j'ai fait. Ma rage est si forte que j'en ai même plus envie.

Le père d'Alvin se tourne vers la maison et observe autour de lui comme s'il ne comprenait pas ce que je lui ai dit.

— Où il est, alors ?

— J'en sais rien, moi. Il est pas rentré du travail, vendredi.

Il remarque le silence et s'immobilise. La tête penchée sur le côté, il attend avec l'air de celui à qui on a fait une blague et qui pense que le plaisantin va sortir de derrière un arbre. Sauf qu'il y a pas de blague.

— Où sont tes gosses ?

— Chez mon frère. Je les ai emmenées là-bas vendredi. On a rien à manger ici, Otto. Rien.

Otto, c'est son prénom, mais je ne l'avais jamais appelé comme ça. J'ai toujours eu trop peur. Il connaissait mon père. Un jour, je l'ai entendu dire à quelqu'un de la scierie que, sachant ma mère malade, lui et Alvin avaient été assez bons chrétiens pour venir en aide à mon père qui avait une fille à marier sur les bras. J'ai fini par espérer que c'était mon père qui voulait rendre service à Otto en donnant une femme aussi dure à la tâche que moi à son chenapan de fils. Sinon pourquoi est-ce qu'il m'aurait mariée à un homme pareil ? Il pensait peut-être que je méritais pas mieux. Mais alors pourquoi m'avoir appris toutes ces choses ? J'ai retenu ce qu'il m'a appris. Je n'étais pas idiote. Il doit y avoir quelque chose que je ne vois pas, quelque chose qui m'échappe et que je ne saurai jamais. Ce qui se passe dans la tête d'un homme, j'y comprends rien.

Des corbeaux font de grands cercles paresseux au-dessus de nos têtes, d'abord deux, et après ça trois de plus. Les cris des cinq corbeaux fendent l'air et couvrent tous les autres bruits du marais. *Croâ, croâ, croâ !* Otto grogne comme s'il venait de prendre une décision, traverse le jardin et s'approche de la maison. Il a dans l'idée de prouver que j'ai menti en vérifiant par lui-même, je suppose. Je descends d'une marche et je me campe au milieu du perron pour lui faire barrage s'il s'approche.

— Il est pas revenu à la maison, Otto. La dernière fois que je l'ai vu, il était avec vous.

Il arrive au bas de l'escalier, mais il monte pas. Non, il se met juste en pétard, envoie ma bassine valdinguer d'un coup de pied et essaie d'arracher la rampe en bois.

— Nom de Dieu, nom de Dieu !

Là-haut dans le ciel, les corbeaux croassent si fort et si vite qu'on dirait qu'ils rient. Otto tape du pied et hurle à pleins poumons et, quand il n'en peut plus, il reste là comme un imbécile, tout rouge. Une main sur la hanche et l'autre sur sa bedaine, il essaie de reprendre son souffle. Le vrai visage de son fils, il l'a juste devant lui, sauf qu'il ne veut pas le regarder en face, même pour m'accuser. Il ne veut pas voir l'empreinte de son fils sur moi, les marques que je porte depuis longtemps et les traces plus récentes. J'ai envie de lui dire, j'ai descendu ton fils, Otto, mais je le fais pas. Je vois cet homme pour ce qu'il est. Ni pire ni meilleur que son fils. Il est la racine du mal qu'il a engendré.

— Quand tu le verras, dis à Alvin qu'il a craché dans ma soupe une fois de trop. Je jette l'éponge.

Il crache par terre comme s'il voulait me blesser, sauf que ses paroles ne me touchent pas.

— Ouais, je lui dirai.

Otto sort du jardin et se dirige vers le marais, il franchit la bande de terre pour repartir d'où il vient et, quand il passe près de la dernière demeure de son fils, il n'a rien d'autre que de la haine dans son cœur. Près de la pompe, il y a toutes les petites choses que les filles ont trouvées dans le marais depuis qu'on habite ici : des os, des fossiles, des petites pierres transparentes et colorées. Chaque trésor contient le souvenir de celle qui l'a ramassé. Au milieu de ce butin, il y a un oursin plat. C'est Alma qui l'a déniché dans la terre marécageuse, entre le marais et notre jardin, enfoncé dans l'argile. Elle est venue me voir en courant et, en agitant sa trouvaille au-dessus de sa tête, elle a demandé ce que c'était. Il était si vieux qu'il avait viré au gris, mais la coquille était entière. J'ai expliqué à Alma qu'il venait de l'océan, à des kilomètres de chez nous.

— Comment il est arrivé jusqu'ici, Maman ? elle a demandé.

— Je saurais pas dire, un oiseau peut-être ? La famille de ta mamie était originaire des îles de la côte Atlantique, les Sea Islands.

Dans le temps, Maman me parlait de l'océan et de la nourriture qu'on y trouvait. Elle disait que l'océan était quelque chose de beau et de sauvage, mais qu'il fallait pas s'y fier. Qu'il était capable de happer un homme et de l'entraîner au fond de l'eau en quelques minutes. Papa avait promis de nous y emmener un jour, mais il l'a jamais fait.

Il faut que j'aille dans le marais voir ce qu'est devenu Alvin. Ce que j'espère, c'est peut-être pas ce qui s'est passé. Les mains posées sur les genoux, je me relève. Une fois dans la maison, j'enlève ma robe et je récupère la carabine posée contre le montant de la porte avant de ressortir dans le soleil qui me réchauffe la poitrine. J'irai nue dans la chaleur du jour – je suis Ève dans le jardin, avec un fusil.

La bande de terre est encore presque entièrement sous l'eau et un cyprès est tombé en travers du chemin, comme une passerelle. D'un côté, il y a l'eau, noire comme le goudron, immobile. Seuls les moustiques en troublent la surface. De l'autre côté, celui où l'arbre est tombé, la mousse et les plantes rampantes forment une couche si épaisse qu'on croirait pouvoir marcher dessus comme sur la terre ferme. On distingue la langue de terre, mais à peine. L'eau clapote de part et d'autre, elle a déjà envahi les empreintes creusées par le pas lourd d'Otto dans la boue. La lumière vous joue des tours dans le marais, elle scintille entre les arbres qui la découpent en rubans. L'orage a tout mis sens dessus dessous, mais je repère ce qui reste du nid, à moitié enfoncé dans l'eau qui a monté, tout chamboulé par la tempête. Il y a plus rien de ce qu'avait construit la maman alligator. Mais je ne suis pas assez bête pour penser qu'elle n'est pas planquée dans les parages. Elle est là, quelque part, simplement je ne la vois pas, pas encore.

Je pose la main sur mon œil blessé pour ne plus avoir la vue brouillée, à droite, et j'examine chaque parcelle de marais, l'une après l'autre. Qu'est-ce que j'espère trouver, l'animal ou Alvin ? Je saurais pas le dire. Je prends mon temps. Vers le milieu, coincé entre les racines d'un arbre, je distingue un bout d'étoffe à carreaux rouges. La chemise d'Alvin. Assez grand pour qu'on le voie en revenant à la maison, assez facile à repérer si on cherche. Je file du côté où la bande de terre est la plus haute, et quand j'y suis, je pose un pied dans l'eau. Je m'enfonce dans la boue jusqu'à la cheville. Je m'agrippe à une branche au-dessus de ma tête et je me penche au-dessus de l'eau pour repêcher le bout de tissu avec le canon de mon fusil. Comme je n'arrive pas à l'atteindre, je grimpe sur l'arbre couché. En serrant la carabine d'une main, je pose l'autre sur l'écorce et je rampe sur le ventre le long du tronc, au-dessus de l'eau. Le bois m'écorche le ventre. Le tronc ploie un peu sous mon poids mais il m'a l'air solide. Je tends le canon de mon arme en faisant bien attention à ne pas la laisser tomber dans la boue, je le glisse sous le tissu, que je dégage d'une secousse avant de le soulever. Des rides parcourent l'eau d'un noir argenté. De toutes petites bulles remontent à la surface, comme si le marais grouillait de poissons, sauf que c'en est pas, c'est des alligators. Des petits. Près d'une centaine de bébés qui essaient de mordre et tournoient comme des fourmis rouges dans leur nid. Juste derrière, je vois la maman, dans le coin du marais qui se trouve à l'opposé de la langue de terre. Elle se cache dans l'eau, sous le nid écroulé. Elle a les yeux ouverts et elle me fixe.

7
Retta

Dimanche, j'ai envoyé Odell à l'église sans moi. Je pouvais pas y emmener cette petite, malade comme elle est. Je savais que j'aurais droit à une visite avant la fin de la journée. La fillette blanche que j'ai chez moi, on ne parle plus que de ça par ici. On s'inquiète pour mon âme, on s'inquiète de ce qui va m'arriver et on s'inquiète sans doute de savoir si j'aurais pas perdu la tête. Peut-être qu'ils ont raison. Je m'attendais à recevoir de la visite avant ce soir, mais quand Odell est revenu de la messe, il était seul et le reste de la journée s'est passé sans que personne vienne nous voir. À l'heure du dîner, après le bain de la petite – le troisième en trois jours, et cette fois-ci, je lui nettoie le dessous des ongles et je les coupe –, quelqu'un a frappé à la porte. Dans son fauteuil, Odell a même pas levé les yeux. C'est à ce moment-là que j'ai compris qu'il avait quelque chose à voir avec cette visite-là.

Je suis allée ouvrir et j'ai trouvé le pasteur sur le seuil, tout sourire. Il sait toujours quand c'est l'heure du dîner, celui-là. On s'en amuse entre femmes. Il fait sa tournée, chaque soir une maison différente, et au bout d'un mois, il recommence jusqu'à ce qu'il ait rendu visite à tous ses paroissiens. Il dit qu'il veille sur ses ouailles et je veux bien le croire. Tout le monde y trouve son compte quand le prêtre passe vous voir. Lui, il nourrit nos âmes et nous, on lui remplit le ventre. Il s'est jamais présenté à ma porte un dimanche soir, il sait qu'Odell et moi, on aime se retrouver entre nous. Mon jour, c'est le mercredi. Il dit qu'avec moi, il a de quoi tenir jusqu'à la fin de la semaine. J'ai toujours des questions qui me taraudent et il connaît bien sa Bible, alors il me donne de quoi tenir, lui aussi.

Il est jeune, notre pasteur, pas plus de trente ans, mais il a jamais été marié. Ça me dépasse. C'est un homme bien, un beau garçon, fort et capable, qui aime Dieu. Il lui faut une femme, mais à ce qu'il dit, il a pas encore rencontré la bonne. Et pour lui, ce qui compte, c'est le temps du Seigneur, pas l'horloge des hommes. Il est arrivé ici y a cinq ans, du comté de Chattahoochee, en Géorgie. À la saison des plantations et pendant la récolte, il travaille pour Mr Coles. Il s'occupe de l'église pendant toute l'année et se débrouille avec ce qu'il gagne et ce qu'on peut lui donner.

— Pasteur, j'ai dit en ouvrant la porte, on n'est pas mercredi.

Il m'a fait un grand sourire.

— Ma sœur, vous nous avez manqué à l'église aujourd'hui. Odell m'a dit que vous étiez retenue par d'autres obligations, alors c'est moi qui viens prier avec vous avant le coucher du soleil.

— Entrez donc, pasteur, a lancé Odell depuis son fauteuil. Retta a préparé un plat de poisson-chat et des boulettes de maïs frites à faire pâlir vot' maman d'envie !

— Je ne peux pas dire le contraire, a dit le pasteur en riant. Tout le monde sait que notre sœur Retta est la meilleure cuisinière du comté.

Odell s'est mis à rire avec lui et j'ai ouvert la porte moustiquaire pour le laisser entrer.

Le pasteur est très ami avec Odell. Maman me disait toujours : « Débrouille-toi pour que tes amis restent jeunes, comme ça ils mourront pas avant toi. » Le pasteur n'a jamais pris Odell de haut parce qu'il est chiffonnier. Au contraire, il est monté avec lui dans sa charrette et il a passé des journées entières à aller d'un comté à l'autre pour rencontrer les gens qui y vivent et y travaillent. Le pasteur assure que c'est grâce à Odell si les gens l'ont accepté. Mais ils se sont bien trouvés, ces deux-là. Odell est devenu le messager du pasteur et le pasteur a aidé les gens à voir Odell comme un homme béni par le Seigneur. Mon mari transmet les demandes de prières des paroissiens de toute la région, et quand c'est ni la saison de la récolte ni celle de la plantation, il amène le pasteur lui-même à ceux qu'ont personne d'autre pour prier pour eux. Odell a été à plus de mariages et d'enterrements que n'importe qui à ma connaissance et tout le monde lui donne un petit quelque chose avant qu'il rentre à la maison. Ça, le pasteur a changé la vie d'Odell comme seul un grand ami peut le faire.

Quand il est entré, la petite était installée sur le canapé. Samedi soir, elle avait enfin avalé quelque chose. Les vers ont migré vers ses selles. C'est bon signe qu'ils se déplacent dans son corps. J'lui ai mis un mélange d'ail écrasé et de vaseline sur les fesses pour tuer les œufs. Elle a eu une poussée de fièvre pendant qu'Odell était à l'église. Ça a commencé par une bonne suée et, après ça, son visage a repris des couleurs et elle a réussi à manger du pain de maïs et du chou. Elle a même grignoté la moitié d'une des pêches qui poussent sur l'arbre, là-dehors. Mais comme c'est une fillette toute menue, j'ai continué à guetter les signes d'une rechute.

Depuis qu'elle a reçu sa pièce de cinq *cents*, elle arrête pas de dire qu'elle a hâte de la montrer à sa maman. Je l'ai mise dans un mouchoir pour qu'elle la perde pas, et depuis elle la garde dans son poing. Il fallait qu'elle pense à autre chose, alors j'ai trouvé un bon bout de bois dans le jardin, j'ai pris un vieux reste de fil de coton bleu qu'on avait donné à Odell et j'lui ai montré comment faire du crochet. Elle s'y est mise sans difficulté et elle a enchaîné les mailles pour former une cordelette bien régulière pendant que je nettoyais le poisson-chat pour le dîner. Elle se débrouille bien pour compter et je lui ai dit. En moins de dix minutes, elle savait faire des rangs. Son crochet et cette pièce de monnaie lui apportent plus de réconfort que j'ai jamais pu lui donner.

— Bonjour, petite demoiselle, lui a dit le pasteur.

Elle a levé les yeux de son crochet et lui a fait un petit signe de la main.

— On va te mettre là-bas sur mon lit pour que tu puisses avancer ton ouvrage, je lui ai dit.

Je l'ai installée sur un oreiller et j'en ai placé un autre sous son dos pour qu'elle puisse travailler assise.

Une fois nos assiettes remplies, le pasteur a pris nos mains dans les siennes. On a baissé la tête et il a commencé la prière :

— Que Votre volonté soit faite, sur la Terre comme au ciel. Amen et bon appétit !

Odell a souri et on s'est passé les plats. Le pasteur a attendu que je me sois servie pour reprendre la parole :

— Vous êtes chargée d'un lourd fardeau ce soir, sœur Retta.

— Mon fardeau, c'est pas votre problème.

— En tant que chrétien, vos soucis sont les miens.

— Et mettre son nez dans les affaires de ceux qui vous ont rien demandé, c'est chrétien ?

Odell s'est redressé sur sa chaise.

— Retta !

— Non, non, ce n'est pas grave, a dit le pasteur à Odell.

Il a posé sa fourchette et a mis sa main à plat sur la table avant de se tourner vers moi :

— Jésus s'est fait le témoin de Dieu auprès de tous ceux qu'il a rencontrés, car il savait que son temps était compté. Son amour était si grand que c'était sa vocation.

— Bien vrai, a dit Odell.

— Un chrétien trop curieux, c'est pas un chrétien, c'est un hypocrite.

— Allons, allons, Retta. C'est pas vrai, a grondé Odell.

Le pasteur a pris ma main et je l'ai laissé faire.

— Sœur Retta, il a dit, j'essaie de ne pas enfreindre les lois de la religion chrétienne mais je suis un simple mortel. J'ai enfreint les lois plus souvent que je ne voudrais le confesser, même si ce n'était pas mon intention. Si je vous ai offensée, j'espère que vous voudrez bien me pardonner. Je suis ici en tant qu'ami et en tant que pasteur.

À ce moment-là, j'ai compris c'que j'avais pas saisi avant. Le pasteur était pas venu me réprimander, il était là pour aider. Personne peut lui résister. Qu'est-ce que je pouvais lui dire, à part :

— Ma foi, y a pas d'hypocrisie dans la vérité.

Odell a lâché un soupir. Tout s'est détendu dans la pièce, comme si la plus douce des brises d'été avait soufflé et purifié l'air qu'on respirait. J'ai avoué :

— J'me suis mis une trop lourde responsabilité sur le dos.

— Que Dieu nous donne la force.

J'ai regardé Odell avec douleur et je lui ai dit :

— J'ai pas la force. Pas pour ce que j'ai peur de voir venir.

Le pasteur a demandé :

— Que dit le texte des Éphésiens 6:11 ? Revêtez-vous de quoi ? Hein ?

— « Revêtez-vous de toutes les armes de Dieu », j'ai répondu.

— C'est ça, « afin de pouvoir tenir ferme contre les manœuvres du diable. Car nous n'avons pas à lutter contre la chair et le sang, mais contre les principautés, contre les dominateurs des ténèbres d'ici-bas, contre les esprits du mal dans les lieux célestes ».

— J'essaie.

— Faites plus qu'essayer. Faites-le. Et persévérez dans cette voie. C'est votre promesse au Seigneur. Et quelle est la promesse qu'Il vous a faite, Retta ?

J'arrivais plus à parler. Si j'ouvrais la bouche, j'avais peur que le monde m'engloutisse. Tout ce que j'ai pu faire, c'est secouer la tête, de peur d'être dévorée. Odell a tendu le bras et m'a pris la main, mais comme j'y arrivais toujours pas, il l'a dit à ma place :

— Il a promis de porter notre fardeau pour nous quand il devient trop lourd.

Le pasteur a souri.

— C'est ça. C'est ça, pas vrai ?

* * *

Aujourd'hui, je mets deux pelotes de fil de coton bleu dans un petit sac et je le donne à la petite avant qu'on se mette en route pour notre trajet du matin. Elle dit qu'elle fait une couverture pour sa maman. Ça sera son occupation de la journée pendant que je travaillerai. On sort sous le porche et on descend les marches. Debout sur le chemin, comme toujours, Mrs Walker attend que le jour arrive. Elle tourne la tête vers nous, me voit avec la petite et sourit. Mabel attend au coin de la rue, elle aussi. Elle me guette dans le petit jour, à l'affût d'un commérage, mais je regarde pas dans sa direction. Elle a toujours quelque chose à dire même quand y a rien qui en vaille la peine.

La petite veut marcher un peu aujourd'hui et comme je suis pas d'humeur sociable, on coupe par le bois de Shaker Rag pour éviter la petite route. J'avais oublié qu'un enfant en train de guérir a autant d'énergie qu'un animal après l'hibernation. Elle avance pas vite, mais elle regarde tout avec des yeux neufs. On traverse une étendue de laiterons si touffue qu'on est prises d'éternuements toutes les deux. J'ai un bâton pour enlever les toiles que les araignées ont tissées en travers du chemin pendant la nuit. Le soleil se lève tout juste à l'horizon, c'est le bâton qui déniche ce que le ciel encore sombre ne laisse pas voir.

— C'est une sacrée jungle qu'on a là, aujourd'hui, je dis.

La petite regarde autour d'elle, effrayée, comme si quelque chose allait sauter de derrière un arbre. Elle lève les bras pour que je la porte et je la soulève. Pendant qu'on avance, je lui parle pour qu'elle pense à la journée qui nous attend. Je lui dis qu'elle va devoir travailler dur si elle veut finir sa couverture. Je lui rappelle que demain, ça sera la dernière fois qu'elle dormira chez moi ; après, sa maman viendra la chercher, alors faut qu'elle reste concentrée sur son ouvrage. Elle sursaute légèrement dans mes bras.

— Si Mr Coles veut te montrer l'étable où les animaux vivent, qu'est-ce que tu lui diras ?

Mais elle fait pas attention à ma question. Elle a une pièce de cinq *cents* dans sa poche et le rêve d'avoir fini une couverture bleue pour emmitoufler sa maman dedans. Elle a la tête si pleine de ces deux choses-là qu'elle entend plus rien. Elle est perdue dans la promesse de demain, je peux pas lui enlever ça.

Une fois dans ma chambre, chez les Coles – notre chambre maintenant –, j'installe la petite sur le lit et je tire les rideaux. La récolte du coton est bel et bien finie, mais il y a encore des hommes qui travaillent dans les champs. J'ai pas le temps de m'occuper de la gamine. Je la préviens qu'elle va devoir rester toute seule. Je suis prête à partir quand elle me dit :

— Miss Retta, vous croyez que si je fais cette couverture pour ma maman, elle comprendra que je suis une gentille fille ?

— Ta maman sait que t'es une bonne fille. C'est elle-même qui me l'a dit.

Elle hoche la tête sans répondre. Cette fois-ci, je prends pas de risque, je ferme la porte à clé derrière moi. Mr Coles est le premier à arriver dans la cuisine. Il se sert son café et m'annonce que Miss Annie a envie de gruau de maïs. Mr Coles déteste ça. Il dit que c'est de la nourriture de Noirs, mais Miss Annie aime la façon dont je le prépare, avec du beurre et un peu de lard. Je mets la casserole d'eau à bouillir et il ne dit plus rien. Quand il sort de la pièce, je me rends compte que je retenais mon souffle.

Peu après, Nelly entre par la porte de derrière. Nelly, c'est la fille indienne qui vient tous les ans pour faire la récolte et m'aide à la cuisine du lundi au vendredi. Elle reste avec moi à l'Indian Field Camp toute la semaine du Homecoming, comme chaque année ou presque depuis huit ans. Je suis trop vieille pour tout faire toute seule. Cette année, quand elle est revenue travailler, elle était enceinte.

— C'est pour quand ? je lui ai demandé.

— Dans un mois, peut-être plus.

— Ça va aller pour toi ?

Elle a souri en mettant la main devant la bouche vu qu'elle a plus toutes ses dents et qu'elle aime pas le montrer.

— Oui, m'dame, ça ira.

Nelly et son peuple, les Catawba, vivent au fond des bois, ils restent entre eux sauf quand c'est le temps des récoltes, alors ils viennent s'embaucher comme saisonniers. Personne ne sait par où passe leur sentier dans la forêt. Ils sont toute une tribu là-bas, et ils n'aiment pas que des étrangers débarquent chez eux sans y avoir été invités. J'y suis allée plusieurs fois. J'y étais pour mettre Nelly au monde, et tous ses frères et sœurs, dix en tout. J'ai appris à la maman de Nelly, Adoette – je l'appelle Ado – à aider les femmes qui accouchent. Maintenant que je suis vieille, c'est elle qui s'occupe de ça. Après les fêtes de Homecoming, l'année dernière, Nelly a disparu pendant plus de neuf mois, mais j'ai jamais besoin d'envoyer quelqu'un la chercher, elle sait toujours exactement quand elle doit venir. Une fois dans la cuisine, elle se met au travail comme seule une fille de vingt-deux ans peut le faire. Elle a tué cinq poulets, les a échaudés dans l'eau bouillante et plumés en moins de temps qu'y me faut pour le dire. À onze heures, j'ai trois poêlons en fonte pleins de poulet frit. Nelly a égrené le maïs, épluché et coupé tous les concombres et les tomates pendant que je finis de dérouler la pâte à tarte et de préparer les tourtes aux fruits, deux aux mûres et deux à la pêche. À midi, on aura une douzaine d'hommes à nourrir. Nelly n'a jamais appris à lire ou à écrire, mais elle est dure à la tâche et je suis bien contente de l'avoir avec moi. Avant d'aller au Campement, elle et moi, on aura mis en conserve et en bocaux tous les légumes qui poussent dans les champs, fait des confitures et d'autres conserves avec tous les fruits qu'on peut trouver : pêches, raisin, mûres, pommes et figues. On aura stocké assez de noix et de noix de pécan pour tenir tout l'hiver. Elle a toujours un temps d'avance sur ce que je vais faire.

Elle nettoie les plans de travail couverts de farine et j'égoutte les morceaux de poulets frits quand on entend un bruit dans ma chambre. Nelly a l'air aussi effrayée que si un fantôme s'était approché d'elle par-derrière.

— C'est rien, je lui dis.

Je sors la clé que j'ai glissée dans la poche de mon tablier et elle prend ma place aux fourneaux pour s'occuper du poulet.

Dans la chambre, le pot de chambre s'est renversé. Les déjections se sont répandues par terre et sur le tapis, à côté du lit. La petite a soulevé sa jupe. En me voyant, elle la baisse d'un coup et file dans le coin de la pièce. Elle regarde par la fenêtre ouverte. Les rideaux sont tirés.

— Je ferai plus de bêtises, je serai sage !

— Arrête de pleurer comme ça. On va arranger tout ça avec un seau et un coup de balai à franges.

Elle fait c'que j'lui dis, mais elle tremble de tout son corps. Quand je m'approche de la fenêtre pour fermer les rideaux, j'aperçois Mr Coles qui s'éloigne de la maison, il va à la rencontre des ouvriers qui reviennent des champs. Ils se rassemblent autour de la pompe à eau et ils se lavent chacun son tour, par groupes de trois. Ils s'écartent à l'approche de Mr Coles.

« Revêtez-vous de toutes les armes de Dieu », a dit le pasteur.

Une fois que Mr Coles s'est lavé la figure et les mains avec le savon que j'ai laissé là-bas ce matin exprès pour ça, Eddie, son aîné, lui passe une serviette. Il se redresse, lève la tête vers le ciel et s'essuie le visage.

« Afin de pouvoir tenir ferme contre les manœuvres du diable… »

Après, quand il n'en a plus besoin, il enroule la serviette sur le bras de la pompe et laisse la place aux autres hommes.

« Car nous n'avons pas à lutter contre la chair et le sang… »

Les autres se pressent bruyamment pour finir leur toilette et passer au déjeuner. Celui que j'ai préparé. Ils ont grand faim, ces gars-là.

« … mais contre les principautés, contre les dominateurs des ténèbres d'ici bas… »

Mr Coles regarde du côté de ma fenêtre. Il me fixe droit dans les yeux et je ferme les rideaux. Sur le rebord de la fenêtre, il y a une pièce de cinq *cents* toute neuve qui brille.

II

8

Annie

Ce matin, alors que je me rendais à la gare, un des pneus de la voiture a crevé. J'ai dû rouler sur quelque chose, je me demande bien quoi. Je me suis retrouvée en panne sur le bord de la route, prise par le temps, et il n'y avait pas âme qui vive dans les parages. J'avais deux possibilités : aller retrouver mon fils ou rebrousser chemin pour chercher de l'aide. J'ai laissé l'automobile inclinée dans l'herbe au bord de la chaussée et je suis partie à pied. La gare n'est pas loin, mais je ne suis plus aussi bonne marcheuse qu'autrefois, et puis en août, il ne faut pas jouer avec le feu. Les coups de chaleur ne sont pas rares dans la région en cette saison. Le déboisement nécessaire à la construction de la route a pris une telle ampleur que le soleil n'est plus une simple menace, c'est devenu un danger. J'aurais sans doute raté l'arrivée du train si le Dr Southard n'était pas passé dans sa voiture attelée.

— Avez-vous une bonne raison de marcher ainsi au plus chaud de la journée ? m'a-t-il demandé en s'arrêtant et en me regardant comme si j'avais perdu la raison.

J'étais si énervée que j'en ai oublié mes bonnes manières. Je suis montée à côté de lui et je lui ai indiqué le chemin de la gare sans autre forme de procès. Il a déplié le toit de sa carriole pour nous donner de l'ombre et a mis ses chevaux au trot. Le vent m'a remise d'aplomb et nous sommes arrivés à destination avant l'heure dite.

Lonnie était déjà sur place, en train d'arpenter le quai. Dès que je l'ai vu de loin, j'ai deviné son anxiété. Il s'obstine toujours à être ridiculement en avance. J'ai dit à Edwin que je prenais le train pour aller rendre visite à une amie à Columbia. Un mensonge sans conséquence. Il faut deux heures pour aller à Charleston et autant pour en revenir ; nous serons de retour à la maison en un rien de temps. S'il y a lieu, et seulement à ce moment-là, nous pourrons lui faire la surprise en lui annonçant notre succès. Cette victoire changera le regard qu'il porte sur son cadet. Avoir un fils qui travaille dans un atelier de couture est source de honte pour Edwin qui reste bien décidé, après toutes ces années, à en faire « un homme ». Ce que mon mari ne sait pas encore, c'est que l'atelier est en bonne voie d'acquérir une véritable influence dans le comté. Je ne vivrai peut-être pas assez longtemps pour le voir prospérer et devenir la maison de confection que j'envisage avec confiance, mais Lonnie si. Il saura renforcer les fondations que nous avons bâties pour réussir. Développer ses affaires ou péricliter, comme disent nos responsables politiques. J'ai affiché cette maxime au-dessus de la table de travail dans le bureau pour que Lonnie la voie chaque fois qu'il y entre et je suis sûre que cela a porté ses fruits. Edwin finira par voir ce que je vois. Notre fils possède une force qui était là, tapie dans l'ombre depuis des années.

La gare est vide, à part Lonnie et moi. En cette période de l'année, personne ne vient de la ville ou n'y va en milieu de journée. C'est la saison des récoltes, il y a trop de travail. Retta a préparé des pralines pour le voyage, les douceurs préférées de Sarah. J'espère que ma fille acceptera de me voir débarquer ainsi sans prévenir. Je n'aurais jamais dû laisser notre ressentiment prendre de telles proportions. Chacun prend position, choisit son camp et avant qu'on ait eu le temps de réfléchir, le temps a passé. Je me suis retenue trop longtemps d'aller retrouver les êtres et l'endroit que j'aime : mes filles et Charleston. Nous allons nous rattraper. Je le souhaite de tout mon cœur.

Au guichet, Otis McEntyre prend mon argent sans se soucier de savoir qui achète les billets. Les seuls moments où le visage de cet homme s'éclaire, c'est quand les trains de marchandises passent par la gare. Il quitte son siège d'un bond et sort du bureau pour aller compter les wagons couverts, et pour finir, annonce pour son seul bénéfice le nombre total de wagons que tracte la locomotive. « Imaginez un peu ça ! » dit-il chaque fois. Peu importe le nombre, il s'étonne toujours, comme s'il voyait cela pour la première fois. Une simple machine le rend cent fois plus heureux que la présence d'une personne.

Lonnie me demande de l'excuser un instant et s'éloigne en direction des toilettes pendant que j'achète des paniers-repas et deux bouteilles de Coca-Cola au comptoir. Il a l'estomac dérangé. À cause de quelque chose qu'il a mangé, prétend-il, mais je sais à quoi m'en tenir. Il s'éponge le front et soupire bruyamment.

Il ira mieux dès qu'il sera au pied du mur et devra accomplir sa mission. Le cap le plus difficile à franchir, c'est le saut dans l'inconnu. Quand notre train arrive en gare et y stationne quelques instants pour que nous montions à bord, je suis obligée d'aller frapper à la porte. Lonnie ressort des toilettes en s'essuyant les lèvres avec son mouchoir.

— Vraiment, Lonnie, lui dis-je, tu ne fais qu'aggraver les choses.

Il fait comme s'il n'avait pas entendu et me tend le bras. En dépit de son malaise, il porte beau. Il est impeccablement vêtu d'un complet en crépon de coton rayé qu'il a dessiné et taillé lui-même. Au départ, ce tissu n'était utilisé et porté que par les pauvres dans la région. Mais Lonnie l'aimait bien, et par une sorte de snobisme inversé, selon sa propre expression, il l'a choisi pour concevoir cet élégant costume. « Que les pauvres ouvrent la voie au changement ! » a-t-il claironné à cette occasion. La veste ajustée, avec une taille haute et marquée et une ligne d'épaule étroite, lui va à merveille. Il a judicieusement choisi les bretelles et le nœud papillon chez Berlin's quand il était plus jeune, preuve que les bons accessoires ne passent jamais de mode. Il ressemble à son père et je m'étonne de ne pas le voir entouré d'admiratrices. Son défaut d'élocution l'a desservi à plus d'un égard, mais il n'y a pas de raison pour que ce genre d'entrave devienne une malédiction.

Il n'y a quasiment aucun autre passager dans notre compartiment, à part deux hommes et une femme qui ont l'air de voyager ensemble. Au lieu de rester avec moi, Lonnie va s'asseoir sur la banquette qui se trouve de l'autre côté du couloir central pour répéter son texte. Il ne veut pas le lire à voix haute, cela ne fait qu'augmenter sa gêne. Dès que nous sommes installés, je me mets à l'aise. Quel soulagement de pouvoir enlever son chapeau et ses gants ! Il est si pénible de devoir se soucier des apparences. Il fut un temps où paraître à mon avantage ne me demandait pas autant d'efforts ; le simple fait d'être jeune est un atout et nous ne l'apprécions à sa juste valeur que lorsque la jeunesse s'est enfuie. J'ai reçu plusieurs propositions de mariage quand j'étais jeune, mais je n'ai dit oui qu'à Edwin. Désormais, on m'appelle « Ma chère » ou « Madame » et on ne me prête pas plus attention que si j'étais devenue transparente.

— Bois le soda, dis-je à Lonnie depuis ma place. Ça va t'aider.

Je sirote ma boisson fraîche qui apaise le trac qui me noue l'estomac à moi aussi et je me concentre sur le paysage qui défile derrière ma fenêtre ouverte. J'ai toujours adoré les trains, leur vacarme, leur puissance et leur vitesse. Je ne m'en lasse pas. Je compte bien savourer chaque instant du trajet jusqu'à Charleston.

Mon tout premier voyage en train remonte au début de la guerre de Sécession, quand Papa est venu nous chercher, mes frères et moi. Pendant qu'il faisait les allers-retours entre Charleston et Manhattan pour ses affaires de négociant en textile, nous, les enfants, vivions dans la ville qui nous avait vus naître, élevés par une sœur de ma mère qui était restée vieille fille. Il avait prévu de tous nous rapatrier vers le Nord pendant la nuit, mais ma tante s'y est refusée par principe. L'idée de me perdre lui faisait tant de peine qu'elle m'a cachée dans le panier à linge pour que mon père ne me trouve pas. Jamais je n'oublierai la colère qu'exprimait son visage au moment où il a découvert ma cachette. Il m'a entraînée de force et au pas de course, avec mes frères, jusqu'à la gare où une foule de gens se pressaient. Nous sommes arrivés quelques minutes à peine avant le départ du train. J'avais six ans. Nous avons passé l'essentiel des années suivantes à New York, cette affreuse ville si bruyante, mais nous avons aussi parcouru l'Europe et l'Asie à bord de paquebots quand Papa voyageait pour ses affaires. Je souffrais invariablement du mal de mer mais j'aurais été prête à l'endurer si cela m'avait permis de rentrer chez moi. Enfin, au bout de six ans, alors que j'en avais douze, Papa m'a autorisée à retourner à Charleston. Mes frères ont choisi de rester auprès de lui et de chercher fortune dans le Nord, mais pas moi. Pendant tout ce temps, à New York et lors de nos traversées, les grands espaces me manquaient. La Caroline me manquait.

Quand le train arrive en gare de Charleston, Lonnie est livide et aucun de nous deux n'a touché à son repas. Il est dans un tel état de fébrilité qu'il lui faut une bonne demi-heure pour parvenir à louer une voiture attelée.

— Tu veux un petit verre de whisky pour te donner du courage ?

— Non, dit-il, je v-voudrais juste ne p-pas être m-moi.

— Eh bien tu n'as pas le choix. Tu es toi. Ton travail parlera de lui-même, mais pour l'amour de Dieu, pense à respirer ! Ce sont des gens comme toi et moi. Le père du jeune Berlin est arrivé ici avec moins de deux dollars en poche, il a fondé le magasin Berlin's et ses fils ont pris sa suite. Ils ne sont pas si différents de nous.

Il acquiesce et retourne à son script. Je le laisse à ses pensées pour me concentrer sur les miennes. Tandis que la voiture s'engage dans King Street, je regarde par la fenêtre, curieuse de voir si Charleston ressemble encore un peu à la ville de ma jeunesse.

Oh, Charleston ! Si le Sud n'est plus que lassitude et mécontentement, cette ville n'en laisse rien paraître. Bien qu'elle soit de plus en plus peuplée et qu'un nombre croissant d'automobiles filent dans ses rues, j'en reconnais encore chaque monument, chaque arbre et chaque pierre tombale. Voici Kerrison où ma tante m'a acheté ma première paire de chaussures à talons et Colton's, la vieille pharmacie, avec son enseigne en forme de thermomètre. Je suis restée absente trop longtemps. La rancune m'a volé toutes ces années. Au moment où notre voiture arrive devant Berlin's, à l'angle de King et de Broad Street, j'entends la cloche de l'église sonner deux heures. C'est un splendide magasin, affichant dans sa vitrine les dernières tendances de la mode masculine. Le regard de Lonnie s'éclaire à la vue des costumes d'été colorés exposés sur les mannequins. Nous convenons de nous retrouver à la gare à cinq heures.

— Promets-moi que tu auras une bonne nouvelle à m'annoncer, lui dis-je.

Mon fils se redresse avant d'entrer dans le magasin d'un pas décidé avec les chemises qu'il a dessinées. Il est parti sans se retourner.

Je demande au chauffeur de longer Broad Street jusqu'à la promenade de Battery pour que je puisse admirer la vue. Elle est magnifique, c'est indéniable.

Quand l'adolescente que j'étais est revenue à Charleston, la ville était en ruines mais, même encombrée de gravats, elle ne pouvait cacher ses trésors. À l'époque, Broad Street et Meeting Street étaient encore meurtries par la guerre, mutilées par des dégâts assez importants pour nous rappeler ce que les hommes sont capables de s'infliger les uns aux autres. Des bâtiments dévastés, des soldats blessés vêtus d'uniformes en haillons qui mendiaient au coin des rues, affamés ou en quête de quelque argent pour pouvoir rentrer chez eux. Personne ne me croirait si j'essayais de décrire à quel point la ville était ravagée. Pourtant, il existe quelques photos qui attestent l'exactitude de mes souvenirs. Seules les maisons situées au centre du quartier de Battery étaient restées intactes, à croire qu'elles avaient été épargnées à la faveur d'un pacte secret entre Unionistes et Confédérés.

Le chauffeur s'arrête devant la demeure où j'ai grandi, je lui paie la course et je continue ma visite à pied. Située dans Battery, la maison de mon enfance a survécu. Vers la fin de la guerre, elle a été utilisée comme quartier général par les officiers de l'Union. Quand j'y suis revenue, je me rappelle avoir trouvé des traces de leur présence partout, de petits riens, des lunettes, un bouton d'uniforme. J'ai couru d'une pièce à l'autre et je me suis couchée par terre dans chacune d'elles, bras et jambes écartés. Dans le salon, ma tante a posé la pipe de Papa sur le guéridon près du canapé, à l'endroit même où elle se trouvait avant notre départ, et dans le tiroir du petit meuble, le tabac que j'utilisais pour la bourrer quand il me laissait faire. Les bruits étaient quasiment inaudibles d'un bout à l'autre de la maison. Je n'entendais pas ma tante parler à la bonne dans la cuisine. Ni les garçons qui jouaient au baseball dans la rue. Les seuls sons qui me parvenaient étaient ceux de la pièce où je me trouvais : mon souffle, le tic-tac de l'horloge, mes pas sur le plancher. J'étais si heureuse ! Depuis toute petite, je n'avais jamais aspiré qu'au silence.

De la rue, je contemple la façade et ses fenêtres de l'autre côté de la grille en fer forgé. La maison paraît vide pour l'instant.

— Je peux vous aider ?

Un vieux Noir vêtu d'une salopette sort de derrière les haies, une paire de longues cisailles à la main. Il me fait sursauter et s'en excuse.

— J'habitais ici quand j'étais enfant, lui dis-je. La famille Anderson, vous connaissez ?

Il secoue la tête.

— Non, m'dame j'connais pas. C'est les Thornhill qui vivent ici maintenant, mais y a personne à la maison. En c'te saison, y sont dans les montagnes Bleues vu qu'il y fait plus frais.

Bien entendu, plus personne ne me connaît ici. Je déambule dans les rues ; je résiste à l'envie soudaine d'attraper une passante par le bras, de me présenter et de lui demander si elle sait qui je suis. Quelqu'un va bien finir par me reconnaître, tout de même ! Allez, passe à autre chose, me dis-je. Arme-toi de courage, secoue-toi et fais ce pour quoi tu es venue ici. Si Lonnie peut braver ses pires craintes, tu devrais être capable de conjurer ta peur.

Sarah et Molly vivent à un pâté de maisons l'une de l'autre et à seulement deux rues de l'endroit où j'ai grandi. Je suis rassurée à l'idée qu'elles se soutiennent. Étant la seule fille de ma fratrie, j'ai toujours envié mes amies qui avaient des sœurs. Entre filles, on partage ses secrets. Les miennes ont toujours été proches, parfois un peu trop soudées. Dans un trio, il y a toujours un laissé-pour-compte et j'ai l'impression d'avoir joué ce rôle avec Sarah et Molly, puisque j'étais la seule autre femme de la maisonnée. Surtout pendant leur adolescence. Mon Dieu, pendant cette période, en rentrant de l'atelier de couture, je devais me cuirasser pour les affronter. Je suis toujours partie du principe que Molly deviendrait moins rebelle en grandissant, mais le temps n'a fait qu'aggraver les choses. Sarah était beaucoup plus malléable, sauf si sa sœur était à ses côtés.

La maison de Sarah est sur East Battery Street et celle de Molly juste un peu plus loin sur East Bay Street. Toutes deux donnent sur le port de Charleston.

Sarah a été si gentille au téléphone quand j'ai enfin trouvé le courage de l'appeler samedi. J'étais à la fois terrifiée et ravie de l'avoir au bout du fil.

— Mère ? a-t-elle demandé en reconnaissant ma voix. Tout va bien ?

L'émotion m'a submergée. C'était étrange d'entendre sa voix après tant d'années. Le jour où Edwin les a mises à la porte à cause de cette terrible dispute, alors que Molly et son père fulminaient, elle ne faisait que répéter : « Mère, je vous en prie » encore et encore. « Mère, je vous en prie », comme si j'avais le pouvoir d'empêcher l'inéluctable brouille qui allait s'ensuivre. Aujourd'hui, quand j'y repense, je me demande si j'aurais pu le faire. La mort de Buck nous a tous si profondément meurtris que nous avons réagi chacun à notre façon.

— Personne n'est mort, ai-je répondu à ma fille, si c'est ce que tu veux savoir.

J'avais envie de lui dire que le royaume des fées était en pleine floraison, que la lavande avait repoussé dans le champ, au sud de la propriété, et qu'elle embaumait bien avant qu'on débouche au tournant, à huit cents mètres de là. Il y a des choses que même les charançons du coton n'ont pas détruites. J'aurais voulu lui dire que cette année, une nuée de fées étaient revenues les chercher, elle et Molly, que les feux follets étaient si nombreux qu'à la nouvelle lune, on voyait quasiment luire les bois derrière les anciens quartiers des esclaves. Mais je n'ai pas trouvé les mots et j'avais peur qu'elle ait oublié tout cela. Je me suis contentée de lui demander des nouvelles de sa santé et de sa sœur.

Elle s'est enquise de nos arbres fruitiers. À la naissance de chaque enfant, nous en plantions un et pour Sarah, c'était un prunier. Avant que j'aie eu le temps de l'inviter à l'Indian Field Camp pour Homecoming, Edwin est revenu des champs à l'improviste. J'ai demandé à ma fille si nous pouvions poursuivre cette conversation plus tard. Comme elle hésitait, j'ai promis de la rappeler le lendemain et j'ai raccroché avant qu'elle puisse refuser. Je n'en ai pas soufflé mot à Edwin. Il ne veut pas plus entendre parler d'elles qu'elles de nous. Il faudra du temps pour réparer le mal que nous nous sommes fait. Mais nous y arriverons. Nous redeviendrons une famille, j'en suis convaincue.

J'ai rappelé Sarah et nous avons pu échanger quelques nouvelles en évitant de rouvrir les blessures du passé. J'en ai appris un peu plus sur leur vie, à elle et à Molly. Molly travaille toujours et gagne un salaire convenable bien que son mari soit assez riche pour le rendre superflu. Pourtant, ça ne le dérange pas et il va même jusqu'à l'encourager. Sarah n'a rien raconté d'autre. Sans qu'elle ait besoin de le dire explicitement, j'ai compris que Molly n'avait aucune envie de me parler. Peut-être se laissera-t-elle amadouer en me voyant, tout comme moi, qui me sens fondre à l'idée même de la revoir. Je suis sa mère après tout.

Sarah est mariée à un homme important et s'occupe de sa vaste demeure. Elle a toute une flopée de domestiques, mais d'après elle, personne ne cuisine comme Retta. Quand ma fille est partie s'installer à Charleston, notre bonne lui a transmis les recettes de tous ses plats préférés. Il n'empêche, Sarah affirme qu'aucune de ses cuisinières n'est capable de les préparer comme il faut. Elle a pourtant transcrit mot pour mot les instructions de Retta, mais sans résultat. Elle n'a pas oublié l'histoire de la tourte aux fruits.

— Trouve-toi des pêches, lui avait dit Retta.

— Combien de pêches ? avait demandé Sarah.

— Ça dépend de combien de tourtes tu veux faire.

Sarah avait tout écrit, pour retenir les ingrédients à défaut des quantités. Quand Retta lui a expliqué comment préparer la pâte, ma fille a perdu tout espoir.

— Mets ta farine dans une jatte.

— Combien de farine ?

— Ça dépend de combien de pêches tu as.

Oh, comme j'étais contente d'entendre Sarah me raconter cette histoire ! Elle imite Retta comme personne.

— Il me tarde tant de te revoir, ma chérie ! Organisons une rencontre, lui ai-je proposé.

— Attendons un peu, Mère. Allons-y doucement.

Y aller doucement ? Impossible. J'ai déjà perdu trop de temps. Y aller doucement pourrait bien signifier mourir avant de nous être réconciliées et je ne suis pas prête à mourir sans mes filles auprès de moi. Non. Attendre n'est plus une option, avec le temps qui nous file entre les doigts. Hier, c'était Noël, et bientôt l'été sera de retour. On ne peut pas se permettre d'être patientes. À soixante-dix ans, j'envisage les choses avec le recul que confère l'expérience et je peux bien offrir cela à mes enfants, tout de même. Il faudra bien que Sarah écoute sa mère. Je prends enfin mon courage à deux mains et je me résous à agir, ce que j'évite de faire depuis des heures. Je frappe à la porte de ma fille et je prie pour qu'elle ne me rejette pas.

Une jeune femme noire, de vingt ans tout au plus, vient ouvrir. Elle porte une tenue de bonne, robe noire avec un tablier blanc, et a l'air surprise de me voir.

— Oui, m'dame ?

— Je cherche Sarah Abbott. Est-elle à la maison ? Je suis sa mère.

La jeune fille ouvre de grands yeux étonnés.

— Elle n'est pas là, m'dame. Elle est allée chez Miss Molly. Vous savez où c'est ?

Un paquebot rentre au port, sa sirène retentit et me fait sursauter.

— Excusez-moi, j'ai fait un long trajet et j'aimerais boire un verre d'eau. Puis-je entrer m'asseoir un moment ?

— M'dame, je peux vous apporter de l'eau mais pas vous laisser entrer. Je le ferais si Miss Sarah était là, mais pas sans sa permission.

— Ce n'est pas grave, juste de l'eau alors.

Je m'assieds sur les marches de la véranda et je contemple la mer et le fort Sumter, désert, au loin. Les canons noirs alignés le long de la promenade de Battery lui font face. L'odeur de l'océan est toujours la même, elle m'évoque l'époque où j'allais m'asseoir sur le balcon de ma chambre pour écouter les vagues clapoter sur la rive. Il y a quelque chose de réconfortant dans la régularité des mouvements de la mer. La porte de devant s'ouvre. Quand je me retourne pour prendre mon verre d'eau, je découvre une petite fille. Elle n'a pas plus de huit ans. Elle est pieds nus et son visage, encadré par des cheveux longs lâchés sur ses épaules, est celui d'une enfant sérieuse et observatrice. Elle ressemble en tous points à Sarah au même âge.

— Bonjour, lui dis-je. À qui ai-je l'honneur ?

— Emily.

— Quel joli prénom ! Ma maman s'appelait Emily. Et la tienne, c'est Sarah ?

La fillette acquiesce d'un hochement de tête. La fille de ma fille.

— J'ai apporté des pralines pour ta maman. Ce sont ses friandises préférées. Tu en veux ?

— Non merci, dit-elle.

— Je m'appelle Annie, je suis la maman de ta maman. Tu comprends ce que ça signifie ?

Elle me fait signe que non.

— Ça veut dire que je suis ta grand-mère.

— Non, ma grand-mère est morte, m'explique-t-elle. C'est Maman qui l'a dit.

La bonne revient avec un magnifique verre en cristal rempli d'eau.

— Emily Ann, vous savez que vous n'êtes pas censée être dehors sans chaussures.

La petite file dans la maison. Je me relève, prends le verre et le vide jusqu'à la dernière goutte. Je ne m'étais pas aperçue à quel point j'avais soif. La bonne de Sarah me propose d'appeler chez Molly, mais je refuse. Je la remercie pour l'eau et je pose la main sur la rambarde pour me relever.

Une fois dans la rue, je loue un fiacre pour retourner à la gare. L'odeur d'essence que dégagent les automobiles, mêlée à la puanteur du crottin, me soulève l'estomac. J'arrive à destination en avance. Après avoir jeté les pralines dans une boîte à ordures, je vais m'asseoir sur un banc pour attendre Lonnie en regardant arriver et repartir les trains. Il se passe environ une heure, puis il me rejoint en courant sur le quai, rouge d'excitation.

— Cent chemises, M-mère ! Berlin's veut cent chemises p-pour ses magasins de Charleston et de Chicago !

Il se jette à mon cou et m'enlace de ses bras ; tout à sa joie, il ne remarque pas mon air morose.

— En voiture ! lance le chef de train.

Lonnie m'aide à monter sur le marchepied, me conduit à un siège près de la fenêtre et présente nos billets au chef de train. Ensuite, assis à côté de moi, il me raconte sa victoire tant bien que mal et je fais semblant de l'écouter. En cette fin de journée, le wagon est rempli de gens qui rentrent du travail et s'apprêtent à retrouver leur famille ; ils seront tous chez eux à temps pour dîner. Le train prend de la vitesse et quitte la gare. Oh, j'ai oublié mon chapeau dans le fiacre ! Mais peu importe, qui se soucie de voir une vieille dame tête nue ? À mon âge, les simulacres n'ont plus lieu d'être depuis longtemps.

9
Gertrude

Il y a pas d'ombre pour me protéger du soleil quand je prends le raccourci qui longe les voies ferrées jusqu'à Branchville, mais ça ne fait rien, les heures les plus chaudes de la journée sont presque passées. Le soleil est bas à l'ouest et la lune s'est déjà levée à l'est, comme si l'une chassait l'autre dans le ciel. Il fera bientôt nuit, mais je connais la route. J'ai mon fusil et tout ce que je peux transporter est dans le drap que je porte en bandoulière. Le poêlon en fonte vient cogner contre ma hanche à chaque pas. J'aurai un bleu d'ici demain matin.

Je veux voir mon frère. *Va trouver Berns*, c'est la première pensée qui me vient à l'esprit depuis toujours, chaque fois que je me fais mal, chaque fois que j'ai besoin de quelque chose. J'ai toujours su que, si j'étais avec lui, il ferait tout son possible pour m'aider. Il faut que je le voie. Je peux lui dire la vérité et il m'aidera comme il l'a toujours fait. Quand j'étais petite, il me laissait courir à côté de lui. Il travaillait aux champs, et moi j'étais là, à côté de lui et j'lui posais tellement de questions qu'à la fin il me disait qu'il avait besoin de silence pour s'entendre penser. Un jour, juste quand M'man est devenue folle, je lui ai demandé à quoi il pensait et il m'a dit ce qu'il avait en tête.

— Tout subit la loi de la gravité, il m'a expliqué. Plus la masse est grande, plus l'attraction est forte. C'est pour ça que le soleil est aussi puissant et qu'il attire toutes les planètes dans son orbite. Et la Terre a une force de gravitation qui met la Lune en orbite autour d'elle, et la Lune a une gravitation si forte qu'elle cause les marées.

Je lui ai demandé ce que ça avait à voir avec ses pensées et il a répondu :

— Du coup, je me pose des questions sur les gens, je me demande si on attire les choses et si on les fait bouger dans notre orbite.

— Comme un aimant ?

— Oui, il a dit, comme un aimant.

— C'est peut-être comme ça que ça marche, la prière. Comme un aimant qui attire le mal vers le bien.

Il m'a regardée bizarrement. Comme si j'étais pas sa petite sœur, mais une personne qui pouvait penser et s'interroger comme lui. À partir de ce jour-là, il s'est mis à me parler des choses qu'il trouvait importantes et que je devais savoir. Berns ne m'a jamais menti, et moi non plus, même pas pour rire.

Quand je ressors du bois, le soleil est couché depuis longtemps, mais la lune décroissante éclaire mon chemin. J'entends des bruits de vaisselle et, de mon œil qui y voit encore, j'aperçois Edna et Lily en train de laver les assiettes du dîner près de la pompe. Une fois que les communs sont derrière moi, j'entrevois Alma par la fenêtre, elle essuie la table de la cuisine.

Même d'où je suis, je devine qu'elle a repris du poil de la bête. Tout ce qu'il lui fallait, c'était à manger. Je tombe sur Berns en train de contempler le ciel debout près de la grange. Il a l'air si fatigué. Il dort pas autant qu'il devrait.

— Tout va comme y faut par ici ? je demande.

Il sursaute, puis il me regarde des pieds à la tête.

— Où est Mary ?

— J'l'ai laissée chez la vieille Retta vendredi.

— Mary est à Shaker Rag ?

— J'irai la chercher demain.

— Gertie…

— Berns, s'il te plaît, pas ce soir.

Il lève la tête vers le ciel et pousse un gros soupir. S'il s'inquiète pour Mary, ce que j'ai à lui dire va lui ôter le sommeil pour le restant de ses jours. Il faut que j'y aille mollo, une chose à la fois. À la cuisine, je demande à mes filles de me rejoindre autour de la table. On s'assied, un cercle de grises mines. La lanterne posée au milieu de la table projette des lueurs jaunes et des ombres dans la pièce et sur les visages. Berns et Marie sont debout l'un à côté de l'autre, adossés au plan de travail. Il a posé sa main sur celle de sa femme et ils ont tous les deux les chevilles croisées du même côté. Dehors, on entend l'appel des engoulevents. L'automne arrive. Dans quelques semaines, ça sera la saison de la nidification. J'annonce la nouvelle à mes filles :

— Vot' père est parti. Pour de bon.

— Tant mieux, dit Lily.

— Où il est allé, Maman ? veut savoir Edna.

— Je sais pas, mais maintenant on est seules et faut qu'on s'en sorte. J'ai un travail correct et je nous ai trouvé une maison ici, à Branchville.

Alma éclate en sanglots.

— Pleure pas sur la table où on mange, dit Lily à sa sœur.

Alma s'essuie la figure du dos de la main, mais elle n'arrive pas à retenir ses larmes. Je la prends sur mes genoux.

— Faut que tout le monde travaille si on veut avoir de quoi manger. Berns, Marie, merci de c'que vous avez fait pour nous. J'espère qu'on pourra vous rendre la pareille un jour.

Marie vient s'asseoir avec nous, mais Berns reste en retrait et nous observe. Je lève la tête et je soutiens son regard. Il finit par détourner les yeux et contemple la nuit par la porte de derrière. Marie prend la main d'Edna et celle de Lily dans les siennes par-dessus la table. Elle sourit comme si elle avait quelque chose à nous dire et qu'elle venait de se le rappeler. Elle aurait été une bonne mère, Marie. Meilleure que moi.

— À c'qui paraît, en ville, samedi dernier, les pluies ont été si fortes qu'elles ont inondé les anciennes cases d'esclaves de la plantation Magnolia. À c'qui paraît, les gens avaient des poissons qui nageaient dans leur salon.

Berns frappe dans ses mains et s'exclame :

— Nooon !

Marie hoche la tête avec conviction.

— Si. C'est ce qu'on m'a dit à la gare de chemin de fer. En ville, des vieux ont raconté qu'ils avaient entendu les passagers en parler en revenant de Charleston. Paraît que le fleuve a débordé.

— Des poissons qui nagent dans le salon ! Imaginez un peu ! lance Edna, prise d'un fou rire, au point qu'on se met tous à rire sans pouvoir s'en empêcher.

C'est contagieux. Lily mime un poisson et c'est reparti pour un tour. Même Berns s'esclaffe.

— Les filles, allez courir dehors et faire la chasse aux lucioles pendant que je parle à votre maman, dit Marie.

C'est là qu'on voit qu'elle ne sait pas ce que c'est que les enfants. Il y a qu'Alma et Mary qui sont assez jeunes pour s'amuser à attraper des lucioles. Les deux aînées, ça ne les intéresse plus, mais elles sortent quand même, bien contentes de se retrouver seules. Berns s'approche de la cheminée et prend son fusil qui est suspendu au-dessus. J'ai envie de lui dire de pas s'en faire, mais je me tais.

Avant qu'il passe la porte, je lui explique :

— Demain, il faudra que j'emmène Edna au marais pour rassembler le reste de nos affaires.

— Il t'en reste combien à transporter ?

— Deux gros baluchons d'ustensiles de cuisine et de linge de maison.

— Laisse Edna ici, je viendrai avec toi.

— On peut se débrouiller sans toi, Berns. Pas la peine que tu laisses ton travail.

Il me regarde et il répond :

— Si Alvin se pointe et qu'il vous trouve en train de quitter la maison, il vous tuera toutes les deux. On partira à l'aube.

Il sort sans me laisser le temps de protester. Marie me prépare une tasse de café, comme si j'étais une invitée et son amertume est la bienvenue.

— Comment va ton œil ?

— J'y vois encore rien de ce côté-là, mais je pense que ça ira.

— Tu y verras assez pour coudre ?

— Si je peux marcher comme ça, je suppose que je peux coudre.

— T'es sûre qu'il est parti ?

— L'avenir le dira, mais je crois qu'on entendra plus parler de lui.

Le faible que mon grand frère a pour moi cause du souci à Marie, même si elle ne l'a jamais avoué. Avant, il était plus bavard, mais avec l'âge il devient de plus en plus taiseux. Pourquoi ? Je sais pas trop, mais je le devine. Marie sait comment le faire parler et comment le réconforter. Elle lui répétera ce que j'ai dit. Il pourra dormir tranquille.

Les filles et moi, on dort sur une paillasse dans mon ancienne chambre. Alma reste lovée tout contre moi jusque tard dans la nuit. Après tout ce qui s'est passé, on n'arrive pas plus à trouver le sommeil l'une que l'autre. Quand Edna et Lily se sont assoupies, elle me chuchote :

— Maman, je pleure pas parce que Papa est parti, je pleure parce que j'suis contente qu'il soit plus là. C'est un péché. Est-ce que j'irai en enfer ?

— Non, un seul péché, c'est pas grave.

Je la prends dans mes bras et on s'endort enfin.

* * *

Berns venait jamais à la maison. C'est un trou perdu et j'ai honte de le montrer. Quand on s'est installés près du marais, Alvin a interdit à mon frère de venir nous rendre visite, alors j'ai dit à Berns de garder ses distances vu que j'avais peur de c'que mon mari pourrait faire. Berns m'a écoutée, mais il m'a écrit des lettres et m'a demandé de lui répondre pour qu'il ne s'inquiète pas. À Noël, ils envoyaient un petit paquet avec des bonbons et des savonnettes que Marie faisait pour les filles. Je ne sais même pas combien de lettres Alvin a détruites avant que j'aie pu les lire, en tout cas ça les empêchait pas d'arriver ni moi de les guetter. Je crois bien que c'était aussi un message pour Alvin, pour lui rappeler que quelqu'un veillait au grain. Que quelqu'un se souciait de nous.

Ni l'un ni l'autre ne parle chemin faisant. J'aimerais qu'il dise quelque chose, pour que je puisse lâcher le morceau, mais il se tait, alors on marche en silence. On traverse le marais pieds nus et sans un bruit pour pas déranger les animaux. Ça grouille tout autour de nous. La bande de terre n'est pas sous les eaux aujourd'hui, un gros progrès depuis hier. Je marche devant mon frère au milieu des plantes rampantes et je traverse le chemin. Deux bébés alligators sont juchés sur le tronc de l'arbre couché, ils se chauffent au soleil dans un rai de lumière. Quand on est plus qu'à deux pas, ils se retournent et ils plongent dans le marais. Je les montre à Berns même si je sais qu'il les a sans doute déjà vus. Il a appris à connaître la nature, comme moi. Le sang de Papa coule dans nos veines à tous les deux.

Quand on arrive à la maison, il s'approche de la pompe, boit de grandes lampées d'eau et se mouille la tête. Je fais la même chose. Il monte les marches après moi et passe la porte moustiquaire. J'ai emballé le reste de nos affaires dans deux courtepointes pour le voyage.

Il s'arrête sur le seuil et regarde autour de lui. Je comprends mon erreur. J'ai tout effacé, il reste plus rien de nous. Aucune trace d'Alvin nulle part. Berns le sait aussi bien que moi. Parfois, ce qui n'est pas là en dit aussi long que ce qui y est.

— Depuis toutes ces années, combien de fois il t'a frappée ?

— Une fois de trop, je réponds.

Je prends une des courtepointes nouées en baluchon, je passe ma tête et mon épaule par le trou et je cale le paquet sur la hanche qui me fait pas mal. Berns, lui, bouge pas, il reste là, à se faire craquer les jointures des mains.

— Tu sais où il est allé ? il demande.

Mon frère me pose une question. Il ne la posera pas deux fois. Ce n'est pas aussi facile que je croyais.

— J'en sais rien. Je m'en fiche.

Il hoche la tête doucement, traverse la salle et se penche pour prendre son ballot. Quand il se redresse, il a les yeux pleins de larmes. Je m'en veux, je m'en veux tellement d'être un tel fardeau pour lui, mais avant que j'aie eu le temps d'ouvrir la bouche, il dit :

— Allons-y.

Et il ressort de la maison. On retourne sur le sentier, on passe sur la langue de terre et on franchit le marais comme on vient de le faire, comme je l'ai fait il y a quelques jours, et comme mon mari l'a fait tous les jours depuis qu'on s'est installés ici. Il y avait une sorte de promesse ici, à l'époque, celle d'un travail régulier au moins. Mais tout ça s'est envolé.

Les cigales et les grenouilles braillent en chœur. Une fois arrivés de l'autre côté du marais, là où la route principale longe la voie de chemin de fer, je pose mon baluchon le temps de reprendre mon souffle. Je ne peux pas m'empêcher de regarder en arrière. Je sais pas trop ce que je cherche. Je sais pas trop à quoi je pense. Je reste là, à regarder, submergée par un tourbillon de pensées jusqu'au moment où Berns lâche :

— Pense plus au passé, Gertie. Il est mort et enterré.

Mort et enterré, mort et enterré. Je soulève mon fardeau et je suis mon frère ; on rentre à la maison.

10

Retta

Mrs Walker est là, dehors, sur le chemin, et je veux bien être pendue si c'est pas Sugar à côté d'elle ! La femme morte et le coq bien vivant, côte à côte, comme si y avait rien de plus normal. Sugar picore aux pieds de Mrs Walker comme à l'ombre d'un arbre. C'est quelque chose d'avoir besoin d'une amie qui est plus là pour vous. Y a des choses qu'on peut partager qu'entre femmes, des choses que les hommes peuvent pas régler même s'ils le voulaient, et pour certaines choses, c'est trop tard, on peut plus les régler. Mrs Walker dirait peut-être le contraire, mais elle aurait rien à proposer comme solution à mon problème. Simplement, elle m'écouterait en parler.

Mrs Walker est arrivée en ville deux ans après la mort de mon Esther, y a quinze ans de ça. La rumeur s'est répandue que son mari avait tué un homme pour une assiette de nourriture à un camp de pêche. Avec le couteau qu'il utilisait pour nettoyer les poissons. Elle m'a raconté que ce soir-là, quand il était revenu, elle l'avait surpris en train de nettoyer la lame couverte de sang à côté de la maison. Il lui avait tendu son panier de pêche et il était rentré comme si de rien n'était. Quand on l'a mis en prison, elle s'est retrouvée seule au monde. Plus personne lui adressait la parole, personne l'aidait et elle a dû vivre cette vie de paria. Quand une femme se marie et prend le nom de son mari, elle se retrouve associée à tout ce qu'il fait pour le restant de ses jours. C'est pas juste mais c'est comme ça. Quand Mrs Walker est arrivée ici, toutes les Blanches de Branchville l'ont prise de haut. Moi, je l'ai saluée dès le jour où elle s'est installée de l'autre côté du chemin, à la lisière de Shaker Rag, et elle m'a toujours répondu. Un soir qu'elle était assise sur le perron de sa maison, elle m'a hélée au passage :

— C'est comment, votre nom ?

— Oretta Bootles.

— Oretta, vous ne voulez pas venir vous asseoir un moment ? Boire un peu de thé bien sucré ?

Je lui ai dit non merci, qu'y fallait que je rentre retrouver mon mari. Je pensais tout bas : Qu'est-ce qu'on va dire si on me voit assise dehors, en train de boire du thé avec une Blanche ? À l'époque, je me souciais de ces choses-là, mais plus maintenant. Elle a continué à m'inviter régulièrement et un jour de printemps, j'ai dit :

— Ma foi, je veux bien.

Y avait rien de mal chez cette femme. Elle m'a accueillie sous le porche de sa maison et m'a fait entrer dans sa cuisine pour boire du thé sucré et du café. J'suis jamais allée à Charleston, mais quand elle en parlait, je voyais la ville dans ma tête. Elle m'a raconté que, le dimanche matin, les cloches des différentes églises se répondaient comme des oiseaux moqueurs pendant une bonne demi-heure avant la messe. Je commençais tout juste à me dire que j'aurais une amie pour m'accompagner jusque dans mes vieux jours, et voilà que je la retrouve morte sur le sol de sa cuisine… Maintenant, tout mon monde est chamboulé, je sais plus ni quoi penser ni quoi faire, et mes journées, je les passe à me ronger les sangs à cause de ce qui m'attend au tournant.

* * *

J'ai envoyé Odell faire la vaisselle dehors, et quand il a fini, Mary n'a toujours pas bougé. J'avais oublié à quel point c'est dur de réveiller une petite qu'est fatiguée. Elle suce ses deux doigts du milieu quand elle dort. Ça m'a fait vraiment mal au cœur de la tirer du lit, mais j'étais pressée par ma journée. J'ai retrouvé une chemise de nuit et des dessous à ma fille que j'avais gardés, et je les ai mis à Mary après son bain et avant de la coucher. J'aurais jamais cru qu'y serviraient de nouveau un jour, mais j'en suis bien contente.

Ce qui s'est passé hier a fait peur à la petite. Dès que j'ai tiré les rideaux, elle a couru à la fenêtre et elle a pris la pièce de cinq *cents* avant que j'aie eu le temps de dire ouf. Elle l'a serrée dans son poing avec l'autre pièce en répétant « Pardon ! Pardon ! Pardon ! » encore et encore. Elle a vraiment honte d'elle-même, c'te petite. Je l'ai assise sur mes genoux, je l'ai tapotée dans le dos et j'ai regardé ce qu'elle avait fait au crochet.

— Regarde-moi ça, quelle jolie couverture ça va être !

Elle a frémi au contact de ma main. J'ai arrêté de la caresser.

— Mary, j'ai dit, faut être une petite fille vraiment douée pour faire une couverture comme celle-là. C'est pas facile, ça. Tu as un don pour le crochet.

Elle m'a écoutée jusqu'au bout. J'ai réussi à la calmer et on s'est remises au travail chacune de notre côté. Pendant toute la journée, dans un coin de ma tête, je suis restée avec elle dans la chambre. Cette petite, j'ai refusé de l'appeler par son prénom depuis que je m'en occupe, comme si ça allait me protéger des sentiments que je pourrais avoir. Quelle bêtise ! C'est Mary, son prénom, et j'vais plus l'appeler autrement.

Mary veut que je la porte ce matin. Je la soulève et je la cale sur ma hanche. Ça me ramène des années en arrière. Aujourd'hui, j'ai pas besoin de faire un détour pour éviter Mabel, mais faudra bien l'affronter tôt ou tard. Mabel et Mrs Walker sont placées d'un côté et de l'autre d'une ligne droite, comme s'il fallait choisir entre les deux. Mrs Walker observe Mabel avec attention et Mabel cherche quelque chose dans son sac à main, quelque chose de sacrément petit vu le temps qu'elle met à le trouver. Mrs Walker se met à rire en rejetant la tête en arrière, comme quand on la chatouillait. Elle arrivait toujours à me faire voir Mabel sous un jour différent.

— Va faire sacrément chaud aujourd'hui, lance Mabel. Maintenant que septembre est là, on s'attendrait plutôt à se sentir en automne.

Le soleil n'est même pas encore levé et Mabel s'évente déjà avec un des éventails en carton du funérarium. Elle en a un plein tiroir avec tous les parents qu'elle a enterrés ces cinq dernières années. C'est vrai que je devrais la prendre en pitié, elle a perdu deux sœurs, un frère et un mari, mais j'ai pas l'impression que ça l'a changée, toutes ces morts. Je comprends pas comment une âme peut rester la même après tant de deuils. Dieu sait si les miens m'ont changée. Mais pas Mabel. Elle continue à voir ce qu'elle veut bien voir et à faire comme si le reste n'existait pas. La petite fille blanche que j'ai dans les bras, par exemple. Mabel fait comme si les choses bien réelles n'existaient pas. J'ai jamais rien vu de pareil ! On commence à marcher côte à côte et on s'approche de Mrs Walker.

— Où est sa maman ? finit par demander Mabel.

Je lui rends la monnaie de sa pièce en faisant comme si j'avais pas entendu. Je m'arrête sur le chemin à la hauteur de Mrs Walker en espérant que Mabel continuera sa route, mais elle s'arrête à son tour et elle attend près de nous. Mrs Walker et moi, on se tourne vers sa maison nichée sous les pacaniers, obscure et silencieuse. Je reste un moment auprès de mon amie. On est toujours plantées là, dans le jardin, quand le soleil commence à pointer sur les champs.

— Regarde ça, Mary, je dis. C'est là que tu vas habiter à partir de demain.

— Une autre Blanche à la lisière de Shaker Rag ? Ça devrait plutôt être une famille de couleur, proteste Mabel.

Si je tiens ma langue, c'est pour Mary qui frétille de joie, pose ses deux mains sur mes joues et m'embrasse sur le nez, comme si je venais de lui faire le plus gros cadeau du monde. Sugar rompt le charme en me picorant les chevilles et Mrs Walker disparaît dans la lumière du matin. Je la sens traverser mon corps, elle passe en plein milieu. Ça me coupe le souffle. Je pousse Sugar vers la maison en lui donnant de petits coups de pied dans le derrière.

— On dirait qu'il aime plus ta maison, ce coq, fait remarquer Mabel.

— Il l'a jamais aimée.

— Le pasteur est passé te voir dimanche soir ?

— Mmh.

Pas la peine de mentir, elle a des yeux pour voir. Elle reste sans rien dire et attend que j'avoue, comme si c'était ma sœur.

Je finis par lui demander :

— Qu'est-ce que tu veux, Mabel ?

Elle réfléchit, et puis elle répond :

— Il te faut quelqu'un pour t'aider au Campement cette année ? Ma nièce a bien besoin d'un travail. Elle a deux p'tits et un mari au chômage.

— Je sais pas encore.

C'est la vérité.

— Très bien, mais si t'as besoin de quelqu'un, pense à elle.

Voilà que je dois aussi penser à sa nièce maintenant, une femme qu'a un mari valide ! C'est pas Mrs Walker la coquille vide ici, c'est Mabel. On a beau essayer de la contenter, elle en veut toujours plus. Comme un fantôme vorace.

Aujourd'hui, j'enferme pas Mary dans notre chambre. Je lui rappelle qu'y faut pas faire de bruit. C'est idiot vu qu'il y a pas plus silencieuse que cette petite, mais je lui répète quand même, parce que c'est ce qu'on fait avec les enfants. Nelly se présente à la porte de la cuisine une heure plus tôt que d'habitude, comme je lui ai demandé. Je la prends par la main et je l'emmène dans la chambre où je prends aussi celle de Mary.

— Mary, j'te présente Nelly. Nelly a été mon amie toute sa vie. Nelly, voici Mary. Mary et moi, on est amies depuis trois jours. Elle fait du crochet, et mieux qu'une grande personne.

Mary montre la couverture qu'elle fabrique à Nelly qui s'approche pour la regarder, la main devant la bouche pour cacher son sourire. Mary sourit à son tour ; je l'avais encore jamais vue se dérider aussi vite, avec personne. On forme un petit groupe, à nous trois. Je serre la main de Nelly et elle serre la mienne en réponse. J'en connais une qui va tenir compagnie à Mary jusqu'à la fin de la journée.

Après le petit déjeuner, Miss Annie se retire à l'étage, dans son salon, pour écrire ses invitations à la fête. Elle a une mauvaise migraine, même le café n'en vient pas à bout, alors elle reste à la maison au lieu d'aller à l'atelier de couture. Elle dit que ça va, mais c'est pas vrai. Je la connais depuis assez longtemps pour savoir quand elle est pas bien. Elle serre la mâchoire tellement fort, pas étonnant que sa tête la fasse souffrir comme ça.

Eddie déboule dans la cuisine comme le gamin qu'il était autrefois. Il est aussi menu que son frère. Ils ont la même toison rousse, mais Lonnie est pâle et doux alors qu'Eddie est affûté comme un rasoir, musclé et hâlé par les journées qu'il passe dehors à travailler avec son père. Il me taquine comme dans le temps, soulève le couvercle de toutes les marmites pour voir ce qu'y a dedans et après fait claquer un torchon de cuisine sur mon derrière. On s'attendrait à ce qu'il ait arrêté ce genre de bêtises avec l'âge mais non, il virevolte toujours autour de moi en chantant la chanson qu'il a inventée quand il était petit : « Vive les fèves, vive les fèves ! Moi j'adore ces bonnes fèves !

Elles sont fraîches et elles sont vertes, c'est des fèves de rêve ! Les fèves au lard de Retta, c'est un rêve ! »

Son entrain fait la joie de Miss Annie. Mais avec Mr Coles, y a pas plus sérieux – tel père, tel fils ! C'est incroyable de voir un adulte changer du tout au tout en une minute, mais Eddie en est capable. Ils n'ont jamais ramené de fiancée à la maison, lui et Lonnie, une fille qui leur plaise et qui veuille bien d'eux – c'est pourtant pas l'argent qui leur manque, aux fils Coles –, mais Eddie a pas l'air de s'en soucier plus que ça. Moi, j'pense qu'ils seraient plus heureux avec une gentille petite femme, tous les deux, mais c'est pas mes oignons. On dirait que ça leur va très bien de rester entre eux, sans personne, ces deux-là. J'envoie Eddie voir sa mère. Ça l'aidera à aller mieux, de l'avoir près d'elle.

Pour le dîner, y a un jambon au four, et dans la chambre, Nelly épluche les pommes de terre qu'on va cuire à l'eau et servir en salade. Elle est assise par terre, adossée au mur, les pieds posés sur la chaise à côté du lit. Elle a les jambes enflées et je vois bien qu'elle est fatiguée. Cette fille n'est pas habituée à porter tout ce poids en plus et les veines bleues que je vois sur ses jambes doivent lui faire bien mal, mais elle se plaint pas. Ça fait du bien de rester assise au moins une partie de la journée quand on a un si gros ventre. Mary est à côté, avec le fil de coton entre elles. Je vais les voir et, quand j'arrive à la porte, je m'arrête le temps d'écouter Nelly raconter une histoire à Mary.

— Les méchants sont arrivés dans un village pour tuer les femmes. Les femmes savaient qu'elles devaient agir, alors elles ont changé d'apparence. Une femme s'est transformée en serpent, une autre en alligator, et toutes les autres en oiseaux. Elles se sont cachées et elles ont attendu. Les méchants en ont eu assez de les chercher et ils sont repartis en laissant le village en paix. Le lendemain, toutes les femmes sont revenues et le village a organisé un festin pour célébrer leur retour.

Mary s'émerveille à l'idée qu'on puisse se transformer en autre chose que ce qu'on est. Les enfants le voient pas, mais chaque jour qu'ils passent sur cette terre, ils changent un peu. Je suppose que Dieu a fait ça pour nous éviter d'avoir peur du changement.

* * *

Depuis que le repas est terminé, les hommes sont en train de réfléchir dans le salon. Eddie est à côté de son père, à la place du chef de famille. Voilà près de deux heures qu'ils sont assis devant la table, à regarder des cartes et des itinéraires pour aller jusqu'à Florence avec des chariots attelés. Pas moyen d'éviter les risques du voyage. Ils parlent du temps qu'y faut pour traverser deux marais différents – personne n'a envie de se retrouver dans ces parages à la nuit tombée – et de celui que ça va prendre de les contourner.

— Donnez-moi l'estimation la plus optimiste et la plus pessimiste, demande Mr Coles à deux de ses employés.

Quatre autres font des calculs sur un papier pour voir combien de chariots y faudra pour emmener le tabac au marché. Le gars de Pee Dee qui sait tout sur le commerce du tabac est là depuis une semaine pour surveiller la préparation et le déroulement du voyage. Pete de Pee Dee, qu'il se fait appeler. C'est jamais rien qu'un gars de la campagne qui a réussi. Voilà plus de cinq ans que le tabac de Burley est cultivé du côté de Pee Dee, ça remonte à avant que la rouille ravage la récolte du coton. Pendant deux ans, Mr Coles s'est intéressé de près à ce qui se faisait par là-haut, dans le nord de l'État. Quand les charançons du coton sont arrivés, Miss Annie a dit qu'il faisait les cent pas dans la maison nuit et jour, à se faire un sang d'encre pour les prochaines semailles. Quand Pete de Pee Dee lui a écrit que les insectes n'aimaient pas le tabac, l'affaire était dans le sac. Je pense qu'il s'est dit – en fait, je le sais vu que Mr Coles et Eddie en parlaient souvent – que si l'État de Caroline du Sud faisait pousser assez de tabac, il serait débarrassé des charançons du coton une bonne fois pour toutes. Ces sales bestioles iraient voir ailleurs comme elles nous sont venues du Texas.

Avant, Pete travaillait chez R. J. Reynolds Tobacco et maintenant il loue ses services aux nouveaux fermiers qui veulent se lancer sur le marché du tabac. Il a promis un bon prix à Mr Coles si la récolte est aussi bonne que celle qu'ils ont eue l'an dernier. Il a dit que cette récolte-là, c'était un record historique ; quasiment le double de l'année d'avant, le prix est passé de vingt à quarante *cents* la livre. Cette année, ce sera encore mieux, d'après lui. Si je l'entends répéter « record historique » encore une fois, je sais pas c'que je vais lui faire… Il est arrivé y a une semaine et il s'est installé à la pension de famille. Et bavard comme une pie, j'ai jamais vu ça : toujours à poser des questions à tort et à travers sur des choses qui regardent pas les étrangers. Blancs ou Noirs, tout le monde à Branchville traverse la rue en le voyant arriver pour pas avoir à l'écouter raconter sa vie ni à raconter la leur.

Quand j'apporte le gâteau colibri et le café dans la salle à manger, Mr Coles me regarde déposer le plateau sur le buffet puis sortir les assiettes et les fourchettes à dessert. On se tait autour de la table pendant que je fais mon travail. Je contrôle bien mes gestes pour que mes mains ne tremblent pas. Mr Pete, lui, est pas habitué à ce genre de silence.

— Miss Retta, il dit, depuis que je suis arrivé ici, j'ai mangé les meilleurs repas de ma vie ! Où avez-vous appris à cuisiner aussi bien ?

Je me trouble au point que je manque faire tomber les fourchettes en argent que je tiens. Aucun Blanc m'a jamais appelée « *Miss* Retta » ! Quand je me retourne pour répondre, tous les hommes regardent Pete de Pee Dee comme s'il venait d'un autre pays. Un homme qui a même pas assez de jugeote pour savoir qu'on n'adresse pas la parole à la servante noire quand on est invité à la table de quelqu'un comme Mr Coles ! Eddie est sur le point d'exploser à force de se retenir de rire. D'un long regard bien appuyé, Mr Coles finit par faire comprendre à Pete qu'il a mis les pieds dans le plat.

Sans tourner les yeux vers moi, mon patron me dit :

— Ça sera tout, Retta.

Je ne demande qu'à retourner à la cuisine, mais le téléphone sonne au salon et Mr Coles veut que j'aille décrocher.

— Ici la Résidence Coles.

— Retta, c'est Sarah, Père est à la maison ?

Oh, ça fait bien longtemps que j'ai pas entendu sa voix ! Elle a l'air si respectable, j'ai peine à croire que c'est la petite fille que j'ai élevée avec Miss Annie.

— Il est dans la salle à manger, mon ange.

— Il faut que je parle à Mère.

— Je vais la chercher.

— Qui est-ce ? demande Mr Coles dans l'autre pièce.

Sarah l'entend et me dit :

— S'il te plaît, Retta, il ne doit pas savoir que c'est moi.

Alors je réponds bien fort :

— C'est le travail pour Miss Annie.

— Oh, merci, Retta, chuchote Sarah. Tu me manques tellement.

— Ne bouge pas, je lui dis tout doucement, je vais chercher ta maman.

— Oui, d'accord. Fais vite, s'il te plaît.

Miss Sarah. Je me rappelle cette petite tête blonde et ses yeux bleus étincelants. C'était une fillette adorable, mais sa nature douce et aimante l'a rendue craintive comme pas possible. Miss Molly, qui était pourtant la plus jeune, est devenue la protectrice de son aînée. Sa sœur lui a tout appris, autant c'qu'y faut éviter que c'qu'y faut faire. Cette petite Molly n'avait peur que d'une chose, son papa, mais elle se serait opposée à lui si c'était pour défendre Sarah. Quand j'arrive dans la chambre de Miss Annie, je la trouve assise devant son secrétaire en train de regarder par la fenêtre.

— Miss Annie, Sarah au téléphone.

Elle sursaute sur sa chaise et se retourne.

— Elle est en ligne ?

— Oui, m'dame.

Ses lèvres pincées forment une ligne droite et elle se lève. Quand on arrive au salon, elle se dirige vers le téléphone d'un pas décidé et prend l'appareil :

— Je n'ai rien à te dire.

Sur ces mots, sans prendre le temps d'écouter, elle repose le combiné à sa place.

— Miss Annie ? je m'étonne. Vous savez que c'était votre fille Sarah ?

— Oui, Retta. Ce que j'ai été bête !

Elle prend sa tête entre ses mains et se met à vaciller. Je me dépêche de la rejoindre.

— Je devrais peut-être aller chercher Mr Coles ?

— Non. Pas un mot à mon mari.

Je l'aide à remonter l'escalier et je la conduis jusqu'au lit. Elle est pâle comme un linge, de la même couleur que le couvre-lit blanc sur lequel elle est couchée. Je pose la main sur son front pour voir si elle a de la fièvre, mais elle est aussi fraîche qu'on peut l'être avec une chaleur pareille. J'ai jamais vu ça.

— Tire les rideaux et reste assise près de moi, Retta. Rien qu'un moment. Ça va aller. J'ai juste besoin de reposer mes yeux.

Je m'assois tout au bord du lit, elle pose sa main sur la mienne et la serre fort, comme s'il fallait que je la hisse en haut d'une montagne. Avec mon pouce, je caresse le dos de sa main, jusqu'à ce qu'elle retrouve son calme et je lui chante son cantique préféré.

— *There is a balm in Gilead to make the wounded whole, There's power enough in heaven to heal the sin-sick soul*[1].

1. « Il y a un baume en Galaad, pour rétablir les blessés. Il y a assez de pouvoir au ciel pour guérir l'âme malade du péché. »

11

Gertrude

Une fois à la maison de Mrs Walker, je dis à Berns de laisser nos affaires sous le porche pour que je puisse les trier. Il dépose son paquet et s'en va. Il m'enverra les filles dès qu'il sera arrivé chez lui. Avant de partir, je leur ai dit qu'elles avaient intérêt à ce que mon frère n'ait plus aucune corvée à faire ce soir en rentrant.

Marie m'a raconté que Mrs Walker est morte un lundi et que c'est Retta qui l'a trouvée. Qu'est-ce qu'elle faisait dans la maison d'une Blanche qui était même pas sa patronne ? Personne peut le dire. Et personne sait quel âge Mrs Walker avait quand elle est morte. On sait juste qu'elle restait dans son coin à l'atelier de couture. Elle faisait jamais parler d'elle, elle travaillait et puis elle rentrait chez elle. Elle n'avait plus de famille et elle avait payé pour son enterrement deux semaines avant de quitter ce monde, à croire qu'elle savait que c'était pour bientôt. D'après Marie, sa mort a coupé le sifflet à toutes les couturières à l'atelier. Ça leur a rappelé ce qui nous attend tous un jour ou l'autre.

La maison de Mrs Walker est couverte de bardeaux gris et blancs. Elle est petite mais solide, juste assez en retrait de la route pour que personne voie ce qui se passe chez vous, mais assez près pour qu'on puisse aller chercher de l'aide si besoin. Il y a une pompe rouge vif sous le porche de derrière, à deux pas de la cuisine. Avoir de l'eau à portée de main va grandement me simplifier la vie. Les pacaniers sont chargés de noix bien mûres, quasi prêtes pour la cueillette. On aura du travail pour les écaler, mais il y en a plus qu'assez pour nous toutes. J'aperçois un carré de légumes derrière la corde à linge, mais quelqu'un a pris tout ce qui y poussait, haricots, tomates, poivrons et citrouilles. Je repère deux pastèques bien mûres sous les vignes dépouillées de leurs raisins. Je vais les ramasser avant que les ratons laveurs les mangent et je les pose sur le perron de derrière, près de la porte moustiquaire. Peut-être qu'on aura encore le temps de planter des pommes de terre qu'on pourra récolter à l'automne, il faudra juste qu'on ait les graines assez vite. Au milieu du jardin, il y a une remise peinte en vert avec un toit rouge. L'intérieur est propre, pas de serpents. C'est un bon jardin, bien entretenu, où on pourra faire pousser beaucoup de choses.

En portant une pastèque et en faisant rouler l'autre avec mon pied, je pousse la porte de derrière et j'entre dans la cuisine. Je trouve une casserole avec du porridge brûlé sur le fourneau, sans doute ce que Mrs Walker préparait quand elle est morte. C'est un miracle que la maison ne soit pas partie en fumée. La casserole est en bon état, je pourrai m'en servir si j'arrive à enlever le brûlé. Il y a tout ce qu'il faut pour commencer à vivre ici. De la farine de blé, du saindoux, de la farine de maïs, des haricots secs et du riz blanc dans des bocaux alignés sur le plan de travail. Un meuble entier rempli de légumes en conserve, sans doute ceux que Mrs Walker cueillait dans son jardin. Un sac plein de gruau de maïs et un deuxième, à moitié plein, fermé par un élastique. De la confiture de raisin muscadine et aussi de figue, trois pots de chaque – elle les a sûrement reçus en échange de quelque chose ou en cadeau, vu la petite quantité. Avec tout ça, Mrs Walker avait de quoi passer l'hiver, c'est plus que c'que j'ai eu chez moi depuis mon mariage ; les filles ont jamais connu pareille abondance.

La cuisine donne sur un salon avec un poêle à bois contre le mur opposé. Sur la table basse, près d'un canapé orange, il y a un paquet enveloppé dans du papier kraft et un petit billet qui dit : « *Oretta, je t'ai fait cette robe. Il faudra défaire l'ourlet pour la rallonger, mais la couleur t'ira bien.* »

Je détache la ficelle et j'ouvre. À l'intérieur, je trouve une robe bleu marine taillée dans un tissu de bonne qualité. Avec un col blanc et des poches. Pourquoi Retta n'a pas pris la robe après avoir trouvé Mrs Walker ? Une robe toute neuve qui était là, en évidence. Voilà qui est bien étrange. Si elle ne l'a pas prise, c'est sans doute qu'elle n'en voulait pas.

Après le salon, il y a deux chambres, petites mais bien ; elles sont côte à côte et elles donnent sur la route. Celle de Mrs Walker a un lit à colonnes en chêne et une coiffeuse assortie avec un miroir rond. L'autre est vide, comme si elle attendait que quelqu'un vienne l'occuper. J'ai assez de toile pour faire deux autres matelas. Il nous faudra juste les feuilles de maïs pour les remplir. On a de la chance, il y en aura bientôt des tas dans les champs en cette saison.

Je découvre deux autres robes accrochées dans la penderie de Mrs Walker, une pour le travail et une pour le dimanche. Elles sont vieillottes et trop grandes pour nous toutes, mais je pourrais faire deux, peut-être même trois robes avec tout ce tissu, en comptant Mary. Le lit de Mrs Walker n'est pas fait – comme si elle venait de sortir faire ses corvées du matin. Il me reste encore assez de temps et de soleil pour laver les draps et les mettre à sécher si je fais vite avant l'arrivée des filles. Mrs Walker dormait avec un drap de dessous et un drap de dessus tellement fins qu'ils sécheront vite au soleil en cette fin d'après-midi. Je tire sur les draps d'un coup sec et ça fait trembloter une latte sous mes pieds. Elle n'est pas fixée par des clous, comme si elle était descellée exprès. Je la soulève en me méfiant de ce que je vais trouver dessous. Beaucoup de méchantes créatures, comme les serpents, aiment la fraîcheur des profondeurs. Sous la planche, il y a une vieille boîte en bois sculptée sur les côtés. Pas de serrure. Quand je soulève le couvercle, je découvre qu'elle est vide et je me demande bien à quoi elle servait. Je la laisse là où je l'ai trouvée et je remets la latte du parquet en place. J'ai pas le temps de réfléchir à tout ça. Je finis d'ôter les draps du lit et je les emporte dehors pour faire la lessive. Il faudra se contenter d'eau froide, même si ça serait mieux de faire bouillir ces draps puisqu'on ne sait pas ce qui a tué Mrs Walker. Après, je dépose le linge mouillé dans l'essoreuse, je tourne la manivelle pour compresser, puis je vais tout accrocher sur la corde à linge. Les draps se mettent à claquer dans la brise.

Il y a du pain sur la planche, mais cette maison nous tiendra au chaud et au sec dans les prochains mois. Le calme qui règne ici me fait l'effet d'une grosse couverture qui enveloppe les lieux. Même les chuchotements lugubres que j'ai dans la tête se sont arrêtés. Cette maison-là, c'est comme une récompense.

Quelque part dans les environs, une porte moustiquaire claque et un enfant rit. Une mélodie que quelqu'un siffle parvient à mes oreilles, aussi claire qu'un chant d'oiseau même si je ne la reconnais pas. J'ai des voisins à portée d'oreille et de voix. D'un coup, ça me rappelle qu'il y a d'autres vies que celle que j'ai vécue.

12

Annie

J'aurais dû garder les filles ici pendant l'été lorsqu'elles étaient petites. Si je les avais mises au travail comme les garçons, il en aurait été autrement. Réexaminer le passé à la lumière du présent n'est pas chose facile. J'ai été naïve de penser que mon amie Mirabelle aiderait Sarah et Molly à grandir, que ces séjours seraient un bienfait pour leur éducation. Quand elle a proposé d'accueillir les filles à Charleston pour l'été, je savais qu'elles auraient accès à ce qui se faisait de mieux : musique, littérature, fêtes et toutes les réunions entre amis qui m'avaient tant manqué quand j'étais jeune fille. Mirabelle était toujours première de la classe à l'école, elle battait même les garçons. Elle lisait tous les livres imaginables – Austen, Twain, Shelley, Brontë, Tolstoï, Dostoïevski – et en deux jours chacun. Son cercle d'amis, ceux dont j'ai hérités par son intermédiaire quand je suis revenue à Charleston, était si vaste ! Mes filles adoraient passer l'été là-bas, mais elles se sont mis de fausses idées dans la tête pendant des années. Le cercle de femmes raffinées et privilégiées dans lequel j'ai grandi ne sait pas ce qu'est un véritable travail. Mirabelle leur ressemblait en tous points. Elle a grandi à l'abri du besoin et a continué sur cette lancée, toujours entretenue, même après un mariage tardif. Comme elle n'a jamais eu d'enfants à elle, elle adorait les miens. À vrai dire, je la plains.

— Si un homme m'épouse un jour, c'est par mon esprit que je l'aurai séduit, disait-elle souvent avec un sourire entendu. Nous savons tous ce que je ne suis pas.

Elle a fini par convoler en justes noces avec un veuf alors qu'elle avait déjà trente ans bien sonnés. Son nouvel époux était riche et grassouillet, un malotru qui s'écoutait beaucoup et se montrait volontiers grandiloquent. Je n'ai heureusement jamais fait les frais de sa haine féroce envers les Nordistes, les « Yankees » comme il avait coutume de les appeler, à cause de Mirabelle et de notre amitié. Toujours est-il qu'elle savait d'où venait mon père et n'a jamais coupé court aux paroles venimeuses de son mari. Cela aurait dû me mettre la puce à l'oreille. L'ascendance sudiste de ma mère m'a préservée du fiel de cet homme et il restait courtois avec mes filles, mais il ne manquait jamais de faire état de ses opinions, ce qui me gênait beaucoup. C'est en Mirabelle que j'avais confiance. Elle est la raison pour laquelle j'ai laissé Sarah et Molly continuer à passer tous leurs étés à Charleston pendant toute leur adolescence. Quand elles revenaient chez nous, on entendait tellement de « Mirabelle a dit ceci » et de « Mirabelle a fait cela » qu'un soir, à dîner, j'ai fini par leur lancer :

— Vous savez, Mirabelle n'est pas votre maman !

En fin de compte, ce n'est pas son mari qui a soufflé sur les braises de la rancœur, mais Mirabelle elle-même. Elle a sciemment usurpé mon rôle de mère. D'après elle, je n'aurais pas dû travailler à l'extérieur et elle n'a pas pris de pincettes pour me le dire.

— L'esprit d'une femme devrait rester concentré sur sa propre élévation et sur la vie de ses enfants, m'a-t-elle déclaré avec une gentillesse hypocrite et visqueuse. Surtout au vu des circonstances.

Des circonstances tragiques, voilà ce qu'elle voulait dire. Elle n'approuvait pas ma décision de continuer à travailler après la mort de mon fils. Mais à qui aurais-je été utile en restant assise les bras croisés, à me noyer dans mon chagrin ? J'aime travailler et je suis fière de ce que j'ai accompli.

— Je pense uniquement aux enfants, a-t-elle ajouté comme si elle était leur mère.

Quand j'ai appris qu'elle était morte, je m'en suis réjouie.

— Vous êtes bien silencieuse, dit Edwin en repoussant son assiette. À quoi penses-tu ?

Tout ce qu'il reste de son repas, c'est l'os du steak qu'il a englouti. Mon mari a toujours faim le soir. Retta débarrasse les assiettes du dîner et les emporte à la cuisine. Une brume mauve voile l'horizon et vire au violet foncé à mesure que le soleil décline. Les nuages boursouflés se teintent d'un bleu violacé dans le ciel zébré de rose et d'or. À quoi pensais-je ? Au mensonge sous toutes ses formes. C'est mon mari qui a raison. J'ai élevé des ingrates.

— À rien. Cette migraine m'a épuisée, c'est tout, dis-je alors qu'elle a disparu.

Maintenant que j'ai mangé, elle a quitté mon front pour se réfugier à l'arrière de ma tête, à la base de ma nuque.

— Faut-il appeler le médecin ? s'enquiert Edwin.

— Non, non. Ça va aller.

Ce soir, la chaleur est modérée, nous n'avons pas eu une soirée aussi douce depuis bien longtemps. Le mois de septembre est toujours un soulagement. Il n'y a pas de brise, mais le chèvrefeuille embaume toujours l'air et on entend le bétail se lancer des appels au loin. Ces repas tardifs, je les appelle nos dîners européens. Je préfère dîner tard en été ; ces dîners nous offrent une transition paisible et élégante après une journée de dur labeur. Mais ce soir, rien ne m'apaise. Mon esprit est pris au piège d'une idée fixe, impossible d'en sortir.

— Vous arrive-t-il de vous demander pourquoi il a fait ça ?

— De qui parlez-vous ?

— De Buck.

Son visage s'assombrit. Retta nous ressert du thé sucré et pose une petite assiette de rondelles de citron près de mon verre avant de repartir à la cuisine.

— À quoi cela nous avance-t-il de ruminer ce genre de choses, ma chère ?

— Vous ne vous posez jamais la question ?

— Bien sûr que si, mais à quoi bon ? Il a emporté son secret dans la tombe.

Le téléphone sonne dans le salon, deux longues sonneries, mais je ne me précipite pas pour répondre comme je le fais d'habitude.

— Vous ne voulez pas prendre l'appel ? s'étonne Edwin.

Je ne peux pas lui dire que j'ai écouté ce téléphone sonner pendant une bonne partie de la journée. Que j'ai évité d'y répondre, que je sais qui essaie de me joindre et que je ne suis pas d'humeur à écouter les balivernes inventées pour m'amadouer.

— Il a sonné plusieurs fois cet après-midi, mais quand je réponds, il n'y a personne au bout du fil. J'ai couru comme une idiote, tout ça pour rien !

Il recule bruyamment sa chaise, se dirige vers le téléphone, prend le combiné, dit « allô ? » trois fois et finit par raccrocher. Il revient à table en haussant les épaules et j'imite son geste. Retta découpe une tarte au citron meringuée et nous en sert une part à chacun. Je lui dis de rentrer chez elle, je m'occuperai des assiettes à dessert. Elle acquiesce à contrecœur. Edwin me regarde manger. Le sucre me soulève l'estomac.

— Cessez de me regarder comme si j'allais imploser. Ce n'est que l'effet de la migraine.

Le téléphone sonne à nouveau. Cette fois-ci, c'est moi qui me lève, je quitte ma chaise pour traverser la pièce. La gorge nouée, je prends l'appel, mais au lieu d'entendre Sarah ou Molly au bout du fil, je reconnais la voix de Pete, le spécialiste du tabac, qui veut parler à Edwin. J'appelle mon mari et lui passe le combiné. L'expression qui se peint sur le visage d'Edwin ne présage rien de bon.

— Et si on part plus tôt, cela changera-t-il quelque chose ? demande-t-il en me tournant le dos.

Je bats en retraite pour le laisser tranquille. Une fois la conversation terminée, il revient à table, s'assied et cherche une cigarette dans la poche de sa chemise.

— Le cours de la Bourse des marchandises a changé, cela pourrait avoir un impact sur le prix du tabac, finit-il par me dire. Il faut partir une semaine plus tôt que prévu si nous voulons être les premiers au marché.

Passer de la culture du coton à celle du tabac nous a coûté une petite fortune. Il a fallu beaucoup d'argent pour convertir la grange en séchoir à tabac, sans parler des ouvriers agricoles pour veiller sur cette culture qui exige tant de patience.

— Est-ce que vous pouvez vous débrouiller sans Lonnie ? Nous avons une échéance à respecter.

— Quelle échéance ? demande-t-il.

Impassible, il écoute le récit des exploits commerciaux de notre fils. Quand j'ai terminé, il souffle un panache de fumée.

— Donc vous m'avez menti en disant que vous alliez à Columbia ?

— Ce n'était pas mentir pour mentir, nous voulions vous faire la surprise.

— Un mensonge est un mensonge, ma chère. Avez-vous autre chose à m'avouer ou est-ce tout ?

— Oh, franchement, Edwin, je pensais que vous seriez content. Cela représentera une grosse rentrée d'argent pour nous. Vous savez bien que nous en avons besoin.

— Bravo à vous, alors, dit-il en évitant mon regard.

— Ce n'est pas grâce à moi. C'est Lonnie qui a tout fait, absolument tout.

— Je vous en prie, ma chère, je sais parfaitement que vous l'avez aidé.

— Seulement en l'encourageant, Edwin. C'est tout.

— D'accord. Bravo à lui, mais il ne peut pas rester ici. J'ai besoin de lui.

— C'est dans notre intérêt à tous les deux, Edwin. Vous devez sûrement pouvoir trouver quelqu'un pour le remplacer.

— Non, Annie, réplique-t-il, obstiné. Avez-vous entendu un seul mot de ce que j'ai dit ?

— Edwin, j'ai l'intention de laisser l'atelier de couture à Lonnie. Vous avez Eddie pour vous aider à la plantation ; il la dirigera quand le moment sera venu. Lonnie a besoin d'avoir quelque chose, lui aussi.

Il ouvre la bouche, prêt à parler, mais je l'arrête :

— Avant que vous ne m'opposiez vos arguments, sachez que ma décision est prise.

Il s'adosse à sa chaise et tire longuement sur sa cigarette.

— Et les filles ? demande-t-il.

L'espace d'un instant, je redoute qu'il ait découvert mon secret.

— Comment cela, les filles ?

— Autrefois, vous vouliez leur léguer l'atelier.

— C'est cruel de me le rappeler.

— Je ne sais plus que penser, ma chère. Un jour vous vous languissez d'elles et le lendemain vous ne voulez plus qu'elles héritent de cette affaire !

— Je veux que l'atelier de couture revienne à Lonnie, dis-je dès que j'ai retrouvé ma voix.

— Lonnie est un bébé à peine sorti des jupons de sa mère ! Vous gérez l'atelier depuis trente ans. Si vous avez besoin d'être secondée, confiez cette responsabilité à une de vos employées. Lui, il vient avec moi.

Il écrase sa cigarette dans le reste de sa meringue et se lève de table. L'atelier de couture est source de conflit latent entre nous et cela ne date pas d'hier. La véritable raison n'est pas qu'il est jaloux de mon temps et de mon attention, mais le fait que Père m'a légué un important patrimoine en fidéicommis, si bien qu'Edwin ne peut pas y toucher – la flèche du Parthe décochée à mon mari qui n'avait pas eu la bienséance de lui demander ma main, du moins c'est ce que pense Edwin. Les dispositions du fidéicommis stipulent que je ne pourrai jamais transmettre cet argent à mon époux, seulement à mes enfants. C'est un affront qui a de quoi surprendre, car durant tout notre mariage, Père n'a jamais laissé transparaître la moindre animosité à son encontre. Pourtant, c'était bel et bien là, depuis le début. Edwin le voyait, contrairement à moi.

La plantation est déficitaire. Après les pertes occasionnées par trois années d'affilée de récoltes de coton désastreuses, nous avions quasiment épuisé les liquidités disponibles sur notre compte en banque. Edwin a dû ravaler sa fierté pour me demander les fonds nécessaires à la culture du tabac et, bien sûr, j'ai été heureuse d'apporter ma contribution. Je n'ai jamais considéré cet héritage comme mon argent ; pour moi, cela a toujours été le nôtre. J'ai fait ce que j'ai pu en évitant de mettre l'atelier de couture en difficulté et la banque nous a aidés pour le reste. Personne, pas même les garçons, ne connaît la vérité sur nos difficultés financières.

Il sort de la cuisine coiffé de son chapeau, les clés de l'automobile à la main.

— Je vais avoir besoin de tous les hommes disponibles que je peux embaucher si nous voulons partir avant la fin de la semaine. Il faut que je fasse passer le mot dès ce soir.

Des pépiements sonores et des battements d'ailes frénétiques interrompent le départ de mon mari.

Deux cardinaux volettent jusqu'au bas de l'escalier et traversent le salon. Désorientés, ils foncent droit sur les vitres illuminées par les derniers rayons du soleil. Je me dépêche d'aller ouvrir la porte d'entrée en espérant qu'ils trouveront leur chemin vers la lumière. Edwin plie un journal et se lance à leur poursuite tandis que j'essaie de les aider à s'échapper. L'un des deux s'enfuit vers les arbres du jardin, devant la maison, mais l'autre fait des allers-retours entre la salle à manger et le salon, puis finit par se percher sur la table basse à côté du canapé. Edwin parvient à coincer l'oiseau, et d'un geste rapide, il l'assomme. L'oiseau tombe par terre et il le ramasse avec son journal.

— Il est mort ?

Edwin rouvre le journal pour me montrer. C'est une femelle, allongée sur le côté entre les pages ; tout étourdie, elle cligne de l'œil.

Edwin l'emporte jusqu'à la véranda de devant et je les suis. J'ai toujours considéré que la femelle du cardinal, un peu comme la mouette, avait moins de chance que son congénère mâle. Les mâles arborent un plumage superbe alors que les femelles sont d'un brun terne et n'ont pas grand-chose de remarquable. Cela semble injuste. Edwin la lance dans le jardin et retourne à l'intérieur mais je reste sur le seuil, j'observe l'autre oiseau descendre d'une branche basse et venir se poser près de sa compagne, comme pour la veiller. À l'intérieur, le téléphone sonne deux fois. J'écoute Edwin qui va répondre. Après trois « allô » de plus en plus irrités, il crie :

— Arrêtez d'appeler ici, bon Dieu !

Puis il raccroche brutalement.

13

Retta

En arrivant sur le chemin, Mary et moi, on voit que toutes les fenêtres de la maison de Mrs Walker sont ouvertes. Des voix de filles résonnent à nos oreilles avant qu'on atteigne le jardin. Mary marche plus vite, mais elle ne lâche pas ma main pour partir devant. Un joyeux concert de bruits me parvient : des placards et des portes qu'on ouvre et qu'on ferme, le rythme d'une vieille chanson tribale que je connaissais autrefois. Gertrude a mis ses petites au travail. Chaque tapis a été sorti de la maison et posé sur la balustrade du porche pour être battu. Toutes les assiettes du meuble à vaisselle de Mrs Walker sont dans une bassine, près de la pompe, prêtes à être lavées. L'odeur du pain de maïs tout juste sorti du four embaume le jardin et arrive jusqu'à la route. Les robes de mon amie, ses vêtements et ses sous-vêtements, ses serviettes de toilette et ses draps, ses gants, ses tabliers, tout est suspendu dehors sur la corde à linge comme si aujourd'hui était un jour ordinaire.

Quand elle entend ses sœurs et sa mère, Mary s'écrie :

— Alma !

Vlan ! La porte de la cuisine s'ouvre d'un coup et une fille deux fois plus grande que Mary – mais guère plus épaisse – dévale les marches du perron comme un ouragan. Mary court vers sa sœur en riant, elle essaie de la faire tomber, mais son aînée l'attrape pour la faire tourner dans les airs. Le reste de la famille arrive dans le va-et-vient de la porte moustiquaire que chacune pousse à son tour : deux autres filles suivies par leur mère. Elle porte encore à l'œil gauche la marque du coup de poing que son mari lui a filé, mais c'est un peu moins enflé. Peut-être qu'il est pas là. Et si c'était pour ça qu'elles sont si heureuses ? Ce gars-là, c'était de la mauvaise graine dès le départ, toujours à chercher la bagarre comme si ses poings le démangeaient. Je trouvais toujours moyen de regarder ailleurs quand je le croisais dans la rue. La plupart de ceux que j'connais faisaient pareil. La méchanceté de certains, faut s'en éloigner si vous voulez pas qu'elle vous tombe dessus.

Les filles se pressent autour de Mary dans une joyeuse mêlée et j'observe la nichée. Les mêmes cheveux couleur paille, qu'on reconnaîtrait aussi bien qu'un air de famille si on les voyait en ville, ensemble ou séparément. Rien que la peau sur les os et pas de chaussures. Elles vont souffrir quand l'hiver sera là. Mais je suis trop curieuse, j'ai pas à rester là, c'est plus mes oignons.

— Merci ! me crie Gertrude au milieu du jardin.

J'lui réponds par un signe de la main. Mary revient vers moi en courant, passe ses bras autour de mes genoux et me serre contre elle. J'lui tapote la tête et la regarde repartir au galop vers sa mère et ses sœurs.

C'est un régal pour les yeux d'une vieille femme comme moi ! Au moment de tourner les talons pour m'en aller, de me libérer de cette promesse que j'ai faite y a quatre jours, je suis traversée par une chaleur aveuglante, au point que j'ai peur que mes genoux me lâchent. Ma vision se trouble. Le jardin et l'air environnant se remplissent de taches noires qui clignotent de tous les côtés. Sauf que c'est pas des taches, c'est des insectes. Des insectes noirs, en essaim, ça fait un nuage noir qui recouvre tout. Ils arrivent en trombe, bourdonnent de partout et repartent aussi vite quand je secoue la tête pour les chasser et reprendre mes esprits. Une chose aussi belle et simple que ça, les retrouvailles d'une famille, en un instant ce moment est terni par ce que j'avais pas vu avant, ce que je vois maintenant. Il est là, sur le perron, il observe. Alvin. Je le vois. Je reconnais cette silhouette dégingandée. Et je me demande forcément si c'est ce que présageait le cardinal.

* * *

Une fois chez moi, j'ai le temps de couper des tomates et des poivrons en dés et les haricots rouges sont presque cuits quand j'entends les clochettes du cheval qui arrive sur le chemin. Odell rentre tard ce soir. J'ai déjà sorti trois assiettes, mais je me rappelle qu'on n'est que nous deux. « Abandonnés encore une fois », voilà ce que je me dis à moi-même. Cette pensée arrive tellement vite qu'elle me frappe de plein fouet. Avoir Mary ici m'a rappelé l'époque où on était toujours trois à table. Maintenant, son absence me renvoie d'autres sortes de souvenirs. Moi qui croyais m'être habituée au vide de la maison, depuis que tout est redevenu calme, le trou paraît deux fois plus grand.

La première fois que j'ai rencontré ma petite fille, j'étais enceinte de deux mois. Odell et moi, on avait attendu notre bébé pendant dix longues années, et quand mon ventre s'est enfin arrondi, tout Shaker Rag s'en est réjoui avec nous. C'était le printemps et je travaillais au jardin à la fin d'une longue journée passée à essayer de planter mes semis après une gelée de printemps. Je creusais la terre, à genoux, quand elle m'est apparue aussi claire que le jour, bien potelée et noire comme l'ébène, campée sur ses fesses, les bras tendus vers le ciel, tout émerveillée. Une partie de moi est sortie de mon corps ce jour-là. Comme si j'assistais à une scène en tant que spectatrice, j'ai vu mon propre visage s'approcher de mon enfant. J'ai posé ma joue contre la sienne et j'ai senti sa peau si douce et si neuve. Je me suis entendue dire : « Bonjour ma fille ! » À croire que je l'avais prononcé tout haut. Mais c'était une voix à l'intérieur de moi, qui sonnait haut et fort.

Quand j'ai retrouvé mes esprits, je me suis relevée pour retrouver mes repères. J'avais passé la quarantaine, mais je pouvais encore avoir des enfants. C'était une journée sans nuage. Pourtant, dans le ciel, une nuée de faucons chassaient des oiseaux de toutes sortes qui descendaient en piqué et poussaient des cris pour les repousser. Sans essayer de comprendre ce que ça voulait dire, je me suis précipitée à la gare rejoindre Odell qui avait fini sa journée. Dès qu'il est descendu du train, j'y ai annoncé :

— On va avoir une petite fille.

— Comment tu le sais ?
— Je l'ai rencontrée.
— Retta, y en a pas deux comme toi !
Il s'était habitué à mes visions depuis le temps. Ce qu'on était heureux ! J'étais encore trop jeune pour savoir que la vie ne vous donne rien sans rien. Tout, même les grands bonheurs, tout a son revers. Y a qu'à retourner une feuille d'arbre pour voir que l'envers est bien différent de l'endroit.
Quand Odell est enfin assis à table, je m'aperçois qu'il a commencé à manger sans faire la prière. Je suppose que c'est la même chose qui nous tourmente, tous les deux, mais jamais il n'en parlerait, de peur que ça me chagrine. Amener un homme à parler de ce qui le tracasse, c'est comme creuser la terre en plein hiver.
— Qu'est-ce qu'y a, Odell ?
Il pose sa fourchette et joint les deux mains.
— J'ai vu Mr Coles ce soir en revenant de Bamberg. Il était adossé à son auto, pas loin de Mortgage Hill, comme s'il attendait quelqu'un.
— Ah oui ?
Je n'en dis pas plus, je me méfie.
— Quand il m'a vu arriver, il m'a fait signe de m'arrêter. Il leur manque un homme et une charrette pour amener le tabac au marché.
— Et qu'est-ce que ça a à voir avec toi ?
En entendant ça, Odell baisse le menton et secoue lentement la tête. Je le fatigue.
— C'est pas contre toi, Odell, mais c'est pas à toi de t'occuper d'acheminer cette cargaison de tabac. J'ai entendu les hommes en parler, c'est dangereux. Y a trois à quatre jours de route jusqu'à Florence, peut-être

plus, faut traverser des marécages, et pareil pour le retour. Ça sera trop dur pour toi.

— Je me déplace en carriole toute la journée, toute la semaine, Retta. Où est la différence ?

— Ça fait une grosse différence quand le soir arrive et qu'on se retrouve à camper au bord d'un marais, mon vieux.

— Le pasteur y va aussi, on va s'entraider tous les deux.

— Le pasteur, il est jeune. Toi, t'es infirme.

— Et alors ? J'ai assez d'énergie. J'suis pas mort. C'est un travail utile. Je suis coincé sur ma charrette à courir d'un côté et de l'autre et à récupérer toutes les vieilleries que je trouve, tout ça pour des clopinettes et vivre aux crochets de ma femme.

Nous y voilà. J'ai posé la question et j'ai eu ma réponse. C'est décidé. Il va y aller, que je le veuille ou non. Il s'est déjà trouvé une bonne raison de partir. On se regarde, puis on baisse les yeux.

— Combien qu'il va te payer ?

— Douze dollars par jour, comme les autres gars qui conduisent les charrettes. Le même salaire.

— Et tes mains ?

Il les tend devant lui au-dessus de la table, de grandes paluches qui tremblent quasiment pas.

— Qu'est-ce qu'elles ont, mes mains ?

Je ne peux plus manger. Je ne peux plus parler. J'arrive plus à penser. Je laisse la vaisselle pour demain et je vais me coucher. Je sais que, à mon réveil, la cuisine sera propre.

* * *

Quand notre fille est morte, Odell était au travail. Il avait pas fermé l'œil de la nuit, mais il m'avait obligée à me coucher et à dormir, parce qu'il voyait bien que j'étais folle d'inquiétude à cause de ma pauvre petite. Elle s'enfonçait dans la maladie et y avait rien qu'on puisse faire, ni l'un ni l'autre. C'était pourtant pas faute d'avoir tout essayé, même le docteur. Le lendemain, Odell a dû aller travailler. Il avait pas le choix. J'crois pas que ce soit ma faute si j'ai dormi, pas plus que c'était la faute d'Odell s'il avait pas fermé l'œil. On a fait ce qu'on devait faire. On a agi comme de bons parents. Ce qui est arrivé, c'est la faute de Dieu. Notre fille est morte à trois heures cet après-midi-là. Esther Marie Bootles. Elle avait huit ans.

Ce jour-là, près de Columbia, sur la ligne de chemin de fer, Odell a été brûlé pendant qu'il remettait des pelletées de charbon dans la locomotive. Il était mort de fatigue, il avait plus les idées claires sinon il aurait bien vu que la chaudière était sous pression. Il se rappelle pas qu'elle a explosé, juste qu'il s'est réveillé avec les jambes en feu. La compagnie a perdu deux bons ouvriers dans cet accident. Marcellum, l'ami d'Odell, y a laissé la vie, et Odell une jambe. Pendant des années, il a repensé à ce qui s'était passé, encore et encore, comme je ressasse la mort d'Esther, mais on a beau revenir en arrière, on voit pas comment il aurait pu en aller autrement. Non, on en arrive toujours au même résultat. On n'en finit pas de revivre le passé, et on reste avec ce qui est arrivé. C'est ce jour-là que j'ai arrêté de demander de l'aide à Dieu. Il m'a fallu du temps pour comprendre qu'y fallait donner pour recevoir. Je conteste pas l'existence de Dieu. Je n'ai jamais cessé de croire en Lui, mais Il n'est pas celui qu'on dit. Je Lui fais pas vraiment confiance et je pense qu'Il se méfie de moi, mais on a notre petit accord à nous. Je peux pas faire mieux.

14

Gertrude

J'ai toujours adoré la couture. Maman avait une machine à coudre à la maison quand j'étais petite, et je me rappelle que j'ai toujours eu envie de l'utiliser, mais Papa ne voulait pas. Il disait qu'une petite fille de six ans n'avait rien à faire près d'une machine. Mais dès qu'il était parti aux champs, Maman me laissait actionner la pédale en face d'elle. Moi, j'appuyais dessus, encore et encore, pendant qu'elle cousait, encore et encore. Elle disait que je l'épuisais. Quand j'ai eu sept ans, elle m'a fait asseoir à la machine et, à la fin de la journée, j'avais cousu mon premier tablier avec le tissu d'un sac à provisions.

J'ai raconté cette histoire à mes filles hier soir. Je leur ai répété les paroles de ma mère :

— À nous toutes, on a tout le talent du monde, mais il faut qu'on en tire tout ce qu'on peut pour s'en sortir. On était au fond du trou, je leur ai dit, mais on y est plus. Cette chance qu'on a, il faut la voir comme une deuxième vie qui commence.

Il n'y avait que quatre chaises dans la cuisine, alors j'avais pris Mary sur mes genoux. Comme dessert, on a mangé une des pastèques du jardin et les filles recrachaient les pépins dans un bol au milieu de la table. Elles s'étaient lancé un défi, pas une écoutait ma petite leçon de vie.

Alma a réussi à envoyer deux pépins d'un coup dans le bol. Elle a levé les deux bras au ciel et s'est écriée :

— J'ai gagné !

Je n'ai pas pu m'empêcher de rire. Les autres aussi. Quand elles se sont calmées, j'ai repris :

— Pendant que je serai à l'atelier de couture, Edna et Lily, ça sera à vous de vous occuper de la maison et d'emmener Alma et Mary à l'école.

— L'école ? a demandé Mary.

— Où donc tu veux apprendre à lire et à écrire ?

Elle s'est mise à rire en battant des mains, toute contente à cette idée.

— Une fois que le ménage et l'école seront terminés, vous irez toutes de maison en maison et dans tous les commerces voir s'il y a pas moyen de vous trouver du travail. Alma, tu prendras Mary avec toi. C'est compris, les filles ?

Elles ont toutes fait oui de la tête. J'ai posé les deux pièces de cinq *cents* que Mr Coles avait données à Mary au milieu de la table.

— Chacune de ces pièces, c'est du pain pour nous nourrir. Je me fiche bien de savoir si on vous demande de laver le porche d'une maison ou d'enlever ses piquants à un porc-épic, si ça paie, vous le faites. Mary, tu nous as acheté notre pain pour cette semaine et celle d'après. Merci beaucoup.

— De rien, Maman, elle a dit, toute fière.

— Edna et Lily, le soir, vous préparerez le dîner en attendant que je rentre. Il faudra qu'on se rationne si on veut faire durer nos réserves. Il y aura pas beaucoup, mais ça sera assez. Alma et Mary, vous mettrez la table et vous aiderez à débarrasser et à faire la vaisselle. Je vais essayer de nous remettre à flot avec ce que je vais gagner, mais il faut garder la maison propre et éviter les ennuis. Seules on est faibles, mais ensemble on est fortes.

J'ai fixé Edna et Lily bien droit dans les yeux. C'est elles qui ont le plus besoin de m'écouter. J'ai posé la main au milieu de la table, notre table maintenant. Elles ont mis leurs mains dans la mienne, et pour la première fois depuis longtemps, j'ai eu l'impression d'être chez moi.

* * *

L'atelier de couture est une vaste salle tout en largeur et baignée de soleil, comme un palais doré. Quarante machines à coudre y sont alignées par rangées de cinq et il y a deux grandes presses de chaque côté du mur exposé au nord. Toutes les machines sont des Singer manuelles qui viennent de Chicago, les mêmes que celle de ma mère dans le temps. Elles sont tournées vers des baies vitrées qui vont du sol au plafond, ce qui fait qu'on peut voir la nature, là-dehors, pendant qu'on travaille. Les fenêtres sont grandes ouvertes et la brise qui souffle aide un peu à réduire la chaleur encore forte même si on est début septembre. L'odeur des pins de Caroline est partout. Marie me dit que c'est bien d'avoir ces arbres, on n'est jamais aveuglées par la lumière du matin. Le long du mur qui court sur tout le côté de la salle, il y a des rangées et des rangées de rouleaux de toiles colorées pour les sacs à grains et dans le coin près des presses, un petit monte-charge sert à descendre le tissu d'une pièce qui est à l'étage.

Mrs Coles monte sur une caisse en bois et frappe dans ses mains. Son fils Lonnie est debout à côté d'elle. Elle est plus grande que lui, juchée là-dessus, et elle pose la main sur son épaule pour ne pas perdre l'équilibre, ou pour le rassurer peut-être. J'ai jamais vu autant de femmes rassemblées dans une pièce, avec si peu d'hommes. Chacune va à son poste et attend que la patronne prenne la parole. Je ne sais pas où aller, on m'a pas assigné de place, alors je reste près du mur du fond. D'après Marie, je dois d'abord parler avec Lonnie.

— Bonjour, mesdames, dit la patronne.

Et les couturières répondent aussitôt :

— Bonjour.

— Prenons un instant pour accueillir notre nouvelle recrue à l'atelier. Gertrude Pardee, soyez la bienvenue.

Tout le monde se tourne vers moi et applaudit. Je fixe mes chaussures – enfin, celles de Mrs Walker. Elles sont trop grandes mais au moins j'ai quelque chose aux pieds. Comme mon œil n'est pas encore guéri, je garde la tête tournée vers la chaussure gauche jusqu'à ce qu'elles se retournent pour écouter Mrs Coles.

— Aujourd'hui est un grand jour, Lonnie et moi avons un cadeau pour vous toutes.

Elle indique une porte latérale et Marie l'ouvre. Derrière, quatre hommes attendent – tout est prévu d'avance. Deux par deux, ils apportent six machines à coudre toutes neuves dans la salle.

— Ce sont des machines à coudre industrielles, électriques, mesdames, ce sont les plus modernes qui existent sur le marché. C'est un modèle rapide et efficace, avec une petite ampoule à l'arrière qui s'allume pendant que vous travaillez.

La salle est parcourue par un murmure d'admiration. Lonnie se met sur la pointe des pieds pour chuchoter à l'oreille de sa mère. Elle hoche la tête à ce qu'il lui dit.

— Le moment est venu de vous annoncer que nous allons étendre notre production des sacs à grains aux vêtements pour hommes. Des chemises, pour commencer, un modèle décliné en trois couleurs différentes. Grâce à l'électricité, ces machines vont nous projeter vers l'avenir. En l'espace de quelques années, nous aurons remplacé toutes ces reliques par de nouveaux prototypes plus rapides. Nous prévoyons de produire des chemises pour hommes, mais aussi des vêtements pour femmes.

Les ouvrières s'animent et parlent entre elles, je vois que ça plaît à Mrs Coles et à Lonnie.

— Mesdames, reprend la patronne d'une voix forte pour que tout le monde l'écoute, c'est le début d'une nouvelle ère. Nous espérons que vous continuerez à travailler et à faire croître notre petite entreprise. Nous sommes très fiers de ce que nous avons construit ensemble et nous souhaitons que vous le soyez aussi.

Toute la salle l'applaudit. Miss Annie fait signe aux hommes qui sont à l'arrière, pas loin de moi, et ils commencent à sortir les machines de leur emballage en plastique comme si c'était une cérémonie. Six machines bien solides sur leur socle en bois luisant. Noires avec des lignes bien dessinées et des dorures, sveltes comme un chat. Si belles que ça donne envie de les caresser rien que pour toucher leurs courbes.

— Ces messieurs vont expliquer le fonctionnement de la machine aux ouvrières qui les utiliseront. Nous commencerons la confection des chemises dès que les patrons auront été découpés et les couturières formées. Nous avons déjà notre première commande. Explique à ces dames de quoi il s'agit, Lonnie.

Il rougit, mal à l'aise.

— De cent chemises.

— Cent chemises, répète Mrs Coles. Ça n'est pas rien !

On entend un cri de victoire et tout le monde éclate de rire. Ces femmes sont contentes de leur sort. Elles ont un bon emploi, elles savent pour quoi elles travaillent et maintenant, je suis l'une d'entre elles. Je n'arrive pas à y croire.

— Lonnie, tu veux bien lire les noms de celles qui s'occuperont de la collection de chemises, s'il te plaît ?

Son fils l'aide à descendre et elle s'approche de la porte latérale pour signer des papiers. Lonnie monte sur l'estrade pour annoncer qui a été choisi, il appelle six employées. Marie en fait partie. Elle se tourne vers moi, le sourire aux lèvres et je lui souris en retour, fière de la connaître. Une des couturières piaille de joie et toutes les autres se mettent à rire. Moi, on me met à la confection de sacs à grains, mais ça ne me dérange pas. Tout ce que j'aurai à faire, c'est coudre deux pièces de toile à sac sur trois côtés du matin au soir. Il y a deux pauses d'un quart d'heure avant le déjeuner et encore deux autres avant la fin de la journée. J'en profite pour découdre les robes de

Mrs Walker pour voir combien de tissu j'ai en tout. Si je suis assez rapide, je peux faire une robe par jour, une pour chacune des filles, et terminer les finitions à la main le soir. À l'heure du déjeuner, je mange ce que je me suis apporté, du pain de maïs et de la confiture de figue. Marie est aussitôt accaparée et entraînée dehors par les autres. Elle essaie de m'inclure dans leur conversation, mais j'ai pas envie de discuter. Je suis bien contente de rester au calme dans mon coin. Même si aucune des femmes de l'atelier m'a posé de questions, je vois bien comment elles regardent mon visage. Elles savent toutes ce que c'est, ou alors elles connaissent quelqu'un qui porte les marques des coups d'un homme.

Les vieilles robes sont faciles à démonter. Les coutures se sont défaites au fil des ans, mais on voit qu'elles ont été raccommodées par endroits – il y a des rangs de piqûres beaucoup plus serrés que d'autres. Je garde la bleue pour notre dernière pause de la journée. C'est une robe de grande dame qu'on dirait achetée en magasin, mais je reconnais les points faits à la main sur les bords du col et des poches. Une fois que j'ai retourné la robe, j'examine l'envers. Ça a été fait à la machine. Les finitions sont belles et la doublure taillée dans une soie si douce que j'ai du mal à croire qu'elle a été produite par des vers. Défaire cette robe, ça demande du temps et du soin, plus que les quelques minutes que j'ai, mais je peux toujours commencer. Je vais abîmer le tissu avec mes ciseaux si je vais trop vite. « *Il faudra défaire l'ourlet* », a écrit Mrs Walker, alors c'est ce que je fais. Je donne un petit coup de ciseaux tout en bas, dans la couture de l'ourlet, et j'écarte les fils l'un après l'autre pour pouvoir couper le reste sans déchirer l'ouvrage si délicat.

Dans le temps, Maman mettait du papier journal à l'intérieur de ses courtepointes pour les rendre bien rigides et pouvoir ensuite coudre sur la ouate de coton sans que le tissu fasse des plis. C'est ce que Mrs Walker a fait avec cet ourlet. Quelque chose maintient le bas de cette robe bien raide et droit, comme un modèle de catalogue. Dès que j'ai une ouverture assez large pour passer la main, je glisse mes doigts à l'intérieur pour sortir le papier, sauf que c'est pas du papier journal que je déniche. C'est des billets, onze en tout. Onze billets de un dollar et une lettre qui dit :

« *Je sais que tu ne les prendrais pas si je te les donnais, Oretta. Je n'ai pas d'autres choses de valeur, il est juste que cela revienne à la seule personne qui m'est chère. Offre-toi une journée à Charleston et pense à moi quand tu le feras. Ton amie. Dorothy Walker.* »

* * *

Edna me dit que Lily est au lit, malade, et qu'elle y a passé presque toute la journée. C'est Edna et Alma qui ont cuisiné une partie des tomates en conserve et préparé du gruau de maïs. Le pain de maïs qu'elles ont fait cuire dans la poêle nous durera jusqu'au petit déjeuner. Je vais tâter le front de Lily ; elle n'a pas de fièvre, j'en suis bien soulagée. Quand je lui demande où elle a mal, elle se tourne de l'autre côté. Si elle veut pas me parler, j'ai pas de temps à perdre à me tracasser pour elle. Je pense sans arrêt à l'argent que j'ai trouvé. Onze dollars, de quoi payer un mois de loyer pour cette maison.

Après dîner, Alma et Mary font la vaisselle pendant qu'Edna m'aide à dessiner des patrons de robes sur des journaux et des sacs en papier que j'ai punaisés par terre, dans le salon.

Onze dollars.

Edna enlève sa robe, la pose bien à plat sur les papiers et l'y attache avec des épingles pour que je puisse en dessiner la forme. Pas question d'être généreuse pour ce modèle-là. Contrairement à ses sœurs, Edna a fini de grandir. C'est une femme de taille adulte maintenant. Il faut qu'on lui fasse une robe ajustée, avec juste ce qu'il faut de tissu.

— Je peux avoir le tissu bleu, Maman ?

Onze dollars, de quoi acheter un rouleau de tissu tout entier. Plus que ce qu'on peut tirer d'une robe bleue.

— Maman ?

— J'en sais rien, Edna. J'peux pas dire pour l'instant.

— Qui aura le bleu ? Je pense que ça devrait être moi vu que je suis l'aînée.

— J'ai dit que j'en sais rien. Va chercher Lily, j'ai besoin de sa robe.

Onze dollars, de quoi acheter une belle pièce de porc. De la viande pour tout l'hiver. Pendant qu'Edna va chercher sa sœur, j'entends Alma et Mary rire en lavant les assiettes dehors.

— Elle dit qu'elle veut pas v'nir.

— Lily, je crie de là où je suis agenouillée. Amène-toi !

Onze dollars, de quoi payer des chaussures à mes quatre filles.

Comme Lily ne se montre pas, je me lève et je vais la voir. Elle est toujours couchée, le visage tourné vers le mur.

— Lily, enlève ta robe que je puisse faire ton patron.

— Non, elle me répond.

— Qu'est-ce qui va pas chez toi, ma fille, tu ne veux pas de nouvelle robe ?

— J'm'en fiche, des robes.

Je tire brusquement sur ses couvertures et elle se roule en boule en me criant :

— Arrête ! J'ai pas envie.

— Lève-toi et donne-moi cette robe.

Je l'attrape par le bras et je la lève de force, mais quand j'essaie de lui enlever sa robe, elle me résiste. Je la secoue en hurlant :

— Arrête ça !

Quand j'essaie de faire passer la robe par-dessus sa tête, une grande déchirure s'ouvre dans la couture de la manche, sous son bras. Je vais devoir passer le plus clair de la soirée à réparer ça. Quand je réussis enfin à lui enlever la robe, elle se sauve et court au salon. De là où je suis, je vois ce qu'elle m'a caché, ce que j'aurais dû remarquer moi-même. Je vois ce que je n'ai pas voulu voir, mais maintenant je n'ai plus le choix. Je comprends pourquoi elle est furieuse et pourquoi elle ne voulait pas me laisser faire. Ce ventre arrondi et ces seins gonflés, c'est pas naturel chez une fille de treize ans. Voilà le pétrin où elle s'est mise, avec ce Harlan ! Après tout ce que j'ai fait pour elle. Tout devient noir autour de moi. Ce problème-là, aucune somme d'argent ne peut le régler.

15

Retta

Les hurlements me parviennent bien avant la voix de Mary qui m'appelle à l'aide. Je suis dehors, sur le perron avec Odell, quand la petite arrive en courant dans le jardin. Elle pleure si fort que j'arrive pas à comprendre ce qu'elle dit. J'lui crie :

— Mary, faut que tu respires si tu veux que j'comprenne c'que tu me dis !

Elle hoquette entre deux sanglots :

— Maman va tuer Lily.

Je passe le torchon de la vaisselle à Odell, qui me dit de l'attendre, mais le temps qu'il termine sa phrase, je suis déjà sur la route. Il m'appelle encore, deux fois, mais Mary me tire vers la maison de mon amie d'autrefois, où les cris et les vociférations sont si rageurs qu'on se demande par quel miracle personne n'est encore mort. Ce tapage a attiré tous les habitants de Shaker Rag dans leur jardin. Dans le salon, les filles essaient de tirer Gertrude en arrière, pour l'empêcher de s'acharner sur leur sœur qui est à moitié nue, par terre, sous sa mère. Gertrude serre le cou de sa fille entre ses mains, possédée par une folie furieuse. Alvin est partout autour d'elle et en elle tandis qu'elle essaie d'ôter la vie qu'elle a donnée, comme si Dieu lui avait donné ce droit. Je la rejoins en trois enjambées. Je me mets en face d'elle et je lui donne une gifle.

— Lâche-la ! Lâche cette petite !

Elle m'obéit, mais Alvin s'attarde encore dans la pièce comme une mauvaise odeur. La petite se relève péniblement en toussant et en crachant, puis elle passe devant ses sœurs et court se réfugier dans la chambre. De là-bas, accroupie dans un coin, elle observe sa mère. Gertrude est à quatre pattes, elle halète comme si elle était en train d'accoucher.

Elle hurle :

— Sors de ma maison !

D'abord, je crois qu'elle s'adresse à moi, mais c'est sa fille qu'elle cherche du regard.

— Faites-la sortir de chez moi ! elle ordonne aux autres.

— Maman, je t'en prie ! supplie l'aînée.

— Faites-la sortir !

Les petites se mettent toutes à pleurer.

— Ça suffit maintenant, arrête ! je crie.

Ensuite, je baisse la voix pour qu'on m'entende pas à l'extérieur de cette pièce.

— Tout Shaker Rag est là-dehors en train de t'écouter piquer ta crise. Tu veux que Miss Annie te mette à la porte ?

Gertrude se relève et sort du salon pour aller dans la cuisine, aussi loin de ses filles qu'il est possible de l'être dans cette maison.

Je me tourne vers elles et je leur dis :

— Allez habiller votre sœur. Restez dans la chambre pendant que je parle à votre maman.

Elles font ce que je dis et referment la porte derrière elles. Je rassemble mon courage et je rejoins Gertrude dans la cuisine. Tout le réconfort qu'on peut trouver auprès d'une amie, c'est ici, dans cette cuisine, que je le trouvais. C'est ici qu'on riait et qu'on échangeait nos confidences. Avant d'y découvrir mon amie étendue par terre, morte, jamais je n'avais connu le moindre chagrin dans cette pièce. C'est ici qu'on se parlait quand on a connu le retour d'âge, on causait de notre travail, de Dieu. C'est ce qui nous aidait à garder le cap. Mais je sens plus la présence de mon amie, comme si elle avait été chassée par les nouveaux venus, comme si son esprit avait été effacé. Je devrais m'en réjouir. J'ai prié pour que ça arrive. Mais c'est tout le contraire. Je le regrette, pour moi et pour cette maison.

Odell est là, il attend derrière la porte moustiquaire de la cuisine. Depuis combien de temps ? J'en sais rien. Il sait que je l'ai vu.

— T'as un plus gros problème que cette fille, là-bas.

Voilà ce que je dis à Gertrude, pour lui ouvrir les yeux. Elle souffle comme un taureau en colère.

— Ah oui, j'ai un plus gros problème ?

— Où est ton mari ?

— Ça te regarde pas.

— Si tu hurles assez fort pour que tout Shaker Rag t'entende, tes problèmes regardent tout le monde.

— Il nous a quittées. Il reviendra pas.

— Et du coup tu crois que tout va s'arranger pour toi ? C'est pour ça que t'es furieuse à ce point ?

— Je crois rien du tout. Tu sais rien de moi.

— Allez viens, Retta, dit Odell derrière la porte.

— Oh que si, je réponds à Gertrude. Je vois le mal qui rôde tout autour de toi même si toi, tu le vois pas. Qu'est-ce qu'il t'a fait, cet homme, ma fille ?

— Sors de ma maison !

Cette fois-ci, c'est à moi qu'elle s'adresse.

— Écoute un peu c'que j'te dis.

Elle me tourne le dos et s'appuie sur le plan de travail pour tenir debout.

— T'es encore sous son emprise.

Elle me crie par-dessus son épaule :

— Laisse-moi tranquille !

— Oretta, ma chérie, rentrons chez nous, répète Odell derrière la porte.

— J'arrive.

Mais avant de sortir, je m'approche de Gertrude.

— Si tu lèves encore la main sur cette petite, Gertrude Pardee, je ferai en sorte que Miss Annie vous jette à la rue, toi et tes filles. C'est clair ?

J'attends qu'elle me fasse signe qu'elle a compris. Quand elle s'y décide enfin, je la laisse là où elle est, adossée aux placards, épuisée.

Dehors, sur le chemin, y a un groupe d'hommes de Shaker Rag. Mabel est la seule femme parmi eux. Elle est accourue, les cheveux à moitié défaits, et elle reste plantée au milieu du groupe comme si elle en faisait partie. Derrière elle, les femmes sont sorties en chemise de nuit sur le perron de leur maison. Entourées de leurs enfants, elles tendent l'oreille et essaient de voir ce qui se passe dans le noir. À Shaker Rag, y a pas souvent du grabuge.

— Tout va bien, Retta ? me demande Mabel.

— Tout va bien.

— Rentrez tous chez vous, y a rien à voir ici, leur dit Odell.

Tous s'éloignent. Odell et moi, on s'appuie l'un sur l'autre. Une demi-lune nous éclaire, assez pour qu'on retrouve le chemin de la maison, assez pour que les étoiles aient l'air de briller un peu moins. La nuit s'annonce calme maintenant que tout le monde est reparti. Plus un bruit ne s'échappe de la maison de Mrs Walker, mais maintenant je suis tout agitée. Des choses se déplacent autour de moi. Je les sens. Une fois chez nous, je m'allonge contre Odell, la tête sur sa poitrine. J'aime entendre les battements puissants de son cœur. Je ne m'en lasse pas.

— Retta ?

— Humm ?

— Promets-moi que tu vas te ménager pendant que je serai parti.

— C'est toi qui dois te ménager.

— Je suis sérieux. Ne va pas t'attirer des ennuis avec cette famille blanche. Y peut rien en sortir de bon. Je le saurai s'il t'arrive quelque chose, Retta. Je le sentirai.

Je lève les yeux vers lui.

— Y faut pas que j'te cause du tracas, c'est ça ?

— C'est ça. Ce s'rait pas bon pour moi.

Y passe son bras autour de ma taille et me serre comme si on avait quarante ans de moins.

— Odell, promets-moi que tu reviendras.

— Je serai revenu avant que t'aies eu le temps de dire ouf. Maintenant promets-moi, toi.

— C'est promis.

Il m'embrasse et je me donne à lui.

Quand il s'est endormi, je sors m'asseoir sur la balancelle du porche, dans le calme de la nuit. La maison de Mrs Walker se dresse dans le noir, silencieuse. Je cherche à apercevoir mon amie, mais elle est pas là. Je me dis qu'il est trop tard pour être là, dehors, sur le chemin. Mais je sais que je me raconte des histoires.

16

Annie

Le téléphone a sonné tous les jours entre une heure et deux heures de l'après-midi. Chaque jour, j'ai attendu que les « clochettes » se taisent. Je ne compte plus le nombre de conversations imaginaires que j'ai eues avec Sarah. Tantôt elle me supplie de lui pardonner, proteste de son amour et du chagrin qu'elle éprouve de m'avoir trahie, tantôt elle me dit froidement qu'il n'y a pas d'enfant, qu'il n'y en a jamais eu, que mon esprit me joue des tours, voilà tout. C'est le scénario qui me blesse le plus profondément. Ces divagations m'ont fait perdre un temps précieux. Je suis sous l'emprise d'une force invisible. Ces conversations sans fin qui se tiennent dans ma tête depuis des jours finissent par me pousser à décrocher ce maudit téléphone. Je réponds par un simple « Oui ? ».

Lonnie et Eddie sont tous les deux dans le champ avec leur père, ils vérifient et revérifient que tout est prêt avant le coucher du soleil. Ils dormiront tous ici ce week-end pour pouvoir partir lundi. J'ai préparé leurs chambres d'enfant pour qu'ils se sentent chez eux et Retta a prévu un pique-nique que je leur apporterai dans la grange. Ils ne feront une pause pour dîner que si le repas leur est servi là-bas. Edwin ne tient pas en place quand il s'apprête à quitter Branchville. Toujours anxieux à l'idée de partir, il surveille toutes les réparations en cours. Mais cette fois-ci, son temps est compté, ce qui le rend plus nerveux que d'habitude. Nous le sommes tous.

— Bonjour, Mère, vous vous êtes enfin décidée à répondre, dit ma fille.

Seulement ce n'est pas Sarah au bout du fil, c'est Molly, déjà prête à en découdre.

— Qu'y a-t-il, Molly ?

— Droit au but, fait-elle remarquer.

Inutile de réagir, Molly adore provoquer les disputes, depuis toujours. Elle piquait de telles crises étant petite qu'elle suffoquait de colère au point de s'évanouir.

— Tout cela ne te regarde pas, Molly. C'est à Sarah de rendre compte de ses mensonges.

— Nous voulions vous annoncer la nouvelle, Sarah et moi, dit-elle sans m'écouter. Nous en avons débattu maintes et maintes fois, mais pour finir nous avons décidé de ne pas le faire.

Molly reprend son souffle. Quelqu'un est dans la même pièce qu'elle, j'entends des murmures étouffés mais je ne distingue pas les paroles. Je reconnais tout de même la voix. Sarah est là. Molly s'adresse à sa sœur :

— Elle a le droit de savoir.

— Qu'est-ce que j'ai le droit de savoir, Molly ?

— Vous avez trois petits-enfants, Mère. Sarah est la maman d'Emily et James ; moi, j'ai une petite

Willa. James et Willa ont quatorze et treize ans, Emily en a huit.

Elle se tait et attend ma réaction mais je fixe la pendule de Grand-père en face de moi et je regarde son balancier aller et venir pendant deux minutes entières jusqu'à ce que ma fille brise le silence. Cette fois-ci, elle a des sanglots dans la voix.

— Ce sont des enfants merveilleux, Mère. Willa vous ressemble beaucoup, elle est volontaire et déterminée.

— Vous trouviez préférable que mes petits-enfants me croient morte ?

On entend un déclic sur la ligne. Une voix d'homme nous interrompt.

— Allô ?

— Cette ligne est occupée, lui dis-je.

— Désolé, répond-il avant de raccrocher.

— Nous ne voulions pas leur dire ça, m'explique Sarah au bout du fil.

Je les imagine, Molly et elle, assises ou debout, tête contre tête, dans une pièce de la maison. J'essaie de percevoir d'autres bruits derrière elles, mais rien n'indique où elles pourraient être.

— Nous aimerions que vous les rencontriez, Mère.

— Mais pas Père, ajoute Molly, rien que vous.

— Et pourquoi pas votre père ?

— Nous trouvons que c'est mieux comme ça, affirme Molly.

— Sarah, cette idée vient aussi de toi ou tu as été influencée par ta sœur ?

— L'idée vient aussi de moi.

— Mais pourquoi ? Vous savez très bien l'une comme l'autre que votre père a travaillé dur pour vous donner tout ce qu'il y a de mieux dans la vie. Il vous adorait.

Nous sommes dérangées par un autre déclic et je crie :

— Cette ligne est occupée !

— Mère, s'il vous plaît, ne parlons pas de ça au téléphone, dit Sarah.

— Et c'est ainsi que vous le remerciez ? Vous êtes deux ingrates et vous me faites honte ! Si vous croyez que je vais cacher l'existence de ses propres petits-enfants à votre père, vous vous trompez.

— Dans ce cas, nous ne pouvons pas vous laisser voir les enfants, répond Molly.

— Imaginons que je me plie à tes exigences, Molly, qui serai-je pour eux ? Une tante perdue de vue depuis des lustres ? Dois-je jouer le jeu et ajouter au tissu de mensonges que vous leur avez racontés ? Quelle sorte de mère es-tu donc ?

Des cliquetis nous interrompent encore une fois. Sans leur laisser le temps de dire un mot de plus, je raccroche brutalement. Avant que je sorte par la porte de derrière, le téléphone sonne encore une fois.

Je me souviens d'avoir pensé un jour que nous avions une belle et grande maison, que nous y élèverions nos enfants et qu'une fois grands, ils viendraient dîner à notre table avec leurs conjoints puis, un peu plus tard, avec leurs enfants. Mais ce rêve a été brisé quand Buck est mort. Cet événement a fait ressortir ce qu'il y a de pire en chacun de nous. Je pensais que cela s'arrangerait avec le temps, mais je me trompais. Le malheur est insidieux, comme la maladie, et mes filles ont attrapé ce virus. Certaines personnes ont besoin de tenir les autres pour responsables de leur infortune. Et les parents sont toujours une cible facile.

Edwin, les garçons et moi dînons de sandwiches au jambon, debout dans l'ombre projetée de la grange, devant l'un des six chariots prêts à partir avec leur chargement de tabac. Hommes, femmes et enfants se sont réfugiés partout où il y a de l'ombre et mangent sur le pouce, eux aussi, les en-cas que les garçons de ferme ont apportés sur des plateaux. Il y a vingt chariots en tout, alignés les uns derrière les autres à perte de vue et à différents stades de préparation. Dix-huit attelages transporteront deux cent vingt-cinq kilos de tabac et deux autres carrioles serviront à acheminer les provisions pour le voyage. Il reste tant de choses à faire qu'il semble impossible de tout terminer à temps. Les préparatifs qui auraient dû prendre des semaines doivent être finis en quelques jours, mais il faudra bien y arriver. Le tabac suspendu aux poutres attend d'être décroché, lié en ballots, chargé et attaché puis recouvert d'une bâche. Chaque convoyeur devra avoir son propre matériel de couchage et ses médicaments, mais nous leur offrons deux repas par jour. Nous avons besoin d'employés bien nourris. D'ici lundi, tout le monde sera parti.

J'ai apporté une bouteille de soda bien frais à chacun de mes hommes et Edwin boit le sien à grands traits. Eddie et Lonnie font de même. Les deux garçons sont aussi grands que leur père, mais ni l'un ni l'autre n'a sa force. Quand on les regarde boire, jambes écartées, tête inclinée selon le même angle, la ressemblance saute aux yeux. Edwin finit de manger le premier et va inspecter une carriole déjà chargée, vérifiant chacun des nœuds au bout des innombrables cordes qui retiennent la bâche brune sur le monticule de tabac jauni. Il faut le garder au sec. Il suffit d'un peu d'humidité pour qu'il moisisse ou pourrisse.

— Pour combien de temps en avez-vous encore ce soir ?

— On rentrera après la tombée de la nuit, me répond Edwin.

— Voulez-vous que je demande à Retta de vous faire couler un bain chaud ?

— Je n-ne r-esterai pas, dit Lonnie.

— Pourquoi ? demande Edwin.

Lonnie me regarde comme s'il s'attendait à ce que je réponde à sa place. Ils se tournent tous vers moi pour que je leur explique la décision de mon fils.

— Ne me regardez pas, je ne suis au courant de rien.

— J'ai encore d-du t-travail à l'atelier, reprend Lonnie que l'effort de parler fait rougir.

Je veux savoir :

— Quel travail ?

— Les c-coutures ne sont p-pas bien f-faites sur les c-cols.

Edwin secoue la tête en soupirant.

— Oh, pour l'amour de Dieu, ces coutures sont très bien ! lui dis-je. Ton père a besoin de toi, ici. Tu t'attends peut-être à ce que les autres portent tout à ta place ?

— Je peux m'en charger, propose Eddie.

Il adore jouer son rôle d'aîné. Bien avant que ses frères et sœurs sachent parler, il se faisait leur porte-parole. Il ne prend jamais le temps de penser à lui. Il a les mains tout abîmées par le travail, la peau rouge et entaillée à force de les laver sans cesse. Il a vraiment besoin d'aide, mais la demander à son cadet serait pour lui un signe de faiblesse. Mes fils sont des hommes dans la fleur de l'âge, le monde entier s'offre à eux. Pourtant, ce sont deux vieux garçons inhibés qui ne peuvent pas vivre l'un sans l'autre.

— Je pense pouvoir m'occuper de tout ce qu'il y a à faire à l'atelier, dis-je à Lonnie. Le croira qui voudra, mais je ne suis pas tout à fait incapable de diriger ma propre affaire ! Tu iras là où on a besoin de toi.

Eddie regarde son frère, mais Lonnie garde les yeux fixés sur le sol. Edwin passe son bras autour de mes épaules et m'embrasse sur la joue :

— Détendez-vous, ma chère. Il va rester pour nous aider, n'est-ce pas, mon garçon ?

17

Retta

J'aperçois Odell là-bas en sortant du jardin pour aller à la grange. J'ai préparé six grandes cruches de citronnade et j'ai bien l'intention de les apporter moi-même au lieu d'envoyer Nelly. Elle est encore plus gonflée qu'avant. J'arrive pas à sentir le bébé sous cette masse de chair, alors je l'ai mise au lit, dans la petite chambre derrière la cuisine, pour qu'elle reste pas debout. Elle a voulu me tenir tête et travailler quand même. Alors j'lui ai dit que si elle faisait ça, d'ici lundi, elle n'aurait plus de travail du tout, et elle m'a écoutée. Je lui ai donné un bon paquet de haricots verts à écosser pour le dîner. Elle était satisfaite. Je sais reconnaître les signes qui annoncent des ennuis et elle les porte en elle.

Tous ceux qui travaillent dans les champs, et Odell avec eux, ont commencé avant le lever du soleil et n'arrêteront sans doute pas avant la nuit tombée. Ils sont pressés par le temps. J'aime pas la précipitation. Jamais aimé ça. C'est comme ça que les gens se blessent. Les garçons de ferme m'aident à porter la citronnade. Ils frétillent comme des chiots qui espèrent des restes. Odell s'active sous le soleil brûlant de septembre aux côtés des autres hommes, des femmes et des enfants. Ce vieux bougre a pris sa place dans une longue file et trouvé un moyen de s'appuyer sur sa béquille et de se servir de l'autre bras pour aider à charger le tabac. J'lui ai dit pas plus tard qu'hier soir de rester dans la carriole pendant que les autres la chargeaient. Personne ne lui demande de faire la grosse besogne. Ils ont déjà de la chance de l'avoir, à mon sens, vu que Mr Coles avait grand besoin de renfort et qu'Odell a fait ça pour lui rendre service. Mais il m'écoute pas.

Jeudi, Mr Coles a ramené deux jeunes chevaux du comté voisin pour la carriole d'Odell et quand mon mari n'est pas ici en train de suer sang et eau, il s'entraîne à conduire les chevaux sur le chemin. Vingt ans qu'il a pas eu de chevaux pareils ! Assis plus droit sur son siège que je l'ai vu depuis longtemps, il les tient bien en bride parce que ces bêtes-là, on ne sait pas trop ce qu'elles ont en tête. Un jeune cheval qui prend peur, c'est dangereux, mais Odell est un homme tranquille qu'a la main ferme et ça les calme. J'ai beau m'inquiéter pour lui, je le regarde autrement et mon désir pour lui est aussi fort que quand on était de jeunes mariés. Ce va-et-vient entre l'inquiétude et le désir, ça m'a pas lâchée de la journée.

Eddie crie assez fort pour que tout le monde l'entende à trois carrioles de là :

— Odell, faut que tu viennes au marché tous les ans pour que Retta nous fasse de la citronnade toute fraîche l'après-midi. Elle s'occupe pas aussi bien de nous quand t'es pas là.

— Un peu de tenue, jeune homme !

Je le rabroue avec une tape sur les fesses qui devrait être plus légère. Il rit plus fort que tous les autres, ce jeune fou ! Je garde assez de citronnade pour Odell qui est le dernier dans la file. Quand c'est son tour, il me dit merci. Ses doigts tremblent tellement au contact du verre humide qu'il est obligé de le tenir à deux mains. J'évite de le regarder dans les yeux. Il faut que je me calme.

À la fin de ce long samedi, je suis heureuse d'entendre enfin les chevaux s'approcher de la maison, annoncés par le bruit de leurs clochettes. Une fois qu'Odell a mangé le gruau de maïs et les écrevisses que j'y ai préparés, je fais couler un bain dans la cuisine pendant qu'il se repose. Je prends le savon et le gant de toilette pour l'aider à se débarrasser de la saleté et de la fatigue du jour, mais y me les prend et se lave lui-même. J'ai beau faire ou dire, ça change rien entre nous. Depuis qu'on lui a demandé d'aller au marché, il est déjà parti en pensée, ça le démange de prendre la route et de découvrir ce qui les attend en chemin.

— Tu t'es mis des idées de jeune homme en tête, Odell, et tu ferais mieux de revenir sur terre.

— Je sais ce que je peux faire et ne pas faire, aussi bien que tu sais ce que tu veux. Laisse-moi vivre.

— Je ne doute pas de toi, Odell.

— Si, tu doutes de moi. Tu fais comme si j'étais un vieil infirme incapable de s'essuyer le derrière. J'suis capable, Retta. C'est toi qui m'as aidé à guérir, je le sais bien, mais j'ai encore c'qu'y faut pour travailler dur et j'suis bien décidé à le faire.

— Et moi, Odell, tu y penses ? Qu'est-ce qui m'arrivera si tu déraillles ?

— Je ne vais pas dérailler, j'ai toute ma tête. J'ai toujours eu la tête sur les épaules. Plus que toi, Retta. Crois un peu en moi.

Odell soigne sa jambe lui-même avant d'aller au lit – il dit qu'il doit s'y habituer – pendant que je finis les corvées du soir. Quand j'ai terminé, je vais m'asseoir dehors sur la balancelle et j'y reste un long moment, alors qu'Odell a déjà éteint la lanterne dans notre chambre. La nuit m'apporte rien d'autre que ma peur de ce qui pourrait arriver.

Il y a de la lumière dans la maison de Mrs Walker, c'est la seule qui soit éclairée dans la rue. En vieillissant, mon amie et moi, on se disait que la nuit et le jour, c'était du pareil au même, vu le peu de repos qu'on prenait. On dormait aussi mal l'une que l'autre. J'lui avais dit qu'on devrait se retrouver en pleine nuit pour bavarder. On l'a jamais fait, mais il m'arrivait de guetter ses fenêtres.

Elle devait se lever pour faire la route à pied jusqu'au travail tous les jours. C'était pas bon pour une femme bâtie comme elle. Boire tout le café qu'on veut, ça suffit pas pour tenir jour après jour sans sommeil. Sa fatigue a grandi, mais je pensais que c'était rien d'autre que le manque de repos et l'âge. Je me trompais. Y avait quelque chose d'autre que j'ai pas su voir, mais elle l'a vu venir même si elle en a jamais rien dit. Et puis je l'ai trouvée morte par terre, je me suis précipitée dehors en criant à l'aide, je suis restée assise au fond de la salle des pompes funèbres pendant que toute les Blanches parlaient de Mrs Walker comme si elles la connaissaient depuis toujours. Après tout ça, je me suis demandé si y avait aussi des choses cachées en moi. Si elles sont là, ces choses invisibles, qui peut les voir ? Pas Mrs Walker maintenant qu'elle est partie. Et voilà qu'Odell est sur le départ, lui aussi. Y aura plus personne pour m'aider à tenir le coup, que moi. Mais je ne vois pas ce qui va arriver. Je ne vois pas. J'ai peur de basculer dans le précipice sans le voir et de dégringoler dans le gouffre pierreux, trop tard pour sauver mon âme.

Quand je finis par rentrer me coucher, je reste de mon côté du lit. Même si j'en ai envie, Odell ne me touche pas.

18

Gertrude

Je n'ai pas eu le temps d'aller à la maison des Barker avant samedi, après mon travail à l'atelier. Lily marchait sur mes talons. On s'était pas parlé une seule fois en trois jours depuis que j'ai découvert son secret. Elle avait raccommodé sa robe, qui tombait de travers sur ses jambes. Cette fille ne sait rien du monde ni de comment on y vit. Je dois dire que j'ai ma part de responsabilité là-dedans, mais elle a fait son choix. Elle est devenue femme alors que dans son corps et dans sa tête, c'est encore une gamine qui n'a aucune idée de ce qui va lui arriver. Rien ni personne ne peut rien y changer. La vie qui l'attend est aussi sombre qu'un ciel d'orage, mais elle est trop bête et têtue pour comprendre qu'elle a tiré la mauvaise carte et que les jeux sont faits.

Lily, ça a toujours été une enfant difficile. Quand elle était petite, elle ne retenait pas bien. Elle avait du mal à se concentrer et elle faisait des cauchemars si horribles qu'elle se réveillait en hurlant. Parfois, je la laissais dormir avec nous la nuit, juste pour qu'elle arrête de pleurer. Mais un soir, alors qu'elle avait à peine six ans, Alvin l'a frappée si fort que j'ai cru qu'il l'avait tuée. Après ça, elle s'est mise à avoir des maux de tête. Certains jours, c'était au point que je devais lui mettre une compresse froide sur les yeux pour la soulager et la protéger de la lumière. Peu de temps après, elle a commencé à s'en prendre à moi.

Alvin me traitait de sale vache. Il me cognait, je tombais par terre et il hurlait aux filles :

— Votre maman, c'est rien qu'une sale vache ! Dites-le, il leur commandait. Dites-le que c'est une sale vache.

Les autres, elles voulaient pas, mais Lily était prête à tout pour échapper à la colère de son père. Il m'a empêchée de la toucher jusqu'à ce qu'elle ne s'approche plus de moi.

Berns et Marie n'ont pas dû repérer les signes de la grossesse de Lily avec tout le travail qu'ils ont et pas d'enfants à eux pour leur apprendre ces choses-là. Mais Edna sait de quoi il retourne. Quand je lui ai demandé si sa sœur était enceinte, elle a dit que non. Mais je le vois quand elle ment : elle se mord la lèvre du bas comme si elle punissait les mots qui en sortent. Elle veut protéger sa sœur… Je ne vais même pas lui dire que je sais. Ça vaut mieux si je sais qu'elle ment. Parce que ce que je vois, je peux l'empêcher.

Lily et moi, on a traversé une prairie de glycéries pour aller à la maison des Barker. C'est des métayers, comme Berns et comme Papa l'étaient dans le temps. Ils ont un champ à droite de la maison, mais leur coton m'a eu l'air en plus mauvais état que celui de mon frère. Il y a un jardin assez grand à l'arrière. Des grosses tomates bien mûres qu'on n'avait qu'à cueillir. La maison couverte de plantes grimpantes avait l'air prête à s'effondrer sous son propre poids. J'aurais pas su dire si c'était parce qu'elle était vieille ou très mal entretenue. Le toit s'affaissait, je n'avais pas besoin de voir l'intérieur pour savoir que, quand il pleut, il y a des seaux partout à cause des fuites.

Quand la mère d'Harlan est venue nous ouvrir, je me suis demandé si elle savait déjà ce que je m'apprêtais à lui annoncer. En tout cas, elle a rien dit. Voilà une femme qui s'est habituée à dissimuler. Je connais ce genre de femme. Elle a un visage quelconque, un physique peu avantageux et rien que la peau sur les os, comme tout le monde ou presque ces temps-ci. Plus vieille que moi, mais je saurais pas dire de combien. Quand les temps sont durs, ça vous vieillit le corps. Il y avait sans doute des petites fleurs imprimées sur sa robe, avant, quand elle était neuve, des fleurs de lin, peut-être, mais elles se sont effacées. Mrs Barker nous a invitées à entrer, mais je ne voulais pas mettre les pieds dans sa maison. On pouvait très bien régler cette affaire sous le porche.

— Ma fille est enceinte, j'lui ai dit, et c'est à cause de votre fils.

Elle a bien regardé Lily et elle a fait une sale tête. Après, elle a reculé vers la porte pour appeler son fils. Il est arrivé en enfilant sa chemise.

— C'est vrai ? elle a demandé à Harlan.

Il a haussé les épaules.

— C'est vrai, j'ai dit. Son ventre est là pour le prouver.

— Alors il va se mettre en règle.

En disant ça, elle ne me regardait pas, c'est lui qu'elle regardait. Avec ses deux têtes de plus qu'elle, Harlan a dû baisser les yeux pour croiser les siens.

— C'est elle qui m'a ensorcelé, qu'il a protesté.

— Elle a treize ans et toi dix-neuf, j'ai dit. Elle connaît rien à tout ça.

— Elle en sait quelque chose. Peut-être qu'elle le tient de sa maman ?

La mère d'Harlan lui a donné une grosse claque. Le visage rougi par la gifle, il a enfoncé ses poings tout au fond de ses poches comme le gamin qu'il est.

— Va chercher le révérend. Maintenant, avant que ton père rentre à la maison. Il sera moins sévère avec toi si c'est déjà fait.

Lui rappeler son père, ce qu'il pourrait faire, ça a suffi pour qu'Harlan descende du perron et file en ville au pas de course. Sa mère est retournée à l'intérieur en nous laissant seules. Lily s'est assise sur les marches en me tournant le dos. Il y a pas plus teigneuse que cette petite. Son père vit toujours en elle, en nous toutes peut-être.

Le prêtre est arrivé, la serviette encore autour du cou vu qu'il était en train de dîner. J'ai signé et donné ma fille en mariage à un garçon qui ne vaut sûrement pas mieux que mon mari. Je l'ai laissée à côté de lui, sur les marches du perron. On ne s'est pas dit au revoir.

C'est trop tard pour moi, trop tard. Ce que j'ai été bête de penser le contraire. Assise sur le lit de Mrs Walker, je couds les robes de mes filles jusque tard dans la nuit. Je vis dans sa maison, au milieu de ses affaires, mais tout le bien qu'elle a fait ne déteindra pas sur moi. La gentillesse, ça ne change rien à rien. J'ai jamais vu la différence. Ma maman était gentille, et puis après ? On vit et on meurt tout pareil.

Être gentil ne nourrit et n'habille personne. Les faits sont les faits. Être gentil, ça sert à rien quand on a des enfants à nourrir. Tout ça, c'est des mensonges. Je ne peux déjà plus rien pour Lily. J'aurais peut-être dû laisser Otto la prendre chez lui. Je ne sais pas lequel des deux est le pire. Ce qui est fait est fait, il y a plus rien à sauver. J'entends ses sœurs pleurer dans la chambre d'à côté. Je leur crie à travers le mur :

— Arrêtez de pleurnicher !

Je ne supporte pas tout ce bruit. Ça me donne la migraine. Les sanglots s'arrêtent, mais je les entends encore gémir. Maintenant, les petites aussi ont peur de moi. Tant mieux. C'est une bonne chose. La peur, c'est utile.

Mary est derrière la porte de ma chambre, elle m'appelle mais je réponds pas. Elle ouvre la porte qui grince et passe la tête par l'ouverture.

— Fiche-moi la paix, Mary, je lui dis.

— Maman, je t'ai fait un cadeau, tu veux le voir ?

— Non, j'ai pas envie, je veux que tu me fiches la paix.

Elle m'écoute et referme la porte derrière elle.

Retta a dit que le mal rôdait autour de moi. C'est d'Alvin qu'elle parlait ? Elle a dit que je devais me libérer de son emprise… Me libérer de son emprise ? Je pensais l'avoir fait quand j'ai appuyé sur la détente. C'est lui qui doit nous libérer et aller rôtir dans les feux de l'enfer où est sa place. Ou peut-être que ça aurait été mieux qu'il me tue, lui ? Je sais plus. J'suis perdue. Comment lutter contre le mal ? Maman m'aiderait si elle était encore parmi nous. Elle aurait été une lumière pour guider mes filles. Elle les aurait aimées comme elle m'aimait. Elles en auraient gardé un souvenir aussi beau que celui que j'ai.

— Si seulement t'étais là, je chuchote à ma Maman qui est au ciel.

Mais je sais que c'est idiot de souhaiter ça. Elle est partie. Se faire croire le contraire, c'est se faire des illusions.

19

Retta

Avec tout le tabac entassé à l'arrière de notre carriole, un bon coup de vent suffirait à la renverser. Odell préfère demander à Roy et à sa femme Sue Ann de passer nous prendre pour nous emmener à l'église. C'est une famille bien, avec quatre enfants, trois garçons et la cadette, qui s'appelle Comfort. Tous assez sages pour que j'aie jamais entendu Sue Ann élever la voix ni lever la main sur eux. Faut dire que leur papa a dû les emmener dans la remise à bois une fois ou deux. J'vois pas comment faire autrement avec des garçons si on veut qu'ils comprennent. Roy est cheminot comme Odell, avant, et Odell aime Roy comme un fils. Sue Ann est gentille mais elle a pas le temps d'avoir des amies avec qui bavarder. Ça viendra quand elle aura élevé ses enfants mais, pour l'instant, c'est elle qui les fait travailler, qui leur apprend à lire et à écrire. Ils vont tous à l'école pour les gens de couleur pendant l'hiver. Y a une trotte, mais ça leur fait rien. Cette famille-là n'a jamais connu la malchance et j'espère que ça leur arrivera jamais.

Roy pose une caisse en bois par terre pour que Sue Ann et moi on puisse monter à l'arrière de sa charrette. Sue Ann a dit aux enfants d'y mettre du foin et de le recouvrir avec des nappes pour qu'on soit bien installées. On va s'asseoir juste derrière les hommes pour participer à la conversation. Sue Ann et Roy ont tant de questions à poser à Odell à propos des deux nouvelles juments qu'on a dans notre enclos et de son voyage qu'ils remarquent pas la distance entre nous. Odell est tout content de répondre et fait son important, à croire qu'il s'apprête à acheminer les Tables de la Loi jusqu'au marché.

Odell raconte à Roy que ces chevaux sont très intelligents, et aussi attentifs à ses mains sur les rênes que s'il leur touchait la peau. Moi, tout ce que je sais, c'est qu'y a de l'animal sauvage en eux. Roy a dû venir chercher nos vieilles juments pour les emmener sur leur terrain. Il les garde jusqu'au retour d'Odell, comme ça j'ai pas à m'en occuper. J'ai eu peur pour elles quand les nouvelles sont arrivées dans le jardin. Femelles contre femelles. Ça n'arrêtait pas de hennir, de s'ébrouer et de taper du pied.

Les fils de Roy et Sue Ann sont assis au bord de la carriole avec leur sœur entre eux. Quatre paires de jambes se balancent à l'arrière. C'est une petite fête pour eux d'aller à l'église avec nous par la route. On a l'impression d'être un défilé à nous seuls vu que tout Shaker Rag sourit et agite la main à notre passage. Mais comment je pourrais partager leur joie ? Mrs Walker n'est plus là depuis des jours. Ce chemin est un vrai désert sans mon amie. C'est devenu un arbre creux.

La chaleur a cessé et on peut sentir l'automne qui commence. Une fraîcheur portée par la brise, comme l'odeur du chèvrefeuille. Tout le monde, gens de couleur ou Blancs, est dehors aujourd'hui. Gertrude est en chemin pour l'église elle aussi, avec ses trois filles qui ont toutes les cheveux tressés et de beaux habits neufs. Elles ne parlent à personne et personne leur adresse la parole. Mabel m'a raconté ce qu'était arrivé à Lily et je peux pas m'empêcher de me dire que c'est peut-être mieux comme ça, même si entre Gertrude et Harlan, y a pas grande différence. Gertrude a suspendu des bouteilles au chêne près de la porte de la cuisine et aussi devant la maison. Elle croit sans doute qu'un arbre aux esprits va attraper ce qui la tourmente, mais y a pas une seule bouteille en verre capable d'attraper ce qu'on porte en nous. Son mari est mort, aussi sûr que je suis assise dans cette carriole, mais elle veut pas le dire. Pour s'raccrocher à ce genre de mensonge, faut avoir des ennuis.

En voyant Mary, je me force à sourire et je lève la main quand la carriole les dépasse. Elle me fait un petit signe, elle aussi, mais elle s'arrête parce que sa maman lui donne un coup dans le dos. Mary me lance encore quelques regards en douce. Elle est petite et elle peut pas s'en empêcher, mais sa maman et ses sœurs m'ignorent. C'est très bien comme ça. Tant que Gertrude se comporte comme y faut, on n'aura plus de problème.

La vieille église baptiste accueille cinquante-sept fidèles noirs presque tous les dimanches et encore plus l'été ou les jours de congé. Elle se dresse au milieu d'un grand champ entouré de chênes vieux comme le monde. Derrière l'église, y a le cimetière où Maman, Papa, Willie et toute la famille d'Odell sont enterrés. Des stèles en bois avec le nom de nos proches peint dessus indiquent où est chaque tombe et la concession de chaque famille est marquée par des galets blancs et des coquillages. M'man voulait des coquillages autour de sa tombe, parce qu'elle disait toujours que la mer nous avait portés jusqu'ici et qu'elle finirait par nous reprendre. « Le coquillage contient l'âme immortelle », qu'elle disait. C'est ce que croyait notre peuple sur les côtes africaines d'où on vient. Notre douce petite Esther reposera ici avec Odell et moi le jour où notre heure sera venue. Quand notre fille est morte, je ne pouvais pas supporter l'idée qu'elle soit ici, sans moi ni son père. Odell l'a enterrée dans le jardin à côté de la maison, pas loin de nous, et il m'a construit la balancelle pour que je puisse m'allonger près d'elle. J'ai une boîte à chaussures pleine de coquillages dans mon placard, prête pour le jour où on pourra tous rentrer chez nous, ensemble.

Le sol de notre vieille église en bardeaux, c'est rien que de la terre battue, mais les bancs, c'est du solide, du bon bois de pin de Caroline, taillé par mon propre père y a bien longtemps. On n'a pas de cloche à sonner avant l'office, mais on arrive tous à l'heure et on rentre un par un, les jeunes et les vieux, les faibles et les forts.

Avec Mabel, Bobo et Myrtis, Odell et moi, on est les plus vieux membres encore en vie. Y avait un temps, avant l'invasion des charançons du coton, où on avait pas mal d'anciens, mais la faim et la maladie aiment autant les vieux que les jeunes. Voilà tout juste trois mois qu'on a perdu Mr Baker, emporté par la fièvre des marais. J'aimerais tant le revoir, assis sur le côté, son petit derrière maigrichon perché sur le banc, toujours prêt à se relever pour se rendre utile. Ce vieux tout voûté avait autant d'énergie qu'un homme de soixante ans, et quand on sait qu'il en avait quatre-vingt-cinq… Ça nous a fait un coup quand il est parti, même si on avait assez de jugeote pour se douter qu'il serait dans les premiers. C'est nous autres les aînés qui sommes assis au premier rang, histoire de rappeler à tout le monde dans l'église que l'un de nous sera le prochain à franchir l'océan pour retourner à la Terre promise.

Depuis que Mr Baker est mort, Odell se charge de le remplacer, il reste au fond de l'église, pour accueillir les gens qui entrent et distribuer des accolades. Sauf qu'aujourd'hui, il va prendre le siège de Mr Baker à l'avant, près du mur. Il est devenu fou. Y a pas de raison, il peut très bien aider en occupant notre place, mais il veut prendre ses distances avec moi. Qu'il fasse l'enfant si c'est ce qu'il veut !

Sue Ann se lève et commence à chanter *His Eye Is On the Sparrow*. C'est un vieil hymne que je connais depuis que je suis née. Sa voix est aussi pure et mélodieuse que celle du passereau. Sa fille Comfort se met à danser à côté de sa maman et les autres fidèles ne tardent pas à se laisser gagner par le même abandon. Un par un, ils se lèvent et se balancent en rythme, Odell aussi, mais pas moi, j'en ai rien à faire de danser. Quand la chanson est finie, le pasteur s'approche de la chaire pour délivrer la bonne parole.

* * *

Gertrude

Comme Maman et Papa faisaient partie du chœur, Berns et moi on restait assis tout seuls pendant le service étant petits. J'arrêtais pas d'embêter mon frère en gigotant, alors Maman a demandé à Miss Thompson de venir à côté de nous pour que je sois sage. Elle était assise d'un côté et Berns de l'autre pour me contrôler. Miss Thompson n'avait pas de mari et pas d'enfants et elle était gentille avec moi. Elle m'apportait un crayon et du papier, de quoi dessiner et écrire pendant cette heure si longue. Je n'écoutais pas les sermons, mais je comprenais bien que j'étais dans la maison du Seigneur. Je me suis dit que ce que je voulais mettre dans mes prières, j'avais qu'à l'écrire et laisser le papier quelque part dans Sa maison et Il saurait où les trouver. J'en ai écrit beaucoup et je les ai cachées dans toute l'église, sûre qu'Il lirait chacune d'elles.

Un dimanche, le révérend a cité Matthieu 9:22 : « Jésus se retourna et dit en la voyant : Prends courage, ma fille, ta foi t'a guérie. »

J'étais en train de dessiner, mais je me rappelle qu'il a dit :

— Aujourd'hui, je veux vous parler des prières d'une enfant.

Il a sorti toutes celles que j'avais écrites d'une enveloppe, il les a lues une par une et il les a montrées à tous. Après, il m'a demandé de me lever et a rendu public ce que je croyais secret. Même si mes parents me regardaient avec fierté, j'ai eu honte et j'ai jamais recommencé.

Peut-être bien que j'ai pas remis les pieds dans cette église depuis que j'ai épousé Alvin, mais il y a des gens ici qui sont assez vieux pour se souvenir de moi après tout ce temps. Assez vieux pour savoir que Maman et Papa aidaient à l'église, que moi et Berns on a fait notre confirmation quand on avait douze ans.

Mais je retrouve aucune trace d'eux dans ma mémoire. Ces gens, ils n'en ont rien à faire de moi, ni moi d'eux. Je suis juste ici pour réparer ce qui ne va pas. À partir d'aujourd'hui, mes petites auront leur place au ciel comme leurs sœurs.

Vers la fin du service, je me lève et je dis au même révérend qui a marié Lily :

— Mes deux plus jeunes filles, Alma et Mary, elles sont pas encore baptisées.

Ma famille se lève et reste debout à côté de moi, comme je leur ai montré. Tout le monde aime les baptêmes, même à la fin d'un long sermon. Après un baptême, les gens repartent vers la journée qui les attend comme s'ils avaient renouvelé un vœu auquel ils sont bien contents de rester fidèles. Le révérend nous dit d'approcher et Berns nous fait quitter le banc et nous emmène à l'avant de l'église.

On se met en face du révérend, le dos tourné à l'assemblée. Edna est à ma droite, Marie et Berns à ma gauche. Je tiens Mary et Alma chacune par une épaule devant moi. Main dans la main, en robes bleues et petits cols blancs assortis, elles écoutent ce que dit le révérend. Edna porte une robe marron taillée dans celle que Mrs Walker avait pour tous les jours et moi, je suis en noir, le tissu de l'autre robe. Ça m'a pris deux jours pour les coudre et j'ai passé toute la journée d'hier à les finir. Même si les filles sont pieds nus, on est assez propres et présentables pour comparaître devant Dieu.

— Il est honorable de consacrer nos enfants à Dieu, dit le révérend. Et aussi que des parents soient prêts à promettre un enfant, ou comme c'est le cas ici aujourd'hui, plusieurs enfants, ces deux petites filles, à leur Créateur.

Il me regarde et il prononce comme s'il était le messager personnel du Seigneur :

— En remettant tes filles à Dieu, tu promets de les élever selon Ses préceptes pour qu'elles puissent Le servir un jour. C'est ça, le baptême.

* * *

Retta

— Chers frères et sœur, revenons ensemble à la Bible.

— Nous voici, Seigneur ! crie Bobo.

Le pasteur lève les yeux et dit :

— Quand Jésus est allé trouver Thomas, huit ans après sa résurrection, c'est parce que Thomas doutait de Lui. Il doutait de ce que ses frères lui avaient dit. Thomas doutait.

— Amen, murmurent les gens qui s'imprègnent de l'Esprit.

Dans la salle, la chaleur est presque intolérable. Mabel a fait passer ses éventails en carton dans notre rangée. Pour moi, c'est vraiment pas de refus.

— Jonas lui-même était en proie au doute quand il a fui Dieu. Nous savons tous comment ça s'est passé.

— Oui, oui.

— Que dit la Bible à propos de Jonas ? Hein ? Qu'est-ce qu'elle dit ? La parole de l'Éternel fut adressée à Jonas et Il lui dit d'aller, où ça ?

— À Ninive, on lui répond.

Notre Bible, on la connaît.

— C'est ça. Pourquoi fallait-il que Jonas aille à Ninive ?

— Pour mettre fin à leur méchanceté, s'écrie notre sœur Myrtis.

À trente ans, Myrtis avait déjà les cheveux tout gris. Elle disait que c'était à cause de ses enfants. Comme Bobo, son mari, refusait de lever la main sur eux, c'est elle qui devait leur tomber dessus chaque fois qu'ils faisaient des bêtises. Elle a fini par les emmener couper eux-mêmes le bâton pour les battre. La longue marche jusqu'au pommier, et retour, voilà ce qui les a remis dans le droit chemin – c'est ce que j'lui ai dit.

— Pour mettre fin à leur méchanceté, répète le pasteur. Dieu a vu qu'il y avait un problème et a envoyé Son serviteur, Son fils le régler. Mais Jonas ne voulait pas y aller, pas vrai ?

— Non, non, il voulait pas.

— Il s'est sauvé ! crie une voix d'enfant.

— Exactement, mon enfant ! Il a fui l'Éternel. Il a pris la mer sur un navire qui partait dans la direction opposée à celle que lui avait indiquée l'Éternel. Alors l'Éternel lui a envoyé une terrible et puissante tempête. Le navire était chahuté par les vagues et semblait perdu, mais Jonas savait ce que ses compagnons de voyage ignoraient.

Je me demande si Odell se rappelle qu'il partira loin de moi demain, si ça lui a traversé l'esprit. Peut-être qu'il a hâte.

— Jonas savait que c'était à cause de lui que Dieu avait envoyé cette tempête. Il ne supportait pas l'idée que tous ses frères embarqués sur le navire perdent la vie à cause de lui. Ils étaient en mer depuis un bon moment et il avait fini par connaître ces hommes comme on se connaît quand on a parcouru de longues distances ensemble. Pas vrai, frère Bootles ?

— Bien vrai, pasteur, répond Odell.

— Jonas a dit aux hommes de le jeter dans la mer pour que leurs vies soient épargnées. Malgré leur crainte, ils ont fait ce qu'il leur demandait, et que s'est-il passé ?

— La mer s'est calmée, on dit.

— La mer s'est calmée. Un poisson géant s'est approché de Jonas et qu'est-ce qu'il a fait, ce poisson, les enfants ?

— Il l'a avalé ! crient les enfants.

Le pasteur rit, content d'eux.

— Il l'a avalé tout entier. Voilà ce qui est arrivé. C'est dans la Bible. Pas vrai ?

— Oui, bien vrai.

— Jonas avait promis à Dieu que, s'il avait la vie sauve, il ferait ce que Dieu lui avait commandé et irait à Ninive. Il dirait aux habitants de la ville que l'Éternel était mécontent de leur méchanceté. Dieu l'a entendu. Et qu'a fait ce poisson ? Les enfants ?

— Il l'a recraché ! s'exclament les petits.

Et tous les parents aussi :

— Bien vrai, bien vrai !

— Malgré ses craintes, Jonas est allé à Ninive comme le voulait l'Éternel, il s'en est remis à Dieu dans la peur et le doute. Bien souvent, quand on a des problèmes ou qu'on est dans la gêne, alors le diable nous tient en son pouvoir. Entendez-vous ce que je vous dis ?

— Oui, oui.

— J'ai vu et entendu des gens raconter qu'ils avaient sorti Jésus de leur vie parce qu'il n'était pas venu quand ils le voulaient. Il a vu mon chagrin, ma douleur et ma perte, mais il n'est pas venu comme le pasteur l'a dit, ou comme c'est dit dans la Bible, alors j'ai laissé tomber Jésus. Maintenant, je suis à l'intérieur, mes portes sont fermées et il est là, dehors. Mais ce n'est pas parce que vous l'avez laissé tomber qu'il vous a abandonnés !

— Et j'en suis bien content ! s'écrie Odell à l'autre bout de la salle.

De grosses larmes roulent sur sa figure et l'instant d'après je pleure aussi, pour Odell, pour mon mari, pour cet homme parmi les hommes et aussi à cause de mon propre chagrin, car je vois combien mon erreur est terrible. La honte me cloue sur place. J'ai douté de cet homme qu'a jamais douté de moi.

* * *

Gertrude

— Où est le père de ces enfants ? demande le pasteur.

— Il est plus avec nous. Mais mon frère Berns et sa femme Marie sont à nos côtés.

Il y a pas de raison de douter de mes dires et le pasteur n'a pas l'air étonné par ma réponse.

— Je vais vous poser plusieurs questions, à présent. Vous devez y répondre par oui ou non… et j'espère que vous direz oui.

Il a dit la fin de sa phrase comme si c'était une blague et les gens rient. Ce pasteur-là est encore jeune, il aime encore son travail.

— Est-ce que vous croyez en Jésus-Christ, notre Seigneur et notre Sauveur ?

— Oui.

— Est-ce que vous croyez qu'Alma et Mary sont des cadeaux de Dieu ?

— Oui, oui.

— Deux oui, il dit en riant. Alléluia !

— Alléluia, répondent les fidèles en chœur.

— Est-ce que vous promettez d'élever et éduquer vos filles dans l'admiration de Jésus-Christ, notre Seigneur et notre Sauveur ?

— Oui.

— Je m'adresse maintenant à la tante et à l'oncle de ces enfants : si leur mère venait à manquer à sa promesse, qu'elle a faite devant Dieu, est-ce que vous promettez de recueillir ces enfants et de les élever et les éduquer dans l'admiration de Dieu notre Seigneur ?

Berns et Marie hochent la tête.

Il trempe ses deux mains en coupe dans une bassine d'eau qu'un diacre a apportée et il en verse sur la tête de mes filles, qui sursautent au contact de l'eau froide.

— Par les pouvoirs investis en moi par notre Seigneur, Jésus-Christ, je vous baptise au nom du Père, du Fils et du Saint-Esprit. Amen.

— Amen, répète tout le monde.

On se tourne pour faire face aux gens qui nous sourient et qui espèrent que la bonne fortune nous attend. Assise sur le dernier banc, je vois Mrs Barker. Son mari n'est pas avec elle, mais ses deux garçons l'accompagnent. Assise à côté d'Harlan, au bout du banc, Lily observe ses sœurs. Elle me regarde, les yeux arrondis par la peur, mais je tourne la tête. Elle a fait son choix.

* * *

Retta

— Parfois, dit le pasteur, Jésus vient à votre rencontre parce qu'Il a une mission à vous confier. Vous comprenez ce que je veux dire ?

Tout le monde rit à travers ses larmes. Le pasteur aussi.

— Oh, Il ne vous lâchera pas ! Vous finirez par en avoir marre de vous cacher. Que ce soit en haut d'une montagne ou au fond d'une caverne, s'Il veut vous trouver, Il sait où vous chercher. Pas vrai ?

— C'est vrai, on répond tous.

Le pasteur murmure :

— Écoutez-moi tous. Je m'adresse aux croyants, maintenant : on se tourne tous vers Lui, mais sans rien attendre de Lui. On tend la main vers Dieu, mais on n'espère rien en retour. Lorsque Dieu est venu trouver Thomas le sceptique, Il lui a dit : « Avance ici ton doigt, et regarde mes mains ; avance aussi ta main, et mets-la dans mon côté ; et ne sois pas incrédule, mais crois. » Vous aussi, vous devez croire, car je ne peux pas faire appel à vous si vous n'êtes pas croyants. Si vous ne croyez pas ce que je vous dis, vous ne pouvez pas être mes pasteurs.

— Amen !

— Si vous ne croyez pas que j'ai une mission pour vous, vous ne pouvez pas être mes témoins ou mes messagers ou mes guérisseurs.

— Non, non !

— Vous ne pouvez pas vous envoler avec les bras croisés, vous devez vous extraire de votre condition, vous extraire de votre peine et de votre douleur. Alors Dieu pourra vous donner une mission.

Les pieds tambourinent et les mains applaudissent. De la poussière s'élève du plancher et flotte dans l'air comme de minuscules étoiles dans la lumière éclatante du soleil. Plus personne ne souffre de la chaleur. Maintenant, on est de l'argile dans les mains de Dieu, tous debout à l'unisson, comme une vague qui cherche à atteindre le rivage. On connaît le pouvoir de Dieu.

— Et quand ils ont emmené mon Sauveur en haut d'une colline appelée le mont du Calvaire, ils l'ont accroché sur une croix. Ils lui ont étiré les bras, pas vrai ?

— Oui, merci, Seigneur.

Tout le monde comprend ce que le pasteur veut nous dire. Tout le monde sait ce que Dieu a dû faire à son fils, le seul fils qu'il avait engendré. Rien de plus terrible que de renoncer à un enfant. On le sait bien, Odell et moi.

Le pasteur se laisse emporter par son extase, ses larmes se mélangent à la sueur qui coule sur son visage. Y nous dit :

— Sur la colline, en ce jour terrible, Dieu a répondu à tous ceux qui demandaient à quel point Il nous aime. Il a ouvert grand les bras pour nous montrer à quel point.

— Oui, Jésus, oui.

— Il a ouvert les bras. Il les a tendus. Autant que possible, jusqu'à ce qu'Il ne puisse plus les écarter davantage, et c'est là qu'ils ont enfoncé les clous dans Ses mains.

Impossible pour moi de rester immobile plus longtemps. Je quitte mon banc pour aller rejoindre mon mari. En me voyant, il écarte les bras pour m'accueillir. L'Esprit saint est partout dans la pièce.

— J'crois en toi, Odell. J'crois en toi, j'lui murmure.

Il passe un bras autour de moi et m'embrasse sur le sommet de mon crâne.

— Je sais. Je sais.

Je suis revenue à mon mari et il m'a pardonnée. On se tient côte à côte, moi à sa gauche et sa béquille à sa droite, mais c'est lui qui m'aide à rester debout.

Le pasteur s'essuie le front et nous demande à tous :

— Vous voulez savoir à quel point Il vous aime ? Ouvrez les bras.

Et c'est ce qu'on fait, Odell et moi, et tous les autres aussi. On fait ce qu'on nous dit.

20

Annie

Impossible de dormir. Minuit est passé depuis longtemps, mais je suis allongée dans mon lit, les yeux grands ouverts, agrippée à mes couvertures en dépit de la chaleur. Sans leur poids pour me retenir, je redoute de me mettre à flotter et de m'envoler par la fenêtre dans le ciel nocturne. Je sais ce que je m'apprête à faire avant même de me lever, même si cela n'apportera rien de bon et ne me procurera aucun réconfort. La fin de semaine m'a tant épuisée que chaque instant que je passe éveillée me semble un rêve. La raison m'a abandonnée.

Peu importe à quel point je tente de résister, dans les moments les plus sombres, la grange m'appelle implacablement et je suis forcée d'affronter encore et encore ce que je déteste le plus. J'ai cessé de compter le nombre de fois où j'ai erré seule jusqu'à ce bâtiment honni dans l'espoir d'y trouver un quelconque indice, une miette d'information me permettant de comprendre. Les premiers mois qui ont suivi la mort de Buck, j'y dormais toutes les nuits, malgré les protestations d'Edwin. Lorsque nous avons fait installer l'électricité dans la maison, j'ai demandé à Edwin d'équiper la grange également, mais il a refusé, par peur que je reprenne mon rituel s'il accédait à ma requête. Au petit matin d'un jour insignifiant, tout ce que j'avais de plus cher a été détruit. Je n'étais pas une bonne mère, c'est un fait, mais c'était le seul type de mère que je savais être.

Ce matin, les hommes sont partis et le soulagement que j'ai éprouvé au début a ensuite été remplacé par un profond malaise. Mon cerveau rejoue en boucle et à l'infini la mort de Buck et les disputes incessantes avec mes filles. Sans un seul moment de répit, je cherche un début de piste qui me permettrait de saisir ce qui est allé de travers. Rien de bien ne peut ressortir de tous les scénarios que mon esprit élabore. J'enroule une couverture autour de mes épaules et, telle une nomade, je traverse le désert qu'est ma propre maison.

Je me rends dans la chambre des garçons et m'assois sur le lit où Lonnie a dormi pas plus tard qu'hier. Son odeur flotte encore sur l'oreiller. Mes souvenirs de lui et Eddie lorsqu'ils étaient petits garçons se sont tant dissipés que j'en arrive parfois à douter de leur réalité. Il y a un temps pour tout et une place pour chaque chose, et la vieillesse est normalement l'époque et le lieu où les souvenirs demeurent. Auparavant, je les rassemblais les uns à la suite des autres en pensant *je n'oublierai pas, je n'oublierai pas*. Mais les détails sont les premiers à partir et il ne reste plus que le grand moment dans leur sillage. Il s'agit peut-être d'un an ou de cinq ans, peut-être d'une journée, une terrible journée, mais au-delà de ça, tous les détails s'estompent et s'effacent. Ne demeure plus qu'une vague, si haute qu'elle recouvre tout.

Les enfants sont une vague : leur donner naissance, s'en occuper, les élever… Lorsque vous êtes dans les affres, tout vous paraît interminable. Puis soudain, c'est fini. Je ne sais pas pourquoi j'ai été surprise de voir les enfants grandir, mais je l'étais. Je croyais que leurs jeunes années dureraient toujours. Désormais, je comprends que c'était ma jeunesse qui s'exprimait et non pas la leur. Le passé est le présent, maintenant, encore et encore.

Pieds nus, je m'aventure au rez-de-chaussée. Le plancher est froid sous mes pieds. Je me rends dans la cuisine et m'empare d'une boîte d'allumettes sur une étagère, au-dessus de la cuisinière. La porte de la cuisine grince lorsque je la pousse. Je la laisse entrouverte car je n'en ai pas pour longtemps, sans parler du fait qu'il n'y a rien à protéger ici. La lune joue à cache-cache entre les nuages noirs qui peuplent le ciel bleu foncé. Des engoulevents flottent silencieusement parmi eux. Entre la lumière et les ombres en mouvement, chaque objet inanimé semble figé dans le temps : le vieux puits que nous n'utilisons plus et qui est désormais condamné, le cellier à légumes et sa porte en bois creusé à même la colline tel un bunker, la charrue avec ses socs brillants qui trône comme une relique sous le vieux cerisier. J'évolue dans l'espace comme si j'étais le fruit de ma propre imagination, mais même ça, ce n'est pas vrai. Il n'y a pas d'imagination qui tienne ici. J'ai parcouru ce chemin à maintes reprises, toujours seule, avec toujours le même espoir de jour comme de nuit, la même prière à l'époque où je priais encore, pour que l'issue soit différente. Même si le rituel a changé, ce trajet, cette grange restent ma pénitence.

Bien qu'il soit plus ancien, le bâtiment est sensiblement différent depuis l'extérieur. Nous avons dû le reconfigurer afin de pouvoir y faire sécher le tabac. Lorsque Edwin a entamé les travaux, je lui ai fait remarquer que les lattes manquantes donnaient l'impression qu'il était en train de la démonter. « Est-ce que nous arrivons ou est-ce que nous partons ? » ai-je demandé. Au départ, j'étais heureuse de ce changement d'apparence, comme si cela avait également le pouvoir de changer mes souvenirs, mais ce fut en vain. Le bâtiment continue de prédominer dans notre propriété, peut-être davantage encore que jamais auparavant. Ou peut-être que cette présence encore plus imposante n'est qu'un rappel de ce qui a toujours poussé ici comme le pissenlit, le chagrin impénétrable. Coupez-le, déterrez-le, brûlez-le si le cœur vous en dit. Il reviendra toujours.

Le chien de chasse d'Edwin sort en courant du chenil qui borde la grange et lance des aboiements incessants. Il s'arrête lorsque je tends la main en guise d'ordre et s'assoit tandis que je me retourne pour m'assurer que personne n'est réveillé dans la maison (j'ai déjà oublié qu'il n'y a personne d'autre que moi). Quand je me remets en route, il me suit à la trace. Avant de faire coulisser la porte de la grange, je claque des doigts et il s'allonge près de moi. Bien que la grange soit désormais vide, l'odeur puissante du tabac mûr envahit mes narines, comme si elle s'était incrustée dans le bois. Le bâtiment renferme de nombreux souvenirs : les miens, ceux d'Edwin, ceux des enfants. Pour Edwin, ce sont ses souvenirs d'enfance ; pour moi, lors de nos premières années de mariage, la grange nous servait à nous soustraire aux regards de parents vigilants ; et pour mes enfants ? Je ne sais pas de quoi se constituent leurs souvenirs, mais le vide laissé par leur absence en dit long.

Je sors une allumette et la frotte contre la petite bande d'émeri qui borde la boîte. Elle s'allume dans un bruissement soudain et je la tiens devant moi afin d'illuminer l'endroit que je recherche. Pendant les années suivant la mort de Buck, l'excuse que je me trouvais était que j'étais jeune et inexpérimentée avec les enfants parce que ma propre mère n'avait pas été à mes côtés pour m'apprendre ces choses-là. Comme si cela pouvait excuser l'acte irréparable de ne pas avoir vu la douleur de mon propre fils. Lorsqu'il était devenu insomniaque, j'avais pensé que ce n'était qu'une phase, une anomalie qui ne tarderait pas à revenir à la normale. Bercée par l'illusion que mon intuition était la bonne, j'avais cru que Buck finirait par obtempérer, comme le font tous les enfants. Les enfants sont censés grandir, se marier, avoir des enfants à leur tour et partager leur vie avec nous. Buck a bousculé cet ordre établi. Buck a été le catalyseur qui a tout changé.

Je pose la boîte dans la poussière, à l'endroit où j'ai trouvé mon fils, puis je l'embrase au moyen de l'allumette déjà enflammée.

Je murmure :

— Voilà, Bucky. Voilà ta lumière dans l'obscurité.

On pourrait croire à un feu de joie miniature. Un hibou vole entre les chevrons pour ensuite se poser dans le coin le plus éloigné. Il me fixe de ses yeux dorés. Je m'agenouille dans la poussière, près des flammes. C'est là que je l'ai découvert, sans vie, au bout d'une corde. Il était trop petit pour grimper sur quelque chose d'où il aurait pu sauter ensuite, alors il avait attaché une corde à la porte, passé sa tête dans un nœud coulant grossier et s'était agenouillé et laissé pendre jusqu'à son dernier souffle. Son acte portait la marque de la détermination la plus totale. À tout moment, il aurait pu changer d'avis, se remettre debout et partir. Mais c'était un enfant de douze ans déjà las de la vie qu'il avait vécue avec nous.

C'est terrible de perdre un enfant. De nombreuses femmes endurent cette épreuve et bien d'autres après moi devront l'affronter longtemps après ma mort. Ce coup du sort en rend certaines faibles et fragiles. Pas moi. Je suis devenue dure, comme si une armure avait poussé par-dessus ma peau pour faire de moi une sorte de vieille maman alligator que rien ne peut atteindre.

Les flammes qui se sont allumées avec une telle intensité faiblissent déjà en l'absence de petit bois et, bientôt, je suis plongée dans l'obscurité. Je place mes mains dans la poussière, là où j'ai trouvé mon petit garçon si sensible, mon petit oiseau qui chantait et dansait lorsqu'il était petit avant de devenir silencieux. Je place mes mains dans la poussière et je frotte jusqu'à ce que de petits cailloux s'enfoncent dans la chair de mes paumes. Je saigne lorsque je prends conscience de la futilité de mon examen. Quand je reprends le chemin de la maison, les nuages se sont accumulés devant la lune et le ciel est d'un noir d'encre. Notre maison, qui se détachait nettement quelques instants plus tôt, n'est qu'une ombre au milieu des ombres. Il va pleuvoir pendant la nuit. Le chien me laisse à la porte. Je gagne l'évier de la cuisine pour me laver les mains tout en l'observant. Il retourne d'où il vient au petit trot. Il ne tarde pas à disparaître de ma vue et c'est comme s'il n'avait jamais existé.

Le premier tiroir sous l'évier contient les ciseaux que Retta utilise pour découper les poulets lorsqu'elle prépare du poulet frit. Elle s'assure qu'ils sont toujours parfaitement aiguisés. Je me rappelle encore avoir appris aux enfants comment tenir et porter des objets coupants, il y a des années de cela.

— Tenez-les éloignés de vous, les enfants. Et ne courez jamais, c'est très dangereux.

Il fait sombre dans le petit salon mais mes yeux s'ajustent. Voilà cinquante-quatre ans que je vis dans cette demeure. On pourrait me bander les yeux, je me souviendrais tout de même de ses moindres coins et recoins. Je n'ai pas la moindre difficulté à trouver le câble du téléphone dans le noir. Je tire dessus pour le tendre, puis je coupe ce qui nous relie au monde extérieur. Le fil est très fin, bien plus facile à couper que ce que j'imaginais. Je remets les ciseaux à leur place, me sers un verre d'eau et monte l'escalier. De retour dans ma chambre à coucher, je mélange dans l'eau des poudres contre l'insomnie et j'avale le tout. Juste ce qu'il faut pour une nuit. Je dormirai jusqu'à ce que mes pensées se taisent. Jusqu'au point du jour.

III

21

Retta

Cher Odell,

Voilà deux semaines que c'est le silence le plus complet et qu'on a pas de nouvelles de toi ou de Mr Coles. En admettant qu'y faille cinq ou p't'être six jours pour arriver à Florence et trois jours de plus pour vendre le tabac, alors ça voudrait dire qu'au moment où j'écris cette lettre, tu es sur la route du retour. J'imagine que tu vas remonter le chemin à la fin septembre. C'est mes calculs et c'est ma prière.

Ta présence, ton odeur ont disparu du jardin, de la cuisine, de notre lit. À ta place, y a un silence qui fait un boucan de tous les diables. C'est bizarre, pas vrai ? Qui aurait cru que le silence pouvait être bruyant ? Pas moi, pas avant ton départ. C'est pas juste ta voix qui a disparu, Odell, c'est le chœur tout entier des voix qui n'est plus là. Depuis que t'es parti, c'est comme si tout le monde m'avait laissée en même temps. Peu importe combien de temps je passe assise à côté de sa tombe, j'oublie le son de la voix d'Esther quand elle appelait mon nom, le rire aigu de Mrs Walker quand quelque chose l'amusait, M'man quand elle pestait parce que je m'inquiétais trop. Pareil pour les signes qui se manifestaient à moi avant : disparus. Les oiseaux moqueurs chantent toute la journée par-dessus le chant des autres oiseaux, jusqu'au tomber du jour, et ils recommencent avant le lever du soleil. Le vent souffle en rafales qui ont ni queue ni tête. Y a juste le parfum de l'automne qui semble apporter une promesse dans son sillage, mais je sais pas de quoi. L'odeur des pins est tellement forte que c'est comme si ma mémoire avait sauté par-dessus l'automne pour atterrir sur Noël. Mais j'ai beau essayer, impossible de voir le prochain Noël. Alors à la place, dans ma tête, j'imagine ton visage pendant que tu lis mes lettres. À chaque mot que j'écris, ton image devient plus précise, alors j'écris et j'écris encore pour pouvoir m'accrocher à cette image de toi, et j'imagine aussi ta voix qui me répond. Reviens vite, O.

Avec tout mon amour,
Oretta.

* * *

L'endroit où Odell dort d'habitude est froid. Il fait une chaleur pas possible entre les draps alors je me mets de son côté du lit pour me rafraîchir. Un vent fort a commencé à souffler. Ça fait longtemps que minuit est passé et je dors toujours pas. J'suis allongée dans notre lit, à écouter le bruissement des arbres. J'oublie toujours que quand une saison laisse la place à une autre, y a toujours une bagarre. Là, le vent s'est levé pour disperser ce qu'y reste de l'été.

Qu'est-ce que c'est que ça ? Le bruit est régulier, et de plus en plus fort. Des sabots de chevaux, deux ou plus, qui se rapprochent de Shaker Rag. J'entends les chevaux qui tournent dans le chemin et arrivent dans notre jardin. Je m'assois dans le lit, mais j'ai peur de me lever, parce que les gens qui sont là dehors ont l'air sacrément pressés de me dire ce qu'ils sont venus me dire. Les coups frappés à la porte sont puissants, ils viennent trois par trois : *boum boum boum*. Le poing d'un homme. Non, de deux hommes.

Je me précipite pour aller ouvrir la porte, sauf que la nouvelle est totalement différente de celle que j'attendais, même si j'aurais dû savoir qu'elle arriverait. Le papa de Nelly est là, dans sa salopette, et il a la tête d'un homme qui s'est dépêché pour couvrir une grande distance. Un homme blanc plus jeune que j'ai jamais vu avant descend du perron et reste debout dans le vent. Il est pas épais et il tremble. Il a un bec-de-lièvre, le creux qui démarre de son nez jusqu'au bas de sa lèvre est tellement grand que je peux voir ses dents. Il veut causer mais y a rien qui sort quand il ouvre la bouche. Peut-être qu'il peut pas parler, j'en sais rien. C'est la mère de Nelly qui est censée mettre le bébé au monde. Ils ont aucune raison d'être là, à moins qu'y ait un problème. Le papa de Nelly parle surtout le catawba mais y connaît quelques mots d'anglais.

— La douleur vient tous les combien ? j'lui demande.

— Elle arrête pas.

L'homme blanc tourne en rond dans le jardin. Il est dans tous ses états.

— Comment ça, elle arrête pas ?

— Elle est venue et elle s'est installée.

C'est ce que je craignais. J'lui dis d'attendre, que j'arrive tout de suite. L'homme blanc fait un bruit de gorge, mais toujours sans un mot. Comme s'y m'en voulait de pas venir tout de suite, à la minute, vêtue de rien d'autre que ma chemise de nuit.

— C'est qui ?

— Le fiancé de Nituna.

L'homme s'approche et vient se placer à côté du papa de Nelly. J'avais oublié le nom indien de Nelly, Nituna. Ça fait des années que je l'avais pas entendu. J'lui ai donné le nom de Nelly quand elle avait quatorze ans. Je savais que Mr Coles ne voudrait pas de sauvages dans sa maison, alors j'lui ai expliqué qu'il fallait qu'elle s'appelle Nelly et elle a accepté, mais c'est Nituna, son vrai nom. Ça veut dire « fille ».

Même si l'urgence fait aucun doute, on ne peut pas se mettre en route tant que j'ai pas dit la vérité à l'homme blanc.

— Mon garçon, si tu veux aider Nelly, il faut que tu te calmes.

Je soutiens son regard jusqu'à ce qu'il soit plus détendu. Seulement après ça, je rentre dans la maison pour m'organiser. Il faut qu'on se dépêche, mais aussi que je réfléchisse. Le livre qu'on a écrit avec M'man avec nos notes sur toutes les naissances est sur la plus haute étagère du placard. Je dois me mettre sur la pointe des pieds pour réussir à l'attraper. Aucun foulard pourrait contenir ma masse de vieux cheveux gris, mais j'en mets un quand même. Le vent remportera la bataille dans tous les cas.

Nelly est à deux semaines de la date où elle devait accoucher. C'est bien. Ça veut dire que le bébé est formé bien comme y faut. Mais y avait des signes qui m'inquiétaient. Elle aurait dû se reposer davantage. Cette semaine encore, j'ai essayé de la convaincre de rester chez Miss Annie, dans ma chambre à côté de la cuisine, pour que je puisse m'occuper d'elle, mais elle a dit non, et toutes les menaces du monde ont pas suffi à la faire changer d'avis. Ce qui est fait est fait, inutile de ressasser ça maintenant. Je dois rester concentrée sur ma mission. Quand je ressors et que je ferme la porte derrière moi, je trouve Roy devant la maison, en pantalon et en bretelles, venu faire ce qu'il a promis à Odell. Il a entendu dire que Nelly avait des problèmes.

— Rentre chez toi, Roy, j'lui dis. Y a rien que tu puisses faire.

— Ça suffit, Retta, il crie par-dessus le vent. J'ai promis à Odell que je prendrais soin de toi. Laisse-moi aller chercher le chariot.

— Un chariot peut pas nous emmener là où on a besoin d'aller.

L'homme blanc est remonté en selle. Il guide le cheval avec aisance pendant que Roy me parle. Il amène l'animal jusqu'à moi, près du porche.

— Roy, aide-moi à monter en selle.

Ah, l'expression sur son visage… Si j'étais pas si inquiète, j'en rigolerais. Roy racontera le tableau à Odell, cet homme blanc qui me tire par-dessous mes épaules et Roy qui me pousse au niveau du derrière. Ça doit valoir le coup d'œil. Ils arrivent à me faire grimper après trois poussées, au lieu d'une seule dans le temps. Quand le garçon tire sur les rênes pour se mettre en route, j'suis à bout de souffle.

— La fais pas trotter, fiston, lance-la au galop. Je ne peux plus rebondir comme avant.

Avec lui et le papa de Nelly, on dépasse le chemin qui mène à Battle Creek et on s'enfonce dans les bois derrière. Leurs ancêtres sont enterrés là. Je les sens avant de les voir. Ils reposent là, à flanc de colline. Même sans pierres tombales clairement indiquées, le poids des vies qui ont existé s'abat sur moi. Ces gens ont été enterrés de la même façon que mes ancêtres esclaves, dans des tombes anonymes couvertes de pervenches, dont les fleurs audacieuses se détachent clairement dans l'obscurité, comme si elles se nourrissaient des corps sous elles. Des plantes sacrées pour un endroit sacré.

Y a de l'agitation dans un ruisseau pas loin. Je n'arrive pas à voir à cause du noir, mais c'est là. Malgré le vent, j'entends le gargouillis d'un cours d'eau que je ne connais pas. On avance entre les arbres jusqu'à atteindre une clairière dont l'entrée est marquée par un vieux magnolia tordu. Un jardin plein de légumes occupe le milieu de la clairière. Y date de Mathusalem, mais il est bien entretenu. Tout au bout, à l'orée des arbres, j'aperçois une cabane, une petite maison bien proprette en rondins. Même dans l'obscurité, je vois la beauté de l'endroit. Y a pas de porche, et c'est bien dommage avec la vue qu'ils ont devant. Mais ils sont jeunes, ils ont tout le temps d'en construire un.

Les cris de Nelly à l'intérieur me transpercent. Pourquoi, quand le moment est venu, ça paraît impossible de donner naissance ? Au milieu de toute la douleur, on oublie la récompense qui nous attend à la fin. La nuit va être longue. Les hommes ramènent les chevaux à l'étable et vont attendre là.

J'entre dans la maison, j'enlève mes souliers et j'inspecte la pièce. Ado, la mère de Nelly, est au côté de sa fille. Son nom indien, Adoette, signifie « grand arbre ». Ce qui est plutôt bizarre pour le p'tit bout de femme menue qu'elle est, mais elle est forte. J'lui ai appris tout ce qu'y a à savoir pour mettre les bébés au monde et elle se débrouille très bien. Dans l'âtre, une bouilloire en fer remplie d'eau bouillante a été préparée pour la nuit à venir. Ado sait comment ça se passe. La maison de Nelly ne comprend qu'une seule pièce, mais c'est propre et bien rangé malgré le sol en terre battue. Y a des fenêtres de chaque côté de la porte d'entrée pour laisser entrer la lumière et pouvoir admirer la beauté de la nature dehors. La tête de lit en bois a l'air d'avoir été sculptée et polie à la main. Un cadeau d'un mari pour sa femme ? Le lit est tout contre le mur, ça laisse juste assez de place pour une table, deux vieilles chaises et un canapé. La cuisine de Nelly est organisée de la même façon que la mienne. Des boîtes pour le sucre et la farine sont posées sur le plan de travail et la cafetière est sur la petite cuisinière.

— Je suis là, petite. Je suis là.

Elle est gonflée comme pas possible. Dans la faible lumière jaune, j'arrive pas à voir ses yeux. Elle s'agite dans tous les sens sur le lit. Ado est assise près de sa tête, à lui chanter une chanson que je ne reconnais pas, dans une langue que je ne connais pas non plus, mais qui ressemble à une berceuse. Ado lève les yeux, et même si sa voix est assurée, je lis l'inquiétude dans son regard. Je pose mes mains sur le corps de Nelly pour voir ce qui se passe et je parle fort pour que mes mots lui parviennent à travers la douleur.

— Nelly, c'est une sacrée belle maison que t'as là. C'est drôlement propre et ordonné, dis-moi.

Sa peau est glacée et trempée par l'effort. Son ventre est dur comme du bois.

— Tu m'entends, Nelly ?

Elle hoche la tête, essoufflée.

— Tes conserves sont bien alignées sur ton étagère. Où t'as appris à faire ça, hein ?

Elle essaie de répondre, mais une nouvelle pointe de douleur la transperce. Elle arque le dos pour essayer d'y échapper.

— On va faire sortir ce bébé de ton ventre pour qu'il puisse rencontrer sa maman. Je sais que t'es prête pour ça, pas vrai, ma fille ?

— Oui, m'dame.

Elle arrive à peine à dire les mots sans hurler.

Je soulève le drap et j'écarte ses genoux. Maintenant, je comprends pourquoi y a urgence. Je comprends la puissance de sa douleur. Dans la faible lumière de la lampe, je vois un petit pied qui est sorti de Nelly, et il bouge pas.

* * *

La première fois que j'ai accouché une femme toute seule pendant que M'man regardait, c'est quand Buck est sorti de Miss Annie, tellement vite que j'ai dû le rattraper. Ah, j'ai cru que M'man allait mourir de peur. Mais je l'ai attrapé. Jamais j'aurais laissé quoi que ce soit de mal lui arriver. Quand je l'ai posé sur la poitrine de Miss Annie, M'man a dit :

— Vous avez vu un peu comme il est pressé, prêt à affronter le monde !

Miss Annie m'a remerciée et comme j'ignorais

encore que je devais surveiller ce qui sortait de ma bouche dans la maison d'un Blanc, j'ai répondu :

— Le prochain bébé arrivera tellement vite que vous aurez intérêt à être prête à tendre les bras pour l'attraper vous-même.

J'avais treize ans.

La naissance suivante a été la plus dure que j'ai jamais vue et M'man a dû prendre le relais. Je l'ai regardée qui faisait rouler Miss Annie sur le côté gauche. Elle a enfoncé son bras jusqu'au coude pour retourner le bébé mais c'était trop tard. Le bébé était bleu quand il est sorti.

* * *

— Nelly, le bébé arrive par le siège.

Je dois beugler pour qu'elle m'entende. Elle délire de douleur. Si je veux que l'enfant et la mère survivent, ce petit doit sortir maintenant. M'man me l'a répété au moins cent fois.

— Je dois toucher à l'intérieur pour sentir ce qui se passe. Aide-moi autant que tu peux en restant immobile.

Elle comprend, mais elle est désespérée.

Je glisse mes doigts à l'intérieur et je trouve l'autre pied. J'arrive à le sortir, mais la peau est froide et bleue. *Mon Dieu, mon Dieu.*

Ma petite Esther est arrivée après huit heures de travail. Je l'ai fait venir moi-même, avec juste Odell pour m'aider. Toute ma famille était déjà morte depuis longtemps, et je savais mieux que n'importe qui ce qu'y fallait faire. Je voulais personne d'autre que mon mari, mais Odell avait peur. Je lui ai expliqué comment ça allait se passer et il m'a aidée. M'man avait pour habitude de dire à toutes les femmes : « Appelez votre enfant, quel est son nom ? » et la femme appelait le bébé par son nom. « Appelle ta fille maintenant », qu'elle aurait dit. M'man était convaincue que, quelle que soit l'âme qui était à la porte, elle trouverait son chemin si on l'appelait. J'avais appelé ma fille. « Esther Marie Bootles ! »

Je me souviens de comment j'ai appelé encore et encore, mes cris remplis de tellement de douleur, pendant que j'étais roulée en boule dans la baignoire, prête à pousser dans le bain chaud qu'Odell avait préparé pour moi.

J'ai crié : « Viens à nous, viens ici, maintenant ! »

Je criais si fort que c'était comme si je punissais ma petite au lieu de l'aimer. Esther a fini par arriver, comme tous les bébés, que ce soit facile ou pas. Exactement comme ce bébé qui va naître cette nuit.

— Ado, j'ai besoin que tu viennes au-dessus d'elle et que tu pousses quand Nelly pousse. Y faut qu'on règle ça, et tout de suite.

Elle m'aide à tirer Nelly jusqu'au bord du lit pour que je puisse lui relever les jambes. Nelly se débat et crie. Ado grimpe sur le lit et s'assoit derrière la tête de sa fille. Elle sait que, si elle veut la sauver, y faut faire sortir ce bébé.

— Ouvre les yeux, Nelly, et regarde-moi !

Elle obéit.

— Des femmes donnent naissance tous les jours, et c'est ce que tu vas faire, toi aussi !

À la poussée suivante, Ado appuie avec force sur le ventre de sa fille et j'arrive à guider le bébé pour le faire sortir presque jusqu'à la taille.

— C'est une fille, j'annonce.

Je mets la main à l'intérieur de Nelly, le long du dos du bébé, mais la petite glisse à nouveau à l'intérieur de sa mère avant que j'aie pu attraper le cordon.

— Comment elle s'appelle ? Comment elle s'appelle, Nelly ?

En voyant leur air confus, je me souviens. Ces gens croient que ça attire le mauvais œil de donner un nom à un enfant avant sa naissance. Ils veulent voir à qui ils ont affaire avant de choisir un prénom.

— Appelle ta fille. Fais-la venir à la maison, j'lui explique.

Nelly crie dans sa langue maternelle :

— *Gygeyu'i*, je t'aime.

— Non ! Ordonne-lui de venir, force-la à se décider. C'est toi, la mère !

Nelly crie encore et encore entre chaque respiration :

— Ma fille, viens ici !

Ado lui caresse les cheveux et murmure :

— *Gygeyu'i, gygeyu'i.*

Je t'aime, je t'aime.

À la poussée suivante, le bébé sort un peu plus et je réussis à couper le cordon pour diminuer l'étranglement.

— C'est bien, Nelly, très bien ! Continue comme ça !

Je glisse ma main et mon bras en elle, le long du ventre du bébé, et j'étire les doigts pour trouver son cou. Je sens le cordon enroulé autour par deux fois. Il se desserre pas. Je redescends la main au niveau de la taille de la petite et fais sortir son épaule droite. Quand l'épaule gauche suit le même chemin, Nelly hurle. Je remets la main à l'intérieur et j'arrive à défaire le cordon une première fois. Je le fais passer par-dessus son visage, sa bouche, son nez et sa tête. Enfin, l'étreinte se relâche et je recommence. Je regarde Ado et je hoche la tête. Elle est soulagée.

— Pousse encore une fois, Nelly. Encore une fois et on verra sa tête.

Au spasme suivant, Ado appuie pour que je puisse dégager la tête. Quand je le fais, le sang se met à couler à flots et Nelly se laisse retomber sur le lit.

— Fille, je murmure au petit corps flasque et sans vie.

Elle a la tête toute couverte de cheveux noirs. À part chez les Noirs, j'ai jamais vu un bébé avec autant de cheveux. Ma propre émotion me prend par surprise. Ça me submerge avec une force que j'suis incapable de contrôler. J'oblige les mots à rester dans ma bouche. Pas le temps de m'abandonner à ce qui est là pour me ravager.

— Ta mère est là pour toi, fille, je dis à la petite tout en la frictionnant. Ta grand-mère a préparé du pain pour ton arrivée. Joins-toi à nous. Viens à la maison, ma fille.

J'entends la voix de ma propre mère comme si elle était avec moi dans la pièce. « Retta, place ta bouche sur le nez et la bouche du bébé et aspire ce qu'y a là-dedans. »

Alors c'est ce que je fais, trois fois, avant de passer le bébé à Ado. Je veux l'allonger sur son ventre, la caler sur mon avant-bras et pousser son dos, c'est ça que je veux faire, mais y a pas le temps pour ça. Nelly saigne. « Occupe-toi de la mère, l'enfant suivra », disait M'man.

Ado enveloppe le bébé dans une couverture qu'elle a sûrement tricotée exprès. Elle va près du feu pour la réchauffer et la frotter jusqu'à la ramener à la vie. J'enfonce le poing dans le ventre de Nelly et j'appuie sur son estomac pour faire sortir le placenta. Nelly a arrêté de crier, le travail l'a épuisée. Son corps fait à sa place ce qu'elle n'est pas en mesure de faire elle-même et le placenta atterrit dans la bassine que j'ai sur les genoux.

Je dois arrêter les saignements. Nelly se redresse, comme si elle venait de se réveiller d'un mauvais rêve. Elle est perdue, elle cherche son enfant.

— Allonge-toi, je dis.

Je tends le bras pour la pousser sur le lit, mais ma main pleine de sang la traverse et atterrit de l'autre côté, où y a que de l'air. Ce n'est pas son corps qui s'assoit, c'est son esprit.

— Nelly ! je crie. Reste avec moi, reste ici avec moi.

Elle m'écoute pas. Son esprit cherche sa fille.

J'ordonne encore et encore :

— Nelly, Nituna, reste là avec moi. Reste avec Retta !

Mais Nelly rejoint sa mère et sa fille pendant que je reste avec son corps pour empêcher la vie d'en sortir.

— Ado ! je braille, mais elle n'écoute pas non plus.

Elle est occupée avec le bébé, elle lui frotte le dos puis elle la tourne pour appuyer sur son ventre. L'enfant repose sans vie sur le bras de sa grand-mère. Nelly se faufile jusqu'à elle et se glisse entre sa mère et sa fille. Ado arrête ce qu'elle est en train de faire et elle inspire profondément. Puis elle me regarde et elle ferme les yeux. Elle a perdu l'espoir. Elle est coincée entre l'esprit de sa fille et celui de sa petite-fille. Je peux pas l'atteindre.

— Adoette ! je crie. Éloigne-toi du feu. Viens poser l'enfant sur la poitrine de sa mère.

Ado ouvre les yeux et m'aperçoit dans la lumière.

— Amène l'enfant, Ado ! je crie encore. Ta fille veut son bébé.

Ado place le bébé, nu, sur la poitrine de sa mère. Nelly vient aussi et reprend place dans le corps qu'elle avait abandonné. J'attrape d'autres linges et je les presse fort contre notre fille, ma Nelly, jusqu'à ce que le saignement diminue et enfin s'arrête.

L'enfant est allongé sur sa mère, toute molle. Ado appuie sur la poitrine de Nelly pour faire sortir du lait. Elle en met sur les yeux et les lèvres du bébé, et puis elle lui ouvre la bouche pour la forcer à téter.

— Chante pour elles, Ado, chante pour ta fille et ta petite-fille.

Avec le vent qui se déchaîne autour de nous, Ado se met à chanter, la même chanson qu'elle fredonnait quand je suis arrivée.

La poitrine de Nelly se soulève et retombe.

Je donne une tape dans le dos du bébé et elle commence à changer de couleur.

— Voilà ta fille, Nelly, elle est là. Ouvre les yeux et regarde ta fille.

La poitrine de Nelly se soulève et retombe.

Ado met toutes ses forces dans son chant. Elle chante avec tellement de cœur que j'ai envie de me joindre à elle, sauf que je ne connais pas les paroles. La main du bébé est posée sur la poitrine de Nelly. Un doigt bouge, puis deux. Le bébé respire et tend la main comme pour s'accrocher et s'empêcher de tomber.

Elle ne rencontre que de l'air, et puis la main de sa grand-mère, le grand arbre qui est venu pour la guider.

— Donne un nom à l'enfant, Ado.

— Una. Ça veut dire « se souvenir ».

Fille, souviens-toi.

— Nituna, Una, on appelle.

La poitrine de Nelly se soulève et retombe.

— Souviens-toi de ta fille, Nelly, elle a besoin de sa mère.

Una ouvre les yeux.

— Elle te cherche, Nelly, Una a ouvert les yeux pour te trouver.

La poitrine de Nelly se soulève et retombe.

Puis la poitrine de Nelly ne se soulève plus.

Una ouvre la bouche et se met à pleurer.

22

Gertrude

Ça fait maintenant trois jours que Berns est malade, et même après la visite du docteur et les médicaments, il va pas mieux. Marie n'est pas allée travailler vendredi ni aujourd'hui pour s'occuper de lui. Elle refuse que je vienne, de peur que j'attrape la même chose que lui et que je la passe à mes filles. J'ai parcouru le kilomètre qui me sépare de chez eux pour lui donner trois dollars pour des médicaments, vu qu'ils ont dépensé de l'argent pour nourrir mes filles. Marie a pris l'argent, mais elle m'a pas laissée voir mon frère. Elle dit que c'est pas prudent. Elle est fatiguée, ça, j'l'ai bien vu. Mes problèmes ont eu de lourdes conséquences pour Berns. Maintenant, Marie souffre, elle aussi. Il y avait pas de raison que Berns tombe malade en vivant si loin du marais, mais il l'est maintenant et j'ai peur pour lui. J'ai accroché des bouteilles dans leurs arbres il y a deux jours et laissé de la nourriture sous le porche, mais rien n'a changé. Le mal qui s'est emparé de Berns refuse de le lâcher.

Lundi, on n'était que six femmes à l'atelier. Une des femmes de la chaîne des chemises manquait à l'appel, alors Marie est allée dans le bureau pour dire à la patronne que je connaissais les nouvelles machines et que je pouvais faire des cols de chemise. Mrs Coles a donné son accord à Marie et je suis allée m'installer près de la sœur jumelle de la femme malade, qui était si inquiète que ses mains tremblaient tandis qu'elle travaillait. Elle a passé le plus gros de sa journée à arracher des ourlets et à recommencer.

Jeudi, on n'était plus que quatre, et aujourd'hui, la femme qui est assise à côté de moi nous a annoncé que sa sœur était morte. Elle est tellement dévastée que la patronne l'a renvoyée chez elle.

Dès que ma voisine d'atelier s'en va, Mrs Coles sort de son bureau pour fermer la chaîne. Je pose le col que j'suis en train de terminer et je me dirige vers elle. Elle est en train de plier des chemises amidonnées qui doivent partir pour Charleston. L'objectif, c'était d'en fabriquer cent en trois semaines, mais on a pris du retard. Je reste sur le pas de la porte jusqu'à ce qu'elle s'aperçoive que j'suis là. Elle a des épingles coincées entre les lèvres, qu'elle utilise pour maintenir les chemises en place une fois qu'elle les a pliées.

— J'suis désolée de vous déranger, patronne, je lui dis, mais je peux m'occuper des cols et des empiècements si vous voulez que la chaîne continue à fonctionner.

Elle enlève les épingles de sa bouche.

— Vous savez faire des empiècements, Gertrude ?

— Oui, m'dame. Je peux coudre n'importe quoi et je connais la machine.

— Votre visage guérit bien.

— Oui, m'dame, je réponds sans trop savoir quoi dire d'autre.

— Votre mère était une très bonne couturière, l'une de mes premières, vous savez.

— Je sais, oui.

— Est-ce que votre père s'occupait de vous pendant qu'elle était au travail ?

Je suis pas sûre d'avoir bien compris, alors je dis :

— Pardon, m'dame ?

— Votre père. Est-ce qu'il aidait ? Est-ce qu'il s'occupait de vous ?

— Oui, m'dame, pour sûr, mais il était incapable de coudre.

— Le contraire m'aurait étonnée. Merci pour votre offre, Gertrude. Et je vous en prie, continuez la production. Merci.

J'ai cousu neuf chemises aujourd'hui, mais on n'a toujours pas atteint la centaine. Je pourrais en faire plus, mais les femmes à l'avant de la chaîne sont tellement rongées par la peur que ça les ralentit. Chez moi, c'est tout le contraire : je cours devant ma peur pour lui échapper. Tout ce qui doit être fait, je le fais, et je continue même encore après. Tout le monde a l'air de pas avoir fermé l'œil, et c'est sans doute le cas. Si une femme se met à tousser, toutes les autres s'écartent. Pendant toute la journée, les amies des malades et des mortes ont pleuré derrière leur machine pendant qu'elles travaillaient. Un tas de sacs à grains ont été saupoudrés de larmes. À la fin de la journée, le docteur arrive avec sa sacoche noire et va dans le bureau du fond, où la patronne l'attend. Elle ferme la porte derrière lui. Après seulement quelques minutes, Mrs Coles nous rejoint dans l'atelier et va se placer près des fenêtres. Elle nous regarde toutes avant de prendre la parole :

— Après m'être entretenue avec le Dr Southard, j'ai décidé de fermer l'atelier jusqu'à ce que le mal qui sévit perde de sa virulence. Le docteur estime, et je suis d'accord avec lui, que c'est la meilleure chose à faire pour endiguer la contagion. Avec un peu de chance, nous pourrons reprendre le travail mercredi prochain. Jusque-là, nous vous verserons la moitié de votre salaire habituel. Il vaut mieux vivre pour travailler que travailler à en mourir. Je vous retrouve la semaine prochaine. Portez-vous bien.

On dirait bien que c'est la maladie des marais, mais ça se propage tellement vite que c'est difficile à dire. On a tout le temps vécu avec la maladie des marais, il y a toujours quelqu'un qui l'attrape pendant les mois d'été, mais on est en automne maintenant alors c'est un peu tard pour ça. Certains ont peur que ça soit l'influenza, comme il y a quelques années, mais la saison n'est pas encore assez avancée, alors ça n'a pas d'sens. Peu importe ce que c'est, ça s'est emparé de mon frère, et c'est pas ça l'pire.

Une crainte est là, qui me quitte pas, en moi mais aussi autour de moi. Il y a des rumeurs qui circulent entre certaines femmes de l'atelier qui viennent de Reevesville. Les gens parlent d'Alvin et de sa disparition. Elles disent qu'Otto est d'une humeur massacrante. Elles me regardent toutes en coin depuis quelques jours et elles murmurent en cachant leur bouche derrière leurs mains. Marie m'assure que c'est juste des ragots, mais je sais que c'est plus que ça. Quand Otto veut quelque chose, il ne lâche pas le morceau, même si c'est pour retrouver le fils qu'il déteste. Il a promis une boniche à sa femme et il compte bien lui en donner une qui lui coûtera pas un *cent*.

Mais c'est pendant les moments de détente en fin de journée, après le souper, quand les filles font leurs corvées du soir, que la présence d'Alvin se fait surtout sentir. Je le sens, je l'entends, je revois ses derniers instants encore et encore, juste avant que j'appuie sur la détente. J'aurais dû attendre qu'il me voie, qu'il voie son destin, parce que tous les êtres humains ont besoin de se réconcilier avec leur mort. Mais je lui ai tiré une balle à l'arrière de la tête comme un animal et maintenant, impossible de me débarrasser de lui. Les filles le sentent aussi, c'est pour ça qu'elles ne tiennent pas en place dans la maison. J'ai changé les règles depuis le départ de Lily et l'épidémie. Jusqu'à ce que le danger soit écarté, elles ont pour ordre de rester là où j'peux les voir. Désormais, Mary et Alma dorment avec moi pendant qu'Edna est penchée par la fenêtre de sa chambre, à chercher quelque chose à voir ou quelqu'un à qui parler. Elle interpelle toutes les personnes qui passent sur le chemin. À quiconque veut bien l'écouter, elle demande :

— Vous me connaissez ? J'ai vécu ici quand j'étais petite ?

Elle a seulement quinze ans et elle veut déjà qu'on se souvienne d'elle. Elle a encore envie de faire partie du monde extérieur, même si c'est pas ça qui me réconforte. C'est terrible d'avoir des enfants qui ont peur, mais il faut qu'ils aient peur s'ils veulent survivre. On est entourés de choses invisibles, autant qu'ils le sachent dès maintenant.

Il faut que j'aille chez Marie et Berns. J'ai pas de nouvelles depuis hier et ils ont sans doute besoin de mon aide. Edna peut s'occuper de ses sœurs. Elles ont le fusil au cas où. Même s'il y a qu'une seule balle, la vue de l'arme suffira à dissuader une personne mal intentionnée. Je fais un colis avec deux conserves de haricots verts, du gruau de maïs et du pain de maïs, puis je vais dans ma chambre pour prendre un sac dans le placard quand on frappe à la porte de la cuisine. Personne n'a de raison de venir ici. Mary traverse la maison en courant et se précipite sur la porte pour l'ouvrir avant que j'aie le temps de l'arrêter.

— Maman ! elle braille.

Je l'entends chuchoter avec Retta alors que je suis même pas encore dans le salon et je dois ravaler ma rage. Cette bonne femme doit nous laisser tranquilles et apprendre à rester à sa place.

— Qu'est-ce qu'il y a ? je demande à Retta.

J'ai Alma et Edna sur les talons. Elles se fichent de qui est à la porte et de ce que cette personne risque d'apporter avec elle. Tout ce qu'elles veulent, c'est une histoire.

— J'ai besoin d'une fille pour la cuisine. Ton aînée, elle sait cuisiner et faire le ménage ?

C'est Edna qui prend la parole en premier. Elle non plus, elle sait pas rester à sa place.

— Ça oui, je sais faire. Maman m'a appris.

Elle me regarde et comprend aussitôt qu'elle a fait un faux pas.

— Pourquoi t'as besoin d'elle ? je veux savoir.

— Je viens de te dire pourquoi.

Edna sautille sur place comme si elle était rien qu'une gamine au lieu d'une femme.

— Tu veux que ta gamine gagne de l'argent ? elle demande.

— Combien d'argent ?

— Un dollar par jour plus les repas.

Avant que qui que ce soit ait le temps d'en placer une, une automobile remonte l'allée et s'arrête sur l'herbe, devant la maison. Un shérif en descend et met son chapeau. Je ne vois que lui au début, jusqu'à ce qu'Otto sorte à son tour et claque la portière du côté passager. Les deux hommes regardent autour d'eux avant d'avancer vers nous. On se tait toutes. On sent venir les ennuis. Je sors sur le perron et je contourne Retta pour les accueillir. Impossible de deviner ce qu'elle va dire, mais elle ferait mieux de rester en retrait si elle veut pas d'ennuis. Les filles sortent une à une et se mettent en rang derrière moi. Elles n'aiment pas leur grand-père, et lui ne les aime pas non plus. Il n'a jamais eu un mot gentil pour elles. Exactement comme leur père.

Après m'avoir montré son badge, le shérif me parle d'Alvin et veut savoir quand je l'ai vu pour la dernière fois.

Je lui réponds et il me demande :

— Pourquoi vous n'avez pas signalé sa disparition ?

— Parce que ça m'est égal qu'il ait disparu.

— La marque sur votre visage, vous vous êtes fait ça comment ?

— Mon mari.

— Est-ce que vous possédez une arme, Mrs Pardee ?

Ça y est. Alvin est là qui m'écrase. Je serre les dents tellement fort que je pourrais me casser la mâchoire toute seule. Je n'ai jamais retiré la douille du fusil. Si le shérif l'examine, il se rendra compte qu'il manque une balle.

— Oui.

— Savez-vous où est votre mari ?

— Non monsieur, je n'en sais rien. Mais je parie que lui oui, je dis en montrant le père d'Alvin du doigt. Vous savez où est mon mari, Otto ? C'est vous qui l'avez vu en dernier.

Otto tire la tête de quelqu'un qui vient de croquer dans un cornichon au vinaigre. Il ne s'attendait pas à ce que je réplique, pour sûr.

— La dernière fois que j'l'ai vu, il rentrait chez lui pour retrouver sa femme et ses enfants, il dit au shérif.

— C'est vraiment ce que vous voulez faire croire à cet officier ? je demande à Otto. Qu'il rentrait chez lui retrouver sa femme et ses enfants comme un homme respectable ?

Le shérif s'adresse à moi :

— Est-ce que vous pourriez nous dire où vous étiez le vendredi 15 août ?

Retta intervient :

— Excusez-moi, m'sieur, elle était ici, à Branchville. Elle avait rendez-vous avec Mrs Annie Coles pour un travail.

— C'est pas à toi qu'il a posé la question, sale négresse.

Mais Retta ne le regarde pas. Ses yeux restent fixés sur le shérif.

— Non monsieur, je suis désolée monsieur, mais Mrs Coles vous l'confirmera si vous voulez lui d'mander. Même que j'étais là quand Gertrude est venue s'présenter.

— C'est vrai, j'acquiesce, et j'étais chez mon frère avant ça.

Alma crie derrière moi :

— Vrai, on y était toutes.

Le shérif se redresse et je vois bien qu'il est en pétard. Maintenant, il va devoir se frotter à la famille Coles. Personne n'aime ça.

— Je m'entretiendrai avec Mrs Coles ce soir, il déclare.

Il tourne les talons et lance un regard à Otto avant de rebrousser chemin, mais Otto ne bouge pas d'un pouce.

— Alors c'est tout ? il crie dans le dos du shérif. Mon fils a disparu et c'est tout ce que vous allez faire ? Cette bonne femme sait où il est.

Le shérif se retourne et m'observe, mais je n'ai d'yeux que pour le père de mon mari. Je descends du perron et mes filles m'emboîtent toutes le pas. Otto sursaute quand il me voit avancer, mais il reste bien campé sur ses jambes.

— Qu'est-ce que vous avez fait à votre garçon, hein, Otto ?

— Boucle-la, ma fille.

Le shérif se tient à côté de sa portière ouverte et attend Otto. Il siffle pour lui dire de se bouger, mais l'autre veut rien entendre.

— C'était votre fils et vous lui avez jamais rien montré d'autre que du mépris. Jamais vous avez fait quoi que ce soit de gentil pour lui.

— Je lui ai donné un travail.

— Vous lui avez donné un travail pour vous faire bien voir. Pour que personne puisse dire que vous laissiez votre fils et sa famille mourir de faim. Il buvait son salaire et vous le saviez.

— Je prends soin de mes intérêts ! il crie.

— Vous lui avez jamais rien donné à part de la haine, à Alvin. Il était votre fardeau. Je n'ai jamais vu une miette d'amour entre vous. Vous étiez où le 15 août, Otto ? Vous étiez où après la fermeture du moulin ? Chez vous avec la gamine qui vous sert de femme et porte votre bâtard, ou alors est-ce que vous étiez avec le fils que vous auriez préféré jamais avoir ?

Otto devient violet. Il fait un pas vers moi, alors je me redresse pour lui faire face. Il a la main légère, comme son fils. Je vois la gifle avant qu'elle arrive et je tourne la tête pour l'accompagner, ça atténuera la douleur. Je retrouve Alvin dans son père, mais ils ont pas la même force. Otto est un vieil homme qui regrette sa jeunesse et je suis une femme qui a fini la sienne.

— Bon Dieu, dit le shérif en revenant dans le jardin.

— Ferme-la, espèce de sale bonne à rien, gronde Otto avant de lever la main pour me frapper à nouveau.

— Arrête ! crie Alma.

Elle court vers lui, les poings levés.

— Laisse notre maman tranquille !

Otto la jette à terre, et maintenant, c'est moi qui me jette sur lui. Je cogne et je griffe comme l'animal que je suis. Si Otto était mon dîner, je le découperais en morceaux, mais Edna m'attrape et me tire en arrière, en criant et pleurant :

— Arrête, Maman, arrête.

Le shérif entraîne Otto vers la voiture et Otto n'arrête pas de crier :

— Vous avez vu ça ? Vous avez vu quel genre de mère est cette bonne femme ? C'est une incapable ! Et elle a des filles !

Alors qu'ils s'éloignent, je crie assez fort pour que le shérif m'entende :

— Elle est où, votre deuxième femme, hein, Otto ? Comment ça se fait qu'il y a deux personnes disparues dans votre vie ? Shérif, comment ça se fait que personne ne l'ait jamais cherchée ?

Les hommes montent dans l'automobile et claquent les portières, tous les deux heureux (pour des raisons différentes) de s'éloigner de moi, cette femme hurlante, cette créature. Ils repartent aussi vite qu'ils sont arrivés, sans regarder derrière eux. Les filles crient et pleurent, elles sont dans tous leurs états. Retta nous laisse et repart chez elle.

— Je vais bien, je leur dis.

Je suis encore dans le jardin longtemps après leur départ. Il reviendra. Ça ne finira jamais.

Mon œil me fait un mal de chien tandis que je dépasse le dernier lampadaire sur le chemin boisé qui mène à la maison de Berns. Otto a rouvert la blessure alors qu'elle s'était refermée et maintenant, tout est flou, mais je connais la route. Les grenouilles-taureaux crient en chœur et avec ferveur. Après le virage et avant la clairière, le cornouiller se dresse fièrement, plein de fleurs, même si c'est pas encore la saison. Je touche les fleurs pour m'assurer que je ne rêve pas. Un cornouiller qui fleurit en septembre, ça n'a pas de sens. Il y a quelque chose dans le vent. Je perçois l'odeur dans l'air autour de moi. Tellement doux que c'est écœurant, le genre de parfum qu'on ne respire jamais en septembre.

Quelque chose me pique au niveau des chevilles et des cuisses, comme si j'avais traversé des ronciers. Quand je soulève ma jupe pour voir ce qui me fait souffrir, je trouve une armée de fourmis rouges qui s'promènent sur mes jambes et me piquent et me mordent au passage. Je les balaie avec ma jupe et je regarde autour de moi pour voir d'où elles viennent. J'aperçois d'énormes monticules de poussière et de sable couleur rouille. Les plus grosses fourmilières que j'ai jamais vues de ma vie, elles m'arrivent mi-mollet. Il doit bien y en avoir une cinquantaine et elles n'étaient pas là il y a deux jours. Je fais un demi-cercle pour contourner le chemin et éviter de marcher sur les tas de sable qui le recouvrent. Mes pieds écrasent l'épaisse couche d'aiguilles de pin sur le sol. Mon œil me fait tellement souffrir que j'ai l'impression que mon visage va exploser et se détacher du reste de ma tête. Il y a de la tension dans l'air. Je la sens, comme ces animaux. Je vais voir mon frère et après, je rentre chez moi. Je sais pas ce qui s'annonce, mais il faut qu'on s'y prépare.

Il n'y a pas de lumière dans la cuisine de Marie et Berns, alors je frappe avant d'ouvrir la porte et de les appeler. Mes oreilles perçoivent ce que mes yeux n'arrivent pas à voir dans la lumière du jour déclinante. Le bruit de ferraille dans la poitrine de Berns est couvert par ses quintes de toux.

— Je suis là et j'ai à manger ! je crie.

— Laisse tout sur la table et rentre chez toi, Gert ! répond Marie.

Puis elle tousse, de la même toux profonde que Berns.

Elle l'a attrapé, elle aussi.

23

Annie

Lorsque le matin arrive, un profond éclat rouge et orange l'accompagne, comme si le soleil se couchait au lever du jour. Tout semble sens dessus dessous. J'ai dormi, j'ai bien dormi. Je m'étire, telle une jeune femme décidée à profiter du luxe d'une bonne nuit de sommeil, mais les craquements et les faiblesses de ce vieux corps qui est le mien me rappellent que je ne le suis plus. Tous les bruits de la maison assaillent mes oreilles si vite que je me demande si je ne suis pas victime d'hallucinations auditives. Il y a le vacarme dans la cuisine, le tic-tac de l'horloge sur la commode, ainsi qu'un son nouveau. Deux coups impatients frappés à la porte. J'attache la ceinture de mon peignoir et je m'apprête à descendre dans l'entrée. Je distingue le claquement des semelles de Retta sur le sol au rez-de-chaussée. Les portes entre la cuisine et la salle à manger battent et grincent dans son sillage. Elle tourne la poignée de la porte d'entrée et je me fige pour écouter qui est là.

— Télégramme pour Mrs Coles.

Je pense tout d'abord à mes filles. Elles sont fermement décidées à me contacter. S'ensuit aussitôt la peur que quelque chose de terrible soit arrivé. Je ne sais pas trop pourquoi je fais la différence entre les deux, en réalité, car ces deux possibilités sont inextricablement liées. Le couloir vacille et j'agrippe l'encadrement de la porte pour retrouver l'équilibre avant de descendre l'escalier. La personne à la porte est un jeune garçon. Je me détends aussitôt, mais Retta est effrayée. Elle ne réalise pas qu'en cas de mauvaise nouvelle, ils auraient envoyé un adulte. Or, le garçon ne doit pas avoir plus de quatorze ans, à en juger par son visage imberbe. Je lui donne un pourboire et Retta referme la porte sur lui avant même qu'il ait le temps de tourner les talons. Puis elle attend que je lise le message que renferme l'enveloppe.

— Retta, tu aurais dû offrir un verre d'eau à ce jeune homme.

— Miss Annie, je vous en prie, dites-moi s'il est arrivé quelque chose à mon Odell.

J'ouvre le télégramme et le lis.

— C'est Edwin. Il me prévient que son retour et celui des hommes est retardé d'une semaine supplémentaire.

Cela fait déjà deux semaines. Je ne peux qu'imaginer la mauvaise humeur croissante d'Edwin du fait de ne pas parvenir à me joindre.

— C'est tout ce que ça dit ?

— Regarde toi-même.

Elle parcourt le papier des yeux, puis les plonge dans les miens comme pour y trouver une signification.

— Pas de nouvelles, bonnes nouvelles, Retta. Si quoi que ce soit était arrivé aux chariots d'Edwin, il me le dirait. S'ils sont en retard, c'est uniquement à cause des affaires, rien de plus.

Elle hoche la tête, mais je sens que sa peur ne l'abandonne pas.

— S'il y avait un problème, il me le dirait.

Comment pourrais-je lui avouer que ce retard me soulage ? Il signifie que nous n'avons pas à nous préoccuper du retour des hommes et j'en suis heureuse.

— Mettons à profit l'absence de nos maris et préparons-nous pour la fête. Imagine tout ce que nous allons pouvoir accomplir sans les avoir dans les pattes.

* * *

Des paniers remplis de fruits mûrs sont alignés le long du comptoir de la cuisine, rangés par catégorie : raisin, pommes, pêches, figues et prunes. Les couleurs sont riches et profondes : rouge, violet, orange… j'ai le sentiment d'être à l'intérieur d'une peinture de Cézanne. À côté de Retta se tient la nouvelle employée de cuisine, occupée à enlever le trognon de pommes rouges et vertes avant de les couper en tranches. C'est elle, la source des bavardages que j'entendais depuis ma chambre ce matin. Elle manie son couteau avec rapidité. Pour chaque pomme qu'elle découpe, une tranche atterrit dans sa bouche. Retta me la présente et je reconnais des traits familiers sur son visage : c'est la fille de Gertrude. En revanche, elle n'a pas les manières de sa mère. Elle déborde d'énergie, et tel un moulin à paroles, elle chante les louanges de l'électricité dans la maison comme si j'en étais moi-même l'inventeur. Puis elle appuie encore et encore sur l'interrupteur avec la plus grande délectation.

— Arrête ça, petite, la réprimande Retta.

Pauvre Retta, elle qui aime une cuisine calme… Pendant que j'enfile mes gants de conduite, je lui explique que nous ne pouvons pas nous permettre d'attendre davantage pour abattre les cochons si nous voulons que la saucisse de mou soit prête à temps pour la fête.

— Envoie dire aux frères Norris que je veux les embaucher cette semaine pour abattre et découper deux cochons.

La saucisse de mou est le plat préféré d'Edwin au petit déjeuner lors de la fête annuelle. Il n'en mange qu'à cette occasion. Un mets délicat bien mérité après une année entière de dur labeur. Nous la préparons toujours juste avant la fête. Comme la mère d'Edwin avant moi, et sa propre mère avant elle. Je n'ai jamais appris la recette, mais Retta la connaît. J'ai été horrifiée lorsque j'ai découvert quels ingrédients la composaient. Jamais je n'aurais imaginé utiliser les tripes d'un cochon pour préparer une spécialité, et encore moins m'habituer à manger la spécialité en question. Une fois que les poumons du cochon ont été moulus pour former une pâte, Retta prépare une grande quantité de riz qu'elle mélange à des herbes du jardin, romarin et j'en passe, puis elle cuit le tout dans une grande marmite en acier sur un brasero, dans le jardin derrière la maison. Les boyaux des intestins sont soigneusement nettoyés, trempés dans du vinaigre, puis embossés et attachés. Elle utilise la longueur de ses mains pour les mesurer et les accroche dans le fumoir pendant plusieurs jours. En dépit des ingrédients, c'est délicieux.

Edna chipe une autre tranche de pomme, sans la moindre discrétion. N'importe qui ayant des yeux peut voir ce qu'elle fait.

— Edna, lui dis-je, mange donc une pomme entière, nous en avons plus qu'assez.

Retta est déjà en train de la réprimander avant même que j'aie passé la porte pour aller à l'atelier.

C'est très étrange d'être seule ici. Même si le ronronnement des machines et les bavardages des femmes me manquent, je parviens à emballer des piles de sacs à grains pour les expédier, ainsi que soixante-quinze chemises, tout cela avant midi. Je fais courir mes doigts le long d'un des cols et admire le contraste des coutures noires contre le tissu bleu. Chaque chemise rend l'expression individualiste de différents fils de couleur, comme si chacune était cousue pour un seul et unique gentleman au lieu d'être fabriquée à l'usine pour les masses. Quand je pense que nous avons commencé avec dix femmes de Branchville et que nous avons maintenant trois comtés voisins représentés pour chaque poste convoité… C'est remarquable, ce que l'on arrive à construire sur les ruines de la tragédie. Cet atelier est devenu mon centre d'intérêt lorsque Buck est mort. Cela me donnait quelque chose à faire quand je ne pouvais rien faire d'autre. Une plante bien nourrie grandit toujours.

Il est midi et demi quand Jackie, notre facteur, arrive pour emporter ce que j'ai préparé. Nous étions en avance sur le planning avant que la maladie ne se répande. Même si nous ne sommes pas en mesure d'honorer l'intégralité de la commande, en envoyant ce que nous avons à Berlin's avant la date butoir, nous faisons preuve de bonne volonté, ce qui devrait les inciter à se montrer bienveillants. Jackie est un homme courtaud, plus petit que moi, avec des touffes de cheveux argentés qui s'échappent de sa casquette de postier. Il est fort comme un lion et cela me désole qu'il gâche sa force à faire des tournées de facteur. Je le lui ai déjà dit, mais il affirme que les travaux de la ferme aggravent tellement ses problèmes de sinusite qu'il ne peut même pas ouvrir les yeux au printemps.

Je tends une des chemises jaunes dans sa direction et dis :

— Qu'en pensez-vous, Jack ? Est-ce que vous porteriez ça ?

— C'est beaucoup trop classe pour un garçon de la campagne comme moi, répond-il. C'est bon pour les gars de la ville, ça.

Il soulève le premier carton (sa tête dépasse à peine au-dessus) et pousse la porte avec le pied, mais une rafale de vent la referme et le fait basculer en arrière et tomber sur les fesses. Il jure, s'excuse et bondit sur ses pieds pour retenter sa chance, cette fois en ouvrant la porte à reculons.

Le vent s'intensifie sur le trajet du retour. Alors que je suis arrêtée à un stop sur Main Street, le Dr Southard traverse à pied devant moi, sa sacoche noire à la main. J'appuie légèrement sur le Klaxon. Il se dirige vers moi lorsqu'il comprend que je souhaite lui parler et se penche par ma portière ouverte. Je lui demande :

— Pensez-vous que je pourrai rouvrir mercredi ?

— Il va falloir une semaine de plus, peut-être davantage. Je suis désolé, Ann, me répond-il. C'est la diphtérie, mais l'épidémie est contenue. Les personnes qui ne l'ont pas encore ne l'auront probablement pas, et ceux qui l'ont eue dans le passé ne l'attraperont pas de nouveau. Nous en saurons plus à la fin de la semaine, mais je suis optimiste.

Pauvre homme, il semble totalement épuisé. Je n'ai pas songé à quel point la situation devait peser sur ses épaules.

— Un bon repas ne vous ferait pas de mal. Pourquoi ne pas vous joindre à moi pour le souper ?

Il hésite.

— Avez-vous autre chose de prévu ?

— Non, répond-il. Je suis à l'entière disposition des malades.

— Alors venez. Edwin n'est pas encore revenu du marché et je suis vraiment en mal de stimulation intellectuelle.

Lorsque j'arrive à la maison et que je pousse la porte de la cuisine, je suis trempée de sueur. L'humidité s'est accumulée au cours de l'après-midi. Retta et Edna ont débarrassé une partie du plan de travail et deux grosses marmites de compote de pommes mijotent sur le feu. Elle sera ensuite mise en conserve et utilisée au cours de l'année à venir pour garnir les tartes. Toutes ces préparations ont transformé la cuisine en véritable étuve.

— Les fils Norris seront là cet après-midi, m'annonce Retta en s'essuyant le visage avec un torchon.

— Parfait. Je vais aller à l'abattoir pour les avancer un peu.

— Miss Annie, laissez-les donc faire tout ça, c'est pour ça que vous les payez.

— Sottises, cela me fera du bien, au contraire. Je vais simplement ouvrir les caisses et aligner les couteaux. Ils peuvent s'occuper du reste.

Je l'informe que nous aurons un invité pour le dîner et elle me dit que les garçons de ferme ont attrapé un tas de truites le matin même. Ils ont raconté que chaque fois qu'ils lançaient une ligne, le poisson mordait, comme si cet événement en lui-même constituait un petit miracle.

— Qui sont les fils Norris ? demande Edna alors que je quitte la cuisine.

— Les frères les plus beaux de tout le comté, dis-je. Ils sont sept.

— Sept frères, imaginez un peu ça, répond-elle. Leur pauvre, pauvre maman.

À l'étage, j'enfile ma robe de travail, boutonne le devant, puis me rends dans la chambre d'Edwin pour prendre les clés de l'abattoir. Dans sa table de nuit, près de ses montres, se trouve un anneau avec toutes les clefs de toutes les serrures de la plantation. Je passe l'imposant anneau autour de mon poignet, où il pend tel un étrange bracelet à breloques.

Dehors, l'air est épais et orange. Si épais que l'odeur nauséabonde des animaux me parvient bien avant que j'aie contourné l'abattoir près des enclos à cochons. Nous en avons trois, qui contiennent dix cochons chacun. Ce sont des créatures intelligentes. Il y a plusieurs années, un fermier de Greenville a utilisé un cochon pour retrouver son enfant disparu. Mais tout le monde sait que les cochons sont des bêtes de somme qui peuvent devenir méchantes lorsqu'elles sont en trop grand nombre.

Je suis stupéfaite de trouver nos cochons allongés individuellement dans des trous profonds. Je n'ai jamais rien vu de pareil et, l'espace d'un instant, je me demande s'il s'agit d'un tour joué par les employés de la ferme. Mais des monticules de terre bordent chaque trou et je finis par comprendre que les animaux les ont creusés eux-mêmes, comme s'ils avaient creusé leurs propres tombes. Trente cochons bien gras sont allongés comme des soldats dans des tranchées, prêts à partir en guerre.

Même s'ils sont réticents à bouger, je les pousse et les fais sortir de leurs trous jusqu'à trouver deux truies de dimensions satisfaisantes. Elles font plus de deux cents kilos chacune et donneront suffisamment de saucisses, côtes, rôtis et bacon pour nourrir la famille et les invités durant toute la semaine que durera la fête. Le reste du troupeau est en sursis, mais uniquement jusqu'à notre retour. Tout le mois d'octobre sera consacré à les abattre et les préparer.

Séparer les deux truies que j'ai choisies n'est pas chose facile. Leurs grognements sont assourdissants. Les huit autres se rassemblent pour m'empêcher de remplir ma mission, mais je fais avancer les deux truies à coups de tapes jusqu'à les isoler dans l'enclos secondaire afin que les garçons sachent lesquelles j'ai sélectionnées. Lorsque j'entre dans l'abattoir, les cochons ont battu en retraite et regagné leurs trous, et les deux truies que j'ai séparées ont commencé à creuser.

Lorsque j'avais dix ans et que je vivais à New York, je me rappelle m'être trouvée face à un gamin des rues qui demandait un penny à tous les enfants du quartier pour leur montrer une main d'homme. Tout le monde a payé, et moi aussi, mais quand il a ouvert la boîte pour nous la montrer, j'ai immédiatement compris le subterfuge et je l'ai interpellé.

— Ce n'est pas une main, c'est un pied de cochon.

Il croyait peut-être que, parce que j'étais riche et bien vêtue, je ne reconnaîtrais pas l'animal. Peut-être me prenait-il pour une proie facile ou peut-être mon accent m'avait-il trahie, faisant de moi une ennemie, mais je n'oublierai jamais son expression. J'ai dévoilé son mensonge et, pendant un instant, j'ai savouré son malaise, jusqu'à ce qu'il me frappe au visage et me casse le nez. Mon Dieu, je détestais cette ville et son excès de barbarie. Chaque année, à l'époque des saucisses de mou, cette histoire me revient.

Le long du mur sud de l'abattoir, Edwin a façonné une longue rangée d'une douzaine de caisses en bois, toutes verrouillées, qui renferment le nécessaire pour l'abattage. Même si la majorité des gens que vous rencontrez dans ce comté laissent leurs maisons et leurs granges ouvertes pour quiconque souhaiterait leur rendre visite, Edwin est un maniaque des verrous, comme tous ses prédécesseurs dans sa famille. Il trouve cela plus prudent de dissuader les hommes de la tentation, y compris les meilleurs d'entre eux. Nous vivons dans l'abondance et certains croient que ce qui est à nous devrait être à eux.

Normalement, c'est toujours Edwin qui prépare l'abattage. C'est son domaine. Il met tout en place avant que les hommes n'arrivent, pour qu'ils puissent se mettre au travail sans attendre. Durant l'abattage, ils papotent telles des poules dans un poulailler, ils rient et plaisantent, échangent des histoires sur le père de l'un ou de l'autre. Les plus jeunes fanfaronnent sur leurs aventures avec les filles et se vantent de leur talent pour manier une arme ou un couteau, jusqu'à ce que les aînés en aient assez et se retournent contre eux, s'en prenant à leur jeunesse et leur naïveté. Tout cela se passe dans la bonne humeur et les plus jeunes endurent patiemment les taquineries, même si elles sont parfois teintées de cruauté.

Sur le porte-clés d'Edwin, les clés des caisses sont regroupées par taille. Néanmoins, je dois m'y reprendre à plusieurs reprises pour trouver quelle clé ouvre quelle boîte. Je finis par les ouvrir une par une. Sur le dessus de la première se trouve la liste d'Edwin, qui indique le contenu de chaque caisse. Des tabliers, des gants et des bâches en plastique sont soigneusement pliés en dessous. La seconde abrite des lames et des couteaux. Certains datent de l'époque de l'arrière-grand-père d'Edwin. Edwin est le seul à avoir le droit de les manipuler : c'est un devoir patriarcal, une tradition perpétuée de génération en génération. Les lames et les couteaux sont enfermés dans une boîte à l'intérieur de la caisse, avec un autre verrou et une autre clé, un peu comme des poupées russes. La clé de la seconde boîte est séparée des autres. Pourquoi ne pas la mettre sur le même anneau ? Chaque couteau et chaque scie sont enveloppés dans des étuis en cuir tanné par les années. J'aime le contraste entre l'odeur du cuir et celle de l'acier qu'il abrite. La boîte est bien trop lourde pour que je la porte. Je la tire donc jusqu'à l'avant de la caisse afin que le couvercle ne se referme pas et j'en extrais les étuis un par un. Les scies sont empilées telles les pièces d'un puzzle. Edwin a sa méthode bien à lui. Je les aligne les unes à côté des autres sur la table. Les couteaux tapissent le fond de la boîte en lignes bien droites, comme des dominos. Lorsque je sors le premier couteau de boucher, il glisse de son étui et je commets l'erreur stupide d'essayer de le rattraper de ma main droite. La lame de cinquante centimètres lacère ma paume et je dois faire un bond de côté pour dévier de sa trajectoire et ne pas la recevoir sur les pieds. Ma peau est fine comme du papier à présent et l'entaille est profonde. J'agrippe mon tablier pour arrêter le saignement. Ça ne fait pas mal. Pas au début. Plus une coupure est profonde, moins elle est douloureuse, du moins au début. Demain, les pulsations seront constantes.

Comment ai-je pu être aussi imprudente ? J'attrape le couteau par son manche en bois et le remets dans son étui, mais il n'entre pas jusqu'au bout. Quelque chose bloque. J'enfonce ma main intacte dans l'étui et trouve, dans le fond, un morceau de tissu rose orné de petites demi-lunes. Je remarque alors que chaque couteau dépasse de son étui. J'attrape le suivant, le sors pour le poser à mes pieds, puis fouille l'étui et sens quelque chose de dur tassé dans le fond. Un bâton ? Je tire dessus et je me retrouve avec un petit tas à la forme bizarre dans la main, ratatiné et jauni par les années. Il n'y en a pas qu'un seul… Il y en a quatre. Tous séparés mais tous identiques. Je les étale pour voir de quoi il s'agit et suis abasourdie face à ma trouvaille. Ce sont des slips. Quatre slips d'enfants.

24

Retta

J'suis la dernière personne encore vivante dans ma famille. La toute dernière. J'suis née le jour où on a obtenu notre liberté. Pas longtemps après, P'pa et mes grands frères nous ont laissés, M'man, Willie et moi, et y sont partis pour essayer de se faire une place dans le monde. P'pa espérait trouver du travail dans le Nord pour nous envoyer de l'argent. Mais ils se sont endettés et les Blancs aiment pas qu'on leur doive de l'argent, surtout des Noirs. Ils ont rassemblé mes frères et mon père, ils les ont enchaînés avec des centaines d'autres et ils les ont mis au travail forcé pour leur faire rembourser leur dette. Mais ils avaient beau creuser, porter et trimer autant qu'ils voulaient, leur dette restait la même. Ils ont fini par tous tomber malades et ils sont morts.

On l'a su que des années plus tard, quand Willie est parti à leur recherche. Il a trouvé un papier, et y avait notre nom de famille dessus. À côté de notre nom, y avait la somme due, « trois hommes », et les dates du décès de chacun (mais aucun prénom). Ils sont tous morts à quelques jours d'intervalle, alors on ne sait pas qui est parti en premier, au milieu ou en dernier. Quelque part, c'était réconfortant de savoir qu'ils étaient ensemble, même si j'espère que P'pa est mort en premier, pour ne pas avoir à supporter la perte de ses enfants.

C'est M'man qui nous a montré à Willie et moi tout le travail qu'ils avaient effectué, comment leurs efforts avaient amélioré la ville. M'man disait :

— C'est nous qui avons bâti cette ville. C'est les esclaves qui ont construit les magasins et les églises, et les bancs à l'intérieur. C'est les esclaves qui ont construit la morgue et les cercueils pour les morts.

Elle répétait toujours :

— On naît tous pareils et on meurt tous pareils, c'est un fait. Mais quand on est Noir, faut faire attention à ce qu'on dit. Ce qui est dit ne peut pas se reprendre, ce qui est fait ne peut pas être défait, et ce que les Blancs font, c'est pas nos oignons. On est sur cette Terre pour travailler, c'est tout. Si votre père et vos frères avaient su se contenter de ça, ils seraient encore là aujourd'hui.

Ce qu'elle voulait dire, c'est qu'y a une place pour chaque être et chaque chose. Pour moi, tout a toujours été pareil. Le chemin de fer a toujours été là, à emmener les gens ici ou ailleurs, comme mon père et mes frères. Les maisons des Coles ont toujours été là, les annexes aussi. On a toujours cultivé du coton, du moins jusqu'à maintenant. La ville a toujours eu les mêmes magasins, qui appartiennent aux mêmes familles. La vérité, c'est que j'connais Branchville par cœur, depuis toujours. Y a que Shaker Rag qui est nouveau, et même ça, ça remonte à quarante-cinq ans. Quand on a trouvé ce lopin de terre, on a enfin trouvé notre place.

Si y en a bien une qui sait pas où est sa place, par contre, c'est Edna, et ses sœurs sont pas mieux. Depuis qu'elle est arrivée ce matin, c'est un vrai moulin à paroles. Elle parle comme si tout ce qu'elle disait était parole d'évangile. C'est à s'demander si ça lui arrive de réfléchir. Il y a beaucoup à apprendre si on sait serrer les dents, autrement le monde serait rempli d'idiots aveugles. P't'être qu'elle peut apprendre, mais à quinze ans, on est déjà une personne, et ça m'étonnerait qu'elle apprenne encore quoi que ce soit. Elle est là depuis une demi-journée seulement et elle m'a déjà raconté un paquet de bobards sur son papa.

— Il a trouvé un travail dans le Nord à Détroit, il fabrique des automobiles. Quand il aura assez d'argent, on ira vivre avec lui dans une grande maison avec un jardin. Papa dit que Détroit est tellement grand qu'on devra s'habituer à vivre en ville, mais je crois que c'est mon destin d'être en ville. Je suis une citadine.

Elle s'est raconté cette histoire tellement de fois qu'elle y croit, maintenant. Mais j'vois bien l'obscurité qui pend autour du cou de sa mère, et sans doute le sien aussi avec un type comme ça en guise de père, alors je me mords la langue.

— À la grande ville, toutes les maisons ont des toilettes. Absolument toutes. Vous imaginez, un peu ?

— Non.

— Imaginez une pièce entière juste pour la toilette. J'ai même jamais vu une vraie baignoire. Il paraît qu'ils en ont une ici.

— Ils en ont trois, j'lui dis.

— Oh, je peux aller voir, s'il vous plaît ? Je pense que je pourrais passer une journée entière à me promener dans cette maison et à regarder toutes leurs affaires.

— Non, tu ne peux pas, et quand Mr Coles reviendra, t'avise pas de parler comme ça devant lui. Autrement, ce sera ton dernier jour ici.

Elle soupire tout en égrainant le raisin.

— J'ai jamais vu autant de nourriture de ma vie. Est-ce que vous mangez comme eux ? Est-ce qu'on va bientôt dîner ? Qu'est-ce qu'on mange ?

Elle prend même pas le temps de respirer entre chaque phrase.

Elle se colle un grain de raisin dans la bouche.

— Jamais j'ai mangé quelque chose d'aussi sucré ! Goûtez, elle dit en m'en fourrant un grain entre les lèvres.

J'suis tellement surprise que je la laisse faire.

— Tu écoutes quand je te parle, gamine ?

— Oui, vous avez dit pas de promenade dans la maison, elle répond. Un jour, j'aurai une grande maison comme celle-ci et tout un tas d'enfants. Avec mon mari, on ira à des bals, ce genre de choses. Je porterai des belles robes colorées, pas des robes en vieux tissu marron moche. On aura des Noirs qui travailleront pour nous, exactement comme Miss Annie avec vous. Peut-être que vous pourrez venir et m'aider avec mes enfants. Ça vous plairait ?

Décidément, cette enfant n'a aucun sens des réalités.

— Arrête de poser autant de questions. Utilise tes oreilles et pas ta langue.

— Je peux pas m'en empêcher.

— Tu peux. C'est facile, contente-toi de garder la bouche fermée.

Les mots sont à peine sortis de ma bouche qu'Edna plaque une main sur la sienne et montre quelque chose du doigt par la fenêtre. Miss Annie est en train de traverser le jardin derrière la maison, une main en l'air, enveloppée dans un linge plein de sang.

Edna sort en courant, détache son tablier et le lance derrière elle sans s'arrêter. J'la suis et je fais de mon mieux pour la rattraper. Miss Annie trébuche et tombe à genoux. Edna s'agenouille à côté d'elle, mais Miss Annie la congédie d'un geste de la main.

— C'est bon, je m'occupe d'elle, je dis à Edna. Toi, tu vas chercher le docteur.

— Non, crie Miss Annie. C'est lui qui vient dîner ce soir.

Elle se tourne vers Edna et lui dit :

— Va quand même chercher les fils Norris.

Edna me regarde, l'air confus.

— Je ne sais pas où ils habitent, elle avoue.

— Pour l'amour du ciel, va prévenir les garçons de ferme.

Edna reste plantée là à me fixer, sans trop savoir où aller, mais j'ai pas le temps de lui dire quoi faire, car Miss Annie lui crie :

— Fais ce que je te dis !

— Ils sont dans la grange, je dis à Edna.

Elle tourne les talons et court en direction de la grange.

— Qu'est-ce qui ne va pas chez cette enfant ? demande Miss Annie.

Je l'aide à se relever, mais avant de pousser la porte de la cuisine, elle s'appuie contre la maison et se penche pour vomir dans les buissons. Je la tiens et lui tapote le dos pendant que tout sort.

— Je vais bien, elle me dit une fois qu'elle a repris son souffle.

Sauf qu'elle va pas bien. Un frisson la parcourt. Elle tremble comme si elle était morte de froid.

— On va vous asseoir et vous allez me montrer où vous êtes blessée.

— Te montrer où je suis blessée ?

Elle rit comme si j'venais de dire la chose la plus drôle qu'elle a jamais entendue. Elle rit jusqu'à la cuisine. Quand je l'installe sur une chaise près de la table, je ne saurais pas dire si elle rit ou si elle pleure. Je mouille un linge propre et défais le chiffon qu'elle a utilisé pour compresser la blessure. Elle a une entaille profonde à la main droite.

— C'est une vilaine coupure, Miss Annie, mais quelques points de suture suffiront à arranger ça.

Elle marmonne dans sa moustache comme si elle était en train de se disputer avec quelqu'un.

— Sale menteur, elle grommelle.

Je cours pour aller chercher le brandy, mais quand j'essaie de lui en faire boire, elle repousse le verre que j'ai dans les mains. Il se brise par terre en mille morceaux.

— Je ne t'ai pas demandé ça.

— Miss Annie, vous êtes malade ?

Elle me dévisage et ses yeux se remplissent de larmes.

— Est-ce que je suis la dernière à être au courant ? elle demande.

— La dernière à être au courant de quoi ?

— Toutes ces années. Je suis une vieille femme dont la vie n'a été rien d'autre qu'un mensonge.

Avec sa main valide, elle veut s'emparer du chiffon plein de sang qu'elle avait en arrivant, mais il est hors de sa portée.

— Là, Retta. Prends ça et regarde. Dis-moi que j'ai tort.

Je déplie le chiffon et je comprends aussitôt ce qui la met dans cet état. Sous les taches de sang, je vois les motifs de petites demi-lunes sur le tissu. Ça appartient à un enfant. Miss Annie dit plus rien. Quand j'trouve enfin le courage de la regarder, elle dit ce que je redoute depuis plus d'années que je pourrais le dire.

— C'était caché, Retta. Caché et sous clé. Il y en a d'autres. Tant d'autres.

Elle place sa main sur sa bouche comme pour rattraper les mots qui en sortent.

— Doux Jésus.

C'est tout ce que j'arrive à dire.

— Dis-moi que ce que je pense est faux. Dis-moi que je me trompe.

Je prends une grande respiration.

— Vous vous trompez pas.

Miss Annie reste assise, à se faire du mouron, jusqu'à ce que je commence à m'en faire, moi aussi.

— Va à l'abattoir, Retta. Prends les clés d'Edwin et va remettre ce que j'ai trouvé sous clé avant que quelqu'un les voie. Dépêche-toi, Retta ! Vas-y !

Je tremble quand j'attrape les clés pour faire ce qu'elle m'a ordonné.

Des nuages noirs s'accumulent à l'est, et des éclairs les accompagnent. Les animaux crient dans leurs enclos. Les moutons, les vaches et les poules hurlent tous en chœur. J'ouvre le poulailler et je fais pareil avec les enclos. Toutes les créatures volent et courent vers les bois. Elles reviendront après l'orage. Elles reviennent toujours. J'vois Edna qui sort de la grange à tabac et se dirige vers moi en courant.

— J'ai fait comme elle a dit.

— C'est bien.

Elle sursaute quand le tonnerre gronde dans le ciel.

— Je dois rentrer à la maison. Maman est pas là.

— Elle est où ?

— Elle est partie s'occuper de mon oncle. Ça fait trois jours qu'elle est pas rentrée à la maison, elle dit en regardant le ciel orageux. Elle sera fâchée si je vais pas m'occuper de mes sœurs. Il faut que je rentre. Il faut.

— Va les chercher. Si elles sont sages, elles peuvent rester dans ma chambre jusqu'à ce que t'aies fini d'aider avec le dîner.

Dans l'abattoir, mes yeux mettent un moment à s'ajuster à l'obscurité. Enfin, je repère une pile de lames argentées. Chaque lame est sortie de son étui. Et, entre les lames et les étuis, y a deux piles de slips d'enfants, ceux des filles séparés de ceux des garçons. Y en a vingt-deux en tout.

— Garde la bouche fermée, Retta, avait dit M'man quand j'lui avais dit ce que je soupçonnais. T'es sûre de rien.

J'lui ai obéi, mais mon Dieu, mon Dieu, ça m'a rongée. Maintenant, je me demande si les problèmes finissent pas toujours par nous retrouver quand on dit pas la vérité. Je me demande s'y faut appeler les choses qu'on voit par leur nom, pour chasser le mal. Je laisse les couteaux sur le sol de l'abattoir et je rassemble les sous-vêtements d'enfants. Quand je les ai dans les mains, j'ai l'impression que ce qui est mort revient à la vie. Je les étale au fond de la boîte, je rabats le couvercle lourd et je verrouille la serrure, mais les souhaits de Miss Annie ont aussi peu d'importance que les miens. La vérité est exposée au grand jour.

25

Annie

— J'ai bien peur de ne pas pouvoir rester pour le souper, dit le docteur lorsque j'arrive à la porte derrière Retta pour l'accueillir. Un orage se prépare et je ne veux pas être pris par surprise.

Il est couvert de mousse espagnole que le vent a dû détacher des arbres. Il époussette sa chemise et son chapeau pendant qu'il me parle pour s'en débarrasser.

— Retta, apporte un verre de vin au docteur, je te prie.

Elle disparaît pour s'exécuter.

— Je suis navré, Ann, je ne peux vraiment pas. Je sais que je vous préviens à la dernière minute, mais j'ai été si débordé que je n'ai même pas pris le temps de consulter le baromètre.

— Entrez, docteur. Je crains que vous ne soyez obligé de rester, ne serait-ce que l'espace d'un moment. J'ai eu un accident, dis-je en levant ma main bandée pour illustrer mon propos.

Edwin faisait partie du comité de recrutement chargé d'embaucher un nouveau docteur. John Southard était un jeune homme à l'époque et, même s'il était parfaitement compétent, les gens de Branchville le regardaient d'un œil soupçonneux, comme souvent avec les Nordistes. Je m'étais attendue à ce qu'ils me jaugent de la même façon à mon arrivée, mais la famille Coles est si puissante que je n'ai jamais eu le sentiment d'être l'objet de leur jugement. C'est seulement après l'arrivée du docteur que je l'ai remarqué. Le reste du comité voulait engager un médecin sudiste, quelqu'un de la région, mais Edwin a convaincu tout le monde que nous avions besoin du regard d'une personne extérieure, de quelqu'un qui connaissait des choses que nous ignorions. Il estimait que c'était le meilleur moyen de protéger la ville. Naturellement, le comité a cédé et engagé John Southard. Personne ne dit jamais non à Edwin. Il a fallu plusieurs années pour que la ville oublie les origines nordistes du docteur. C'est sa femme qui a séduit tout le monde, si bien en chair et sociable que personne ne parvenait à résister à son charme. Ils formaient un drôle de couple. « La grosse dame et l'allumette », voilà comment Eddie les surnommait. Tous l'appréciaient, les hommes comme les femmes. Mrs Southard faisait du bénévolat à chaque cérémonie religieuse et chaque cours de catéchisme, elle récoltait des fonds pour les nécessiteux et elle tricotait des courtepointes pour les malades. Avec le temps, tout le monde s'est radouci. Même Edwin l'appréciait. Quel qu'en soit le motif, la gentillesse est une qualité incontestable. Elle est morte il y a quelques années, d'un problème de cœur. Tout le monde a été surpris. Son mari a continué à soigner les citoyens de Branchville mais, sans sa femme pour le traîner aux différentes manifestations, il s'est retiré de toute vie sociale. Ce n'est qu'à la disparition de sa femme que nous nous sommes tous souvenus de qui il était avant sa venue. Un étranger. Tout le monde est descendu chez lui en masse, comme chaque fois qu'un décès se produit, mais il a fermé la porte à tous ceux qui ont essayé de jeter un regard à l'intérieur afin de voir comment il s'en sortait. Qu'importait que le pauvre homme soit en deuil et qu'il ait besoin de solitude. Leur jugement est revenu lui coller à la peau, et il s'y est accroché.

« Les Nordistes manquent de chaleur », disaient les gens. « N'essayez pas d'en serrer un dans vos bras, il se mettra à courir dans la direction opposée. »

En voyant ma blessure, le docteur entre et se rend directement dans la salle à manger. J'allume la lumière pour lui permettre de mieux voir. Même si c'est le milieu de l'après-midi, on se croirait à la tombée de la nuit. Il traverse la pièce à pas pressés et place sa sacoche sur la table déjà dressée pour le dîner. Retta arrive avec une bouteille de vin rouge et lui en sert un verre. Je tapote la table et elle y laisse la bouteille avant de disparaître dans la cuisine. Je me sers un verre également.

Le Dr Southard ôte le bandage et je suis frappée par la délicatesse de ses gestes. Le fait de devoir se concentrer semble l'avoir calmé. Il inspecte la blessure et en écarte les bords. En voyant la chair blanche, je grimace, et il me lance un regard compatissant.

— C'est une vilaine coupure, que s'est-il passé ?

— J'étais en train de jouer avec des couteaux.

Il relève la tête, perplexe face à ma réponse désinvolte.

— J'ai été imprudente, je n'ai pas fait attention. C'est tout.

Cette fois, il paraît satisfait et attrape sa sacoche.

— Il vous faut des points de suture. J'aimerais pouvoir vous dire que cela ne fera pas mal, mais je n'ai encore jamais rencontré de patient qui ait aimé se faire recoudre.

— C'est pour ça que j'ai ceci, dis-je en levant mon verre pour boire une nouvelle gorgée. Vous devriez boire aussi. Je suis certaine que vous le méritez bien, après la journée que vous avez eue.

— Je dirais même après les dernières semaines que j'ai eues.

Je pousse son verre dans sa direction.

— Dans ce cas, faites-vous plaisir, je vous en prie. Je vous promets de ne pas vous en tenir rigueur.

Il rit et ouvre sa sacoche pour en sortir ses instruments.

— Retta va vous préparer une assiette pour que vous puissiez manger lorsque vous aurez fini. Vous ne pouvez pas rentrer chez vous avec l'estomac vide. Je parie que vous n'avez pas mangé de la journée.

— En effet, je n'ai rien avalé, confesse-t-il.

Il regarde par la fenêtre pour jauger la météo. Son chariot et ses chevaux sont attachés sous les arbres au bout de l'allée.

— Vous aurez amplement le temps de rentrer chez vous. Et dans le cas contraire, vous êtes naturellement le bienvenu ici jusqu'à ce que la tempête passe.

— Merci pour votre gentillesse, répond-il.

— Merci à vous pour la vôtre.

Il enfile l'aiguille avec aisance, fait un nœud au bout du fil et pose l'aiguille sur une assiette en porcelaine.

Il pousse ensuite les couverts dressés par Retta vers le milieu de la table et tire sur la nappe afin d'avoir suffisamment de place pour travailler à son aise. Il sort de sa sacoche une petite bouteille emplie d'un liquide clair ainsi que du coton. Il imprègne le coton de liquide et me fait poser ma main ouverte sur la table. J'avale une nouvelle gorgée de vin.

— Vous êtes prête ? demande-t-il. C'est extrêmement désagréable.

— Puis-je vous appeler John ?

— Bien sûr.

— Merci, docteur John. Je suis prête.

— Je vous prie de m'excuser à l'avance, dit-il avant de désinfecter la blessure.

L'odeur forte et la douleur fulgurante me font monter les larmes aux yeux. Tout à coup, j'ai huit ans et je suis assise sur une chaise dans la cuisine dans notre maison de New York, avec les genoux ensanglantés. C'est mon père qui les avait désinfectés ce jour-là. C'est là que j'avais avoué les innombrables brusqueries dont j'étais victime. Il avait été choqué que d'autres enfants aient l'audace de me traiter de la sorte. J'étais trop jeune pour comprendre que la division dont souffrait le pays était encore aggravée par mon accent du Sud, mais lui aurait dû le savoir. Nous étions partis pour l'Europe peu de temps après.

Je ne bronche pas quand John enfonce l'aiguille dans ma peau. L'âge l'a rendue si fine qu'il doit piquer profondément pour bien suturer la plaie. Il a la délicatesse de ne pas s'expliquer. Je connais les symptômes et les signes de l'âge. Ils me poursuivent sans répit depuis des années.

Je respire profondément. C'est un soulagement d'avoir à me concentrer sur la douleur à mesure que l'aiguille traverse ma chair. La douleur physique est comme l'accouchement. Aussi difficile que cela puisse être, cela finit par passer. Il vous faut juste arriver de l'autre côté. Je bois une autre gorgée et tiens fermement le verre de ma main gauche tandis qu'il termine le quatrième point sur ma main droite. Il travaille très proprement et les sutures sont plus petites que ce à quoi je m'attendais. Je m'exclame :

— Vous êtes un véritable tailleur. Avez-vous déjà recousu autre chose que des membres ?

Il rit.

— Les membres me suffisent amplement.

— Toutes les choses que les hommes font en Europe, les hommes d'ici s'y refusent. Cuisiner, coudre… Je me demande bien pourquoi ?

— Si j'osais, je dirais que leur civilisation est plus avancée.

— Oui, nous autres Américains sommes des barbares, n'est-ce pas ?

— Je suppose que la barbarie est partout et en chacun de nous, quelle que soit notre culture.

— Vous le pensez sincèrement ?

Il lève les yeux pour m'observer.

— Dans mon travail, on voit beaucoup de choses qu'on préférerait ne pas voir.

Il termine et coupe le fil.

— Comme quoi ?

— Beaucoup de choses, répond-il.

J'appelle Retta, qui se présente à la porte et s'essuie les mains sur son tablier.

— Vous pouvez servir le souper.

Retta et Edna arrivent de la cuisine avec des plats et des bols fumants, puis Retta remplit nos assiettes. Elle a préparé du poisson frit, du chou cavalier, des doliques à œil noir, et les dernières tomates et concombres de la saison. Un éclair dans le ciel illumine l'intérieur de la pièce. Edna sursaute et lâche le pain de maïs, qui tombe sur la table. Elle s'excuse et Retta pince les lèvres tandis qu'Edna se dépêche de remettre le pain sur son plat. J'attrape la main de la jeune fille et lui dis :

— Trois secondes équivalent à un kilomètre. C'est la formule qu'on m'a apprise quand j'étais enfant. Compte et tu verras que l'orage est encore loin. Il n'y a aucune raison d'avoir peur. Vous voyez ? dis-je au docteur après qu'Edna a filé dans la cuisine. Vous n'êtes pas pressé. Mangez.

Il écarte les bras face à l'abondance de nourriture devant lui, puis joint les mains devant sa poitrine et baisse la tête. Je l'imite.

— Nous Vous prions de veiller sur les malades et les blessés et nous Vous remercions, Seigneur, pour Votre infinie bonté. Nous prions humblement en Votre nom.

— Amen, disons-nous ensemble.

Le tonnerre gronde dans le lointain. Edwin et moi n'avons pas dit les grâces depuis des années. Nous le faisions uniquement par respect pour ses parents et pour les enfants.

— Est-ce que Dieu veille sur nous ? avaient un jour demandé Sarah et Molly, lorsqu'elles avaient dix et huit ans.

Elles faisaient une fixette sur les miracles bibliques à l'époque, à un point qui frisait l'obsession. Au catéchisme, tous les enfants avaient fini par les surnommer les Miracles pour se moquer d'elles. Le professeur m'avait même prise à part pour me demander si tout allait bien à la maison. Pour mettre un terme à tout cela, j'avais expliqué à Sarah et Molly que Dieu avait mieux à faire que s'inquiéter pour chaque individu, et que c'était arrogant de croire le contraire.

— Vous ne mangez pas ? s'enquiert John.

— Je n'ai pas faim. La nourriture vous convient-elle ?

— C'est délicieux. Le meilleur repas que j'ai dégusté depuis longtemps.

Alors qu'il attrape la bouteille de vin, un autre éclair déchire le ciel de plus en plus sombre.

— Êtes-vous pieux ?

— Pas autant que je le devrais.

— Mais vous priez.

— Souvent, oui.

— Pensez-vous que Dieu aime aussi les monstres ?

— Dieu aime tout le monde.

— Un monstre doit-il être traité comme un monstre ou comme un être humain ?

— Je ne suis pas certain de comprendre ce que vous voulez dire.

Les branches des arbres du massif devant la salle à manger éraflent la fenêtre et les rideaux volent et claquent. Le tonnerre retentit à nouveau bruyamment et John regarde brièvement dehors. Les cimes des arbres se frôlent et ses chevaux s'ébrouent et piétinent.

— Si un être humain se comporte comme un monstre, s'il commet des actes monstrueux, devrait-il être traité comme un monstre ou comme un être humain ?

— La bienséance veut qu'il soit traité comme un être humain, bien sûr.

— Je me fiche de la bienséance. C'est le fond de votre pensée qui m'intéresse.

Il se laisse aller contre le dossier de sa chaise et secoue la tête. Il inspire profondément, puis expire lentement.

— Je ne peux pas répondre à cela.

— Êtes-vous heureux ici, John ? Dans cette ville ?

Il fronce les sourcils.

— Aussi heureux que je peux l'être, je suppose.

— Je n'ai jamais réussi à m'intégrer. Je pensais qu'avec le temps, je pourrais devenir l'une d'entre eux, être d'ici. Mais nous serons toujours des étrangers, vous et moi. De sales « Yankees ». Moi à cause de mon père, et vous à cause du vôtre.

Un nouvel éclair illumine la salle et le tonnerre lui répond aussitôt, nous faisant sursauter tous les deux. John s'essuie la bouche et plie sa serviette.

— Ne partez pas déjà, vous n'avez pas goûté au cobbler.

— Et vous n'imaginez pas à quel point je le regrette, mais je dois y aller si je veux être rentré à la maison avant que l'orage ne se déchaîne.

Une rafale de vent entre par la fenêtre, si puissante qu'un des coins de la nappe se soulève, renversant la salière.

— Attendez, dis-je alors que John se dirige vers la porte. Je dois vous payer.

— Le repas était largement suffisant. Passez à mon cabinet la semaine prochaine pour que j'examine votre main et que je voie comment la cicatrisation évolue. Assurez-vous que la plaie reste propre. Avec un peu de chance, nous devrions pouvoir retirer les fils dans deux semaines.

Penché en avant pour braver le vent, il guide ses chevaux vers le chemin et ne tarde pas à disparaître, englouti par l'obscurité grandissante. Je termine ce qu'il reste de la bouteille de vin en sachant que je regretterai le mal de tête de demain, mais cela m'est égal. La foudre tombe si près et le coup de tonnerre est si assourdissant que je me demande lequel de nos arbres en a fait les frais. Des cris aigus émanent de la cuisine, suivi d'un *chut* aussi ferme que bref de la part de Retta. Je pousse la porte de la cuisine et trouve Retta qui tient deux petites filles par la main.

— Les filles, dis-je, combien de fois dois-je vous répéter de ne pas descendre sans vous être brossé les cheveux ?

Elles restent là, bouche bée, et je comprends rapidement mon erreur. Ce ne sont pas mes filles. Les éclairs sont si proches que l'on peut sentir l'électricité crépiter dans l'air. Un vrombissement puissant agite les fenêtres. Les fillettes poussent un cri de terreur. Je place mes mains sur mes oreilles pour atténuer le bruit et une pointe de douleur transperce mon bras. La lumière vacille, puis nous sommes plongées dans l'obscurité.

26

Gertrude

C'est pas facile de faire sa toilette à un mort. Chaque membre pèse un poids terrible. Plus le temps passe, plus il devient lourd. Mon frère est mort depuis deux heures et, déjà, son corps se raidit. Je n'ai jamais vu un homme nu à part Alvin et je ne sais pas trop si c'est correct d'en voir un maintenant, mais c'est mon devoir de sœur de m'assurer que Berns est prêt pour l'au-delà. Marie est allongée nue près de mon frère. Elle est morte rapidement, mais Berns a refusé que je déplace son corps, alors elle est restée à côté de lui, froide, pendant un jour et une nuit. Mon corps aussi est lourd. Chaque mouvement que je fais me prend toute mon énergie. J'ignore si c'est à cause de mon chagrin ou de ce qui a commencé à germer dans ma poitrine. L'orage apporte une chaleur humide avec lui, mais je tremble quand même comme une feuille. J'ai vu comment la maladie les a emportés tous les deux, alors je sais ce qui m'attend. La fièvre est en train de s'installer.

J'ouvre toutes les fenêtres en grand et je tire les draps souillés sous leurs corps. La force du vent rend la puanteur plus ou moins tolérable, mais ça ne dissipe pas l'odeur de la mort. La pluie tombe de côté et entre dans la pièce, mouillant le lit. Les pages de la Bible sur la table de nuit volent dans le vent et les grêlons tombent sur le toit de tôle en faisant un bruit métallique. Que les cieux se déchaînent. Ils ont bien raison. Pendant les trois jours que j'ai passés ici, j'ai rien fait de bien. Inutile dans la vie et inutile dans la mort, pas la sœur que mon frère mérite. J'arrache une longue bande de tissu propre dans le drap et je m'en sers pour attacher la mâchoire de Berns, pour que sa langue fasse pas comme celle de Marie. La sienne a tellement gonflé après sa mort que c'était impossible de la remettre dans sa bouche. La douleur est ancrée profondément sur le visage de Berns, encore maintenant, comme une trace de ce qu'il a enduré, la seule chose que son corps refuse de laisser partir. L'eau que j'ai utilisée pour laver Marie est froide maintenant, et je sais que c'est mal de laver mon frère avec la même eau qu'un autre mort, mais c'est sa femme et ça le gênerait pas. La seule fois où j'ai vu mon frère pleurer, c'était pour elle. Je n'avais jamais vu ce genre d'amour avant, et je pense que je le verrai jamais plus. Berns avait encore de la fièvre quand je les ai trouvés. Il avait commencé à transpirer, ce qui était bon signe, mais Marie était malade aussi. Elle a succombé rapidement et Berns est tombé dans une tristesse si profonde qu'il n'arrivait pas à en sortir.

— Marie, il criait. Jamais personne m'a aimé comme toi.

J'avais envie de lui dire : « Si, Berns, moi. Moi aussi, je t'aime. » Mais j'ai rien dit. J'ai jamais dit ces mots-là à voix haute.

Il faut que je leur mette leurs habits du dimanche, et Berns a besoin d'une coupe de cheveux et qu'on le rase. Je regrette de ne pas m'en être rendu compte plus tôt, c'est tellement facile à offrir, mais je dois garder le peu de forces qui me reste pour le voyage qui m'attend. Je pose le linge mouillé sur le front de mon frère jusqu'à ce que ses traits se détendent et que la dernière trace de tension ait disparu.

Mon frère s'est retrouvé pris dans une bataille avec Alvin sur son lit de mort. Avant de mourir, Berns a vu mon frère et il a essayé de m'avertir. Il a tendu la main vers moi, les yeux écarquillés.

— Alvin n'est pas là, j'ai dit.

Mais il était dans tous ses états et il a montré la porte du doigt pour me faire voir ce que lui seul pouvait voir, et c'est là que j'ai compris. Alvin a pris mon frère, aussi sûr que je m'appelle Gertrude. Puis il a sauté dans ma gorge et maintenant, il est assis sur ma poitrine. Il l'étreint tellement fort que je peux à peine respirer. J'ai seulement pensé à ce que la mort d'Alvin allait régler, pas à ce qu'elle allait dérégler. Le tuer, ça a libéré la furie qu'il avait en lui. Dans la mort, la force d'un esprit est plus grande. La colère d'Alvin n'a jamais diminué. Quand il en aura fini avec moi, il s'attaquera à nos enfants, et il ne trouvera pas le repos jusqu'à ce qu'il ait pris ou tué tout ce à quoi je tiens.

— Au revoir, mon cher frère.

J'embrasse Berns sur le front et je sens ma poitrine qui se serre. Si je ne me lève pas pour rentrer à la maison, je vais crever ici. Il y a quelques pièces et une boîte de munitions au-dessus de la commode. Je mets quatre *pence* de côté et prends le reste, puis je vide la boîte de munitions dans mes poches. Je place les pièces sur les yeux de mon frère et de Marie, je leur joins les mains et je les recouvre avec une des courtepointes de Maman. J'enverrai prévenir le révérend dès que possible.

Je décroche le fusil de Berns au-dessus de la cheminée et je sors sous son porche pour la dernière fois, avant de foncer vers ce que j'ai senti venir. Le ciel noir bouge rapidement vers l'est. C'est différent d'être au milieu d'une tempête ici. Dans le marais, on est dans le ventre de la bête et son corps nous protège, mais ici, en plein air, on est face à face avec la créature. Il y a rien entre vous et le pouvoir implacable qui descend du ciel.

Il y a des esprits démoniaques sur Terre et Alvin fait partie d'ceux-là. Mais l'esprit de Berns est sorti dans un grognement puissant. Berns et Marie, Maman et Papa, leurs esprits sont là aussi, avec moi. Mais même avec ça, je me demande si je vivrai assez longtemps pour retrouver mes filles et voir leurs visages une dernière fois. Le vent me soulève et me pousse, il me fouette le dos jusqu'à ce que je me retrouve sur Main Street. Il y a pas âme qui vive. On dirait que les gens ont tous arrêté ce qu'ils étaient en train de faire pour aller se mettre à l'abri. Les portes des magasins sont ouvertes et un train vert et jaune est arrêté sur les rails de la gare de Branchville, comme s'il attendait des passagers. Un craquement sonore me fait me retourner. Je vois deux plaques de tôle se détacher du toit de la gare et s'envoler dans le vent. Je longe les devantures de magasins pour me protéger quand on m'attrape le bras par-derrière. Une jeune femme s'agrippe à la porte moustiquaire du grand magasin.

Elle a mon âge, un peu plus jeune peut-être, et elle est enceinte.

Elle crie par-dessus le vent :

— Venez à l'intérieur !

Sa peur redouble quand elle voit que je suis malade. Je secoue la tête et refuse d'un geste de la main. Elle recule, disparaît dans l'obscurité du magasin et ferme la lourde porte en bois derrière elle. Des grêlons de la taille d'œufs de poule tombent du ciel et recouvrent les champs et les rues d'un manteau blanc. J'attrape ce que je peux dans une main et j'avale un peu de glace pour calmer la douleur dans ma gorge. Tout ce que le vent touche fait du bruit. Même ma jupe claque comme si je battais un tapis. C'est le vacarme partout autour de moi.

C'est ma propre peur et mon chagrin qui me poussent à avancer. Trois jours que j'suis sans mes filles. Ça me manque de voir Mary courir vers moi et sauter dans mes bras pour s'accrocher à mon cou et à ma taille. Ça me manque de voir mon Alma s'émerveiller devant le monde qui l'entoure et venir me trouver pour me montrer chaque nouvelle découverte. Et puis il y a Edna, celle qui m'aime même si j'ai pas pu la protéger de la méchanceté de son père. C'est elle qui a subi le pire quand elle était petite. Il l'enfermait dans la malle en cèdre pour la punir parce qu'il trouvait qu'elle parlait trop. Maintenant, elle ne supporte pas d'être enfermée et c'est à peine si elle arrive à dormir avec une couverture sur elle. Lily, ma fleur, doit se soumettre à la douleur de l'amour qui est en train de pousser en elle. Elle me comprendra mieux après la naissance de son enfant. Personne peut arrêter ce qui l'attend.

Dès que je passe la porte de notre maison, je sais qu'elles sont parties. Mes filles sont intelligentes et elles savent trouver de l'aide en cas de problème. C'est moi qui leur ai appris ça, à cause de leur père. Elles ont appris toutes les fois où je les ai fait courir par peur qu'il passe sa rage sur elles, toutes les fois où je les ai mises à l'abri dans les champs de maïs, près de Cat Hole, là où le ruisseau n'est pas profond. Elles ont passé un paquet de nuits là-bas. C'était avant que le marais se forme. Ce fichu marais nous a laissées sans nulle part où aller.

La maison est comme prise dans un tunnel de vent. Le sol se soulève et tremble sous mes pieds. Tous les murs bougent. Les fenêtres des chambres sont ouvertes. Les filles n'ont pas dû voir la tempête venir jusqu'à ce qu'elle soit sous leur nez. De la grêle tombe dans la maison et les balles de glace fondent en flaques autour de mon lit. Les flaques se rejoignent et forment une petite rivière qui disparaît entre les lattes du plancher, dans la cachette qui contient la lettre et les huit dollars qui restent de Mrs Walker. Peut-être que quelqu'un les trouvera et fera ce qu'il faut avec. Ce que moi, j'ai pas réussi à faire.

Quand je pars de chez nous et prends la route qui mène à la plantation des Coles, le vent m'emporte presque et j'ai sacrément du mal à tenir sur mes pieds. Je m'appuie sur le fusil de Berns pour garder l'équilibre et je me dirige vers la maison des Coles, la poitrine tellement serrée que j'ai mal quand je respire. L'air que j'avale est brûlant, et il est glacé l'instant d'après. De grosses gouttes de pluie froides me tombent dessus avec la force d'un jet de pierres. Quand j'arrive derrière la maison, devant la porte de la cuisine, je frappe presque, puis je me souviens que frapper, c'est demander la permission. Je suis pas là pour demander quoi que ce soit, je suis là pour exiger. La porte est fermée à clé, alors je casse la vitre avec mon fusil, je passe le bras à l'intérieur et je tourne la poignée.

La cuisine est vide, plongée dans le noir. Pas un bruit à l'intérieur de la maison. Il y a une pièce sur la droite avec un lit individuel, et une couverture faite au crochet par-dessus. Derrière une autre porte, je trouve un garde-manger, aussi grand que la chambre où mes petites dorment, des rangées entières de conserves aux couvercles dorés, bien alignées en lignes droites. Il y en a assez pour tenir pendant des années. La salle à manger est derrière la cuisine. Les volets anti-ouragan sont fermés et verrouillés, mais dans l'obscurité, je parviens à distinguer de la vaisselle en porcelaine et de la nourriture intacte sur la table. Mon ventre gargouille en voyant ça.

Après la salle à manger, je débouche dans le salon le plus élégant que j'ai jamais vu. Un divan de velours bleu profond est face à deux fauteuils hauts aussi raffinés que des trônes, recouverts du même tissu. Au milieu, il y a une table ronde en acajou avec un vase en cristal rempli de plumes d'un blanc éclatant, si immaculées qu'on pourrait s'interroger sur l'oiseau à qui elles appartenaient. Le hurlement du vent se mêle au bruit de ma respiration désordonnée, mais c'est tout. Mes filles ne sont pas ici. Je le sais parce qu'elles sont incapables de pas faire de bruit. Même quand elles se taisent, je sais où elles sont. Je vais pour grimper les marches qui mènent au vestibule, songeant qu'elles doivent être cachées quelque part, mais la douleur dans ma poitrine me coupe les jambes. Je me penche en avant pour cracher la morve qui me bloque la gorge mais j'y arrive pas. Je tape sur ma poitrine et je rentre le ventre, mais je crache presque rien. Le plus gros refuse de sortir.

Je m'assois sur un fauteuil en velours pour me reposer et je ferme les yeux. La douleur dans ma tête est terrible. Comme ça serait agréable de m'asseoir ici, de vivre et de manger ici et de jamais avoir besoin de rien. Je lâche le fusil de Berns, qui tombe sur le tapis dans un petit bruit sourd. Je pose la tête sur l'accoudoir et mes cheveux me tombent devant les yeux. Je sens qu'ils grouillent de bestioles. Quand je lève la main pour voir ce qui est en train de ripailler sur moi, je la trouve couverte de fourmis. Il y a quelque chose de plus grand qui bouge dans un coin de la pièce. On m'observe.

— Aidez-moi, je dis en me tournant dans sa direction.

Et puis je le vois. Alvin, accroupi, qui attend. Je tends la main pour attraper le fusil, mais j'suis trop malade et trop lente. Mes doigts effleurent l'acier froid, trop tard. Il bondit hors de sa cachette et vient au-dessus de moi. Je me débats autant que je peux, car je sais ce qu'il a prévu de faire. Il va me prendre en premier, puis il prendra nos filles. Je peux pas les sauver. Elles sont la proie de leur père, maintenant.

27

Retta

Avec Miss Annie et les trois p'tites, on est assises dans l'noir, sur le sol en terre du cellier à légumes. On a passé toute la nuit là-dedans et la tempête montre toujours pas le moindre signe de faiblesse. Y a plus beaucoup de kérosène dans la lampe à huile. Le visage de Miss Annie a un éclat jaune dans la lumière. Elle a mal, je l'vois bien à sa façon qu'elle a de pincer les lèvres, mais elle se plaint pas. Les étagères du cellier sont pleines de caisses en bois remplies de navets, de betteraves et de carottes. Les choux sont accrochés le long du mur. Dans la lumière de la lampe, on dirait des têtes d'hommes. La tempête vient de l'est, de l'océan. J'en ai vu assez dans ma vie pour savoir qu'elle doit épuiser ses forces jusqu'à ce qu'elle ne puisse plus avancer. Chaque comté après nous sera moins touché que le précédent. Je prie pour que, quand ça arrivera jusqu'à Odell, ce soit plus qu'une gentille averse.

Quand on est descendues dans le cellier, Edna a pleuré à cause du noir, alors j'ai allumé la lampe pour la calmer et Miss Annie a dit :

— Nous sommes totalement à l'abri, inutile de verser des larmes. Rien ne peut nous atteindre ici.

Mary et Alma se sont blotties à côté d'elles jusqu'à ce qu'elles s'endorment chacune leur tour, avec leur tête sur ses genoux. Toute la nuit, Miss Annie leur a frotté doucement le dos et elle leur a caressé les cheveux. On n'a pas dormi, ni l'une ni l'autre, et ça fait des heures qu'on parle plus. Y a rien à dire. On sait toutes les deux ce qui est sorti au grand jour. Maintenant, on peut rien faire à part y réfléchir le temps de la tempête.

Ma grand-maman avait une cachette pour les esclaves qui s'enfuyaient, sous le plancher de sa cabane. Un trou creusé dans le sol, juste assez grand pour trois personnes. Elle me l'avait montré quand j'étais petite. M'man aimait pas ça. Elle voulait que j'aie uniquement des souvenirs de liberté. Elle disait que j'étais trop jeune pour qu'on me raconte des choses aussi terribles.

— Et comment elle saura à quel point la vie peut être dure si elle connaît pas l'histoire ? répondait ma grand-mère.

Plus tard, Grand-maman m'a raconté qu'une fois, elle avait gardé un homme de couleur caché dans le trou pendant presque un an, jusqu'à ce que les gens arrêtent de le chercher. Les Blancs voulaient le tuer pour un crime qu'il avait pas commis, alors il est resté là et il a attendu pour retrouver sa liberté. Ça doit sembler sacrément long de vivre dans un trou dans le sol juste parce qu'on est accusé de quelque chose. Finalement, Grand-maman lui avait dit qu'il ne pouvait plus rester là, mais il avait trop peur pour partir.

— Écoute-moi bien, m'a dit Grand-maman. Si un jour dans la vie t'as l'impression qu'y a rien d'autre que l'obscurité autour de toi, c'est parce que c'est le cas. Y a pas de lumière dans ce genre d'obscurité. Y faut que tu trouves la lumière. Un trou, ça peut être un refuge, mais on peut pas rester dans un trou éternellement. Ce qui est sombre doit se diriger vers la lumière. Tout le monde a besoin du soleil.

Edna remue dans son sommeil et se réveille en criant. Profondément endormies, ses sœurs se réveillent en sursaut et se rappellent où elles sont. Elles s'assoient dans la lumière faible et elles s'étirent.

— Tout va bien, je dis à Edna. Tu es en sécurité.

Elle respire lourdement comme si elle arrivait pas à reprendre son souffle.

— J'ai mal aux oreilles, elle se plaint.

— Moi aussi, dit Mary.

— C'est à cause de la tempête. On approche de l'œil, explique Miss Annie.

Alma demande :

— C'est ce que ça fait, d'être une chenille dans un cocon ?

— J'imagine que oui, répond Miss Annie.

— Ça voudrait dire qu'on est des papillons, dit Alma.

Mary se lève, elle met ses mains au-dessus de sa tête et les agite comme si elle avait des ailes.

— Mes oreilles vont exploser. Il faut que je sorte d'ici, dit Edna.

Elle se lève tellement vite qu'elle se cogne la tête contre le plafond bas du cellier.

— Nous devons attendre jusqu'à ce que le vent diminue, affirme Miss Annie.

— Ensuite, on pourra se dégourdir les jambes avant de nous préparer à ce qui viendra, j'ajoute.

— On est là depuis une éternité. Il faut que je sorte.

Edna court vers les marches. On essaie de l'arrêter toutes les deux, mais elle est jeune et elle est rapide. Elle pousse la trappe au-dessus de nous et une rafale de vent l'ouvre en grand. Je la poursuis, mais elle est dehors dans la tempête avant que j'aie le temps de la retenir. La pluie nous mouille aussitôt la tête. Mary tente de me suivre, mais Miss Annie la tire par sa robe. Alma attire sa sœur à l'écart de Miss Annie, qui a l'air choquée par leur trahison.

— Restez là ! Je vais la chercher, je crie au-dessus du bruit. Il faut toutes m'aider avec la porte.

Puis je sors dans la tempête, moi aussi. C'est le matin. Les palmiers sont courbés sous le vent, qui souffle tellement que je manque me retrouver par terre. La pluie cogne si fort contre ma peau que j'vais avoir des bleus à coup sûr. J'attrape la poignée en métal à l'extérieur de la trappe et je tire dessus de toutes mes forces. De l'intérieur, Miss Annie tire sur la poignée de sa main valide et elle réussit à fermer la trappe avec l'aide d'Alma. De l'autre côté des champs, le hangar à tabac est en ruines. Des planches pendouillent et ondulent comme des carillons. Le paysage a drôlement changé pendant les quelques heures qu'on a passées sous terre. Y faudra des années pour réparer les dégâts. Seule la maison a pas bougé.

Edna est accroupie pour soulager sa vessie. Un éclair éblouissant illumine le ciel. Elle a un bras pardessus sa tête et l'autre qui soulève son jupon. Je marche d'un pas décidé dans le vent et la boue. Quand j'arrive au niveau d'Edna, elle s'agrippe à moi comme un chat qui a peur de se noyer. Je passe un bras autour de sa taille et on se tient l'une l'autre pour pas nous envoler. On file sur le côté de la maison et on s'engouffre par la porte de la cuisine comme si on nous avait poussées. Y a du verre cassé par terre et toute la cuisine est trempée. Des traces de boue traversent la cuisine et partent en direction de la pièce voisine. Y a quelqu'un dans la maison.

Entre deux sanglots, Edna me demande :

— Est-ce qu'on va mourir ?

— Écoute-moi bien.

Je l'attrape par les épaules et je la secoue un peu.

— On arrive au cœur de la tempête. L'autre moitié sera aussi terrible que la première, mais elle sera pas pire. Personne va mourir aujourd'hui.

Edna se redresse et essuie ses larmes d'un revers de main, mais ça change rien. On est trempées jusqu'aux os. Je craque une allumette de la boîte posée sur la cuisinière et j'allume la lampe accrochée au mur. La pièce s'éclaire.

— Va là-bas, dans ma chambre. Y a des serviettes dans le placard. Y faut qu'on se sèche. Je vais prendre de l'aspirine dans la salle de bains pour Miss Annie, et davantage de couvertures.

Je suis les traces de boue et l'odeur me parvient alors que je traverse la salle à manger. Une fois que vous avez eu l'odeur de la mort dans le nez, vous l'oubliez jamais. Je tiens la lampe devant moi pour éclairer mes pas. J'entends le sifflement rauque d'une respiration. J'connais ce bruit, et le souvenir est tellement puissant qu'y me ramène des années en arrière. Je soulève la lampe pour éclairer les recoins les plus reculés. Je finis par trouver Gertrude, recroquevillée dans un coin du salon avec un fusil, comme un animal piégé. Elle a les yeux vitreux à cause de la maladie. C'est un miracle qu'elle tienne debout.

Elle remue les lèvres encore et encore et elle répète :

— Mes filles.

— Tu as de la fièvre, j'lui dis.

Elle lève le fusil qu'elle a à la main, elle enlève le cran de sécurité et elle me vise. Je pose la lampe sur la table basse, je baisse les mains et j'lui dis que les filles sont en sécurité. Mais elle garde le fusil levé. Dehors, le vent retombe, la lumière grise du matin passe à travers les volets et éclaire la pièce. Bientôt, un calme traître va s'installer, sans qu'on ait moyen de savoir combien de temps ça durera.

— J'veux voir mes filles, elle dit entre deux respirations.

— Edna, viens ici, ma chérie, je crie en direction de l'autre pièce.

Quand Edna passe la porte battante en se frottant les cheveux avec une serviette, j'lui dis :

— Approche, ma fille. Doucement.

Elle lâche sa serviette et elle reste clouée sur place, comme une biche surprise par un bruit auquel elle ne s'attendait pas.

— Ta maman est là et elle se sent pas très bien.

En dépit de ce que je viens de dire, Edna se met à courir. Je tends la main vers elle pour la prévenir de faire attention. Elle obéit et elle s'arrête, puis elle contourne lentement la table. Quand Gertrude la voit, elle s'appuie au mur d'une main pour pas perdre l'équilibre.

— Maman ! crie Edna.

Elle veut se précipiter vers sa mère, mais je l'attrape par le bras et la tire en arrière.

— Ne t'approche pas d'elle, petite. Tu vas attraper la mort.

Gertrude chancelle et essaie de parler, mais elle se met à tousser, une quinte puissante et pleine de glaires. Elle s'étrangle. Le bruit dans sa poitrine est assourdissant et douloureux. Dans la lumière blanche du matin, la noirceur sort de sa bouche comme de la buée.

Elle dit à Edna :

— Sœurs.

— Elle veut Alma et Mary, ma chérie, j'explique. Y faut que t'ailles chercher tes sœurs.

Edna me dévisage, paniquée.

— J'ai peur de ressortir.

— Écoute le vent. Tu entends comme la tempête s'est calmée ? On approche de l'œil. Cours chercher tes sœurs tant qu'on a encore le temps. Ta maman a besoin de les voir.

Edna regarde sa mère une dernière fois et elle part en courant. Je fais un pas vers Gertrude et elle se laisse glisser le long du mur. Elle baisse son fusil au niveau de sa taille. Chaque respiration est un combat pour elle et un vieux souvenir revient me percuter violemment, tellement précis que c'est comme si quelqu'un avait mis l'image devant mes yeux. La mère de Gertrude, Lillian Caison, se tient devant moi à présent, nue et les yeux écarquillés par la peur.

La poitrine de Gertrude se soulève.

— Ta maman est ici avec nous, j'lui dis.

Gertrude regarde derrière moi, mais elle peut pas voir ce que je vois. Elle sait pas ce que je sais. C'était l'hiver quand Lillian Caison est sortie des bois en courant, nue comme un ver et effrayée comme pas possible. Elle avait des égratignures de partout d'avoir couru dans les ronces. Je sais pas depuis quand elle s'était sauvée. Son âme était cassée depuis longtemps, à cause de quelque chose qu'aucun de nous ne pouvait voir. J'avais entendu parler de son problème. À l'époque, son mari l'attachait aux meubles pour l'empêcher de courir toute nue dans les rues de la ville. Elle l'avait déjà fait deux fois, mais ce jour-là, c'est sur moi qu'elle tombée. Elle a couru vers moi avec les bras écartés, en criant et en pleurant de terreur.

— Mes enfants sont plus mes enfants ! elle criait.

J'ai laissé tomber ce que je portais et je l'ai prise dans mes bras. Elle s'est accrochée à moi, tremblante de peur.

— Qu'est-ce qui se passe ? j'ai demandé. Qu'est-ce qui ne va pas ?

— Les démons ont envahi leurs âmes, elle a crié d'une voix perçante.

Miss Lillian était terrifiée pour ses enfants. C'était dans sa tête, mais pour elle, c'était bien réel. À l'époque, j'avais perdu ma fille et je savais ce que ça faisait d'être rendue folle par ce genre de peur et de douleur.

Le tic-tac de la vieille horloge de parquet dans le salon marque chaque seconde. Le bruit est assez fort pour que je me rende compte que le vent est presque entièrement retombé.

Gertrude murmure :

— Maman ?

— Oui, Gertrude, j'lui dis. Tu savais qu'on était enceintes en même temps, ta maman et moi ?

Elle m'écoute sans bouger.

— T'es un bébé d'octobre, comme ma fille, Esther. La grossesse allait bien à ta mère, comme à moi. C'est pas tout le monde qui arrive à passer les neuf mois sans problème, mais ta maman et moi, on avait de la chance à ce niveau-là. Elle avait hâte que t'arrives, je peux te l'dire. Elle frottait son ventre comme si elle voulait te dompter.

Les yeux de Gertrude se remplissent de larmes qui roulent sur ses joues. Je me rapproche encore un peu.

— On se croisait sans arrêt, même si on le faisait jamais exprès. Un jour, à cette époque de l'année, on était toutes les deux en train de faire nos commissions. Y faisait une chaleur terrible et on était énormes, elle et moi, prêtes à exploser comme des asclépiades au mois d'août. À ce moment-là, j'étais essoufflée dès que je faisais quelques pas. Ça t'a fait ça aussi quand t'as eu tes bébés ?

Gertrude hoche la tête et je fais un autre pas vers elle.

— J'avais dépassé la date de mon terme et ce jour-là, je savais que si je m'asseyais, j'arriverais sûrement pas à me relever, alors j'me suis appuyée contre un vieux muret en pierres pour reprendre mon souffle. Quand j'ai relevé la tête pour regarder dans la rue, ta maman était en face de moi, à même pas trois mètres, en train de faire la même chose. Nos regards se sont croisés et on a tellement ri que j'ai pas réussi à me retenir. Ma vessie a lâché en plein milieu de la rue. On n'avait même pas encore rencontré nos filles qu'on était déjà à leur merci.

Gertrude ouvre la bouche et gémit. Je fais encore un pas vers elle, mais le bruit que font les filles en arrivant par la porte de derrière la fait sortir de sa transe.

La noirceur est tout autour d'elle et elle penche la tête pour écouter, concentrée sur les pas qui traversent la maison et se dirigent vers nous. Elle se raidit et lève son fusil et, d'un coup, je suis frappée de terreur en réalisant ce qu'elle s'apprête à faire. Elle vise la porte par laquelle ses enfants vont entrer.

— Arrête ! Ta mère est dans la pièce.

Gertrude tourne le fusil vers moi, mais elle n'a plus de force. Elle s'affaisse sur le côté et cogne le bout de la table, cassant le vase de Miss Annie. Les plumes qui étaient dans le vase flottent dans les airs. Le fusil tombe et le coup part, mais j'arrive pas à voir où. Les enfants déboulent dans la salle à manger en criant. Je me précipite pour rattraper Gertrude et l'allonger par terre.

Miss Annie appelle :

— Retta ?

— Je vais bien.

Gertrude a du mal à respirer à cause de sa gorge gonflée. Ça me fend le cœur de la voir dans cet état, parce que je sais ce qui lui arrive. Les filles de Gertrude vont bientôt perdre leur mère, aussi sûr que je suis une mère qui a perdu sa fille.

* * *

Quand ma fille est morte, des milliers de choses me manquaient chez elle. Elle était sacrément culottée. Dès qu'elle a commencé à parler, elle donnait son avis sur tout et à tout le monde. À deux ans, elle avait déjà des idées bien à elle et elle hésitait pas à les partager. Ça inquiétait Odell qu'elle fasse autant marcher sa langue pour dire ce qu'elle pensait. Mais je lui disais que ça lui servirait plus tard. Elle voyait le mal chez les gens avant qu'eux-mêmes s'en rendent compte. Elle savait. J'étais sûre qu'elle pourrait voir des choses, comme moi. P't'être même encore plus. Si elle avait vécu, elle aurait eu une sacrée influence à Shaker Rag. Alors qu'elle avait pas plus de quatre ans, un jour que je lui donnais le bain dans la cuisine et qu'elle baignait sa poupée exactement comme je le faisais avec elle, elle m'avait demandé :

— T'étais un bébé, avant ?

— Bien sûr, j'avais répondu.

— Papa aussi ?

— Absolument.

— Elle est où, ta maman ?

— Elle est partie rejoindre le Seigneur.

— Est-ce que tu vas aller rejoindre le Seigneur ?

— Pas avant très longtemps.

— C'est beau, là-bas ?

— Plus beau que tout ce qu'on connaît.

— Je veux être avec le Seigneur.

— Non, petite. Dis pas ça.

— Pourquoi pas ?

— Parce que je veux que tu restes ici, avec moi.

— Je suis là, Maman, elle avait dit en tapotant mon bras. T'inquiète pas, je suis là.

Quand elle est tombée malade, elle m'a demandé si elle allait rejoindre le Seigneur. J'ai dit que non et elle a répondu :

— Ce n'est pas la peine de me mentir, Maman.

Même quand elle a poussé son dernier souffle, j'lui ai promis que tout irait bien. J'avais pas le courage d'lui dire la vérité. En tant que mère, on la doit pourtant à nos enfants. J'aurais dû être plus forte que ça, mais j'ai pas réussi. Mon bébé me regardait avec tellement de peur dans les yeux. P't'être que ça l'aurait calmée si j'lui avais parlé du paradis, mais je n'arrivais pas à la lâcher. À la fin, c'est elle qui m'a lâchée et je l'ai jamais retrouvée. Dieu sait que j'ai cherché absolument partout. J'ai observé les étoiles jusqu'à ce que mes yeux brûlent quand je battais des paupières. J'ai regardé dans le jardin, là où les plantes sortaient du sol. J'ai même voulu regarder dans mes rêves, mais le sommeil m'avait abandonnée. Le voile devant mes yeux devenait de plus en plus sombre. Toute la lumière du monde avait disparu.

Même si je sais que c'est mal, je peux pas m'en empêcher : je sers à Gertrude le même mensonge que celui que j'ai raconté à ma fille. Elle a les yeux fous de savoir ce qui va lui arriver. Elle agrippe sa gorge, et quand elle ouvre la bouche, une volute de fumée noire en sort. Je sens l'odeur de soufre de la mort.

— Seigneur, je prie tout haut, je sais que j'ai pas demandé Votre aide depuis que mon Esther est morte, mais là, j'ai besoin de Vous. Aidez-moi avec cette enfant.

Mes prières font venir Edna et ses sœurs. Elles s'approchent, suivies de Miss Annie.

— Faites quelque chose ! crie Alma. Aidez-la.

Le noir tourbillonne autour de Gertrude, mais c'est Lillian Caison que je vois traverser l'obscurité avec un regard de folle, et je me souviens de ma promesse en la voyant s'approcher de moi. Les trois filles de Gertrude pleurent. Mary et Alma tiennent les jupes de Miss Annie et tirent dessus. Elles pressent leur figure contre elle. Miss Annie me regarde comme si c'était la première fois qu'elle me voyait. Je scrute la pièce et je vois l'outil qu'y me faut sur le sol. Les plumes. Je tends le bras pour attraper la plus grande et je garde que le rachis, à l'exception d'une petite touffe à l'extrémité, comme un plumeau.

« Ce qui est sombre doit se diriger vers la lumière », disait Grand-maman.

— Miss Annie, prenez la lampe et emmenez les filles au cellier. Edna, y faut que tu m'aides avec ta mère.

— J'ai peur, elle répond en pleurant. Je ne peux pas.

— J'ai pas peur, moi, affirme Alma.

Elle fonce vers moi, mais Miss Annie attrape la petite par le bras et dit :

— Non. Je m'en occupe.

— Miss Annie, Mr Coles va me tuer si vous tombez malade.

— Je ne suis pas la propriété de Mr Coles. Qu'est-ce que je dois faire ?

— Grimpez sur elle et tenez-lui les bras. Elle va se débattre. Il faut utiliser toute votre force. Vous allez y arriver, avec votre main ?

Miss Annie relève ses jupes, lâche :

— Ras-le-bol de ma fichue main, et elle grimpe sur Gertrude pour la chevaucher.

Elle place ses genoux sur ses bras et plaque ses épaules sur le sol. Elle pousse un cri de douleur à cause de sa blessure, mais elle reste là.

— Les filles, retournez dans le cellier avant que la tempête reprenne ! je braille. On s'occupe de votre maman.

Edna crie :

— Non !

Miss Annie se retourne brusquement vers elle et ordonne :

— Fais ce qu'on te dit, Edna. Occupe-toi de tes sœurs.

Edna lui obéit et emmène ses sœurs sans un mot de plus. Quand elles ont passé la porte de derrière, une sorte d'immobilité envahit la pièce, comme si le monde entier retenait son souffle. J'incline la tête de Gertrude en arrière et j'enfonce la plume dans sa gorge en l'entortillant pour attraper ce qu'y a dedans. C'était épais et ça a de la force. Gertrude a un haut-le-cœur et elle se débat, mais Miss Annie la tient avec une détermination féroce. Je sens la chose qui mord, comme un poisson qui tire sur un ver accroché à un hameçon, mais la partie du milieu m'échappe.

« Ce qui est sombre doit se diriger vers la lumière. »

J'enfonce la plume plus profond et je sens la racine. Je l'attrape et elle s'accroche. Je harponne la chose au milieu et je tire. Mais mon étreinte se relâche et ce que j'ai attrapé se casse. Si je n'arrive pas à le faire sortir en entier, je vais la perdre. À force de pousser, tordre, planter et tirer, je réussis enfin. La chose tire et aspire le rachis de la plume dans le tourbillon de pourriture, mais je ne lâche pas. Avec une main sur le front de Gertrude et l'autre dans sa bouche, je fais lentement remonter la plume et mes doigts longent le rachis jusqu'à agripper la chose entièrement. J'arrache la créature de sa gorge.

— Vite, faites-la rouler sur le côté, je presse Miss Annie.

Elle fait basculer Gertrude et tape dans son dos. Le corps de Gertrude est secoué par des haut-le-cœur et je fais remonter à la surface tout ce qui était à l'intérieur.

Ça sort dans un torrent de pus épais, jaune et vert. La noirceur se transforme en fumée blanche qui disparaît dans l'air. Dehors, l'énergie se regroupe. Les fenêtres tremblent. Miss Annie tient Gertrude pendant que je lui donne trois coups de poing dans la poitrine en criant « Respire ! », jusqu'à ce qu'elle inspire bruyamment et que sa poitrine fasse un bruit de ferraille alors qu'elle se bat faiblement pour la moindre bouffée d'air.

L'arrière de la tempête frappe comme l'extrémité d'un fouet. Un des volets anti-ouragan est arraché de la fenêtre du salon et le vent est tellement fort que la grêle brise la fenêtre comme des cailloux qu'on aurait lancés. Dehors, un énorme chêne est déraciné du sol et s'abat en travers du chemin, entraînant au passage l'arbre en face de lui.

— Il faut qu'on la déplace, je dis.

— Sous l'escalier, répond Miss Annie.

Ensemble, on tire Gertrude sur le plancher, à travers le vestibule. Miss Annie déverrouille la porte sous l'escalier. Son bandage est plein de sang, elle a rouvert sa blessure. Toutes les deux, on tire un grand coup sur la porte pour l'ouvrir. On entre à l'intérieur et on fait glisser Gertrude derrière nous. On n'est que des formes dans les ténèbres, les lignes de nos corps sont floues. On respire ensemble et on invite Gertrude à se joindre à nous. Je sens son ventre qui monte et qui descend sous ma main. Elle respire comme on boirait après des semaines sans une goutte d'eau. En rouvrant les yeux, elle aperçoit le visage pâle de Miss Annie dans l'obscurité.

— Maman !

Gertrude crie en tendant les bras vers Miss Annie, mais celle-ci recule et se réfugie dans le coin au fond, sous les marches.

— Maman !

Gertrude crie encore et encore, jusqu'à ce que ce soit moi qui réponde.

— Je suis là, Gert. Je suis là.

IV

28

Annie

Mon mari arrive seul, à cheval, bien après minuit. Il traverse le champ, éclairé par le flot de lumière de la lune montante. Un renard jaillit d'entre les racines noueuses d'un magnolia couché sur le sol, vraisemblablement effrayé par ce boucan inattendu. Ce n'est pas mon cas : je m'attendais au retour d'Edwin. Il revient sans fanfare ni trompette, ce qui n'a rien d'étonnant étant donné les circonstances. Ce qui me surprend, en revanche, c'est qu'il soit seul. Il descend de son cheval et l'entraîne vers la grange, avant de s'immobiliser en voyant le carnage que la tempête a provoqué. Il est courbé, lent, comme s'il avait vieilli en l'espace d'une nuit. Enfin, il m'a rejointe dans la marche inéluctable vers la mort. « Oui, nous avons été durement frappés, ai-je envie de lui dire, plus durement que vous », mais je dois attendre. Je parlerai quand il sera temps.

La vue depuis la chambre à coucher de Buck a changé maintenant que le bois qui se trouvait entre la maison et les anciens quartiers des esclaves a disparu. À l'exception des palmiers, tous les arbres ont été déracinés et emportés loin de là. Désormais, ils jonchent les champs moissonnés, telles des récoltes mortes, un enchevêtrement de branches et de troncs qui évoquent, sous la pleine lune, des créatures jadis vivantes, tuées sur un champ de bataille inconnu.

Buck détestait sa chambre. Pendant toute sa onzième année jusqu'après sa douzième, je trouvais mon fils endormi au pied de mon lit lorsque je me réveillais. Il était trop vieux pour dormir dans le lit de sa mère. C'est ce que son père, mon mari, disait. « Ce garçon doit apprendre à dormir tout seul. »

Chaque soir, j'ouvrais la porte qui séparait la chambre de Buck de celle de ses sœurs et je disais aux filles :

— Ne fermez pas pour que votre frère voie clair, il a peur du noir.

Mais chaque matin, je retrouvais la porte fermée, et chacune accusait l'autre. Cela me mettait prodigieusement en colère.

Les fenêtres de la chambre de mon fils sont grandes ouvertes, en dépit de la baisse de température qui a suivi la tempête. Ce soir, de la buée sort de ma bouche lorsque je respire et la brise est si forte qu'elle soulève les rideaux que j'ai faits, bleus avec des bateaux parce que mon fils adorait la mer. Je suis devenue sans pitié. C'est ici que j'erre, à présent, nuit après nuit, suspendue dans le temps, coincée dans l'encadrement de la porte des trois enfants que j'ai perdus, des trois enfants que j'ai déçus.

Pendant la semaine qui a succédé à la tempête, Retta est venue me voir pour me demander ce qu'il convenait de faire avec les débris. La plupart des dépendances sont en ruines, y compris les anciens quartiers des esclaves, détruits par le vent ou par des chutes d'arbres. Seule la maison tient encore debout, bien que la cheminée soit tombée dans le grenier, détruisant au passage tout ce que nous y conservions. L'eau s'est infiltrée dans toutes les chambres et toutes les vitres sont cassées. Chaque jour, je répète à Retta ce que je lui ai dit la veille.

— Laisse tout en l'état. Ne touche à rien, pas même au verre cassé par terre.

Je suis au courant des commentaires que cela génère. Cela m'est égal. Cette maison doit être vue telle qu'elle est : une épave.

Cela fait plusieurs jours que je n'ai rien avalé. Retta s'inquiète pour ma santé, mais pas moi : jamais je n'ai eu les idées aussi claires. Je me demande si le passage du flou à la clarté est dû au jeûne. Auquel cas, j'aurais dû m'affamer des années plus tôt. Edwin tourne la tête vers la fenêtre, mais il ne lève pas les yeux. Autrement, il me verrait là, en train de le regarder. Je veux voir son visage, mais je ne suis pas surprise de ne pas y parvenir. Mon mari est un expert dans l'art de la dissimulation. Je laisse retomber les rideaux, je contemple notre lit nuptial et j'attends.

J'avais dix-sept ans lorsque j'ai rencontré Edwin. C'était lors de mon bal des débutantes. L'hôtel de ville de Charleston était plus somptueux que tout ce que chacune de nous aurait pu imaginer. En plein centre de la ville, sur Meeting Street, une volée de marches menait jusqu'à de splendides colonnes grecques. À l'intérieur, le sol était de marbre, la salle était ornée de dorures et éclairée par des lampes à gaz et des bougies. Cette année-là, nous étions quinze débutantes, toutes vêtues de blanc, avec des gants et des chaussures de danse. Nous avions le sentiment d'être des têtes couronnées et avions fait la une du *Charleston Daily News*, qui avait jugé notre bal comme le symbole d'un changement d'époque, un retour à un Sud plus délicat et raffiné. À l'instant où j'avais franchi la porte, j'avais remarqué Edwin, dans sa queue-de-pie, en rang avec tous les autres jeunes hommes convoités, et il m'avait remarquée aussi. Il avait été le premier sur mon carnet de bal et, pendant le reste de la soirée, j'avais senti ses yeux sur moi. Peu importait avec qui j'étais. Je savais où il se trouvait dans la pièce, pas parce que je le voyais, mais parce que je le sentais. Mon corps m'indiquait où il était : Edwin me communiquait sa chaleur dès qu'il bougeait.

Quand il avait commencé à me faire la cour, ce qui ne se produisait pas souvent étant donné qu'il habitait si loin de la ville, il n'était jamais convenable. Il me volait des baisers quand ma tante sortait de la pièce. J'attribuais son impétuosité au fait qu'il vivait à la campagne, et j'aimais cela. De nombreux jeunes hommes me courtisaient, si nombreux que ma tante ne savait pas lequel me plaisait vraiment. Quant à moi, je ne montrais rien, de peur que Père n'y mette un terme. Lorsque Edwin m'a demandée en mariage, c'était trop tard. Père a pris le premier train pour Charleston. Nous avons eu une horrible dispute, qui s'est réglée lorsqu'il a constaté que je ne céderais pas. C'est la seule fois où je l'ai vu pleurer. Nous avons été invités à Branchville pour visiter la plantation de la famille Coles, la plus grande du pays, dont les champs de coton longeaient les rails de chemin de fer et s'étendaient à perte de vue. Père a accepté à contrecœur, mais exigé que le mariage se déroule à Charleston. Dans le train du retour, il a ajouté une dernière chose :

— La vie à la campagne est une vie solitaire. Fais en sorte d'avoir beaucoup d'enfants.

Je me suis mariée à dix-huit ans et à l'âge de trente et un ans, j'avais eu sept enfants. Parmi eux, trois sont morts. Deux étaient mort-nés, et puis il y a eu mon pauvre garçon adoré.

Edwin traverse la salle à manger et le vestibule en écrasant le verre cassé qui jonche le sol, puis il monte les marches avec lenteur et lourdeur. Arrivé en haut de l'escalier, il s'arrête pour reprendre son souffle. C'est alors que j'entends que mon mari est en train de pleurer. Jamais je ne l'ai vu ni entendu verser des larmes. Il entre dans la chambre d'un pas pesant et semble surpris de me trouver assise sur notre lit.

— Ce n'est sûrement pas de cette façon qu'un homme pleure, dis-je.

— Comment ?

Il incline la tête comme pour essayer de comprendre le sens de mes paroles. Mais il cesse de pleurer, ce qui confirme qu'il m'a entendue. C'est déjà ça.

— Vous êtes sourd ?

— J'ai fait aussi vite que j'ai pu, Annie, dit-il sur la défensive, campé au beau milieu de la pièce. J'ai de la chance d'avoir fait le trajet aussi rapidement.

S'imagine-t-il que je suis en colère qu'il soit parti si longtemps, telle la femme blessée qui se tracasse à cause du long périple ardu de son mari ?

— Où sont nos fils ?

— Ils sont restés en arrière pour aider à déblayer. Les chariots ne pouvaient pas passer à cause de tous les arbres qui sont tombés sur les routes.

— Comment ça, restés en arrière ?

— Ils sont à Williston.

— Vous les avez laissés ?

— Ils vont bien, ma chère.

Il s'assied en face de moi dans le fauteuil sous la fenêtre, prend une profonde inspiration puis avoue :

— Nous avons tout perdu, Annie. Le tabac nous a ruinés.

Je rétorque :

— Nos vies étaient ruinées bien avant le tabac.

La moitié de son visage baigne dans la lumière de la lune tandis que l'autre est dissimulée dans l'ombre. Les deux faces d'un même visage.

— Qu'est-ce qui ne va pas, ma chère ? demande-t-il. Vous êtes malade ?

Voilà une excellente question. En effet, je dois avoir un sacré problème pour avoir été si aveugle.

— Ne m'appelez pas ainsi.

— Annie, écoutez. Lorsque nous sommes arrivés à Florence, le marché était envahi de producteurs. Nous avons campé pendant deux jours dans une file qui traversait toute la ville. La moitié des producteurs venaient de Wilmington dans l'espoir d'obtenir un meilleur prix. Nous n'avons même pas eu le prix du marché, Annie. Nous ne nous en approchons même pas.

— Et donc ?

— Et donc, nous devons consolider nos actifs et tirer profit de ce que nous avons. Je ne sais pas… Vendre l'atelier de couture ? Il nous faut rembourser nos dettes. Entre la récolte ratée et les dégâts essuyés par nos propriétés, nous sommes à la traîne, Annie. De plus de cent mille dollars, et uniquement pour cette saison. Je ne parle même pas des trois années de récoltes de coton perdues.

C'est donc ça, sa solution. L'atelier. Prendre le peu qui reste.

— Suis-je supposée vous plaindre ?

Il retrouve une contenance et nous restons assis en silence jusqu'à ce que sa confusion se transforme en suspicion. Je ne détourne pas le regard. Il se redresse et tourne la tête pour balayer la pièce des yeux. Ma bague et mon alliance sont posées sur la table de chevet. Difficile de ne pas remarquer l'éclat des diamants et des saphirs.

— Annie, je suis fatigué, me dit-il.

Il se lève et retire sa montre. Il ouvre le tiroir de sa table de nuit, la range à côté des autres, puis j'entends qu'il touche au porte-clés. Il est en train de compter.

— Vous ne trouverez pas la clé que vous cherchez. Je l'ai prise et mise à l'abri.

Le dos tourné, il feint un soupir exaspéré et dit :

— J'ignore de quoi vous parlez.

— Oh, je crois que vous savez très bien de quoi je parle, Edwin. Je crois que vous m'avez parfaitement comprise, au contraire.

Il fait volte-face en se forçant à garder son calme. Les veines de son cou ressortent.

— Annie, vous avez eu peur. Nous avons tous été frappés par la fatalité, mais nous devons aller de l'avant. Nous pouvons discuter de notre avenir demain matin.

Me voici congédiée.

— Épargnez-moi vos euphémismes, Edwin.

Je me lève pour lui faire face.

— Nous en avons fini, vous et moi. Ce n'est pas comme cela que j'avais imaginé les choses, mais nous méritons tous les deux ce qui nous arrive, absolument tout. Vous, à cause de vos inclinations répugnantes, et moi pour avoir pris votre défense au lieu de celle de nos enfants. La bonne nouvelle, c'est que tout cela est enfin terminé.

Je le laisse planté au milieu de la chambre et je ferme la porte derrière moi. Je m'endors juste avant le lever du jour et il est tard lorsque je me réveille. La lumière est si aveuglante que je n'arrive pas à ouvrir entièrement les yeux. L'air est frais et il serait tentant de rester sous les couvertures, mais je me force à m'asseoir et j'écoute les sons de la maison. On balaie du verre brisé en bas. Dehors, le jardin fourmille d'hommes qui nettoient les débris. Ils se crient des ordres d'un bout à l'autre du terrain. Déjà, ils forment un étrange organisme en mouvement. En seulement quelques heures, Edwin a rassemblé les hommes de la ville et leur a confié les tâches qu'ils me suppliaient de leur attribuer depuis près d'une semaine. Ce qu'il reste de la grange sera bientôt démonté. Tant mieux. Je suis heureuse de la voir disparaître. Des piles de bois sont empilées en lignes régulières. Des feux de joie ont été allumés près de la maison et autour de la plantation pour brûler les ordures. L'odeur de la fumée flotte jusqu'à mes narines. Edna est dans le jardin, à accrocher les draps des matelas du Campement pour les faire sécher. La marmite à saucisses est prête sur le brasero. La décision d'Edwin est prise. Il faut sauver les apparences.

Une brise soudaine et mordante me fait frissonner. L'automne est là dans toute sa vigueur, le dernier souffle de vie avant que l'hiver n'endorme tout. De l'autre côté du jardin, mon mari marche d'un pas déterminé. Derrière lui, près de l'abattoir, un autre feu de joie lance vers le ciel bleu une colonne de fumée noire. Il s'est débarrassé des preuves. Il s'arrête pour inspecter le domaine, puis tourne la tête vers la maison et lève les yeux, jusqu'à me voir qui l'observe à travers la fenêtre. Il détourne le regard et s'éloigne rapidement, mais j'ai tout de même le temps de voir ce qui pend à sa ceinture. Mon mari porte désormais une arme.

29

Retta

Cher Odell,

Je ne t'ai jamais dit comment j'avais compris que je t'aimais. C'est une sacrée décision à prendre, surtout quand on est sur le point de donner sa vie à un homme. Je savais pas comment décider d'une chose aussi importante, alors j'ai imaginé deux questions que je devais me poser. La première, c'était : si quelqu'un essayait de faire du mal à Odell, qu'est-ce que ça me ferait ? Et la seconde : si quelqu'un faisait du mal à Odell, qu'est-ce que moi, je ferais ? La rage qui a répondu à la première question a répondu à la seconde. Ma tête n'a même pas eu le temps de réfléchir. J'ai su dans mes tripes que je tuerais la personne qui te ferait du mal. J'ai senti que j'en serais capable. Tu m'as donné une force que je ne pensais pas avoir.

J'ai fait ce que j'avais promis de ne pas faire, Odell. J'ai amené la femme blanche et ses enfants chez nous. Psaume 28 :27, tu te souviens, O ? « Celui qui donne au pauvre ne connaît pas la misère, mais ceux qui fuient son regard sont chargés de malédictions. » Y a pas pire malédiction que de fuir le regard de ceux accablés par le chagrin, et Gertrude est accablée, dans son corps et dans sa tête. Ses filles l'aiment et je pense que c'est elles qui la maintiennent en vie, mais elle ne voit pas au-delà de l'obscurité. Elle sait pas que c'est juste le démon qui joue des tours, mais moi si, et il le sait. Il va se battre pour s'accrocher à ce qu'il a, mais qu'il se méfie, parce que je ressens la même rage que quand j'ai compris que je t'aimais.

Ta femme,

Oretta.

* * *

Le visage à la barbe grisonnante d'Odell apparaît devant moi. Il est pas rasé mais il sourit et il a l'air content de me voir. Il approche sa tête de la mienne comme s'il voulait m'embrasser, mais à la place il murmure : « Quelqu'un veut te montrer son alphabet. »

Je me réveille dans la joie, et une nouvelle journée commence dans la tristesse. C'est juste un rêve, que je me dis, rien d'autre. Je m'assois dans la balancelle pour rassembler mes idées, les jambes dans le vide, au-dessus des pervenches fanées, là où ma petite fille est enterrée. Si j'avais su à quel point je dormais bien dehors, j'aurais commencé à le faire y a des années.

On est dimanche. Sugar voit que je suis réveillée et lance un « cocorico ».

— Trop tard, j'lui dis. Où est-ce que t'étais au lever du soleil ?

Sugar me tourne le dos et trotte vers le poulailler à côté de l'écurie, d'où je vois une petite tête qui dépasse. La fille de Sue Ann, Comfort, est en train de m'observer.

— Qu'est-ce que tu fais ? j'lui lance. Viens ici, que je puisse te voir.

Elle sort de sa cachette et me rejoint en sautillant.

— Pourquoi vous dormez dehors ? elle me demande.

— Y a pas de place dans la maison. Et toi, pourquoi t'es là à m'espionner ?

— J'espionne pas, je regarde.

— Ta mère sait que t'es là ?

— C'est elle qui m'a envoyée pour savoir si vous venez au catéchisme aujourd'hui.

On n'a pas eu de sermons à l'église depuis que le pasteur et Odell sont partis pour le marché, rien que du catéchisme, mais j'y suis pas allée. Je tends la main et Comfort l'attrape pour m'aider à me lever. Je me balance d'avant en arrière jusqu'à pouvoir poser les pieds par terre. Elle tire tellement fort qu'elle atterrit sur son petit derrière une fois que je suis debout.

— Dis donc, petite, tu as de la force. Je serais p't'être restée coincée là toute la journée si t'étais pas passée par ici.

Y me faut bien une minute pour me tenir bien droite. On dirait que c'est plus long ces temps-ci de bouger sans douleur. Je lève mes mains par-dessus ma tête et je m'étire.

— Tu vas y aller, toi ?

— Oui, m'dame, j'vais y aller.

— Tu vas chanter ?

— Oh que oui, m'dame.

— Qu'est-ce que tu vas chanter ?

— Jésus m'aime !

— Tu le sais bien !

— Oui, m'dame. Et il vous aime aussi.

— C'est c'qu'on m'a dit.

Elle glousse derrière sa petite main.

— Dis à ta maman que je serai là.

Elle sort du jardin en courant et remonte la rue pour aller rapporter la nouvelle. Une fois qu'elle est partie, je m'accroche à la rambarde de la véranda et ferme les yeux, puis je grimpe péniblement les marches pour affronter une nouvelle journée. À l'intérieur, Alma et Mary sont en train de plier leurs couvertures et de les ranger dans un coin. Edna a mis des biscuits au four et fait du café. La maison est pleine d'énergie.

— Vous avez dormi tard, remarque Edna.

— C'est bien vrai. Ça sent bon, Edna.

Ces filles sont de braves petits soldats dans l'armée de leur maman.

— Votre maman est levée ? je demande à Alma.

Cette petite a à peine quitté le chevet de sa mère depuis qu'elles sont arrivées ici, à part pour aller voler de la nourriture et la cacher sur une étagère dans l'écurie. J'ai encore rien dit. Qu'est-ce que je peux dire à une enfant qui a faim, avec une mère malade et l'hiver qui arrive ?

— Elle est réveillée, me répond Alma, mais elle veut pas se lever.

Je traverse la pièce pour aller dans la cuisine. Je verse du poivre noir dans ma paume et je serre fort le poing pour pas le renverser.

— Il est temps que ça change, je déclare.

Les yeux d'Alma s'illuminent. Elle me devance et se précipite jusqu'à la porte de la chambre.

— Laisse-moi faire, j'lui dis. Les gens malades, c'est comme les serpents à sonnette. Ils aiment pas qu'on les touche ou qu'on les provoque.

J'entre dans ma chambre et je trouve Gertrude allongée de mon côté du lit, dans une de mes vieilles chemises de nuit. Elle est réveillée et elle fixe le plafond. Même avec la couverture sur elle, on voit bien qu'elle est maigre comme un clou. Les os de ses hanches ressortent tellement que c'est un miracle qu'ils aient pas encore traversé la peau.

— Qu'est-ce que tu fais encore couchée ?

Elle roule sur le côté et me tourne le dos. Je tire sur la couverture de ma main gauche mais elle l'attrape et la remonte jusqu'en dessous de son menton. Elle ferme les yeux et elle ramène les genoux contre sa poitrine. Elle a de la force. Je vais de son côté du lit et je lui lance le poivre dans la figure. Elle est en rage, mais n'empêche qu'elle est prise d'une série d'éternuements qui l'obligent à se redresser.

— Il est temps de te lever et de te mettre au travail pour redevenir celle que t'étais.

Entre deux éternuements, elle crache :

— Pourquoi tu m'aides ?

— Parce que j'suis une bonne chrétienne, j'lui réponds.

Elle s'assoit au bord du lit, se lève et me dit :

— J'ai pas besoin d'amis nègres.

Je m'approche et je la regarde droit dans les yeux.

— T'avise plus jamais de m'appeler comme ça.

Elle ne baisse pas les yeux, mais elle finit par répondre :

— D'accord, je le ferai plus.

— Et j'ai l'impression que t'as besoin de tous les amis que tu peux trouver, Gertrude Pardee. Maintenant, ramène tes fesses et va t'asseoir à table pour manger avec tes enfants. Tu leur fais peur.

Elle titube comme une ivrogne, mais je ne l'aide pas à trouver l'équilibre. Y faut qu'elle y arrive par elle-même.

* * *

Quand j'sors de chez moi, je croise une bande de dindes dans le champ près du chemin. Huit en tout. Les mâles lissent leurs plumes, crachent et crient pour essayer d'attirer l'attention des femelles, sans se douter que Thanksgiving guette. En descendant la rue de Sue Ann, je suis impressionnée de voir à quelle vitesse les bonnes âmes de Shaker Rag ont travaillé pour tout déblayer. Les arbres ont été dégagés des routes pour qu'on puisse circuler. Tous les toits et toutes les toilettes extérieures ont été réparés ou reconstruits, et certaines ont déjà été peintes en vert pour les assortir aux dernières herbes de l'été. À part les cheminées et les cabanes de toilettes qui se sont envolées, on a pas mal résisté à ce qui nous est tombé dessus. De l'autre côté de Shaker Rag, par contre, c'est une autre histoire. Les poteaux télégraphiques ont été retirés de la route, mais les lignes et tout un tas d'autres débris sont tellement emmêlés dans les arbres qu'ils pendent dans les branches comme des serpents. Une automobile est couchée sur le côté dans le champ devant Shaker Rag et la toiture de Mrs Walker est à moitié arrachée. Si son cœur ne s'était pas arrêté avant, l'ouragan l'aurait certainement tuée. P't'être que c'est une bénédiction qu'elle ait pas eu à subir ça. J'en sais rien. C'est pas à moi d'en décider. Ce que je me demande, c'est dans quel état sont les autres comtés vers l'intérieur des terres, mais ça doit aller si Mr Coles a réussi à rentrer.

S'il est capable de faire un voyage pareil à son âge, alors Odell peut aussi, avec ses dix ans de moins.

Alors que j'approche du perron de la maison, j'entends déjà les femmes qui chantent à l'intérieur. Je suis en retard pour rejoindre les huit sœurs qui sont là, prêtes à célébrer le Saint-Esprit. La petite Comfort est au milieu du groupe, qui chante en agitant les bras comme si elle dirigeait une chorale. Mabel et Myrtis échangent un regard quand je passe la porte. C'est rapide, mais je les vois faire. J'ai été le sujet de conversation. Je me joins à elles pour la fin de l'hymne tout en me dirigeant vers la chaise vide à côté de Sue Ann, et je fais quelques pas de danse avec Comfort au passage. Sue Ann sourit quand je m'assois. Y a pas de maris aujourd'hui. Roy doit travailler au chemin de fer et il sera parti presque toute la semaine. Le reste des hommes sont soit en train de travailler, soit trop fatigués, alors c'est à leurs femmes de s'assurer qu'elles sont dans les p'tits papiers du bon Dieu en cas de besoin. Quand la chanson est terminée, Comfort va s'asseoir le long du mur avec les autres enfants. Ils lèvent leurs jambes chacun leur tour quand elle passe devant eux, comme si c'était un jeu. De l'autre côté du cercle, Mabel hoche la tête dans ma direction et je réponds de la même façon. Ensuite, Sue Ann nous demande à toutes de nous donner la main et nous guide dans la prière, remerciant le bon Dieu pour cette journée, pour le ciel clair et la brise, et priant pour que les bénédictions continuent à toucher les bonnes âmes de Shaker Rag, particulièrement les nécessiteux.

Elle récite des prières pour le pasteur et pour Odell et je serre sa main en signe de gratitude. J'aurais dû revenir bien plus tôt. Elle dit « amen », me regarde et sourit. Elle ouvre sa Bible et déclare :

— Je suis pas le pasteur, Dieu m'en soit témoin. Je suis juste une femme à son service qui se réveille tous les jours en ayant peur.

— Je connais ça, dit Myrtis.

— Peur pour mes enfants, peur pour mon mari, et peur pour les bonnes gens de Shaker Rag.

— Tout va bien se passer, je dis. Tout va bien se passer.

— Qu'est-ce que t'en sais ? me demande Mabel.

Tout le monde se tait. Sue Ann s'éclaircit la gorge, mais elle s'arrête là. Même les enfants contre le mur sont immobiles. On dirait bien que c'est Mabel qu'est aux commandes, autrement quelqu'un s'en mêlerait.

— Je suis pas la seule ici à connaître sa Bible, j'lui réponds. C'est ce que les Écritures nous disent.

— Tu sais que les Garrett ont perdu leur garçon à cause de la fièvre ? me lance Mabel. Il laisse une femme et deux enfants derrière lui.

Je sens le rouge me monter aux joues. En face de moi, assise sur une chaise, Dot Garrett est frappée par les mots de Mabel, comme si son fils venait de mourir une seconde fois. Elle presse un mouchoir contre sa bouche.

— Oh, Dot, je dis. Je suis désolée. Je savais pas.

— Merci, Retta, elle murmure.

— Si tu répondais quand les gens frappent à ta porte, tu serais au courant de ces choses-là, reprend Mabel.

— C'est bon, Mabel, dit Dot. Elle sait, maintenant.

Mais Mabel n'en a pas fini avec moi.

— Pourquoi est-ce que tu me fermes ta porte, Retta ? Pourquoi est-ce que je suis là à t'annoncer des nouvelles presque deux semaines après l'enterrement de ce pauvre garçon ?

Je peux rien faire d'autre que secouer la tête. Ma voix m'a abandonnée.

Finalement, Sue Ann intervient :

— Le psaume 46 a donné de la force à certaines d'entre nous et j'espère que ces mots seront comme une nourriture dont on pourra s'alimenter. Que ça nous rendra plus fortes dans ces temps difficiles.

— Non, Sue Ann, attends un peu, insiste Mabel.

Toutes les femmes présentes dans la pièce se redressent sur leurs chaises et retiennent leur souffle.

— Si je t'ouvrais ma porte à chaque fois que tu viens me trouver, mes jambes arrêteraient de me porter, j'lui dis.

— Tu te crois mieux que moi, crache Mabel.

Les femmes se tortillent sur leur siège en attendant la réponse.

— Je crois pas que j'suis mieux que toi, Mabel. C'est grâce à toi qu'on sait tous qui aider en cas de besoin, qui est malade ou qui a besoin d'être nourri. C'est un immense service que tu rends aux femmes de Shaker Rag.

Dot lui tapote la cuisse, mais Mabel le sent pas.

— Dans ce cas, pourquoi tu tournes le dos à Shaker Rag ?

Elle a planté les dents maintenant et elle refuse de me lâcher.

— J'ai l'impression que t'attends autre chose de moi, Mabel. Tu veux et tu attends toujours autre chose. Qu'est-ce que c'est, cette fois ?

En entendant ça, les enfants se taisent et écarquillent les yeux. Y a que dans les moments difficiles que les enfants se tiennent à carreau.

— Je veux rien de toi, elle me répond.

Les femmes se regardent entre elles, mais personne n'affronte mon regard.

— Très bien. Autre chose ? je demande aux autres.

Elles secouent toutes la tête.

— Les enfants, vous avez quelque chose à dire ?

Comfort lève la main.

— J'ai perdu une dent.

— Viens ici, que je jette un œil.

Elle se lève, vient se planter devant moi et ouvre la bouche pour me montrer. Y lui manque une de ses dents de devant. Je l'attrape pour l'asseoir sur mes genoux. Avoir un enfant sur les genoux apporte toujours le calme autour de soi.

— On veut savoir pendant combien de temps tu vas avoir des Blancs chez toi, lance Mabel.

— Et pourquoi vous voulez savoir ça ?

Sue Ann s'éclaircit la gorge et explique :

— Ça inquiète, que des Blancs viennent s'installer à Shaker Rag.

Nous y voilà. Enfin. Elles se demandent toutes ce que je fabrique.

— C'est chez nous, Retta, dit Myrtis.

— Quand tu as perdu ta petite et qu'Odell a été blessé, tout Shaker Rag t'a soutenue, ajoute Mabel.

Dot dit :

— Mabel, arrête s'il te plaît.

Mais Mabel l'ignore.

— Et ? je demande.

— Et on dirait bien que tout c'qui t'intéresse, c'est les Blancs et leurs problèmes de Blancs. Tu te souviens que t'es une femme de couleur, pas vrai, Retta ? Tu te rappelles où est ta place ?

Je regarde chacune des femmes, parce que je sais que ce que Mabel dit tout haut, c'est ce qu'elles pensent toutes tout bas.

— Shaker Rag est pas un enclos fermé. Vous croyez que vous avez inventé la souffrance ? Les temps sont durs partout. Y suffit de traverser la rue pour voir qu'on n'est pas les seuls à avoir mal. Le chagrin ne fait pas de différence de couleur. Vous devriez toutes le savoir, depuis le temps.

Comfort éclate en sanglots et demande :

— Pourquoi vous vous disputez ?

Je la berce doucement.

— Ça t'arrive d'être fâchée contre tes frères ?

Elle hoche la tête.

— Eh bien là, c'est pareil, ma chérie. C'est juste une dispute de famille.

Je regarde toutes les sœurs réunies ici, et chacune hoche la tête en signe d'assentiment. Elles m'ont entendue et comprise. Toutes sauf Mabel. Elle refuse de croiser mon regard.

30
Gertrude

C'est mon premier jour dehors. J'suis encore essoufflée de m'être lavée à la pompe, mais la chaleur du soleil me fait sacrément du bien. Mes os boivent les rayons et c'est comme si ça les réchauffait de l'intérieur. Mon père dirait que c'est du temps à planter des patates, ou pas loin. La saison a changé. On peut sentir les odeurs de la terre et du bois qui se mélangent dans l'air. Il ne manque plus que la fumée des feuilles qu'on brûle.

J'suis assise sur la balancelle du porche. Alma est derrière moi, qui brosse mes cheveux mouillés pour les démêler. Elle tire tellement fort sur la brosse que j'ai l'impression qu'elle m'arrache le crâne. Je l'ai pourtant dur, mais il y a des limites. Je place mes mains sur le haut de ma tête et je lui dis de brosser de bas en haut. Elle change de sens, mais elle n'y va pas plus doucement. Elle veut venir à bout des nœuds. Je me souviens pas de la dernière fois où j'ai brossé les cheveux de mes filles, mais Retta l'a fait. Les filles sont impeccables.

Quand Alma a terminé, elle se sert du manche de la brosse pour diviser mes cheveux en trois sections.

Elle est rapide pour faire des tresses, en dépit de ses petites mains. Elle tient une mèche fermement dans chaque main et elle les fait passer l'une par-dessus l'autre, en tirant fort. Une fois que c'est fini, elle fait un nœud au bout et laisse tomber la tresse, qui pend le long de ma colonne vertébrale. Avec trois doigts, elle me pousse entre les épaules et me dit de rentrer à l'intérieur, à croire que c'est elle la mère et moi l'enfant. En voyant que j'bouge pas, elle vient se planter devant moi avec les poings serrés et tape du pied.

Mary arrive en bas des marches du perron et lance :

— T'as pas le droit de lui dire quoi faire.

Elle pousse Alma, qui la pousse en retour, si fort que Mary décolle du perron et atterrit sur le dos. Alma saute en bas des marches et rejoint sa sœur, toute désolée. Mary lui pardonne tout de suite, comme elle fait toujours.

— Alma, je lui dis, qu'est-ce qui t'arrive à la fin ?

Elle s'assoit dans l'herbe et se frotte le visage.

— Je veux pas que tu meures.

— Tu penses que je serais sortie du lit et que je serais debout si j'avais prévu de mourir ? Tu crois que je serais en train de te parler en ce moment ?

— Je sais pas.

Elle penche la tête en avant et elle se met à pleurer, usée par l'inquiétude. Je tends les bras et elle monte les marches pour me rejoindre sur la balancelle, avec Mary sur les talons. Je lui frotte le dos pendant qu'elle pleure.

— Elle est pas morte, Alma, c'est bon, elle est pas morte, répète Mary encore et encore tout en tapotant le dos de sa sœur.

Alma la regarde et elle rit à travers ses larmes.

— Je suis assise là en train de parler avec vous deux, je dis. Vous imaginez à quel point ça ferait peur si j'étais morte et enterrée et que j'étais là à discuter ?

Elles commencent à glousser et on se balance sans rien dire, en écoutant les colins qui chantent dans les bois. On ne peut pas avouer à des enfants que certaines choses sont pires que la mort. C'est déjà assez dur de le savoir en étant adulte.

J'ai raté l'enterrement de mon frère. Le révérend les a trouvés, lui et Marie. Il les a vite enterrés et puis il a brûlé tous les meubles dans la chambre. Pas d'hommage, pas de cérémonie. Juste quelques mots prononcés au-dessus d'un tas de terre. Personne n'a demandé ce que je voulais ou ce que je pensais. Il n'a pas enterré Berns et Marie près de notre père et notre mère. Il les a mis à côté des Ott et des Berry, ce qui n'est pas leur place. Le révérend est peut-être nouveau en ville, mais c'est quand même du bon sens de ne pas enterrer séparément des gens d'une même famille. Les gens vont penser qu'il y avait des tensions entre nous, alors qu'il y en a jamais eu. Maintenant, toute la famille est dispersée et j'ai aucun moyen de la réunir. Et une pierre tombale y changerait rien, même si on avait l'argent pour en acheter une.

Une femme de couleur sort d'un jardin plus bas dans le chemin. C'est la seule personne que j'ai vue dans la rue de la journée. Tous les autres sont partis au travail. Sa fille marche à côté d'elle. On voit qu'elles mangent à leur faim, elles sont pas maigres comme nous. La petite fille a des tresses africaines. La femme garde les yeux baissés jusqu'à ce qu'elle arrive devant la maison de Retta, puis elle lève la tête et dit :

— Bonjour.

Je réponds avec un hochement de tête. Sa petite a d'yeux que pour Mary. Elle lui sourit et agite la main. Mary saute de la balancelle et agite la main aussi. La petite se tient le ventre et fait semblant de rire et Mary fait pareil. Puis Mary tourne sur elle-même et la gamine saute et fait pareil. Elles se montrent leurs robes.

— Arrête de faire ton intéressante, je dis.

Ces enfants ont de l'énergie à ne pas savoir quoi en faire. Pas étonnant, après tout le temps qu'elles ont passé enfermées à me surveiller et à s'inquiéter pour moi.

— Allez donc gagner une pièce de cinq *cents* quelque part. Je sais qu'il y a du travail après la tempête. Peu importe ce qu'on vous dira, n'acceptez pas moins.

Alma lève la tête.

— Qu'est-ce que tu vas faire ?

— Rester assise là jusqu'à ce que j'aille mieux, je suppose. Je ne peux pas faire grand-chose d'autre.

Alma bondit sur ses pieds et déclare :

— Je vais nous rapporter une pièce de dix *cents* chacune.

— Alors vas-y, et n'embête pas Edna. Elle a déjà bien assez à faire.

Elles traversent en courant le champ herbeux qui longe la route, avec leurs cheveux qui volent derrière elles. Alma va vite, mais Mary la suit de près. Encore deux ans et on ne pourra plus les départager. J'me lève et descends les marches en me tenant à la rambarde. J'ai l'impression d'être endormie et réveillée en même temps ; c'est une drôle de sensation, mais mes pieds se mettent l'un devant l'autre jusqu'à ce que j'arrive au bout du jardin. Le coq de Retta me lâche pas d'une semelle. L'air ne m'a jamais semblé aussi doux et agréable. Il me caresse le visage, c'est comme s'il me donnait de la force, alors je le laisse me pousser jusqu'à cet endroit qu'on appelait la maison. Une fois sur le perron, je m'assois pour me reposer avant d'aller voir le bazar que je vais à coup sûr trouver à l'intérieur. D'ici, la vue a changé. Les arbres qui bloquaient la vue depuis la rue ont disparu. Le vent a brisé leur cime comme des allumettes. Des chevaux, des chariots et quelques voitures traversent le carrefour de Main Street. Je me demande où ils vont. Si on avait assez d'argent, on irait aussi. Il y a plus rien qui nous retient ici.

Je me relève et me dirige vers la porte moustiquaire. Elle a été arrachée et la porte en bois est coincée, gonflée par l'humidité. Je donne des coups d'épaule jusqu'à ce qu'elle cède. Il y a des guêpes dans la cuisine, qui volent et butinent le rebord de la fenêtre au-dessus du plan de travail. Ça empeste le moisi. Le coq me suit dans la maison et picore les vers par terre. Les placards et le garde-manger sont toujours debout, mais toute la nourriture à l'intérieur a pourri. Quand j'ouvre un des placards, des guêpes en sortent et volent dans tous les sens. Un pot de confiture a explosé, sûrement à cause de la pression atmosphérique pendant la tempête. Un essaim de guêpes recouvre les restes. La farine et le riz sont infestés de charançons.

Il y a un trou dans le plafond qui laisse voir la charpente à l'avant de la maison, côté rue. Les poutres qui sont exposées ont l'air solides et ne montrent pas de signe de faiblesse, mais le reste de la maison est en ruines. Il y a des graviers et des morceaux de bois par terre. Trois anoles bruns traversent le salon pendant que j'avance entre les gravats. Les meubles sont mouillés et le canapé est déjà en train de moisir. De là où j'me tiens, on peut voir le ciel, bleu avec des nuages blancs qui ressemblent à du coton. Les fenêtres le long du mur qui donne à l'est, vers la ville, sont toutes cassées. Cette partie de la maison a besoin d'être vidée et brûlée. Il y a rien à sauver. Les chambres ne sont pas mieux. Je m'appuie contre l'encadrement de la porte de celle où je dormais. Rien qu'en voyant le bazar, je suis épuisée. L'odeur du moisi me prend à la gorge et une quinte de toux me plie en deux. Le coq me picore les chevilles.

— Laisse-moi tranquille, je lui dis en le poussant du pied.

Il recule, mais il reste avec moi. Jamais vu un animal aussi bizarre. La latte de plancher que Mrs Walker utilisait pour dissimuler sa cachette est gonflée d'humidité et a bougé de place. Elle est au-dessus des autres, en travers. Je la déplace avec mon pied pour regarder en dessous. La boîte en bois de Mrs Walker est toujours là. Je me mets à quatre pattes pour la sortir du trou et je prends ce qui reste d'argent et la lettre que Mrs Walker a laissée. Je plie les dollars et la lettre ensemble pour les glisser dans ma robe au niveau de ma poitrine, puis je m'appuie sur le contour de lit en bois et je regarde le ciel au-dessus de moi. Une nuée de pélicans – treize en tout – volent bas en direction de l'est. Les nuages sont chassés par le vent. Je m'allonge par terre près du trou et je les observe aller de gauche à droite, en groupes paresseux. La brise dehors est une vraie bénédiction pour mes sens.

J'me réveille en sentant une pluie légère qui me tombe sur le visage. Le coq chante au-dessus de moi, perché sur le lit, comme si c'était le matin. C'est la fin de la journée et la lumière baisse. Je suis restée trop longtemps ici, Alma doit s'inquiéter. Je me lève et je vais dans la chambre des filles pour prendre mon fusil. Le coq me suit comme un chien. L'armoire dans la chambre est intacte et tout ce qui est dedans est récupérable. Les couvertures, les draps, la toile de matelas en plus qu'on n'a jamais utilisée, tout ça est empilé dans le bas. Tout au fond de la pièce, dans un coin, je vois mon fusil posé debout contre le mur. Derrière, il y a un sac en papier avec quelque chose en laine bleue à l'intérieur. Le cadeau que Mary m'avait fait ? Le coq vient me picorer les talons. Il s'envole quand je le pousse du pied, va s'installer sur le lit des filles et lance un « cocorico ». Alors que j'tends le bras pour attraper le fusil par le canon, j'entends une automobile s'engager dans la cour et s'arrêter près de la cuisine. Le moteur se coupe et l'arme m'échappe des mains avant de tomber derrière les couvertures. Le coq s'approche de moi, lève la tête et crie encore. Dehors, la portière de l'automobile claque et un homme crie :

— Bonjour ?

J'ai laissé la porte de derrière grande ouverte. Je me glisse à l'intérieur de l'armoire et je referme doucement la porte sur moi. Le creux entre les deux portes est assez grand pour que j'y passe le pied. Assez grand pour voir qui arrive. D'un coup, les pas lourds de l'homme résonnent dehors, sur le perron. Il tape trois coups rapides à la porte ouverte.

— Il y a quelqu'un ?

J'connais cette voix. Le coq picore le bas de la porte de l'armoire. Il me cherche.

— C'est le shérif de Saint George.

Dans le noir, je sens un truc qui se faufile depuis entre les couvertures et passe au-dessus de mes pieds. Je viens de réveiller un serpent énorme. Il s'enroule autour de mon pied droit et je vois sa langue qui frétille dans la lumière qui filtre entre les portes. J'ai tué assez de ces bestioles dans les champs de coton pour reconnaître une vipère cuivrée quand j'en vois une. Je l'attrape vite fait par la nuque. Elle se tortille et essaie de resserrer son étreinte. Je lève le pied, place le talon de ma chaussure sur sa tête, et j'appuie jusqu'à ce qu'elle soit écrasée et que la vie l'ait quittée.

Le shérif appelle encore :

— Bonjour ?

Il arrive dans le salon et s'immobilise. Pour écouter ou pour observer, j'en sais rien. Ensuite il va dans ma chambre et donne un coup de pied dans la latte que j'ai oubliée de remettre en place. La boîte est ouverte. Il va savoir que quelqu'un est venu. Il tourne la poignée de la porte de l'armoire. Il l'entrouvre et la referme aussitôt.

— Bon sang, il grommelle, sans doute à cause de l'odeur. Mazette.

Son ombre se détache dans la lumière et l'espace entre les portes devient sombre. C'est le coq qui m'sauve la mise. Même si je n'y vois rien, le bruissement de ses plumes et ses cris stridents m'indiquent clairement qu'il a décidé de s'en prendre au shérif.

— Merde ! il s'exclame.

Il se dépêche de repartir dans l'entrée. Il y a un gros bruit sourd et tout devient silencieux. J'entends qu'il essaie de reprendre son souffle avant de se décider enfin à partir, non sans claquer la porte de la cuisine derrière lui. Quand je sors de ma cachette, je trouve le coq allongé par terre, qui respire encore. Il me regarde d'un œil déjà vitreux, alors je me penche en avant et je l'attrape par le cou. Je lui tords et, l'instant d'après, il est parti.

La nuit est tombée quand j'arrive chez Retta. Je porte ma honte dans l'obscurité, le fusil dans une main, le coq et le sac de laine dans l'autre, avec contre ma poitrine les restes de ce que j'ai volé. Alma court jusqu'à moi et me fait presque tomber à la renverse dans la rue. Retta arrive sur le perron et elle me détaille de haut en bas.

— J'ai dû tuer ton coq, je lui dis. J'avais pas le choix.

— J'imagine qu'il l'a cherché, répond Retta. Plume-le. Y va faire office de dîner.

31

Annie

Mon mari garde son arme à la ceinture jusque tard dans la soirée. J'ai entendu l'écho de ses explications à travers la maison et sous ma fenêtre. Après la tempête, il a réussi à susciter la peur chez les gens au point de créer une petite milice armée. C'est une démonstration de force, un enfant qui joue au soldat. Hier soir, il est venu dans ma chambre et est resté longuement debout au pied de mon lit, à m'observer.

— Qu'essayez-vous de prouver, ma chère ?

J'ai gardé les yeux fermés mais il a insisté.

— Il faut que vous mangiez, a-t-il dit. Je me fais du souci pour vous.

En voyant que je m'entêtais à ne pas répondre, il a adopté une nouvelle approche. C'était comme s'il se parlait à lui-même, qu'il se racontait à voix haute un conte dont il voulait me convaincre.

— Tout ira bien. Nous allons nous rendre à la fête du Campement et voir si nous pouvons sauver nos finances. Nous trouverons bien un moyen.

Naturellement, il n'y a que cela qui compte. Nos finances.

— Et si les garçons ont besoin que l'on s'occupe d'eux en dépit de leur âge, alors je veux que vous soyez à mes côtés. Vous comprenez ?

Je me demandais à quel moment il mêlerait les enfants à tout ça.

J'ai ouvert les yeux pour le regarder.

— Non, j'en ai fini avec le Campement.

Puis j'ai tourné la tête pour contempler le ciel nocturne à travers la fenêtre de ma chambre. La Voie lactée était si nette que j'avais le sentiment de n'avoir qu'à tendre la main pour la toucher. Mon mari se balançait d'avant en arrière, basculant de ses orteils à ses talons comme toujours lorsqu'il est impatient. Puis il est venu se planter devant la fenêtre, me bloquant la vue.

— Nom de Dieu, Annie, vous allez venir au Campement, même si je dois vous porter jusque là-bas.

Edwin est toujours si sûr de lui qu'il frôle l'insolence, mais jamais je n'avais pris conscience de sa stupidité. Il est là, avec une arme à la ceinture dans la chambre de sa femme, et c'est moi qui suis déraisonnable ? Mais je ne vaux pas mieux que mon mari. J'ai cru ce que j'avais envie de croire. Ce que j'ai pris pour de la détermination silencieuse et du soutien pendant toutes ces années de mariage n'étaient en fait que de la complicité. J'ai simplement choisi de croire au mauvais récit.

La vraie personnalité d'une personne devrait sauter aux yeux. En dépit de sa richesse, Papa était resté simple et franc. C'était un garçon des villes, capable de boire et de se battre comme n'importe quel autre garçon, mais il était bien élevé et gentil. Il avait ses manies. La campagne le rendait nerveux. Il trouvait le silence impossible à jauger et avait besoin de bruit et de chaos pour bien dormir. Après mon mariage, il avait dit :

— Tu vis dans un fantasme, Annie. Ne te laisse pas duper par les apparences. Un lieu calme peut aussi être le berceau du chaos.

Mon père ne voulait rien de tout cela pour moi.

Retta m'a dit ce matin qu'Edwin a décidé de ne pas faire réparer le téléphone et qu'il avait fait prévenir le médecin que je ne mangeais pas. Il se doit de jouer le rôle du mari inquiet. Autrement, que diraient les gens ? « La femme yankee d'Edwin Coles a perdu la tête, pauvre homme », sauf que j'ai toute ma tête, bien au contraire. Je me suis alitée et je n'ai pas l'intention de me relever. Retta a fait défiler sous mon nez tous mes plats préférés, mais je n'ai d'appétit pour rien. Vivre sans nourriture n'est pas aussi difficile que je l'avais imaginé. L'esprit devient plus affûté une fois que les maux de tête diminuent. Le chagrin est semblable à une montagne qui s'élève dans votre gorge, bloquant le passage pour toute autre chose.

— Miss Annie, vous devez manger quelque chose, me répète Retta. Vous ne pouvez pas le laisser gagner.

— Il ne gagne pas, Retta. Il n'y a pas de gagnant. Il n'arrivera à rien sans mon accord.

— Ça tuerait vos enfants, Miss Annie. Ça les tuerait de vous voir vous affamer comme ça.

— Au contraire, cela les soulagera d'au moins un de leurs fardeaux.

J'attends, désormais. Chaque jour, j'attends, assise dans mon lit, adossée contre de gros oreillers en plumes d'oie, tel un moineau dans son nid. Les fenêtres de ma chambre offrent une vue d'ensemble sur les allées et venues quotidiennes dans la propriété. En ce moment même, au milieu des champs, se tient le plus grand balbuzard que j'aie jamais vu. Il est assis au grand jour, parmi les ouvriers qui travaillent, la tête qui pivote à la manière d'un hibou, le regard pensif et vigilant. Pendant un moment, il échappe à la vue des travailleurs, mais lorsque l'un d'entre eux s'approche trop près, le rapace essaie de s'envoler et c'est alors que je vois ce qu'il gardait jalousement. La proie prisonnière de ses serres est trop lourde pour qu'il parvienne à la porter. Il doit rester avec l'animal s'il veut le garder pour lui.

Un des fils Norris se précipite vers l'oiseau en courant, les bras levés, et l'oblige à abandonner sa proie. Il décrit des cercles dans le ciel tandis que le garçon de ferme arrive au niveau de l'animal et l'attrape par la queue afin de le montrer aux autres. C'est un raton laveur, que la mort a déjà raidi. Le garçon agite l'animal par la queue et le lance aussi loin et aussi haut que possible. Le balbuzard descend en piqué et attrape le raton laveur dans ses serres, mais le poids l'entraîne dans les hautes herbes derrière le champ. Les hommes poussent des cris de joie en voyant cela. Cela leur fait du spectacle. Le bruit de leurs rires se glisse paresseusement par la fenêtre ouverte de ma chambre, bientôt couvert par celui de coups frappés à la porte d'entrée. Les pas assurés de Retta claquent sur le plancher. Elle ouvre la porte et fait précipitamment entrer le médecin. Il patiente dans le vestibule tandis que Retta part en quête de mon mari.

Je l'appelle depuis mon lit.

— John.

— Ann ?

— À l’étage.

Ses pas hésitent au bas de l’escalier, puis il commence à grimper lentement les marches pour me rejoindre. Il traverse le vaste couloir et, d’un coup, le voici dans ma chambre, vêtu du même costume brun en loques que celui qu’il portait le soir où il m’a rendu visite. Je me demande à quand remonte la dernière fois où il a envisagé d’acheter de nouveaux vêtements. Je respire son odeur. Elle n’a rien de répugnant, au contraire, mais je sais que lorsqu’un homme néglige son hygiène, cela peut vouloir dire deux choses : une surcharge de travail ou une mauvaise santé mentale.

— Entrez, dis-je.

Je tends le bras afin de m’emparer du verre d’eau sur la table de chevet et il se précipite vers moi pour m’aider.

— Comment vous sentez-vous ? s’enquiert-il. Comment va votre main ?

Je la lève pour la lui montrer.

— Mieux.

— Peut-être pouvons-nous retirer les points ?

— Je pense que oui.

Il pose sa sacoche sur le lit, près de mes jambes, et se prépare à retirer le fil noir de ma paume. Il examine la plaie puis me dévisage, circonspect.

— La blessure s’est rouverte, Retta l’a refermée.

— Vous auriez dû m’envoyer chercher.

— J’ai pensé qu’entre l’épidémie et l’ouragan, vous aviez déjà bien assez à faire. Y a-t-il eu beaucoup de blessés ?

— Ça aurait pu être pire.

— J'ai entendu dire que vous ne faisiez plus payer vos consultations aux pauvres.

Il fait la grimace, gêné de voir son humanité ainsi étalée au grand jour. J'avais oublié à quoi ressemblait l'humilité.

— J'ai entendu dire que vous ne mangez pas, dit-il, esquivant ma question.

— Touché.

Ses mains sont froides. Ma peau s'est reformée par-dessus les sutures et il doit tirer fort pour les retirer. Nous restons silencieux pendant qu'il s'acquitte de sa tâche.

— C'est Edwin qui vous a envoyé chercher, pas moi, finis-je par dire.

— Vraiment ?

— Oui.

— Pourquoi ? Êtes-vous malade ?

Je secoue négativement la tête, submergée par mes propres émotions.

— Alors que se passe-t-il, Ann ? demande-t-il doucement.

En bas, j'entends Edwin traverser le vestibule au pas de charge.

— Où est-il ?

— Je ne sais pas, monsieur, il était juste là, répond Retta.

John me fixe, pour voir si je vais lui répondre, mais je détourne la tête.

— À l'étage, Edwin, appelle-t-il.

Mon mari grimpe l'escalier du même pas volontaire qu'au cours des cinquante-deux dernières années. Lorsqu'il arrive dans la pièce, il déborde d'une énergie de jeune homme. Il a la main tendue, le faciès accueillant.

John se lève, prend la main d'Edwin dans la sienne et la serre. On sent entre eux le respect de deux hommes qui se connaissent depuis longtemps.

— Merci d'être venu, docteur.

— Je vous en prie.

— Pouvons-nous discuter dehors ? demande Edwin.

— Si cela concerne Ann, alors je préférerais parler ici, devant elle, si cela ne vous fait rien.

— Bien sûr, accepte Edwin.

Voilà une chose qu'Edwin n'avait pas prévue dans son plan.

— Elle ne daigne même pas jeter un regard à la nourriture, explique Edwin. Elle n'a rien avalé depuis mon retour. Avant ça, je ne sais pas trop.

John s'assied dans le fauteuil près de mon lit et pose la main à plat sur l'édredon.

— Une semaine, plus d'une semaine ? Depuis combien de temps, Ann ?

Depuis notre dîner, voilà ce qu'il demande en réalité. Il a fait le calcul. Les deux hommes m'observent. Edwin est debout au milieu de la pièce, silencieux, son chapeau à la main. Je hausse les épaules et feins l'ignorance.

— Elle parle rarement et lorsqu'elle parle, ça n'a souvent ni queue ni tête.

John l'ignore. Il tire sur les couvertures et appuie sur mon abdomen.

— Savez-vous quel jour nous sommes ? demande le médecin.

— Mercredi.

Il s'empare de son stéthoscope et l'appose contre ma poitrine pour écouter.

— C'est exact, dit-il. Et savez-vous qui je suis ?

— Vous êtes notre médecin.

— Et lui, savez-vous qui il est ? interroge encore John en regardant mon mari.

— Non.

— Vous voyez ? intervient Edwin.

John place un thermomètre dans ma bouche, puis prend une petite loupe. Il regarde dans mes yeux, maintenant chaque paupière bien ouverte pour voir si un mal quelconque guette dans mon cerveau. Quand il a terminé, juste avant qu'il recule, je murmure :

— Je croyais le connaître. J'avais tort.

— Qu'est-ce qu'elle a dit ? questionne Edwin.

John lève un doigt en l'air pour lui faire signe de patienter, puis il consulte le thermomètre et inspecte l'intérieur de mes oreilles ainsi que ma gorge. Lorsqu'il a fini, il ramène les couvertures sur moi et range ses instruments dans sa sacoche.

— J'aimerais vous emmener à l'hôpital pour procéder à des examens, Ann.

Edwin s'approche du pied du lit et dit :

— Elle n'a pas confiance dans les hôpitaux. Son père est mort dans un hôpital.

Je regarde par la fenêtre pendant qu'ils discutent de mon sort. Retta est à côté de la corde à linge, en train d'étudier la mousse espagnole que les garçons de ferme lui ont apportée. Elle leur montre quelque chose au milieu de la mousse, l'air mécontent. Ils la laissent tomber à ses pieds et traversent les champs en courant en direction des bois. Après une tempête pareille, ils ne risquent pas d'en trouver beaucoup sur les arbres, et encore moins de qualité. Elle devra rembourrer les matelas pour le Campement avec des feuilles de maïs.

La voix de John me ramène dans la chambre.

— Ann. Vous ne tiendrez pas bien longtemps sans nourriture.

Je les regarde, chacun leur tour. D'abord Edwin, puis John.

— Vous ne pouvez pas lui donner quelque chose pour la faire manger ?

— On ne peut pas la forcer à manger, Edwin. C'est à elle de prendre la décision.

Je murmure :

— Pas d'hôpital.

— Vous comprenez que si vous ne mangez pas, vous allez mourir, me demande John.

Il est si gentil… Je regrette de ne pas m'en être rendu compte plus tôt. Les mots ne servent à rien désormais, mais je les dis tout de même, assez fort pour être entendue par eux deux.

— Je comprends.

Il n'y a rien d'autre à ajouter.

32

Retta

— Je n'ai pas le souvenir de t'avoir demandé ton avis, gronde Mr Coles quand j'lui dis que j'ai peur que Miss Annie soit pas en état de venir au Campement cette année.

— Non, monsieur, j'lui réponds. Je le sais bien, mais j'peux pas m'occuper d'elle et préparer la nourriture pour le Campement si j'veux être en mesure de nourrir tout le monde. Il lui faut une infirmière.

La moitié des hommes importants de l'État compte sur une invitation pour venir déguster ma cuisine, je l'sais. C'est notre tente qui sert les meilleurs plats et Mr Coles le sait aussi bien que moi.

Qu'est-ce qu'il croit, le bonhomme ? Que Miss Annie va sortir de son lit, s'asseoir bien droite dans l'automobile et faire le long trajet jusque là-bas à côté de lui ? Je suis en retard dans mon travail. On doit monter et descendre l'escalier qui mène à la chambre de Miss Annie cinq fois par jour au moins – qu'elle mange ou pas, on doit lui apporter de la nourriture, et elle a besoin de faire sa toilette. Je peux pas m'interrompre sans arrêt si je veux avoir tout fini à temps.

Les cacahuètes qui bouillent sur la cuisinière auraient dû bouillir y a une semaine.

— Engages-en une, qu'il dit.

— Vous voulez que ce soit moi qui me charge de ça ?

— J'ai des choses plus pressantes à gérer.

J'ai envie d'lui demander : « Plus pressantes qu'une femme malade qui se laisse mourir de faim dans son lit là-haut ? » Mais je garde la bouche fermée.

— Engage une Blanche, il ajoute en traversant la cuisine.

Il attrape son chapeau au crochet de la porte de derrière et fonce droit sur Edna, qui déboule dans la cuisine comme une bourrasque. Il recule pour la laisser passer et elle baisse la tête et passe devant lui à toute vitesse. Il sort de la maison et claque la porte derrière lui, et le bruit fait sursauter Edna. Elle en a une trouille bleue. Elle a déjà cassé un saladier devant lui. Il a rien dit, mais je peux pas la laisser servir les repas toute seule. Elle fait tomber les choses quand elle est nerveuse et ça agace Mr Coles. Je peux pas prendre le risque qu'elle se fasse renvoyer avant le Campement. Il est prêt à en découdre ces jours-ci et on a plutôt intérêt à pas lui chercher des poux.

— J'ai bien remué la saucisse, me dit Edna. Ça bout. Vous voulez que je retire la marmite du feu ?

— Non, laisse. Y faut encore une paire d'heures.

— Vous voulez que j'apporte un plateau à Miss Annie pendant que vous allez voir ?

— Non, j'lui amène le plateau. Toi, t'y retournes et tu touilles jusqu'à ce que je te dise d'arrêter.

— Oui. Euh… j'ai encore jamais mangé de saucisse de mou.

— Et t'es pas près d'en manger.

Elle soupire avant de ressortir de la cuisine.

Miss Annie pâlit de jour en jour. Des veines bleues courent comme des petits chemins sous sa peau blanche. Les fenêtres de la chambre à coucher sont ouvertes et on peut sentir l'odeur de la marmite à saucisse qui bouillonne sur le feu dans la cour. Je pose le plateau sur la table de chevet et je m'assois au bord du lit.

— Je vous ai apporté du gruau de maïs, exactement comme vous aimez, Miss Annie. Avec du beurre en plus et du bacon.

Elle sourit et fait non de la tête. Elle a pas dit un mot depuis que le docteur est venu. Je remplis une cuillère et je la porte à sa bouche, mais elle n'en veut pas et je n'insiste pas. Je remets le bol sur le plateau et je lui tiens son verre de lait pendant qu'elle le boit tout doucement. Après ça, elle laisse retomber sa tête sur l'oreiller, épuisée par l'effort qu'elle vient de fournir. Elle s'est beaucoup affaiblie pendant les deux derniers jours.

— Vous voulez que je vous lise les gros titres ? j'lui propose.

Elle hoche la tête pour dire oui. La une ne parle que du Campement et des gens qui y seront. Je lis la longue liste des pasteurs et des hommes politiques. Un tas de noms que je connais parce que je les nourris depuis des années, mais y en a un qui me fait tiquer quand je le dis tout haut. Clelia McGowan.

— Ce n'est pas la femme pour qui Miss Molly travaille ? je demande.

Miss Annie fronce les sourcils.

— Vous croyez que si cette dame va venir, alors peut-être que Miss Molly aussi ? Y a un mois et demi, vous étiez assise dans votre cuisine à espérer que vos filles aillent au Campement. Ce serait une bonne chose, non ?

Elle fixe ses mains et tiraille sur la peau fine qui les recouvre. Elle a les ongles cassés et sa peau est tellement sèche qu'elle commence à ressembler à des écailles.

— Vous ne voulez pas voir vos filles, Miss Annie ?

Elle cache sa tête dans ses mains et je replie le journal, que je laisse sur le lit. J'ai plus rien à dire. C'est pas mon rôle.

J'suis en train de ramener le plateau dans la cuisine quand j'entends un cri qui vient de la cour. Par la fenêtre, je vois Edna qui tourne la tête en direction du bruit. Elle met sa main en visière au-dessus de ses yeux pour ne pas être aveuglée par le soleil de la fin d'après-midi. Je suis son regard et je les aperçois à contre-jour, comme des fantômes qui sortent des bois en rang, avec les cloches des chevaux qui tintent pour annoncer leur arrivée. Les hommes sont de retour.

J'pose le plateau sur une commode et j'me précipite vers l'escalier. Mes pieds sont incapables de se mettre au rythme des battements de mon cœur. Je traverse la maison aussi vite que je peux et je sors par la porte de derrière. Je grimpe sur la butte du cellier à légumes pour avoir une vue d'ensemble sur les champs tandis qu'ils apparaissent chacun leur tour, doucement mais sûrement. Eddie est à la tête du cortège, tout courbé. Tous les hommes sont marqués par la fatigue du voyage. Sept chariots défilent avant que je repère celui d'Odell, mais c'est Lonnie qui le conduit. Seigneur.

Le dernier chariot sort des bois, au bout de la file bien nette formée par tous les autres. Le pasteur et Odell ne sont pas là. Eddie mène les attelages vers ce qui reste de la grange, mais Lonnie tire sur les rênes du sien pour tourner à gauche, vers la maison. Quand il s'approche, il saute de son siège et il marche d'un pas décidé et rapide, sauf que c'est pas vers la maison qu'il se dirige. C'est vers moi. Mes jambes me lâchent et je tombe à genoux.

— Retta, il dit en s'agenouillant près de moi. T-tout va bien, Odell va bien.

— Où est-ce qu'il est, alors ? je demande.

Il passe son bras autour de mes épaules et répond :

— Le p-pasteur est tombé malade et Odell n'a pas v-voulu le laisser seul. J'ai essayé de l'en d-dissuader, Retta, et Eddie aussi, mais il a dit n-non. Il m'a d-demandé de t'apporter ç-ça.

Il me tend un paquet de lettres, qui me sont toutes adressées. Pas besoin de les compter : y a qu'à voir la taille de la pile pour savoir qu'y en a une pour chaque jour où Odell a été absent, comme moi j'ai fait pour lui. Impossible de calmer les battements de mon cœur.

— Où est M-Maman ? interroge Lonnie.

— Mon chéri, j'lui dis, ta maman a décidé de s'allonger et de mourir. Personne n'arrive à lui faire entendre raison.

Il inspire bruyamment et court vers la maison, me laissant assise dans l'herbe en plein milieu de ma journée de travail. J'attrape la première lettre de la pile, je caresse l'écriture du bout des doigts et le dos de l'enveloppe qu'Odell a collé avec sa salive. Je l'ouvre et je sors la feuille pour la lire.

Oretta,

Mr Lonnie attend pendant que j'écris cette lettre alors je dois me dépêcher. Le pasteur est en train de mourir et y a rien que je puisse faire à part lui tenir la main. Il m'a dit de rentrer à la maison et, Dieu me pardonne, je voudrais bien. Mais seule une âme corrompue abandonnerait un ami dans le besoin. Je ne pourrais pas vivre avec ça sur la conscience et je sais que toi non plus.

Quand je ferme les yeux, c'est ton visage que je vois. Quand je me réveille, c'est ta voix que j'entends. O, O, O, qu'est-ce que j'aime la lettre O.

À toi, pour toujours,

Odell

* * *

Il fait nuit quand on prend la route de la maison, avec Edna. L'air est chargé d'une humidité froide. Gertrude et les filles ont allumé un feu dans la cour de Mrs Walker, tellement grand qu'on peut le voir depuis Main Street. Elle est en train de brûler tous les meubles du salon. Des étincelles volent dans le ciel comme des étoiles qui cherchent un endroit où habiter. Les pacaniers sont illuminés jusqu'à la cime et les flammes sont plus grandes que deux hommes empilés l'un au-dessus de l'autre. Alma est assise sur les marches, en train de plumer un énorme dindon. Elle nous fait signe quand elle nous voit, mais elle reste concentrée sur sa tâche.

— Comment tu l'as attrapé ? j'lui demande.

— Un caillou sur le côté de la tête, elle répond.

Gertrude sort de la cuisine en traînant le tapis de Mrs Walker derrière elle. Alma se pousse tout au bord des marches pour laisser passer sa mère. Quand Gertrude arrive dans la cour, je la rejoins et j'soulève l'autre extrémité du tapis. Ensemble, on le balance dans les flammes et on le regarde brûler. Gertrude a des couleurs sur la figure, à cause du feu, mais aussi à cause du soulagement de ne plus souffrir. Elle revient à la vie.

— On va dormir ici ce soir, dit Gertrude. On a ce qu'il faut pour nous tenir au chaud et on te dérange depuis trop longtemps.

— T'as aucune raison de dormir dans une moitié de maison une nuit comme aujourd'hui.

— Je ne veux pas dormir ici, maman, proteste Edna.

— Je me fiche de ce que tu veux. C'est tout ce qu'on a pour l'instant et va falloir nous en contenter. Je dois aller à l'atelier de couture lundi, on s'occupera de ça ensuite.

— T'iras pas à l'atelier lundi, j'lui dis. La famille Coles a besoin d'une infirmière pour s'occuper de Miss Annie au Campement et ça sera toi. Même salaire qu'à l'atelier.

— Et tu tiens ça d'qui ?

— De Lonnie et de Mr Coles. C'est Lonnie qui veut te donner la place.

— Qu'est-ce que je dois faire ?

— T'assurer qu'elle est toujours propre et qu'elle a chaud et l'aider à faire sa toilette. La nourrir si elle te laisse faire. Si t'as du temps libre, j'aurai aussi besoin d'un coup de main en cuisine. On doit nourrir une tablée de cinquante pour le dîner samedi prochain.

— Et mes filles ?

— On les emmènera à la place des garçons de ferme. C'est ma cuisine et Miss Annie me laisse la gérer comme bon me semble. Les filles peuvent faire des commissions et gagner un peu d'argent. Et quand elles auront rien à faire, elles pourront aller au catéchisme. Vous dormirez dans le chariot, ou en dessous s'il pleut, et vous prendrez vos repas avec moi.

— D'accord, elle me répond avant de se tourner vers ses filles. Rentrez toutes dans la maison et préparez-vous à aller au lit. Il faut que je parle avec Miss Retta.

Alma ferme la marche, avec le dindon qui pend mollement au bout de son bras. Une fois qu'elle a fermé la porte derrière elle, Gertrude contourne le feu pour venir à côté de moi. Elle reste là sans bouger pendant un moment.

— Je suis pas quelqu'un de bien, elle finit par me dire.

— Tu tiens ça d'qui ?

— De la Bible, pour commencer.

Je me tais pour la laisser finir.

— J'ai pris quelque chose qui n'était pas à moi et j'en suis désolée.

Elle sort de l'argent et une enveloppe de la poche de son tablier. Puis elle prend ma main, elle presse tout ça dans ma paume et elle referme mes doigts autour.

— J'ai trouvé ça avec une robe que Mrs Walker avait laissée pour toi. C'était dans le salon. Je ne sais pas pourquoi tu les as pas vus quand tu l'as trouvée, mais moi je les ai vus et je les ai pris.

Je revois le visage sans vie de Mrs Walker dans ma tête. J'entends un souffle dans mes oreilles.

— J'ai dépensé trois dollars en médicaments. J'ai pris la robe et je m'en suis servie pour faire des vêtements pour mes filles. Je t'ai volée alors que tu as toujours été bonne avec moi. Avec nous. J'ignore comment et même si je pourrai te rembourser.

Elle regarde le feu, les yeux pleins de larmes. Je reste à côté d'elle et je tourne la tête vers les flammes pour qu'elle ait un peu d'intimité. La chaleur me fait du bien. Y a de la fumée qui sort de toutes les cheminées de Shaker Rag. J'espère qu'Odell a un feu pour se réchauffer ce soir. Le vent a tourné et je suis toute seule pour en profiter.

— J'imagine que tu les aurais pas pris si t'en avais pas eu besoin, je finis par dire.

J'lui tends l'argent, mais elle refuse de le prendre.

J'insiste :

— Prends. T'en as plus besoin que moi.

— Tu m'as sauvée. Pourquoi ?

— Tu t'es sauvée toute seule.

— Non. Tu sais bien que c'est pas vrai.

— J'ai fait c'qu'y fallait faire, c'est tout.

— J'en suis pas digne.

— Petite… peu importe c'qui t'est arrivé, c'est pas ta faute.

— Tu sais pas ce que j'ai fait.

— Je sais ce que d'autres t'ont fait à toi. J'l'ai vu avec ton père, quand il a cru qu'il prenait la bonne décision en te mariant. J'le vois dans les marques que ton mari a laissées sur toi et dans ton inquiétude pour Mary et tes filles. La vérité, elle est dans l'amour qu'elles te portent.

Elle me fixe.

— Elles ressentiraient autre chose que de l'amour si elles savaient ce que j'ai fait à leur père.

— Si ça avait pas été lui, ça aurait été toi, j'lui réponds.

— Mon âme est maudite.

— Foutaises. Ton âme est libérée.

Elle finit par prendre l'argent en voyant que j'insiste. Je la laisse toute seule près du feu et je retourne à la maison pour me retirer de cette journée. Les âmes de Shaker Rag sont là, debout dans ma cour ou assises sur mon perron. Roy et Sue Ann, Bobo et Myrtis, Mabel et tous les autres. Ils m'attendaient et tout le monde se lève en me voyant arriver.

— C'est vrai, ce qu'on a entendu dire sur le pasteur et sur Odell ? veut savoir Roy.

— Oui, je réponds. Le pasteur est mal en point.

Ils se serrent tous les uns contre les autres pour se réconforter. Tous, à part Mabel, qui se tient debout à l'écart, raide comme un piquet sur les marches du perron. J'ai rien de plus à ajouter.

— Le pasteur nous a énuméré nos trésors avant qu'on comprenne c'qu'il voulait dire, lance Mabel. Il nous a rappelé qu'on avait tous la même chose que Jésus quand il est né : l'amour de Dieu. Pas vrai ?

Mabel me tend la main et, bon sang, je la prends et je la serre fort.

— On a l'amour de Dieu, elle répète. On est forts dans son amour.

— Mais qu'est-ce qu'on peut faire ? demande Roy. Y faut qu'on fasse quelque chose.

— Allez chercher le pasteur et Odell, je leur dis. Ils sont à quatre jours de cheval d'ici, juste au sud de Berkeley. Allez les chercher. Ramenez-les à la maison.

Roy saute à bas du perron et les hommes le suivent pour s'organiser. Mabel reste à côté de moi. Une fois qu'ils sont tous partis, elle me propose :

— Tu veux un café ?

Je hoche la tête et elle me prend par la main pour m'emmener à l'intérieur de ma propre maison.

V

33

Gertrude

Lonnie conduit le chariot le long de Freedom Road en direction de Saint George, là où se tient le Campement. Le mois d'octobre est bel et bien là et les feuilles des cornouillers qui bordent la route ont déjà changé de couleur, comme si on les avait trempées dans de la peinture rouge. Les cornouillers sont toujours les premiers à se transformer en automne. Les érables à sucre tarderont pas à suivre le mouvement. Les noyers ont commencé à perdre leurs noix et les roues du chariot les écrasent, alors les écureuils se rassemblent dans notre sillage pour collecter leur trésor. Alma et Mary sont installées à l'arrière du chariot, elles regardent le monde défiler pendant que la patronne est allongée sous des couches de couvertures, sur un matelas que les garçons de ferme ont rembourré. Elle dort depuis qu'on est partis, tôt ce matin. J'ai dit aux filles de pas faire de bruit pour pas la réveiller et elles ont bien obéi.

Alors qu'on approche du Campement, le monde se transforme en une explosion de sons. J'me demande bien comment la patronne réussit à dormir dans un boucan pareil. Autour de nous, les gens s'appellent à grands cris et ils sifflent. Bientôt, il y a des chariots partout. Ils avancent tous dans la même direction, comme un ruisseau qui devient une rivière. Un chariot nous double, le troisième en une heure. Entre la patronne à l'arrière et moi assise à l'avant à côté de son fils, les gens sont curieux. À chaque fois que quelqu'un s'approche, Lonnie baisse la tête.

Alma montre du doigt un canard solitaire qui vole vers le sud. Vous parlez d'un mystère. Elle a les yeux qui brillent de joie de partir à l'aventure, et j'suis comme elle. On a une sacrée chance. On arrive dans un virage vers la gauche et on ralentit au niveau d'un panneau en bois en forme de flèche. Il y a rien d'écrit dessus, mais ça n'a pas d'importance, tout le monde sait où la flèche mène. Je me tourne pour regarder la patronne, derrière moi. Elle a les yeux ouverts et elle observe le ciel. Je siffle pour attirer l'attention de Mary et Alma, et du menton je leur indique la patronne. Elles vont la rejoindre et lui caressent les cheveux comme j'fais avec elles quand elles sont malades.

Lonnie emprunte un vieux chemin de terre à travers des fourrés. Ça a tout l'air d'être un ancien passage qui a été dégagé pour notre arrivée. Une forêt s'étend de chaque côté de la route, tellement grande qu'elle doit bien faire plusieurs kilomètres de large. La terre est parsemée d'ornières. Il y en a des très profondes, comme si des milliers de chariots étaient déjà passés par ici. Derrière les bois, les champs et les pâtures s'étendent à perte de vue. On continue à avancer jusqu'à ce que les arbres disparaissent derrière nous. La tempête a touché la terre et les gens, ça fait pas de doute, mais tous continuent à sourire comme s'ils étaient heureux de vivre l'instant présent. Rien que ça, c'est un miracle.

On a amené absolument tout ce dont une personne peut avoir besoin : des draps, des ustensiles de cuisine, de la nourriture, de la paille pour recouvrir les sols en terre battue, des lampes à huile et des torches pour la nuit. J'aperçois un garçon qui porte une cage remplie de poulets sur sa tête, des chariots avec des fauteuils à bascule, un homme avec des saucisses enroulées autour des épaules comme si c'était un collier… À chaque fois que j'tourne la tête, je vois une chose à laquelle j'avais pas pensé. Plus loin, sur le côté, deux gamines de l'âge d'Edna et Lily traversent des hautes herbes en se donnant la main. Chacune colle la bouche à l'oreille de l'autre pour se murmurer des secrets importants.

Un garçon s'approche d'elles en courant et crie :

— Un serpent !

Les filles hurlent et s'éloignent précipitamment l'une de l'autre, se lâchant la main, et le garçon rit et rebrousse chemin pour rejoindre un grand groupe de garçons qui ressemblent à des frères. Ils sont tous blonds et torse nu. Je dois remuer à force de regarder dans tous les sens, car Lonnie brise enfin le silence :

— Vous n'êtes jamais venue au C-Campement avant ?

Il n'a pas ouvert la bouche de tout le trajet. Je vois bien combien c'est dur pour lui de parler, mais ça me dérange pas.

— Non, je réponds. Et j'ai jamais vu autant de gens contents rassemblés dans un seul endroit non plus.

Une fois que les mots sont sortis de ma bouche, je regrette de les avoir prononcés. Ce qu'on transporte dans notre wagon nous rappelle que c'est pas la joie qui nous attend, c'est un au revoir.

— Ils font t-tous semblant.

— Ils sont sacrément doués, alors.

Un autre chariot arrive à notre niveau et Lonnie serre les dents. Je me tourne vers l'homme qui guide les chevaux et je lui demande :

— On peut savoir ce que vous regardez ?

Les sourcils de sa femme disparaissent sous son bonnet et l'homme fait claquer les rênes pour lancer ses chevaux au trot. Il y a pas intérêt à ce que ça se reproduise.

— Vous venez de rencontrer les D-Drigger, explique Lonnie. Et d-de leur d-donner un os à ronger.

— Tant mieux.

On continue notre route jusqu'à ce que je puisse plus me retenir :

— Où en est l'atelier ?

— La commande pour Berlin's est prête. On en a reçu une autre de Columbia pour cinquante chemises en plus.

— C'est bien.

Quand on arrive au Campement, je me souviens de garder la bouche fermée pour ne pas avaler d'insectes. Les tentes s'étalent devant nous. Enfin, Retta a appelé ça des tentes, mais c'en est pas. En vrai, on dirait plutôt des maisonnettes en bois, comme des cabanes. Elle m'a dit qu'il y en avait cent en tout. Elles ont toutes un étage, avec des fenêtres moustiquaires qui vont du sol au plafond, une au milieu de chaque mur. Elles sont construites les unes sur les autres et elles forment le cercle le plus grand que j'ai jamais vu. Il y a juste assez d'espace pour passer entre les cabanes.

Lonnie remarque mon air admiratif et il demande :

— Qu'est-ce que vous en dites ?

— Retta a dit que c'étaient des tentes.

— On les a t-toujours appelées c-comme ça, je ne sais p-pas trop pourquoi.

— C'est bien la première fois que je vois des tentes pareilles.

Chacune a un gros numéro en fer vert cloué à l'arrière, pour les reconnaître. Des gens font des allers-retours en marchant ou en courant entre les chariots et les automobiles pour décharger leurs affaires. Au rez-de-chaussée, les hommes étalent de la paille par terre et, à l'étage, les femmes secouent les couvertures et accrochent des rideaux. C'est comme si l'ouragan avait jamais existé. Comme si Dieu lui-même avait placé une cloche en verre au-dessus du Campement pour le protéger.

Tous les employés de couleur sont à l'arrière des tentes, à s'affairer dans les cuisines extérieures au toit de bois qui débordent de tous les types de nourriture imaginables. Les cuisines n'ont pas de murs, mais les poêles à bois sont énormes et assez puissants pour chauffer l'extérieur. Je sens la chaleur qui se dégage de chaque poêle. Des femmes noires travaillent déjà à la préparation du dîner. Les poulets courent de l'autre côté de la route, en groupes improvisés. Là, au-delà de la route et des cuisines, il y a des toilettes extérieures, avec le numéro de la tente à laquelle elles appartiennent. Une vieille femme traverse la route avec les bras remplis de papier toilette pour aller approvisionner le cabinet de sa tente. Derrière les toilettes, c'est le camp des gens de couleur. Les enfants s'amusent dans le champ pendant que les adultes travaillent. Ils dormiront dans les chariots ou en dessous, comme moi avec mes filles. Chacun s'agite dans un but précis, à perte de vue. L'endroit ressemble déjà à un village établi de longue date. Quand on s'approche de notre tente, Lonnie fait signe à des gens qui le saluent en retour. Tout le monde se connaît, ici.

— Vous venez depuis longtemps ? je lui demande.

— Depuis t-toujours.

— C'est si vieux que ça, ici ?

— P-plus vieux encore. Cent cinquante ans environ.

— C'est vrai que c'est vieux.

Il croise mon regard et il sourit.

On nous a gardé un espace derrière la tente cinquante-six. Lonnie amène le chariot jusqu'à notre emplacement. Edna et Retta sont déjà à l'œuvre à la cuisine. Il y a quatre marmites posées sur le poêle. Edna remet du bois pour alimenter le feu tandis que Retta soulève un couvercle avec son tablier et remue le contenu de la marmite. En nous voyant arriver, elle dit quelque chose à ma fille. Edna ferme la porte du poêle et lève la tête pour nous faire signe avant de reporter son attention sur les marmites devant elles.

Tandis que Lonnie attache les chevaux, Retta nous rejoint.

— Comment elle va ? elle demande.

— Elle a dormi pendant presque tout le trajet, je réponds.

— Sa chambre est prête, elle dit à Lonnie. Ton frère et ton père sont dans la tente. Va les chercher et vous pourrez l'emmener à l'intérieur.

On ouvre l'arrière du chariot avec Retta. Mes filles descendent, mais elles restent à côté de moi pour aider. Quand Lonnie sort de la tente avec son frère et son père, Mr Coles s'approche et me fait un signe de la tête. J'fais pareil. Il crache le tabac qu'il était en train de chiquer et s'essuie la bouche avec son mouchoir. Son chapeau est enfoncé trop bas sur sa tête pour que je voie ses yeux, mais il a l'air beaucoup plus content que ce matin, pour sûr. Quand il remarque Mary dans mes jupes, il sourit et il dit :

— Voilà mon amie, Mary.

Elle le fixe et je serre son épaule jusqu'à ce qu'elle se rappelle les bonnes manières et qu'elle dise bonjour. Mr Coles met la main dans sa poche et en sort une pièce de cinq *cents*. Il l'offre à Mary, mais elle secoue la tête et va se cacher derrière mes jambes.

— Mary, ne sois pas comme ça, je la gronde.

— J'en veux bien, moi, dit Alma.

Il lance la pièce en l'air et Alma la rattrape d'une seule main. Mr Coles rit et il lui ébouriffe les cheveux. Ensemble, les hommes tirent la toile en coton sur laquelle le matelas est posé jusqu'au bord du chariot. Eddie se penche et soulève sa mère.

— Je vous tiens, Mère.

Elle pose sa tête dans le creux de son épaule. Il suit Mr Coles et Lonnie, qui portent le matelas à l'intérieur de la tente, dans une chambre au fond. Retta me tend un bol de gruau chaud avec un biscuit et du beurre, et elle en donne un à chacune des filles. On forme un cercle et on mange à côté du poêle. Alma glousse et Mary l'imite. C'est beau d'être jeune. De rire de tout et de rien à la fois. Retta s'approche des placards en bois alignés contre le mur à l'arrière de la tente et dit :

— Venez ici.

Elle tend deux morceaux de papier à Alma. Sur chacun, il y a écrit « Tente 56 ».

— Accroche ça sur toi et sur ta sœur, comme ça tout le monde sait à quelle tente vous appartenez.

Alma se plaint qu'elle est plus un bébé, mais elle accroche le papier dans le dos de Mary et elle se tourne pour que j'en fasse autant pour elle.

Retta dit aux filles :

— Chaque enfant porte le numéro de sa tente. Vous ferez comme tout le monde.

Elle leur explique qu'on va tous avoir beaucoup de travail et pas le temps de s'occuper d'elles. Elles aussi auront des choses à faire et, quand elles ne travailleront pas, elles iront au catéchisme et elles étudieront la Bible.

— Vous avisez pas de vous enfuir toute seule avec qui que ce soit. Personne, vous m'entendez ? Si vous désobéissez, je vous collerai une raclée moi-même, c'est compris ?

Mary passe les bras autour des genoux de Retta pour se serrer contre elle et Retta ajoute :

— Je ne plaisante pas, gamine.

— Elles obéiront, je dis.

Elle hoche la tête à mon intention.

— Je compte sur toi pour t'en assurer.

Puis elle se tourne vers les filles.

— Allez faire un tour pendant qu'on s'organise.

Main dans la main, elles partent en courant en direction des bois qui s'étendent derrière le camp des Noirs. Retta me tend un verre de lait pour la patronne et je rentre dans la tente. Le sol en terre battue est couvert de paille fraîche. Il fait sombre et frais dans le long couloir qui relie les chambres du rez-de-chaussée. La porte ouverte laisse passer un courant d'air. Depuis le couloir, j'arrive à voir jusqu'à l'avant de la tente et au-delà. La chambre de la patronne est la première sur la droite. Eddie et Lonnie sont en train de discuter, alors je continue à avancer pour inspecter le reste de la tente. Un escalier mène au premier étage, avec d'autres chambres où les hommes dormiront. La dernière pièce contient une table à manger et dix chaises au milieu. Un grand placard en bois et un plan de travail ont été construits dans le coin. Les portes et les tiroirs sont ouverts, mais le placard n'est pas encore complètement rempli. Dedans, il y a des assiettes, des saladiers, des couverts – assez pour un paquet d'invités.

Sur le perron, dehors, je vois des fauteuils à bascule et un hamac bleu tendu entre deux pins. Ce porche fait face à quatre-vingt-dix-neuf autres porches où des vieux sont assis, occupés à regarder les va-et-vient des plus jeunes. L'intérieur du cercle formé par les tentes est une grande prairie parsemée de pins. La prairie accueille une église avec un toit en tôle et pas de murs. Le lieu est rempli de bancs, assez pour accueillir encore plus de gens que tous ceux réunis ici. Des enfants courent dans tous les sens, avec leur numéro accroché dans le dos. Des mères et des pères discutent. Des gens se retrouvent et se serrent dans les bras. Tout le monde ici a une histoire, sauf moi. C'est impressionnant. Je pourrais rester là à les regarder toute la journée, mais le verre de lait que j'ai à la main me rappelle que j'ai une tâche à accomplir.

La porte est toujours entrouverte quand je retourne à la chambre de Mrs Coles, mais il n'y a plus que Lonnie avec elle. Il est en train d'arranger les oreillers de sa mère, alors je recule et j'attends dans le couloir qu'il ait fini. Du coup, j'entends tout ce qu'il lui dit.

— J'ai p-parlé à Berlin's. Ils sont c-contents de la c-commande.

Il marque une pause, mais elle ne répond rien.

— Ils sont intéressés par la ligne p-pour femmes. J'ai d-dessiné les croquis. Peut-être qu'on p-peut finaliser les d-détails pendant qu'on est ici ?

Je recule discrètement au bout du couloir. Lonnie est un bon fils. Il ne voulait pas que sa mère vienne au Campement. Une dispute a éclaté à cause de ça dans l'entrée de la grande maison, ce matin. Pendant un moment, j'ai même cru qu'on n'allait pas venir du tout. Avec mes filles, on pouvait entendre la dispute depuis là où on était, assises à l'arrière du chariot. Tout le monde était déjà parti à ce moment-là. Il ne restait que nous, avec le chauffeur que Mr Coles avait engagé. Quand ç'a été l'heure de se mettre en route, Lonnie a dit qu'il pensait que c'était pas bon pour sa mère de se déplacer. Il a bafouillé ses arguments du mieux qu'il a pu, mais Mr Coles s'est mis en colère.

— C'est moi qui décide ce qui est le mieux pour ma femme, il a beuglé.

Eddie a essayé de le calmer.

— Père, pourquoi ne pas l'amener samedi ? Ce sera mieux pour tout le monde, comme ça.

Mr Coles a crié :

— J'ai dit non. Elle vient avec nous.

Par la porte entrouverte, je l'ai vu approcher son visage tout près de celui de Lonnie et dire :

— Va chercher ta mère.

Mais Lonnie ne voulait pas céder. Il a plongé ses yeux dans ceux de Mr Coles et il a refusé. Ensuite, j'ai entendu le bruit d'une claque et Lonnie est sorti en courant avant de dévaler les marches, une trace de main toute rouge sur le visage. Mr Coles ne l'a pas suivi, mais Eddie n'a pas tardé à descendre l'escalier avec sa mère dans les bras.

— Tu ne fais qu'aggraver ton cas, a dit Eddie à son frère alors qu'il allongeait la patronne sur le matelas.

— Je m'en fiche, a répondu Lonnie.

— Nous vous verrons au Campement, Mère, a dit Eddie après l'avoir recouverte d'une couverture.

Mrs Coles était endormie, en tout cas c'était l'impression qu'elle donnait. Elle a une sacrée volonté, alors c'est difficile de savoir si elle faisait semblant ou pas.

— On y va, a dit Eddie. Père nous attend.

— Je la c-conduirai moi-m-même, a fait Lonnie en prenant les rênes des mains du chauffeur.

— À ta guise, a répliqué Eddie avant de fermer l'arrière du chariot dans un grand bruit.

Quand Mr Coles nous a dépassés dans son automobile, aucun des deux n'a regardé l'autre. Pendant les trente premières minutes, Lonnie a gardé les yeux rivés sur la route et j'suis restée à l'arrière, calée entre nos affaires. Retta avait dit qu'on n'aurait pas besoin de grand-chose alors j'avais seulement pris des draps, des couvertures et le fusil de ma mère. Pendant un arrêt, Lonnie a tourné la tête pour me regarder et il a tapoté la banquette à côté de lui, alors je suis allée m'asseoir avec lui.

Je reviens sur terre quand Lonnie arrive derrière moi et dit :

— Merci p-pour votre aide avec m-ma mère.

Puis il se dirige vers la porte d'entrée, mais il repart dans la direction opposée quand il voit son père saluer des voisins devant la tente, souriant comme si la scène de ce matin remontait à un an. Il remonte tout le couloir et sort par l'arrière de la tente.

— Ils sont tous partis maintenant, je dis à la patronne en m'asseyant à côté de son lit.

Elle ouvre les yeux. Je lui donne le lait et elle le boit tellement vite qu'elle en renverse, ça lui coule sur la figure. Je mets mon tablier sous son menton pour essuyer. Quand elle a fini, je lui demande si elle veut faire sa toilette et elle hoche la tête pour dire oui. Je lui ai mis une couche pour le voyage et je suis bien contente de mon idée quand je vois qu'elle est mouillée. Elle est trop faible pour aller aux toilettes.

— Je reviens tout de suite, je lui dis.

Je cours à la cuisine pour déposer le verre et prendre une couche propre.

— Elle reparle ? me demande Retta.

— Non.

— C'est réglé, on dirait.

— On dirait.

Quand Retta m'a engagée comme infirmière, tout ce que j'ai fait pendant les deux jours avant le départ, ça a été de rester assise à côté de la patronne. Elle n'a jamais dit un mot, comme si ses lèvres étaient cousues. Elle m'a regardée d'un air confus, jusqu'à ce que je lui rappelle qui j'étais. Mr Coles passait de temps en temps pour la voir. À chaque fois qu'il venait, elle faisait semblant de dormir. Quand il repartait, elle regardait partout dans la chambre jusqu'à ce qu'elle me voie, et là seulement elle se détendait et elle se reposait. La veille du départ, elle a tapoté le lit à côté d'elle, alors je me suis approchée et je me suis assise. Puis elle a tapoté l'oreiller et j'ai appuyé ma tête. Je n'avais jamais senti quelque chose d'aussi doux. Elle me regardait comme si j'étais une question dont elle cherchait la réponse, elle examinait ma figure centimètre par centimètre et écartait mes cheveux quand ils me tombaient dans le visage. Je crois que j'ai dû m'endormir, parce que quand je me suis réveillée, c'était la fin de l'après-midi, elle dormait et on était toutes les deux sous une couverture.

Dehors, il y a tellement de cris et de rires que j'ai l'impression qu'on est au milieu de la foire de l'État. Toute cette agitation, ça a rien de nouveau pour la patronne. Elle est habituée à la grande vie. Je remonte sa robe, je détache la couche et je soulève ses hanches pour la lui enlever par en dessous, puis je la laisse tomber dans la paille. Je sens une présence à la porte. Je me dépêche de rabaisser sa jupe. Le tintement des pièces dans sa poche me dit qui est là avant que je me retourne. C'est Mr Coles.

— J'en ai juste pour une minute, je lui dis.

— Continuez, il me répond. Ne faites pas attention à moi.

Il a décidé de rester planté là avec la porte grande ouverte pendant que je nettoie sa femme. Je fais aussi vite que je peux et, quand j'ai terminé, il détache son arme de sa ceinture et la suspend au crochet en face du lit, puis il s'assoit pour retirer ses chaussures. La patronne attrape ma main et la serre fort. Mr Coles se déshabille jusqu'à être juste en maillot de corps, et il grimpe dans le lit à côté de sa femme. Elle roule sur le côté pour s'éloigner de lui. Mr Coles croise ses mains derrière sa tête et il me lance :

— Fermez la porte derrière vous.

34

Retta

L'aurore est sombre quand j'sors de ma chambre, sur le côté de la tente. J'ai toujours dormi dans cette pièce, comme ma maman avant moi et sa maman avant elle. On a cette semaine dans le sang, comme toutes les autres personnes qui viennent ici, mais j'ai jamais mis les pieds dans la clairière, pas une fois, et j'ai jamais prié sur les bancs. Les choses changent pas. Je joue mon rôle comme tous les autres.

Dans certaines cuisines, les feux sont déjà allumés dans les poêles, mais j'suis lente à me mettre en route. Y a un brouillard épais, typique de l'automne, qui flotte à ras de terre, comme un fantôme de l'été. En regardant les gens qui bougent à travers cette brume blanche, j'ai l'impression de voir des moitiés de personnes, des esprits descendus sur terre. Même si je fais de mon mieux pour pas m'inquiéter pour Odell, j'suis incapable de le faire sortir de ma tête. Comme les gens sans jambes dans le brouillard, y a une partie de moi qui manque. Je sors de ma mélancolie quand j'entends une gamine crier :

— Loup y es-tu, m'entends-tu, que fais-tu ?

Je connais cette phrase. C'est le jeu auquel on jouait avec Odell et Esther. Un de nous fermait les yeux et les deux autres couraient se cacher. J'entends encore la voix de mon Esther qui comptait jusqu'à dix, plaquée contre le figuier. Je me revois avec Odell, nous disputer la même cachette. Elle voulait jouer tout le temps, même quand il faisait noir. Voilà bien une chose qu'a jamais fait peur à cette petite. Elle se retournait, elle criait : « Loup y es-tu, m'entends-tu, que fais-tu ? » et elle se mettait à courir dans l'obscurité.

J'aperçois une petite Noire qui court derrière la tente soixante-deux. Sa robe vole derrière elle. J'tourne la tête pour voir avec qui elle joue, mais j'vois personne. Mon cœur se met à battre tellement vite qu'il jaillit presque de ma poitrine. Je cours à la tente soixante-deux et je demande à la fille aux fourneaux qui était la gamine. La fille est encore à moitié endormie pendant qu'elle fait ses corvées du matin. Elle sursaute comme si elle avait fait quelque chose de mal et elle dit qu'elle a rien vu. Elle attrape la poignée brûlante de la bouilloire sans rien pour protéger sa main et elle la laisse retomber bruyamment sur le poêle.

— Apporte-moi de l'eau, j'lui dis.

Elle se précipite vers la cruche, sans me quitter des yeux.

— Elle est où, Selma ? j'lui demande après avoir bu l'eau qu'elle m'a servie.

— Elle est pas encore là. Elle a des bébés à nourrir.

— Dis-lui qu'Oretta de la tente cinquante-six est venue pour lui demander quelque chose.

Je vais sur le côté de la tente pour trouver la petite moi-même, mais y a personne. Qu'est-ce que tu fabriques, ma pauvre vieille ? que je me demande.

T'es rien d'autre qu'une vieille folle. C'est une des filles de Selma. La sonnerie du clairon retentit pour réveiller tout le monde tandis que je retourne à notre tente. Je m'appuie contre le mur pour inspecter le camp des Noirs. Tout a l'air à sa place, mais qu'est-ce qu'une gosse peut bien fabriquer à jouer dehors toute seule dans l'obscurité ? Maintenant, j'suis sur mes gardes.

Pendant toute la matinée, j'ai l'impression que mon cœur s'emballe sans arrêt, comme s'il courait pour essayer de rattraper quelque chose. J'suis en retard dans mes corvées. Edna sort du chariot en attachant son tablier autour de sa taille. Un garçon que j'ai vu plusieurs fois traîner dans le champ depuis notre arrivée traverse la route. Y la rejoint en courant et il commence à lui parler. Edna s'arrête et ouvre la bouche pour lui dire quelque chose, mais il la laisse pas en placer une. Elle regarde partout pour voir si sa mère arrive, mais c'est moi qu'elle trouve. Quand elle se rend compte que le poêle est pas allumé, elle file tellement vite que le garçon a pas le temps de comprendre ce qui lui arrive.

Une fois qu'Edna a allumé le poêle, je me rassois. Impossible de rester debout. Quand les hommes descendent pour vaquer à leurs occupations du matin, elle a fait le café et les biscuits sont à côté du feu, prêts à être cuits. Je m'active un peu, mais ma tête est si légère qu'on dirait qu'elle est pas attachée à mon corps. Je dois m'arrêter de temps en temps juste pour reprendre l'équilibre. J'ai besoin de mon mari. Les hommes reviennent des toilettes l'un après l'autre, Eddie, Lonnie et Mr Coles, et comme toujours, y s'arrêtent pour prendre du café. Ils restent éloignés du poêle pour laisser Edna travailler. Je sors le lait et le sucre. Ils sont pas très causants le matin. Ça a toujours été comme ça. Avant midi, ils débordent rarement d'énergie.

Pendant qu'ils prennent leur café, Mr Coles dit à ses fils :

— Je veux que vous soyez présents tous les deux au dîner de ce soir. Le maire de Charleston et ses conseillers seront là. Le gouverneur veut faire construire une route qui relierait Charleston à l'État voisin et le maire est un homme influent. Il faut que Branchville soit sur le tracé de cette route.

— Pourquoi ? demande Eddie.

— S'ils construisent cette route sur nos terres, nous pourrons offrir de l'immobilier de premier choix pour des commerces, tout type de commerce. Cela nous rapporterait beaucoup d'argent.

— Je dois t-travailler t-tard, répond Lonnie.

— Non. Tu seras à table aux côtés de ton frère et moi. C'est bien compris ?

— L'atelier aussi n-nous rapporte de l-l'argent, Père.

— Arrête ça, mon garçon, gronde Mr Coles. L'atelier de couture complète la terre, pas le contraire. C'est un capital d'amorçage, même ta mère l'a compris.

Lonnie pince les lèvres et tourne le dos à son père pour aller s'asseoir à l'intérieur avec Miss Annie. Mr Coles secoue la tête d'un air dégoûté. Je bats les œufs pour faire des œufs brouillés et je mets à fondre du gras de bacon dans la poêle.

— Pourquoi voulez-vous qu'il vienne ? interroge Eddie.

Mr Coles soupire et met sa main sur l'épaule d'Eddie.

— Mon fils, tout ce que j'ai t'appartiendra un jour. Je veux faire comprendre aux hommes de pouvoir qui sont les hommes de la famille Coles. Tu auras à traiter avec eux bien longtemps après que je serai parti.

Eddie se rengorge, tout fier. Après toutes ces années, il veut encore l'amour de son papa, il veut encore croire en cet homme.

— Lonnie sera là, assure Eddie. Il déteste les mondanités, c'est tout.

Eddie pose sa tasse et me donne un baiser sur la joue, puis il rentre pour rejoindre son frère. Mr Coles est sur le point de sortir de la cuisine quand Alma et Mary arrivent, main dans la main pour venir prendre leur petit déjeuner. Il se fige quand elles entrent dans la tente et qu'elles frottent leurs yeux encore pleins de sommeil. Elles s'assoient sur le banc derrière moi pendant que je m'affaire devant le poêle.

— Combien pour le dîner ? je demande à Mr Coles. Miss Annie me dit toujours pour combien de personnes je dois cuisiner.

Il inspecte le fond de sa tasse et il répond :

— Huit.

Il termine son café et pose la tasse sur l'étagère près de la porte. Avant de partir, il met sa main sur la tête d'Alma. Elle lève la tête, mais il a déjà disparu. Je donne la cuillère à Edna pour qu'elle finisse de préparer les œufs, comme ça je peux m'asseoir.

Quatre jours qu'on est ici et pas une fois Mr Coles m'a dit combien d'invités on avait pour le dîner. Chaque soir, j'ai dû deviner. Avant, y avait entre douze et quinze personnes qui dormaient dans la tente et je savais toujours quelle quantité préparer. Cette année, on a tellement de restes que je dois les réutiliser le jour d'après. Les filles ont jamais autant mangé de leur vie. Gertrude revient de la chambre de Miss Annie avec un verre rempli de lait, qu'elle tend à Alma et Mary pour qu'elles le partagent.

— Si elle arrête même de prendre des liquides, alors c'est fichu, j'dis.

Elle secoue la tête et elle soupire :

— Il doit bien y avoir quelqu'un qui peut faire quelque chose pour elle.

— Personne peut faire à sa place ce qu'elle veut pas faire pour elle-même.

Edna sert le petit déjeuner dans les assiettes. Mary et Alma finissent le lait de Miss Annie et elles s'essuient la bouche sur leur manche.

— La saucisse de mou est prête ? je demande à Edna.

— Oui, m'dame. Et c'est très bon. J'en ai goûté un tout petit peu ce matin pour être sûre et c'est aussi bon qu'hier. Comment c'est possible que de la saucisse devienne meilleure avec les jours qui passent ? J'ai jamais mangé une chose pareille avant.

— J'sais pas ce que je ferais sans ton aide, Edna, j'lui dis.

Elle rit, mais pas moi.

— Je suis sérieuse. Ta fille est une sacrée travailleuse, Gertrude.

Gertrude sourit à sa fille, et pour la seconde fois de la journée, Edna ne répond rien. Y a peut-être encore de l'espoir pour elle, au final.

On doit préparer et frire quatre volailles pour ce soir. Gertrude est tellement rapide qu'elle plume un poulet entier pendant que j'en plume seulement un demi. Elle me fait m'asseoir pendant qu'Edna et Alma s'occupent des haricots, du riz et du maïs. Mary mesure son ouvrage au crochet en le plaçant sur les épaules de sa mère. Il est aussi long qu'un châle maintenant.

— Alma, je dis. Compte combien de couches de feuilles y a sur les épis et dis-nous, qu'on sache quel genre d'hiver on va avoir.

— Il y en a huit sur celui-là, mais il y en avait que quatre sur les autres.

— On dirait bien que même le maïs arrive pas à décider.

— On dirait.

Edna verse les haricots dans la casserole où le jarret et l'oignon sont en train de bouillir.

Au loin, quelqu'un joue du banjo, *Froggie Went A Courtin'*. Un vieux type a joué ce truc toute la sainte journée et maintenant, je peux pas me sortir cette fichue chanson de la tête.

— Bon sang, je déteste le banjo, je dis à Gertrude.

Mrs Childress s'arrête devant notre tente. Elle reste sur le bord de la route en attendant qu'un chariot tiré par un cheval passe, et j'vois qu'elle regarde dans notre direction. Ça commence à se savoir pour Miss Annie. Pas plus tard qu'y a trois jours, Mr Coles était à discuter avec Mr Childress, de la tente voisine. Ils ont partagé une pincée de tabac à chiquer et parlé du temps qu'y faisait. L'almanach promet un meilleur temps cette année, en tout cas c'est ce que Mr Coles raconte. Je prête pas attention à ce que dit l'almanach, mais Mr Coles ne jure que par ça. Il dit que c'est la Bible de la Terre.

Mrs Childress est sortie pour voir ce que son mari fabriquait.

— Qu'est-ce qui ne va pas avec Annie ? elle a demandé à Mr Coles.

Cette bonne femme, elle a jamais eu de mal à dire tout haut ce que tout le monde pense tout bas. Elle a la langue bien pendue, ce qui peut se comprendre étant donné que son mari se sert presque jamais de la sienne. Il s'est marié au-dessus de son rang, ils cultivent les terres qu'elle avait en dot, alors il la laisse jouer les tyrans. Vingt ans qu'ils viennent au Campement, et elle en est à sa dixième cuisinière. Quand Mrs Childress l'a interrogé sur Miss Annie, Mr Coles lui a répondu que personne savait ce qu'elle avait comme problème et que Miss Annie refusait d'aller à l'hôpital. Le mensonge est sorti de sa bouche comme une jolie poésie apprise par cœur.

— Annie est une femme fière, il a dit. Elle aime faire les choses à sa façon.

— Elle a toujours été comme ça, a répondu Mrs Childress avant d'entraîner son mari à sa suite.

Depuis, on pourrait croire que Miss Annie a la fièvre des marais, tellement les gens évitent de passer. Cinquante ans que cette femme vient au Campement et, en quatre jours, pas un seul chrétien n'est venu à son chevet. C'est honteux.

Mrs Childress traverse la route et elle observe le moindre mouvement dans ma cuisine. Elle se demande sans doute comment ça se fait que toutes ces Blanches soient là, à y travailler. Elle sait comment je gère mes affaires en temps normal et elle reconnaît plus rien. Mais si elle s'arrête pour poser des questions, elle devra voir Miss Annie, et toute la curiosité du monde suffirait pas à la faire parler à une mourante. Elle repart dans sa tente sans un mot.

— Elle veut plus voir personne du tout, dit Gertrude comme si elle lisait dans mes pensées. Elle veut être toute seule.

— C'qu'elle veut a pas d'importance, à ce stade. Y a des gens qui ont le droit d'lui dire c'qu'ils ont sur le cœur avant qu'elle quitte ce monde.

— Peut-être qu'elle veut pas écouter ce qu'ils ont à dire.

— En même temps, personne vient, alors quelle importance ?

— Peut-être que personne a rien à dire.

— Au contraire, ils ont plein de choses à dire. Mais tout le monde a trop peur pour ouvrir la bouche.

Je tourne la tête vers la route et l'inspecte aussi loin que je peux. Je voudrais voir Odell arriver et m'apporter ce dont j'ai besoin. Cette année, il apporterait des crevettes de l'Edisto pour le ragoût. Son absence me perturbe à chaque instant, et je passe mon temps à penser à ce qui me manque, au lieu de penser à ce que j'ai. *Loup y es-tu, m'entends-tu, que fais-tu ?*

À l'heure du souper, les saladiers et les plats sont remplis et les filles ont les cheveux peignés et la figure débarbouillée. Elles ont l'air plus que respectable. Je donne à chacune un saladier à apporter dans la salle à manger et on installe tout sur le comptoir au-dessus du buffet pour que nos invités puissent remplir leurs assiettes eux-mêmes, puis j'envoie Mary et Alma jouer dehors. Elles quittent la salle à manger en courant pour rejoindre les autres gamines qui jouent à la corde à sauter dans la cour. Gertrude reste pour aider Edna à servir.

Sur le perron, Mr Coles est en train de discuter avec le maire de Charleston. De tous les hommes qu'y a là dehors, Mr Coles n'a d'yeux que pour lui. Lonnie et Eddie doivent jouer les hôtes modèles avec le couple qui accompagne le maire. La dame est tellement élégante que j'sais tout de suite qu'elle va pas rester toute la semaine. Y a pas de chiqué au Campement. Les garde-robes se composent de blouses et de salopettes, ici. Dehors, Mr Coles a les bras croisés sur la poitrine pendant que c'est au tour du maire de parler. À travers la porte moustiquaire, Lonnie voit qu'on est prêtes et donne un coup de coude à son frère.

— Entrez et prenez tous une assiette, lance Eddie.

Il tient la porte ouverte et les invités entrent un par un.

Mr Coles met sa main sur l'épaule du maire pour le guider à l'intérieur. Quand la femme arrive dans la pièce, elle me dit :

— Vous devez être Retta. Lonnie et Eddie vous portent aux nues.

— Oui, m'dame.

Mr Coles la dévisage. Ça lui déplaît qu'elle m'adresse la parole, mais elle s'en rend pas compte et elle se dirige vers moi en retirant ses gants blancs avant de me tendre la main. Personne a prévenu cette femme que c'est juste un pique-nique d'une semaine.

— Je m'appelle Clelia McGowan, elle me dit. Je suis si heureuse de faire votre connaissance.

J'ai pas d'autre choix que d'lui serrer la main et de répondre :

— Oui, m'dame. Je suis heureuse de faire votre connaissance aussi.

Mr Coles se tourne vers l'homme qui est avec Miss Clelia, tend le bras pour lui serrer la main et dit :

— Vous devez être le conseiller McGowan. Ravi de vous rencontrer.

Mr Coles ne sait même pas qui il invite dans sa tente.

Mr McGowan rit et répond :

— Non, monsieur, c'est ma femme qui fait de la politique, pas moi.

Il est aussi élégant que son épouse et il a une moustache bien cirée et reccurbée aux extrémités.

Mr Coles hausse les sourcils et dit au maire :

— Une conseillère municipale ?

— Les temps changent, Edwin, répond le maire. Il faut s'adapter.

— Je suis bien d'accord avec vous, rétorque Mr Coles. Je suis plus que favorable à la présence du beau sexe à des postes de commandement. Ma femme est propriétaire d'une affaire florissante.

Il se tourne vers Miss Clelia, prend sa main dans la sienne, la porte à ses lèvres et déclare :

— Je suis fier qu'un pan d'histoire et d'évolution se déroule sous mon toit.

Le rire de Miss Clelia est comme une clochette qui tinte.

— Un grand merci, Mr Coles, vous êtes trop aimable. J'aurais adoré que vous rencontriez ma collègue Belizant Moorer, notre seconde conseillère municipale. Malheureusement, un de ses enfants est malade, elle ne peut donc pas se joindre à nous.

Je jette un coup d'œil dehors pour voir si Molly arrive, mais elle est nulle part. La cour se vide tandis que les gens rentrent pour le souper.

— Comment la ville de Charleston a-t-elle réagi en voyant deux femmes occuper des positions de pouvoir ? interroge Mr Coles.

Miss Clelia répond à la place du maire, que ça a pas l'air de déranger le moins du monde.

— Nous avons obtenu des réactions très mitigées, comme vous pouvez l'imaginer, mais les femmes représentent cinquante pour cent des votants. Par conséquent, je pense que nous sommes bien parties pour rester.

— Les femmes savantes remplacent désormais les vieux sages, dit Mr McGowan.

Mr Coles sourit et hoche la tête. Nos invités se servent parmi le buffet. Les McGowan s'assoient côte à côte à un bout de la table tandis que Mr Coles et le maire s'installent à l'autre bout avec Lonnie et Eddie au milieu. Mrs Clelia pose son assiette mais, avant de prendre place, elle demande :

— Si vous voulez bien m'excuser, pourrais-je utiliser vos commodités ?

Mr Coles m'ordonne aussitôt de l'accompagner.

Je conduis Miss Clelia au bout du couloir, vers l'arrière de la tente, là où Edna est en train de mettre les gâteaux renversés à l'ananas au four. J'attends que Miss Clelia revienne et j'lui tends du savon et une serviette pour qu'elle puisse se laver les mains à la pompe à eau. Avant que j'aie le temps de décider si je devrais ou pas, j'ouvre la bouche et les mots sortent tout seuls :

— Est-ce que Miss Molly travaille encore avec vous ?

Miss Clelia finit de sécher ses mains et inspecte le couloir pour voir si quelqu'un arrive. Pourquoi elle ferait ça à moins d'en savoir davantage sur cette famille que ce qu'elle veut bien laisser croire ?

— Oui, en effet.

— Est-ce que vous pourriez lui dire que sa maman est très malade, et que, si elle veut la revoir, il faut qu'elle vienne vite et qu'elle amène sa sœur, Sarah.

La femme porte sa main à son cœur et répond :

— Je lui dirai, Retta.

— Dites-lui que sa maman sait tout. Elle a enfin compris.

— Compris quoi ?

— Molly saura ce que ça veut dire.

Elle répète sa promesse. Quand elle retourne à l'intérieur, je sens une vague de chaleur monter en moi et tout se met à tourner. Edna m'attrape par le bras et je vais m'asseoir sur le banc.

35

Gertrude

Quand j'ai fini de servir le vin, Mr Coles lève son verre et dit :

— À la divine providence.

Normalement, c'est interdit de boire au Campement, mais Retta a caché cinq bouteilles pour les occasions comme ce soir. Mon regard croise celui de ma fille et Edna prend le pichet sur le comptoir pour resservir du thé glacé à la conseillère. Ensuite, ils lèvent tous leurs verres.

— C'est un miracle que le Campement n'ait pas été affecté par la tempête, déclare Mr Coles. À n'en pas douter, c'est un signe annonciateur de bonnes choses. À notre communauté et aux emplois qui la nourrissent !

Ils trinquent et tout le monde boit. Moi, j'trouve que le vin, ça a un goût de médicament. J'en bois seulement quand je fais comme si c'était le sang du Christ. La nuit est tombée, alors j'allume les bougies, autrement, on n'y verra rien pour manger. J'aide à resservir tout le monde puis Edna débarrasse. À la fin du repas, Retta a repris du poil de la bête et elle a fait chauffer de l'eau pour la vaisselle. Edna débarrasse les assiettes, j'apporte les deux gâteaux et j'en coupe des parts généreuses.

— Votre femme est propriétaire de l'atelier de couture vers Smoaks, n'est-ce pas ? demande Miss Clelia à Mr Coles.

— C'est bien cela. Vous connaissez ?

— J'en ai entendu parler. Combien d'ouvrières l'atelier emploie-t-il ?

Mr Coles ignore la réponse, alors il se tourne vers son fils.

— Lonnie ?

Lonnie devient tout rouge, comme à chaque fois qu'il doit prendre la parole.

— Quarante-sept, m-madame.

— Où commercialisez-vous vos produits ? elle demande.

— Les fermiers de sept comtés différents des environs nous achètent les sacs à grains, et notre nouvelle collection de chemises p-pour homme sera en vente chez Berlin's à Charleston et Chicago et chez Silverman à Columbia au printemps.

Il a débité tout ça sans bégayer ou presque, et je vois bien qu'il est aussi surpris que son frère et son père.

— C'est remarquable, dit le maire.

— D'ici un an, Lonnie et notre mère ambitionnent d'employer une centaine de femmes en tout, explique Eddie.

Mr Coles laisse tomber son couteau dans son assiette dans un grand bruit métallique. Il lance un regard mauvais à Eddie, qui referme aussitôt son clapet.

— Du travail pour cent femmes !

Miss Clelia tape dans les mains à cette idée.

Lonnie rit et il dit au maire et à Mr McGowan :

— Je serais heureux de vous offrir un échantillon à ch-chacun. J'ai des chemises dans l'automobile.

Le maire se tape sur le ventre et dit :

— Amenez-moi votre plus grande taille, mon garçon. Je vais en avoir besoin après ce repas.

Dès que Lonnie quitte la table pour aller chercher les chemises, Mr Coles se tourne vers le maire et l'interroge :

— Ernie, quels sont les plans pour la grand-route ?

Le maire s'éclaircit la gorge et boit une gorgée de café. Mr Coles continue de parler.

— Je n'ai pas besoin de vous expliquer les bénéfices que Branchville offre en tant que point de passage. Avec la gare qui constitue déjà une plaque tournante majeure, cela semble logique d'y faire passer la route. Nous avons les infrastructures et la main-d'œuvre. Une grande partie de mes terres pourraient être mises à profit pour ce qui est du droit de passage.

— Vos terres sont votre héritage, dit le maire.

— Faire partie du progrès est un meilleur héritage encore.

— Je suis navré, Edwin, mais le gouverneur a déjà décidé des plans. La grand-route passera par le marais de Polk, au nord de Reevesville. Tout est déjà signé.

Par le marais de Polk. Entendre ce nom me fait frissonner. Otto doit être content. Il va gagner des fortunes.

Lonnie revient et dispose les chemises sur la table pour que les invités fassent leur choix. Le maire en prend une bleue et Mr McGowan en prend une jaune. Peut-être que c'est à cause du vin, mais le maire demande à Mrs McGowan de se cacher les yeux pendant que lui et Mr McGowan se déshabillent, là, à table, pour essayer leurs nouvelles chemises. Quand elle rouvre les yeux, Mrs McGowan déclare que ce sont les plus belles chemises qu'elle a jamais vues.

— New York et Paris n'ont qu'à bien se tenir, elle dit. Branchville a son propre créateur de mode.

Lonnie sourit et se lève pour inspecter la coupe des chemises sur chacun, mais son père ne sourit pas. Mr Coles avale ce qui reste de vin dans son verre et s'en sert un autre, et il fusille des yeux Eddie, qui évite son regard.

* * *

Ça fait plusieurs nuits que j'dors dans la chambre de Miss Annie pour garder un œil sur elle, pendant que les filles dorment dans le chariot. Toutes les cuisines du Campement les connaissent par leurs prénoms – Edna s'en est assurée –, ce qui fait que tout le monde garde un œil sur elles. On est vendredi et des chariots ont défilé toute la matinée pour les festivités du week-end. Toute la journée de demain et dimanche, les gens vont faire la fête, avec trois messes par jour, des discours d'hommes politiques, des chorales et des fanfares qui viennent des quatre coins de l'État. Je pensais pas que cet endroit pouvait accueillir davantage de monde. C'est déjà bondé. Toutes les cuisines ont augmenté leurs effectifs d'une demi-douzaine d'employés. Les filles se comportent comme si c'était Noël et je dois dire que si la patronne était dans un meilleur état, je serais comme elles. La couche de la patronne était sèche ce matin, et ses lèvres sont gercées et sanglantes, alors je passe de la vaseline dessus pour les apaiser. Mr Coles arrive quand je suis en train de refaire le lit. Il est déjà habillé et il a l'air d'être pressé alors il ne rentre pas dans la chambre.

— Ma chère, il dit, on vous installera sur le banc dehors demain pour que vous puissiez participer aux festivités. Le gouverneur sera là et il voudra vous voir. Un peu d'air frais vous fera du bien.

Elle tourne la tête sur le côté, mais il continue de parler comme si elle était une corvée à rayer d'une liste. Il m'ordonne de la préparer et il tourne les talons. Après son départ, je regarde la patronne et je dis :

— Vous l'avez entendu.

Je remplis trois grandes bouilloires d'eau et je les mets sur le poêle pour les faire chauffer. Retta en a terminé avec le petit déjeuner alors je peux prendre toute la place sur le poêle.

Comme tous les matins, Lonnie demande :

— Qu'est-ce que je peux faire avant de partir ?

— Je dois donner son bain à votre maman. Est-ce que vous avez le temps de m'aider avec la baignoire, votre frère et vous ?

Il est heureux de pouvoir aider et il pose son café pour aller chercher son frère. Il a besoin de faire quelque chose pour sa maman. Il est rongé par l'inquiétude. Depuis qu'on est arrivés ici, il va la voir dans sa chambre tous les matins avant d'aller à l'atelier, pour lui montrer des croquis de robes pour femmes. Il a dessiné quatre modèles et il a des échantillons de soie artificielle rouge profond, vert et bleu.

— C'est la soie du p-pauvre, il dit à la patronne. Il n'y a aucune raison d-de limiter une si jolie matière aux c-cravates d'homme, p-pas vrai, Mère ? C'est une b-belle matière, abordable et c-confortable. Berlin's veut voir ces modèles avant Noël. Si t-tout se passe comme p-prévu, nous pourrions les avoir en magasin à l'automne p-prochain. C'est merveilleux, non ?

Mais il peut bien dire ou faire tout ce qu'il veut, elle ne répond pas.

— Ça lui est donc égal ? a demandé Lonnie quand je l'ai surpris en train de pleurer dans le couloir.

— Bien sûr que non.

C'est un adulte, mais il continue à penser que sa mère ne vit que pour lui. À un moment, il faut bien que parent et enfant se détachent. Mais chaque famille a une histoire et, des fois, l'histoire pousse les gens à se comporter bizarrement. C'est comme ça.

La patronne commence à avoir la même odeur que celle que Marie et Berns avaient avant de mourir, une odeur impossible à masquer avec du talc. Pendant que l'eau est à bouillir, les frères remplissent la baignoire à moitié avec de l'eau froide et la transportent dans la chambre de leur mère. Ils l'embrassent tous les deux et elle leur tapote la main. Puis ils me suivent de nouveau dans la cuisine pour ôter les bouilloires du poêle. Je mets les couvercles dessus et je donne des torchons aux garçons pour qu'ils ne se brûlent pas avec les poignées. Un par un, on verse le contenu des bouilloires d'eau brûlante dans l'eau froide.

— Père va vouloir consulter les comptes de l'atelier, dit Eddie à son frère.

— Il ne p-peut pas les voir.

— Il veut voir ce que l'atelier vaut.

— Vous avez entendu, M-Mère ? dit Lonnie. Il va essayer de prendre tout ce que nous avons.

Il s'assoit près d'elle pour plaider sa cause.

— J'ai b-besoin de ces fonds, M-Mère. S'il vous plaît, vous ne p-pouvez pas le laisser faire.

Mais elle ferme les yeux et ne répond rien.

— Vous pouvez y aller, je leur dis. L'eau va refroidir. Je peux me débrouiller pour le reste.

Lonnie se lève et s'en va. Eddie regarde sa mère et ouvre la bouche pour dire quelque chose, mais il change d'avis et se tourne vers moi à la place :

— Si vous avez besoin d'autre chose, appelez-nous.

Une fois qu'ils sont partis tous les deux, je verrouille la porte, je regarde la patronne et je soupire.

— Vous avez de bons garçons.

Elle hoche la tête.

— J'ai seulement des filles. Je m'inquiète tout le temps pour elles.

Son visage se décompose, mais le puits de ses yeux s'est asséché.

On a mis en place notre petite routine du matin, avec la patronne. Elle me laisse faire ce que je peux faire pour elle. Elle ouvre la bouche pour que je lui brosse les dents. Je détache son chignon et je défais sa tresse pour lui brosser les cheveux. Elle adore quand j'fais ça. Ils sont doux comme de la soie et lui tombent jusqu'au milieu du dos. Je ne parle pas beaucoup, mais ça ne la dérange pas. J'ai l'impression qu'on a de longues conversations. Simplement, on n'utilise pas de mots.

Je trempe mon coude dans l'eau et, quand c'est pile à la bonne température, je soulève sa chemise de nuit et je la passe par-dessus sa tête en faisant attention de ne pas lui égratigner le visage avec les boutons. Après l'avoir déshabillée, je la porte jusqu'à la baignoire. Elle est tellement légère que ça me fait de la peine. Elle le sait et elle tapote mon front pour que j'arrête de froncer les sourcils. Je n'arrive pas à comprendre sa décision de ne plus manger. Je sais ce que c'est que d'avoir faim. Ça vous tourmente toute la journée et toute la nuit. C'est un vide sans fin. Je la mets doucement dans l'eau.

— Ça fait du bien ?

Elle laisse échapper un petit gémissement satisfait et je la pose au fond de la baignoire avant de lui redresser le dos. C'est à peine si le niveau de l'eau monte.

— Agrippez-vous sur les côtés, que je puisse vous laver le dos.

Elle fait ce que je lui dis et se penche sur ses genoux. J'y vais lentement et doucement avec le gant de toilette. Je lui passe partout dans le dos et elle soupire. Elle bascule la tête en arrière pendant que je lui lave les cheveux, que je rince avec un saladier que j'ai apporté de la cuisine, avec ma main au-dessus de ses yeux, comme j'ai fait avec toutes mes filles et comme je fais encore pour Mary, pour que le savon ne tombe pas dedans. Une fois que j'ai fini de la laver, je l'installe dans un fauteuil, je l'essuie doucement avec une serviette et je lui mets du talc partout. J'ai peur qu'elle attrape des escarres à force de rester allongée trop longtemps. Elle a fermé les yeux, fatiguée par le rituel. Mais quand le moment de l'habiller arrive, elle attrape la robe et la jette.

— Vous avez chaud ?

Elle secoue la tête. Non.

— Vous ne voulez pas vous habiller ?

Un autre non. J'imagine qu'elle a le droit de quitter ce monde dans la même tenue qu'elle y est venue. Je la couche et je remonte le drap jusqu'à son menton.

— Si vous changez d'avis, vous me prévenez, je lui dis.

Le temps que j'accroche la robe dans la penderie, elle dort déjà.

De l'autre côté de la rue, Retta est occupée à cuire un cochon entier dans le trou qu'on a creusé le premier jour. Elle est soupe au lait comme pas possible ce matin. Alma et Mary restent dans leur coin à décortiquer des noix de pécan pour les tartes.

— Tu as besoin de quelque chose ? je lui crie.

— Pas pour l'instant, elle répond.

— Ça pose un problème si je vais à la messe ?

— Pourquoi ça en poserait un ? elle demande en traversant la route.

— On est juste les bonnes.

— Personne ici sait que t'es une bonne à tout faire. Va faire la paix avec toi-même.

— Moi aussi, je veux y aller, dit Alma.

— Finis ton travail d'abord, lui répond Retta. Après, tu pourras y aller.

Les gens se promènent dans la cour et se rendent visite les uns aux autres. Des couvertures sont étalées dans l'herbe et des jeunes mamans sont allongées dessus avec leurs bébés. Une gamine habillée en jaune, pas plus vieille qu'Edna, est appuyée sur ses coudes, en train de parler à ses amies. Son petit lui tire les cheveux et elle lui donne une tape. Il s'éloigne de la couverture à quatre pattes, mais elle s'en occupe pas.

Il a un numéro attaché à ses vêtements alors j'imagine qu'il peut pas aller bien loin.

J'entre par l'arrière de l'église pour écouter. Il paraît que c'est un privilège de prêcher au Campement. Tous les pasteurs qui sont passés ici sont célèbres et ils viennent tous d'un État différent. J'ai vu le programme sur le tableau d'ardoise devant le pavillon tous les jours, avec le nom de celui qui prêche et d'où il vient. Le révérend d'aujourd'hui est gros, avec une moustache touffue et une barbe. Il est d'ici, de Saint George, mais c'est bien la première fois que j'entends parler de lui. Contrairement à ce que je croyais, il ne faut pas être d'ailleurs pour être célèbre. Je suis en retard pour le sermon et je ne veux pas déranger, mais un vieux diacre me prend par le coude et m'entraîne jusqu'à une rangée au milieu. J'ai pas d'autre choix que de le suivre. Le révérend est en plein milieu d'une prière alors je fais attention de garder la tête baissée. Une famille se décale pour me faire de la place au bout de la rangée. Une fois que je suis assise, je lève discrètement le nez pour jeter un coup d'œil autour de moi. La messe du matin est aussi peuplée que celle du soir. Eddie est assis quelques rangs devant moi, du même côté de l'allée, mais je ne vois pas Mr Coles. Quand il a terminé sa prière, le révérend essuie la sueur sur son front et nous parle comme si on était en famille, assis à la table de la cuisine.

— Je veux vous parler d'une expérience qui remonte à mon enfance, quand j'étais petit garçon. Je devais avoir neuf ou dix ans. Ma mère et mon père avaient des poules. J'étais un enfant farceur à cet âge et il y avait une des poules que j'adorais embêter.

Je lui courais après dans la cour et, de temps en temps, je l'attrapais et je lui faisais des misères.

Tout le monde rit. On se souvient tous d'avoir été des enfants.

— Il n'y avait pas d'effusion de sang, je n'étais pas méchant à ce point.

Il dit ça en riant, comme si c'était peut-être ce qu'on pensait.

— C'était comme mon animal de compagnie. Je l'emmenais partout avec moi en la tenant par les pattes, ou je la mettais sous mon bras pour qu'elle ne puisse pas se sauver. Mais ensuite, elle a commencé à pondre dans un nid caché. Elle a couvé pendant un moment et, à la fin, elle a eu des petits poussins. Quand elle est sortie de sa cachette, j'ai voulu lui faire la chasse, comme je faisais d'habitude. Elle était docile avant mais, désormais, elle avait des bébés, sauf que j'ignorais la différence. Alors j'ai commencé à l'embêter comme je le faisais toujours quand elle était une petite poule. Mais maintenant qu'elle avait eu des petits, Dieu avait changé sa nature et, quand j'ai commencé à courir après elle, elle a cru que je courais après ses bébés. Vous voyez tous où je veux en venir avec cette histoire ? il demande.

Toute la congrégation hoche la tête et il y a des rires. Je ris aussi. D'être assise au milieu de tous ces gens, ça me donne l'impression d'être entourée par une armée.

— Une confrontation allait avoir lieu. Ce n'était plus une petite poule : c'était devenu une maman poule. Et elle pensait : « Tu peux me faire ça à moi, mais je ne vais pas te laisser faire ça à mes petits poussins. » Vous voulez savoir ce qu'elle a fait ?

Les gens applaudissent et crient :

— Oui, monsieur.

— La maman poule m'a attaqué et elle m'a griffé le visage. Et elle ne m'a pas raté.

Le révérend rit à ce souvenir et passe un mouchoir sur son front humide. Il a des auréoles de sueur sous les bras et dans le dos. Il a une sacrée énergie, pour un homme aussi gros.

— De temps en temps, quand le diable essaie de vous détruire et de vous faire du mal, essayez de vous rappeler ceci : Dieu est mon protecteur, Dieu est mon sauveur. Assez, Dieu dit au diable. Assez. Assez de haine. Je t'ai vu tourmenter. J'ai vu comment tu essayais de voler, tuer et détruire, mais ça suffit maintenant. Parce que lorsque je descendrai pour me battre pour ceux que j'aime, Diable, je n'aurai aucune pitié pour toi. Je vois ce que tu fais à mes enfants. Je vois la maladie que tu essaies de faire germer en eux. Je vois le fardeau que tu fais peser sur leurs épaules, la tristesse et la douleur que tu causes. Mais ça suffit, maintenant.

Il s'interrompt, puis il se penche en avant comme s'il nous racontait un secret.

— Dieu nous dit qu'il existe un refuge où vous pouvez aller. Je suis ce refuge, dit Dieu. Je suis la force qui vous permet de voir un autre jour.

Une brise traverse les lieux et les pins ondulent et gémissent dehors. Le révérend hoche la tête en direction du fond de l'église et quatre hommes avec des offrandes remontent l'allée pour les faire bénir avant le début de la quête. Je suis déçue d'être arrivée à la fin de la messe. J'ai l'impression que je viens de prendre un médicament dont j'avais besoin sans le savoir. Le révérend tourne ses paumes vers le ciel et il nous observe. Il croise le regard de chaque personne devant lui. J'me demande s'il me voit, moi aussi.

— Je veux prier pour vous. Je veux vous accompagner dans ce voyage, parce que quelqu'un a prié pour moi avant que je vienne ici aujourd'hui. Quelqu'un m'a aidé, alors je veux vous aider à mon tour. Je veux planter une graine dans votre esprit, pour que cette graine germe en vous et qu'elle vous fasse grandir. Baissons la tête.

Je ferme les yeux et je prie avec cet homme plein de bon sens.

— Dieu, tandis que nous plantons la graine de la foi dans notre esprit aujourd'hui, nous Te demandons de la rendre plus forte. Fais grandir notre foi pour que cette toute petite graine que Tu laisses grandir dans nos vies nous rappelle que Tu seras toujours là pour nous soutenir et nous protéger. Amen.

Quand je relève la tête, le chœur se met debout et le vieux piano droit lâche les premières notes de *Je crois en toi, Seigneur*. Des voix angéliques s'élèvent. Elles doivent résonner jusque dans la cour, parce que les gens arrêtent ce qu'ils sont en train de faire pour écouter. Même les bébés se taisent. Les hommes avec les offrandes remontent l'allée et se placent de chaque côté. Les plats circulent d'un bout à l'autre de chaque rangée. La tête d'un des hommes me dit quelque chose. En le voyant de près, enfin, je me souviens. Je n'avais pas reconnu le shérif sans son uniforme. Quand il arrive au bout de ma rangée, je lui prends le plateau des mains et je le passe à la famille à côté de moi. Ils mettent un dollar dessus et quand le plateau me revient, il le tient devant moi pendant un instant, mais j'ai pas d'argent à donner. Pas le moindre *cent*. Je suis obligée de lever les yeux et de secouer la tête pour lui indiquer de continuer sa tournée. Il me reconnaît, mais il a un travail à faire, alors il avance jusqu'à la rangée suivante pour collecter l'argent que les fidèles ont à offrir. Au dernier verset, le révérend se dirige vers le fond de l'église et attend de dire au revoir à chaque paroissien. J'ai envie de me sauver en courant, mais j'ai nulle part où m'enfuir, alors je reste assise et je regarde la foule se disperser. De l'autre côté de l'église, le shérif est en train de discuter avec deux femmes. Il a le bras autour des épaules d'une des deux et elle garde une main posée sur le ventre du shérif pendant qu'elle parle à l'autre. Elles doivent être mère et fille. Ça se voit à leur façon de se tenir. Elles ont une grande différence d'âge, mais elles se ressemblent. Différentes mais pareilles. Le shérif n'écoute pas ce qu'elles racontent. Il regarde autour de lui comme s'il avait perdu quelque chose. Quand ses yeux me trouvent, je sais que c'est moi qu'il cherchait. Alors je fais ce que j'aurais dû faire la dernière fois : je rassemble mon courage et je me lève.

Il murmure quelque chose à l'oreille de sa femme et elle tourne la tête pour regarder dans la même direction que lui. En me voyant, elle se tourne à nouveau vers lui et elle hoche la tête. Je ne sais pas ce qu'il a à me dire, mais elle est au courant. Il tend la main en s'approchant de moi et je la serre dans la mienne.

— Mrs Pardee, il dit.

— Shérif.

Je ne lui laisse pas le temps de parler en premier.

— Mes voisins m'ont dit que vous étiez passé à la maison pour me parler.

— Oui, c'est exact.

— Eh bien me voici.

— Je ne m'attendais pas à vous trouver ici, il répond en souriant.

Son intonation joyeuse me prend de court. Dès qu'il voit que je suis surprise, il change de ton.

— Excusez-moi, ça n'a rien d'une plaisanterie. J'étais passé pour vous prévenir qu'Otto et sa femme étaient morts de la diphtérie.

— Quand ?

— Juste avant la tempête. Autrement, je serais venu plus tôt.

— Et le bébé ? je demande.

— Le bébé n'a jamais vu le jour.

Alors c'est fini. Otto est parti. Il était mortel, comme nous tous. La vie va et vient et je ne ressens rien du tout. Le shérif frotte le bout de sa botte par terre et il arrache quelques touffes d'herbe. Quelque chose le tracasse. Je serre les dents et j'attends.

— Mrs Pardee, nous avons de bonnes raisons de croire que votre mari n'a jamais quitté Saint George. Nous avons interrogé tout le monde. La dernière fois qu'il a été vu, il était saoul comme un cochon, si vous me permettez l'expression, et il longeait la rivière.

— Rien de surprenant là-dedans.

— Nous avons de bonnes raisons de croire qu'il s'est noyé. On a dragué la rivière, mais je ne vous apprends rien en vous disant qu'elle est pleine d'alligators.

— C'est tout ce que vous aviez à me dire ?

Il regarde sa femme, qui l'attend en retrait. Il se tourne vers moi et dit :

— Vous êtes consciente que tout ce que son père possédait revient à votre mari ?

Je ne comprends pas ce qu'il me dit, ni pourquoi il continue à parler.

— Mrs Pardee, si, comme on le présume, votre mari est décédé, en tant que plus proches parents d'Alvin, c'est vous et vos filles qui hériterez de ce qui appartenait à son père.

Les mots sont aussitôt remplacés par un bourdonnement sourd qui reste dans ma tête, même quand je la secoue pour essayer de la chasser. Otto, qui ne nous a jamais rien donné de sa vie, nous donne tout dans la mort. J'ai pas le temps de répondre, Edna traverse la cour en courant et en beuglant mon nom. Je prends congé et je vais à sa rencontre.

— Alma s'est sauvée et Retta est folle de rage. Il faut que tu viennes.

Dans la cuisine, Retta est en train d'enguirlander Mary, qui pleure, assise sur le banc, les jambes repliées et le menton sur les genoux.

Retta crie :

— Je vous ai pourtant dit de toujours rester ensemble ! Je vous l'ai dit, oui ou non ?

Mary pleure tellement fort qu'elle peut à peine parler.

— Qu'est-ce qui se passe ? je demande.

— J'ai dit à ces enfants de rester ensemble, me répond Retta. Combien de fois il faut vous le répéter ?

— Où est-ce qu'elle est partie ? je demande à Mary.

— Je lui ai dit de pas y aller, pleurniche Mary, mais elle voulait rien entendre.

Retta soupire et tourne sur elle-même, comme si elle savait pas quoi faire.

— Quelle direction ?

Mary montre les bois du doigt et je me mets à courir, même si je serais bien incapable d'expliquer pourquoi.

Passé l'orée du bois, entre les arbres, entre les branches, j'vois ma fille dans sa robe bleue, debout à côté de Mr Coles qui est accroupi, en train de lui parler. Je ralentis et j'essaie de reprendre une respiration normale. Il montre quelque chose dans les arbres, et quand Alma lève la tête, il glisse la main sous son jupon. Elle sursaute et recule, mais il rit et lui tend une pièce, comme s'il venait de la trouver dans les plis de sa robe.

Je crie :

— Alma !

Elle saisit la pièce et pivote jusqu'à m'apercevoir.

— Tu crois que tu vas où, comme ça ?

Mr Coles se lève et met ses mains dans ses poches pour ajuster sa virilité. Je comprends pourquoi Mary ne voulait pas de son argent. Maintenant, je comprends. Alma s'approche de moi, rouge comme une pivoine. Elle brandit son poing avec la pièce dedans et elle parle à toute vitesse :

— Y a une famille de dindes dans le champ, là-bas. Mr Coles a dit qu'y avait un gros nid avec plus de vingt œufs.

Je lui prends la pièce, je la tire par le bras et je lui colle une bonne tape sur les fesses. Vu l'épaisseur de ses jupes, je sais que je lui fais pas mal, mais elle a compris le message. Elle fait la moue en essayant de retenir ses larmes.

— Retta t'a bien dit de pas t'éloigner.

— Elle ne pensait pas à mal, intervient Mr Coles. Elle était juste curieuse de voir les œufs.

— Et je vous remercie d'avoir pris le temps de lui montrer, Mr Coles, mais on lui a dit de ne pas s'éloigner. Elle connaît les règles. Toi, tu retournes au Campement, j'ordonne à Alma, qui se met aussitôt à courir vers la maison.

— Cette petite est vive d'esprit et curieuse, c'est un signe d'intelligence, il me dit, comme si c'était un expert. Vous devriez vous en réjouir.

— Oui, monsieur, je m'en réjouis. Elle est intelligente sur certains points, mais pas tant sur d'autres.

Je serre la pièce tellement fort dans mon poing que mes ongles s'enfoncent dans ma chair.

— C'est une enfant, il répond. Elle apprendra.

Comme Mary a appris.

— Oui, et j'ai bien l'intention de l'éduquer moi-même.

Quand il s'agit de mes enfants, c'est moi qui commande. Je fais glisser sa pièce entre mes doigts et je lui tends.

Il me fixe avec dureté et dit :

— Gardez-la.

Je referme le poing autour de la pièce. Avec sa monnaie qui tinte dans sa poche, Mr Coles tourne les talons et remonte le sentier, jusqu'à disparaître de ma vue.

36

Retta

On a eu la première gelée de la saison pendant la nuit. Le sol est dur comme de la pierre et la prairie est couverte de givre. J'peux voir mon souffle quand je respire. Partout où je regarde, des gens de couleur courent d'un endroit à un autre pour échapper au froid. Aucun de nous s'y attendait, mais si y a bien une chose que j'ai apprise dans la vie, c'est qu'y faut s'attendre à ce que les grands jours se passent pas comme prévu. C'est dans la nature du monde. Le monde a rien contre vous personnellement, c'est comme ça, c'est tout. Avec le temps, j'ai pris l'habitude de compter les problèmes pour voir quelle année va remporter le prix du plus grand nombre de choses qui sont allées de travers. Cette vague de froid est la première de ma liste cette année. On va voir ce qui vient ensuite.

J'prends deux bûches sur le tas de bois pour mettre le poêle en route. De l'autre côté de la route, Bobo est penché au-dessus du brasero pour se réchauffer les mains. Il a été de garde toute la nuit, avec son col relevé pour se protéger du vent. J'lui apporte une tasse de café pour qu'il se réchauffe. La buée qui sort de sa bouche se mélange avec la vapeur de la boisson chaude.

— Le temps a changé à quelle heure ? j'lui demande.

— Vers deux heures du matin.

— Tu crois que ça va les gêner sur la route ?

— Une petite gelée a jamais tué personne. Arrête de te faire du mouron, Retta. Roy va ramener Odell à la maison.

— Fais-moi goûter, j'lui dis.

Il soulève son tisonnier, l'enfonce dans le brasero et pique un bon morceau de viande. Je l'attrape avec un torchon et je souffle dessus. La peau est croquante et la viande encore moelleuse à l'intérieur.

— C'est tellement tendre que ça fond dans la bouche, je dis.

Bobo sourit. J'lui dis de sortir le cochon et de le découper. Si mes calculs sont bons, Odell sera là demain. Demain, si Dieu le veut, je retrouverai mon mari.

Quand j'reviens à la tente, Edna est en train de préparer le petit déjeuner. Alma et Mary sont assises sur le banc, enveloppées dans une couverture. Elles observent deux grosses chenilles qui rampent sur leurs bras. Elles se sont pas décollées l'une de l'autre depuis hier. Dans la lumière du petit matin, je vois qu'elles ont des bonnes couleurs aux joues et qu'elles ont pris du poids. Deux semaines de repas réguliers leur ont fait du bien. La différence se voit comme le nez au milieu de la figure.

J'ai découpé un morceau de viande d'alligator fumé et j'ai nettoyé et décortiqué les crevettes qu'on nous a apportées de l'Edisto. Je mets tout ça dans le ragoût qui mijote sur le poêle. Le gombo, les tomates et les oignons flottent dans le bouillon. Le ragoût doit rester sur le feu pendant deux heures avant que tous les ingrédients aient fait sortir leur jus, et là j'ajouterai les pommes de terre et les épis de maïs. Le soleil se lève à travers les bois derrière nous, et le givre brille comme des éclats de verre dans la lumière. Pendant une minute, on se croirait dans un monde imaginaire. Mais après, le soleil disparaît derrière des gros nuages blancs et la magie est brisée.

Edna remplit les assiettes avec des œufs et des biscuits, puis elle crie en ouvrant la glacière. Gertrude et moi, on sursaute comme si un rat venait de nous passer sur les pieds. Alma et Mary échangent un regard rapide, mais elles continuent à jouer comme si de rien n'était.

— Qu'est-ce qui se passe ? demande Gertrude.

— Y a plus rien, lâche Edna avant d'éclater en sanglots.

— Calme-toi, j'lui dis et elle ravale ses larmes. Comment ça, y a plus rien ?

Elle soulève le couvercle et se tourne vers moi.

— Quelqu'un a volé les saucisses.

Effectivement, la glacière est vide. C'est certainement pas une saucisse fantôme qui va me faire perdre la boule. Je regarde Alma et Mary. Elles sont toujours bien assises et tellement sages que ça me met le doute, mais j'ai pas le temps de poser des questions.

— Toutes les deux, j'leur dis, vous allez faire les cuisines du côté gauche et demander si quelqu'un a des saucisses à passer à Oretta Bootles. Et vous continuez jusqu'à en trouver. Edna, va à côté pour voir s'il en reste à Hannah.

— Qui prendrait les saucisses de Mr Coles ? s'étonne Gertrude.

— Quelqu'un qui sait à quel point il aime ça, j'lui réponds. Seigneur, ça va barder, et pas qu'un peu.

Gertrude lève les yeux vers les chevrons du plafond et elle inspire bruyamment.

— Qu'est-ce qu'y a, encore ?

J'me tourne pour voir ce qu'elle regarde et j'découvre notre troisième problème du jour. Il est posé sur la corniche de la cuisine, en quête d'une miette. Un cardinal d'un rouge éclatant.

— C'est juste une superstition, lance Gertrude. Ça veut rien dire.

J'lui prends la main et je dis :

— Une chose à la fois. Va voir si t'arrives à convaincre Miss Annie de mettre des vêtements, autrement elle mourra de froid avant de mourir de faim.

Elle part et j'attrape mon torchon pour l'agiter près de la corniche.

L'oiseau s'envole et va se poser dans le chêne de l'autre côté de la route.

— Pas aujourd'hui, je dis à mon Créateur. On va pas faire ça aujourd'hui.

37

Gertrude

La patronne n'a pas dormi la nuit dernière. C'est ma faute, je sais. Quand j'ai sorti sa chemise de nuit et que je me suis assise au bord du lit pour lui mettre, elle m'a pas laissée faire. Je suis restée je sais pas combien de temps avec le vêtement sur les genoux, sans savoir quoi faire.

— Mon mari me battait, patronne, j'ai fini par dire. Pendant longtemps, je me suis demandé ce que j'avais fait de mal. Je pensais qu'il devait bien y avoir une raison pour qu'il se mette autant en colère tout le temps, mais j'avais beau retourner la question dans tous les sens dans ma tête, je trouvais pas la réponse. Mais ensuite, il a commencé à s'en prendre à mes filles, et ça, c'était vraiment mal.

Elle m'observait pendant que je racontais mon histoire. N'importe qui aurait pu voir la bataille qui se livrait en elle. Elle n'arrêtait pas de serrer les poings. Ouverts, fermés, ouverts, fermés. Une nuée de mouches noires se sont rassemblées sur le mur derrière le lit. Elles se sont grimpé les unes sur les autres jusqu'à former une petite montagne. Je me suis approchée pour les écraser, et elles se sont dispersées dans la pièce, d'un vol lent et bruyant.

— Si seulement vous pouviez me dire ce qui vous fait souffrir, patronne. Peut-être que je pourrais vous aider comme vous, vous m'avez aidée.

Mais elle refuse de parler et je ne peux pas la blâmer. J'ai dormi au bout de son lit sur une paillasse et je me suis réveillée toutes les deux heures pour voir comment elle allait. À chaque fois, je l'ai trouvée qui regardait fixement le plafond. À la fin, c'est le froid qui m'a réveillée. J'ai empilé des couvertures sur elle et j'ai grimpé dans son lit pour la réchauffer. Elle était tellement froide que, pendant un moment, j'ai cru qu'elle était morte, mais après j'ai vu de la buée blanche sortir de sa bouche.

— Vous auriez bien plus chaud avec des vêtements, je lui ai dit.

Mais elle a secoué la tête pour dire non. C'est une femme têtue, ça je le sais. Elle veut commencer sa journée nue et c'est son droit.

Au petit déjeuner, ce matin, quand Retta lui a dit pour la saucisse, Mr Coles a envoyé son assiette voler contre le mur et il a crié :

— Je refuse de manger cette saleté !

Il a attaché son arme à sa ceinture et il a fouillé toute la maison pendant une heure. Quand il est sorti pour sa promenade du matin, on a toutes mieux respiré. J'ai habillé Mary et Alma aussi chaudement que possible, avec des chaussettes en laine et du papier journal dans leurs habits, et puis je leur ai dit de rester à côté du poêle de la cuisine, là où il fait bon.

Dans la cour, les gens courent dans tous les sens pour que tout soit prêt pour les événements de la journée. Un kiosque à musique a été installé près de l'église pour que le gouverneur puisse y faire son discours. On a l'autel pour la parole de Dieu, et le kiosque juste à côté pour la parole des hommes. Il y a un feu de camp devant chaque tente. Eddie entasse tellement de bois sur le nôtre que ça en devient inquiétant. J'vois les regards en coin que les gens lancent, mais personne ne dit rien. Ils ont pitié de lui, à cause de ce qui arrive à la patronne. Les flammes montent de plus en plus haut, pourtant Eddie continue. Il rapporte de plus en plus de bois à mettre dans le feu.

— Eddie, je l'appelle. Je peux vous demander quelque chose ?

Il arrête ce qu'il est en train de faire et me rejoint aussitôt.

— Vous essayez de mettre le feu au Campement ?

Il rit nerveusement et dit non, mais je sais qu'on construit jamais quelque chose d'aussi grand sans raison. À midi, je suis prête. Je suis assise sur le lit de la patronne, sa main dans la mienne. Et quand les trois hommes entrent dans la chambre pour l'emmener, je la défends, comme je l'ai promis.

— Elle n'est pas habillée.

— Et pourquoi ça ? demande Mr Coles.

— Elle ne veut pas.

Il me pousse sur le côté et arrache sa couverture. Eddie et Lonnie se détournent quand ils voient que leur mère est nue. La patronne est allongée, ratatinée, et elle regarde son mari avec tellement de haine dans les yeux que, si elle était pas si faible, je pourrais jurer que c'est elle qui a volé les saucisses.

— Passez-lui des vêtements, bon Dieu ! il me crie.

— J'ai essayé, monsieur, mais elle m'a pas laissée faire.

— Laissée faire ? Une vieille femme comme elle et vous ne parvenez pas à l'habiller ? Nom de Dieu, je vais le faire moi-même.

Il va à la penderie et tire sur une robe. Il est tellement en colère qu'il arrache presque les boutons quand il essaye de les défaire. Il retourne près du lit et la tire par le bras, mais elle relâche tous ses muscles et bascule sur le côté. Mr Coles perd l'équilibre et tombe au-dessus d'elle. Il se relève et tente de lui passer la robe, mais il n'arrive pas à la bloquer. Ce qui est drôle, c'est qu'elle ne crie pas et qu'elle ne se débat pas. Je guette son signal qui m'indique que je dois intervenir, mais elle ne le donne pas. C'est comme si elle voulait qu'il la tue et qu'on soit les témoins. Eddie se mord la lèvre inférieure, mais il ne fait rien. Il est paralysé. Lonnie finit par ne plus tenir et il tire sur le bras de son père pour le forcer à arrêter.

— Vous lui faites mal.

Mr Coles lâche la patronne, qui retombe sur les oreillers. Il lui jette sa robe, puis il confronte Lonnie et il dit, tout bas et méchamment :

— Si tu n'es pas capable de supporter ça, alors dégage de ma vue, espèce de femmelette. On va s'en occuper nous-mêmes, ton frère et moi.

Eddie me lance un regard, les épaules tellement basses et l'air tellement chagriné que j'ai pitié de lui.

— Vous en faites pas, Eddie, je lui dis. Elle sait ce qu'elle fait.

De là où il est, Mr Coles tend le bras et agite son index sous mon nez.

— Faites ce que je vous ordonne, ma petite. C'est moi qui vous ai engagée.

— Oui, monsieur.

C'est tout ce que je peux répondre.

Il est coincé et il le sait.

— Si elle n'est pas habillée dans cinq minutes, il me dit, vous pouvez chercher un autre travail. Sans ma recommandation, je vous assure qu'aucune plantation ni aucune entreprise n'acceptera de vous engager dans toute la Caroline du Sud. Pensez-y.

Il assène ça comme si sa menace était la pire chose que j'avais eu à affronter de ma vie. Je finis quand même par baisser les yeux, mais uniquement pour la patronne. Quand il quitte la pièce, je me précipite vers elle pour la recouvrir avec une couverture. Eddie emboîte le pas à son père, mais Lonnie reste. Il tremble de rage.

— Est-ce que c'est une p-plaisanterie cruelle, Mère ? Vous m'avez amené jusqu'ici d-dans quel but ? Pourquoi vous ne vous battez pas contre lui ? Il nous a maltraités p-pendant toutes ces années, mais vous avez refusé d-d'y voir clair.

Miss Annie tend le bras pour lui prendre la main, mais il recule.

— Je ne sais p-pas ce que vous essayez de prouver, mais je vous s-supplie d'arrêter. Nous avons besoin de notre mère.

Après son départ, la patronne plaque le dos de sa main contre sa bouche et secoue la tête, comme si quelqu'un essayait de lui donner un médicament qu'elle veut pas prendre. Elle pousse des gémissements déchirants. Elle attrape la robe que Mr Coles a laissée sur le lit et tente de la passer par-dessus sa tête.

Quand je m'approche pour l'aider, elle lève la main pour m'arrêter, et je dois attendre pendant qu'elle se bagarre pour enfiler les manches. Quand elle a enfin réussi, elle m'autorise à la rejoindre. Déjà fatiguée par tous ces efforts, elle s'allonge pendant que je fais glisser le tissu le long de ses jambes et que j'attache le col autour de son cou.

— Gertrude, elle dit d'une voix chevrotante, allez me chercher un verre de lait.

— Oui, m'dame, je réponds avant de courir à la cuisine.

38

Annie

Le corps n'aime pas mourir. Il se bat même quand l'esprit n'est plus. Gertrude entre et s'assoit à côté de moi. Elle est bonne et dure à la fois. Peut-être que nous avons tous deux faces ? Quelles sont les miennes ? La lâcheté et le courage ? Je suis comme une pièce de monnaie qui est restée sur la même face trop longtemps. Si je prétends hâter la fin de cette existence, alors je dois me retourner. Gertrude tient le verre pour moi pendant que je bois. Retta a ajouté de la levure de bière, si bien que le lait a un goût de porridge aux noix de pécan. C'est délicieux. Après chaque gorgée, Gertrude essuie les gouttes que j'ai sur le menton. Le lait a réveillé ma faim et je commence à boire le reste d'un trait.

— Doucement, me dit Gertrude, autrement tout va remonter.

Je hoche la tête, je prends une gorgée que j'avale doucement, puis j'attends en respirant lentement. Ses encouragements me donnent l'impression d'être une enfant qui écoute sa mère. Je suis heureuse de la joie qu'elle manifeste face à mes efforts, et en même temps, je ne veux pas lui donner de faux espoirs. Mais ce n'est qu'arrogance mal placée de ma part. Cette fille est des plus capables et elle n'a pas besoin que je m'inquiète pour elle. Lorsque j'en suis à la moitié du verre, Retta fait irruption dans la chambre avec une petite soucoupe de gruau de maïs fumant.

— J'ai mis ni beurre ni bacon, par peur de c'que ça pourrait faire à votre estomac, mais le gruau vient tout juste d'être cuisiné et il est bien chaud, comme vous aimez, Miss Annie. J'ai mis un peu d'œuf cru et j'ai mélangé, avec du sel et du poivre. Vous en voulez une petite bouchée ?

Comment pourrais-je refuser ? L'odeur seule suffit à me mettre debout. Ce gruau est un délice, un festin pour tous les sens. Chaque ingrédient du plat se révèle peu à peu sur ma langue. Je ne veux pas avaler, par peur que la sensation m'échappe. Le brouillard qui troublait ma vue disparaît à mesure que les nutriments se répandent dans mon corps. Même si je meurs d'envie d'en prendre une autre, une bouchée est tout ce que je suis capable d'ingurgiter. Gertrude m'essuie le visage avec un linge tiède pendant que Retta reste au pied du lit, heureuse de voir que j'ai mangé quelque chose, même si ce n'est qu'une seule bouchée. Je leur prends les mains et leur dis :

— Merci pour votre gentillesse, mes chères.

Le compliment les fait sourire toutes les deux.

— Je suis prête, à présent.

Retta ouvre la porte. De l'autre côté, en train d'attendre, se trouve mon mari.

* * *

Retta

À chaque fois que la chance tournait pour quelqu'un, M'man disait toujours : « C'était sûr, cette histoire. » Ça ratait jamais. Comme si les actes d'une personne étaient les fondations d'une maison. Elle connaissait le caractère des gens et elle savait toujours ce qui allait leur arriver avant eux, et certainement avant moi. J'ai la vue, mais c'est M'man qu'avait la vision. Quand je reviens de la chambre de Miss Annie, toutes mes aides sont rassemblées autour du poêle pour se réchauffer les mains. Elles se dépêchent de retourner au travail. Y a que Mary et Alma qui restent. Je donne un morceau de peau de porc croustillant à chacune, encore fumant.

— Est-ce qu'il en reste pour Sarah et moi ?

J'connais la question, aussi bien que j'connais la voix qui la pose. Je l'entendais toujours quand Sarah et Molly étaient petites. J'me redresse tellement vite que j'en attrape le tournis et je dois me retenir à Mary et Alma pour garder l'équilibre. Miss Molly et Miss Sarah sont là, dans des tenues toutes simples typiques du Campement. Elles sont venues à pied, toutes seules. Elles ont laissé leurs richesses derrière elles, mais la simplicité suffit pas à cacher les femmes qu'elles sont devenues. Elles ont toujours été des jolies jeunes filles. Maintenant, elles sont tout bonnement superbes. Beaucoup d'années ont passé, mais le fantôme de leur jeunesse hante encore leurs visages. Molly semble plus douce et plus rondelette et Sarah est plus grande que dans mes souvenirs, mais je les connais par cœur, et leur âge y change rien. J'ai aidé à les mettre au monde.

Molly est dans mes bras en pleurs avant que j'aie le temps de dire ouf. Toute sa dureté a disparu. Sarah, elle, elle se retient. Elle nous regarde de loin, sa sœur et moi. Je tends la main et j'attends, jusqu'à ce qu'elle s'autorise enfin à entrer dans notre cercle. Néanmoins, elle continue à se tenir bien droite, comme si elle avait peur de se casser. Je l'embrasse sur la joue et j'lui dis qu'elle sent les fleurs de pommier au printemps. Son rire est la libération qu'y lui fallait et elle se laisse aller contre moi. Si les années pouvaient parler, elles raconteraient la douleur et la souffrance que ces petites ont endurées. Leur histoire est dans leurs corps tremblants tandis qu'elles pleurent sur mes épaules.

On sèche nos larmes et je leur dis :

— Votre père a emmené votre mère dans la cour de devant.

Sarah respire profondément. Quand elle était petite, elle faisait des crises d'angoisse qui l'empêchaient de respirer. Elle s'allongeait par terre jusqu'à ce que ça passe. Ça a tellement empiré avec le temps que la patronne a fini par appeler le docteur. Pendant un an, elle a pris un cachet par jour. Elle se cachait quand elle sentait que le mauvais sort s'apprêtait à frapper, mais on savait où la chercher avec Molly. On la trouvait toujours sous l'escalier, à se balancer d'avant en arrière et à se frapper les jambes pour se calmer.

— Tout va bien, disait Molly. Il est parti, il est parti.

Elles sont grandes maintenant et pourtant, Molly prend la main de Sarah, comme elle faisait avant, et elle dit :

— On va y aller ensemble.

— Le gouverneur va venir dire bonjour, comme y fait toujours, j'leur dis. Allez-y à ce moment-là.

À présent, je peux faire ce que j'ai pas pu faire à l'époque.

— Vous êtes grandes, maintenant. Il ne peut pas faire ce que vous lui permettez pas.

Sarah embrasse le dos de ma main et elle se redresse. Je les prends toutes les deux dans mes bras encore une fois avant de les lâcher. Après leur départ, je cherche comment je pourrais me rendre utile, mais tout ce qu'y avait à faire a déjà été fait. Je bouge pas, alors que c'est ma journée la plus chargée de l'année. Mes aides connaissent mes habitudes presque aussi bien que moi. Les desserts sont alignés sur le comptoir du buffet, et y sont tellement beaux que c'en est presque une honte de les manger. Du riz mijote à côté de deux grosses marmites de ragoût. Le cochon est découpé, le pain de maïs est doré et couvert de beurre et de miel, les haricots blancs fument et de grands pichets de thé sucré attendent d'être servis. Tout ce qui nous reste à faire, c'est nous remplir le ventre.

Je m'occupe dans la salle à manger, même si je sais que compter les assiettes et les couverts est juste une excuse pour être là. Je fais briller chaque couvert avec mon tablier, debout avec Gertrude derrière la porte moustiquaire. Lonnie et Eddie sont dehors, sur le perron. Entre les deux, j'aperçois Miss Annie et Mr Coles assis côte à côte sur le banc qu'on apporte tous les ans depuis la maison. Mr Coles a fabriqué ce banc y a bien des années pour le Campement, quand Miss Annie était enceinte d'Eddie. Il l'a fait assez grand pour deux et il a mis des bascules pour qu'elle puisse s'en servir pour les enfants. Elle a souvent bercé ses bébés sur ce banc, dans cette cour, pour les endormir. Gertrude a emmitouflé Miss Annie dans des couvertures et elle l'a calée avec tellement d'oreillers qu'on dirait qu'elle est emmaillotée comme un bébé. Mr Coles a son bras autour de ses épaules et elle est appuyée contre lui, comme quand ils étaient jeunes mariés. Je cherche les filles du regard, mais je les trouve pas. Je prie pour qu'elles aient pas perdu leur courage.

* * *

Gertrude

Je sors sur le perron et je reste derrière Lonnie et Eddie, pour pouvoir être utile à la patronne si elle a besoin. Le froid me dérange moins que les autres, je l'ai toujours mieux supporté que la plupart des gens. Le châle que Mary m'a fait empêche le froid de pénétrer jusqu'à mes os. Presque tout le Campement est dans la cour. On dirait que tout l'État s'est rassemblé ici pour la journée. Mr Coles regarde derrière l'épaule de toutes les personnes avec qui il discute. Il attend le gouverneur.

Un groupe de gens qui occupent les tentes voisines se sont réunis pour venir présenter leurs respects à la patronne et à Mr Coles. Ils forment un demi-cercle autour du banc et ils parlent d'un air solennel. Personne ne porte ses habits du dimanche aujourd'hui. J'aurais cru pourtant, rien que pour atténuer la puanteur d'une semaine sans se laver, mais le froid a pris le pas sur les bonnes manières et les gens privilégient le confort. Les hommes sont en salopettes et en longues chemises, qui discutent de l'hiver qui arrive, et les femmes sont enveloppées dans des châles, agenouillées près de la patronne et occupées à lui écarter les cheveux du visage. Elles font tellement de manières que la patronne a sûrement l'impression d'assister à son propre enterrement. Ça sert à rien d'ignorer ce qui est juste sous votre nez. Et il faut reconnaître qu'elles n'essaient pas. Derrière moi, de l'autre côté de la porte moustiquaire, je vois Retta qui s'agite et tend le cou, à la recherche de quelque chose dans la cour.

Des cors dorés, sept au total, brillent dans la lumière alors que les musiciens se préparent dans le kiosque. Le son est si pur et puissant que j'me demande si c'est pas Gabriel lui-même qui joue de la musique à travers eux. Un murmure parcourt le Campement et tout le monde se tourne quand un enfant traverse la cour en courant et en criant à sa famille :

— Le gouverneur est là !

* * *

Annie

— Eh bien voilà, ma chère, dit mon mari lorsque j'appuie ma tête dans le creux de son cou. On n'est pas bien, comme ça ?

Tant de gens sont venus nous saluer que j'ai l'impression d'être une jeune mariée qui accueille ses invités. Edwin joue à la perfection le rôle du mari épris, à m'embrasser sur le front entre chaque visiteur. Son souffle chaud sur ma peau contraste fortement avec le froid ambiant. Lorsque nous étions jeunes mariés, j'étais toujours surprise par le fait qu'il ne sentait jamais mauvais. J'ai grandi avec plusieurs frères alors je connaissais l'odeur des hommes, mais Edwin était différent. Il était enivrant. Aujourd'hui encore, il sent l'écorce et les baies. Tout le monde est attiré par lui. C'est sa reconnaissance à lui que les gens veulent, pas la mienne. Je suis un moyen pour une fin, juste bonne pour tirer un profit, rien de plus. Chaque personne qui vient afficher sa préoccupation pour moi, pour notre famille, le fait dans l'espoir de gagner ou de conserver les faveurs de mon mari. Ce qu'ils ne voient pas, ce sont les efforts désespérés de mon mari pour préserver sa bonne réputation. Si Edwin parvient à ses fins, les banques ne concéderont jamais qu'un Coles puisse échouer. Personne ne le concédera.

Des femmes que je connais depuis des années pressent leurs mains froides sur ma joue, comme si elles disaient bonjour à une enfant. Je recule la tête assez de fois pour les mettre mal à l'aise et leur faire comprendre qu'une caresse sur l'avant-bras suffit. À chaque poignée de main et à chaque contact, le niveau de gratitude envers nous augmente. La gratitude d'Edwin envers moi parce que je me tiens bien et que je fais ce qu'on me demande, et la gratitude de tous les autres parce que Edwin leur prête attention. Ces deux côtés s'alimentent l'un l'autre. Lui se nourrit de moi, eux se nourrissent de lui, jusqu'à ce que les deux parties soient convaincues que ce dont elles se nourrissent est réel.

Les simulacres de politesse sont épuisants et personne n'est plus doué à ce petit jeu que les Sudistes. Je suis déjà fatiguée et nous venons à peine de commencer. Les femmes réunies autour de moi tentent de m'inclure dans la conversation, mais cela ne m'intéresse pas le moins du monde. J'appelle donc Gertrude, qui arrive aussitôt auprès de moi. Son apparition donne aux femmes une excuse pour prendre congé et, une fois de plus, je suis reconnaissante d'avoir à mon service ce petit bout de femme bagarreuse comme un chat de ferme.

— Oui, patronne ? demande-t-elle.

— De l'eau, s'il vous plaît, Gertrude.

Aucun souffle de vent n'agite les arbres, ce qui est une chance, autrement le froid serait exponentiel. Les gens ont déjà si froid qu'ils ne s'aventurent pas bien loin de leur feu de camp. Le nôtre est suffisamment puissant pour tenir chaud à un petit groupe. L'eau que Gertrude m'apporte est froide et adoucit ma gorge. Tout cela m'a permis de comprendre une chose : il est facile de mourir. Ce qui est douloureux, c'est la souffrance, pas l'agonie physique, bien qu'elle existe également. Les crampes causées par la faim et la soif sont de taille. Mon corps a commencé à se flétrir en l'absence de fluides. Une seule gorgée traverse toutes mes fibres et remplit des trous qui se sont formés pendant leur absence. Ma bouche est humide à nouveau. Mes yeux ne me font plus mal lorsque je bats des paupières. Un seul verre d'eau et déjà tant de progrès. Et pourtant, le corps en veut plus. Une rivière ne suffirait pas à apaiser sa soif intarissable. Dans une bataille, il faut être rapide. Sans vitesse, vous ne survivez pas. Le corps s'empresse de fournir des nutriments pour dissuader le caractère inéluctable de la mort. Ces observations ne me dérangent pas. Non, ce n'est définitivement pas la souffrance physique qui me trouble, mais ce que je laisse derrière moi et l'état dans lequel je le laisse. C'est ça, la vraie torture. Il est bien plus facile de dormir, et de loin. Mais je suis réveillée à présent, revitalisée grâce à une touche de substance : de la nourriture et de l'eau, le miracle de la vie. Il est difficile de comprendre comment le corps continue en dépit de l'état dans lequel le cœur se trouve. Car si un cœur brisé gouvernait le corps physique, alors je serais morte depuis longtemps.

Lorsque le gouverneur arrive, Edwin me laisse seule afin d'aller l'accueillir. Ils se serrent la main et se mettent aussitôt à discuter. Sa femme, Lizzie, ne l'a pas accompagné, ce qui ne me surprend pas. Elle déteste ce genre d'événement. Nous avons dîné trois fois avec le gouverneur et son épouse : deux fois chez nous pendant la campagne, et une autre fois dans la grande demeure du gouverneur pour fêter sa victoire. Elle et moi avons reçu des éducations aux antipodes l'une de l'autre, mais nous nous comprenons.

— Je ne sais pas comment vous arrivez à continuer à aller au Campement, Annie, m'a-t-elle dit une fois. En tant que membre d'une fratrie de douze enfants élevés par une famille religieuse, j'en ai soupé.

— La tradition ne me dérange pas, lui avais-je répondu. Cela permet au passé de perdurer.

— S'il n'y a pas une vraie salle de bains et de vraies toilettes, le passé peut aller se faire voir.

Elle avait ri. Nous avions ri toutes les deux.

Edwin avait largement contribué à l'élection du gouverneur de par la somme qu'il avait injectée dans sa campagne, et il s'était assuré que toutes les plantations du sud de l'État faisaient corps avec lui. C'était avant l'invasion des anthonomes du cotonnier. Une fois élu, le gouverneur n'a cessé de jouer de malchance, le pauvre homme. Toutes les décisions qu'il aura à prendre à partir de maintenant seront dictées par la famine et le manque.

Notre gouverneur est méthodiste, et tout le monde l'aime beaucoup ici. Il n'est âme qui vive qui ne soit pas en train d'observer Edwin et le gouverneur tandis qu'ils devisent comme de vieux amis. Le pouvoir engendre le pouvoir, après tout. Le gouverneur lance un regard dans ma direction pendant que mon mari lui parle. Edwin l'informe de mon état. Il ôte son chapeau et le colle à sa poitrine avant de venir me saluer. Je ne sais pas ce qui me passe par la tête, mais j'essaie de pousser sur mes jambes pour me mettre debout. L'habitude ? Sauf que je pèse plus que ce que je croyais et, pendant un instant, le monde semble sens dessus dessous. Gertrude me rattrape et m'aide à me rasseoir dans mon fauteuil, avant de reculer lorsque Edwin prend place à côté de moi et remet mes couvertures en place.

— Chérie, dit-il, vous ne devez pas forcer.

Il y a une telle pourriture dans son discours que j'en ai la nausée. Le gouverneur s'accroupit devant moi et me prend la main.

— Ann, Lizzie m'a chargé de vous dire que vous étiez décidément bien masochiste.

— Elle a raison, Tom.

Au loin, la fanfare attaque un morceau, *You're A Grand Old Flag*. La foule se fait de plus en plus dense à mesure que les gens sortent de leur tente pour écouter la musique et se joindre aux festivités. Dans les champs derrière les tentes, des garçons font exploser des pétards. La fête bat son plein. Le secrétaire de Tom, conscient de son emploi du temps chargé, attend tout près de lui, prêt à l'entraîner vers sa prochaine obligation.

— Je suis navré que vous soyez malade, m'assure Tom.

— C'est le prix à payer lorsque l'on est mariée à un monstre.

Je lui ai répondu d'une voix claire, en m'adressant directement à lui. Je veux qu'il sente le poids de mes mots. Je vois Edwin se crisper près de moi et un masque de confusion recouvre le visage de Tom.

— Je vous demande pardon ? demande-t-il.

— Mon mari n'est pas un homme bon, Tom. Il a dupé toute la communauté pendant des années.

— Annie, intervient mon mari comme si mes allégations le surprenaient.

— Ce n'est pas vrai, Ann, proteste Tom. Edwin est un citoyen tout ce qu'il y a de plus loyal, vous le savez bien.

— Tout cela n'est qu'une farce, Tom. Edwin a tout perdu, sa fortune et sa famille.

— Elle n'est pas elle-même aujourd'hui, gouverneur. Elle est surmenée, dit Edwin.

J'insiste :

— Demandez aux enfants ce qu'il a fait. Ils vous expliqueront.

— C'est exactement ce que je craignais, mais elle tenait absolument à venir, continue Edwin.

Je dévisage notre gouverneur. Il a l'habitude des hommes politiques baratineurs. Il doit voir clair dans toutes ces inepties, c'est impossible autrement.

— Vous saviez que nous avons un fils qui s'est suicidé ? Il n'avait que douze ans.

— Annie, ça suffit, ordonne Edwin.

Il a dans la voix la même inflexion sévère que celle qu'il utilisait avec les enfants lorsqu'ils étaient petits.

— Pendant très longtemps, je n'ai pas compris pourquoi un enfant ferait une chose pareille, puis j'ai découvert le petit secret de mon mari. Il aime les enfants. Il garde leurs sous-vêtements en souvenir.

— Ne soyez pas ridicule, gronde Edwin.

Je ne quitte pas Tom des yeux une seconde. Il faut qu'il comprenne ce que je suis en train de lui dire. Le dégoût ne tarde pas à remplacer la perplexité qui se lisait sur ses traits jusqu'alors. Il retire sa main, mais je l'attrape et la serre.

— Je n'ai pas besoin d'un médecin, Tom. Ce dont j'ai besoin, c'est que justice soit faite.

Alarmé, Tom se tourne vers mon mari, qui soupire et baisse la tête, telle la parfaite victime.

— La maladie et la vieillesse sont impitoyables, lance-t-il.

Au bout du compte, le gouverneur décide de croire ce qui le met à l'aise. Les hommes sont incapables de supporter ce que les femmes supportent. Ils crient à la folie dès qu'une femme est malheureuse. Une femme avoue l'inavouable ? C'est parce qu'elle souffre de démence. Ce serait trop leur demander que d'envisager une autre explication possible.

— Cela arrive aux meilleurs d'entre nous, assure Tom à mon mari.

Il se relève et lui tapote l'avant-bras. Edwin pose une main sur mon épaule et m'agrippe.

— Nous allons vous ramener à l'intérieur pour que vous vous reposiez.

Avant qu'il ait le temps de faire volte-face pour demander de l'aide, je remplis ma bouche de la salive que j'ai récupérée après mon repas du matin et je lui crache au visage. Edwin se redresse et sort un mouchoir de sa poche pour s'essuyer les yeux et les joues. Il entraîne le gouverneur à l'écart en lui débitant des excuses, puis lui emboîte le pas vers l'estrade. Je regarde l'océan d'yeux qui me fixent. J'avais pour habitude de penser que j'avais une chance folle de ne pas être l'un d'entre eux. Une chance folle de ne pas avoir à ramper ou supplier qu'on me donne du travail ou de l'argent. C'était plus facile d'être au-dessus d'eux. Désormais, ils me regardent d'un air horrifié. Ou est-ce de la pitié ?

Lonnie me rejoint et me demande :

— Mère, qu'est-ce qui vous prend ?

— Je dis la vérité, mon chéri. Je dis enfin la vérité.

Si c'est du spectacle qu'ils veulent, je vais leur en donner.

Autour de nous se trouvent les familles qui se sont toujours réunies à nos côtés depuis près de cinquante ans. Nous avons une histoire ici, une histoire et des secrets, bien plus nombreux que ce que la plupart d'entre nous veulent bien avouer. Amelia Childress avance pour prendre le contrôle de la situation, comme elle le fait toujours. Elle est habituée à écraser les autres.

— Il n'y a plus d'argent, Amelia, lui dis-je alors qu'elle s'approche. Nous n'avons plus à faire semblant d'être amies.

Elle s'arrête, bouche bée sous le coup de la surprise. Je la congédie d'un geste et elle s'éloigne aussitôt. Lonnie tend le bras et prend ma main. Je cherche du regard quiconque voudra bien croiser le mien, quiconque voudra bien confirmer mes dires, mais ils se sont tous détournés et ils se dirigent vers le kiosque où le gouverneur s'apprête à prendre la parole. Tous, sauf une personne. C'est finalement le regard d'Edwin que je trouve. Il me fixe depuis l'autre bout de la cour, ses yeux brillent de colère.

— Mère ! crie une voix, puis une autre lui fait écho. Mère !

Edwin tourne la tête en premier et ce qu'il voit lui fait presser le pas dans ma direction.

Je cherche l'objet de sa fureur et le découvre, fendant la foule comme un petit bateau qui remonte un fleuve à contre-courant. Elles se tiennent la main, exactement comme quand elles étaient petites. Mes filles sont ici.

* * *

Gertrude

Les filles de la patronne s'arrêtent net quand elles arrivent près d'elle, comme si elles demandaient l'autorisation d'être là, mais il n'y a pas de permission qui tienne. Miss Annie leur ouvre grand les bras et elles se blottissent contre elle comme des canetons. Lonnie reste à côté d'elles pour protéger la couvée et Eddie se dirige vers son père pour l'intercepter. Les deux frères ont les yeux rivés sur la même personne que moi. C'est Mr Coles qu'il faut surveiller.

Quand j'avais dix ans, une panthère a tué notre truie, mais elle s'est sauvée avant d'avoir le temps de la manger. Mon père s'apprêtait à emmener Berns la chasser et j'étais sur le pas de la porte, à le supplier de me laisser venir. Il avait déjà mis son manteau et son chapeau quand il s'est arrêté pour m'écouter. Je me tenais exactement comme mes filles se tiennent en ce moment. Il y a des jours où, quand je les regarde, j'ai l'impression que c'est moi que j'éduque.

— Ça a rien d'une chasse au cerf, avait dit mon père. C'est un animal sauvage. C'est dangereux.

— Je sais tirer, Papa, tu sais que je sais tirer.

Il m'avait jaugée du regard, pour décider si j'étais prête. Et finalement, il avait dit :

— Ça peut pas faire de mal. Plus on est nombreux pour chasser une grosse proie, mieux c'est. Va chercher le fusil de ta mère.

Je retourne sur le perron, où Retta tient la porte moustiquaire ouverte. Je ne sais pas si c'est parce qu'elle veut sortir ou parce qu'elle veut que je rentre.

— Reste ici, Retta, je lui dis.

Edna est en train d'apporter un plateau de viande fumante de la cuisine.

— Va me chercher le fusil dans le chariot, je lui ordonne.

Edna reconnaît les signes annonciateurs d'un problème. Elle le sait au son de ma voix, à l'atmosphère autour d'elle. Elle tend le cou pour voir ce qui se passe dehors.

— Cours.

Elle pose son plateau sur la table et remonte le couloir en quatrième vitesse.

Il y a pas grand monde qui soit capable de traquer une panthère, mais mon père savait, lui. Il savait que le félin n'irait pas loin, pas après avoir dû abandonner la proie qu'il venait juste de tuer. Une proie de cette taille peut nourrir un animal pendant plusieurs jours.

La panthère était tout près. Plus près qu'on aurait cru. Mon père disait toujours que les bons chasseurs savent avancer lentement et sans faire de bruit. Il faut pas énerver la nature, autrement, vous revenez à la maison les mains vides. La nature donne ce qui lui appartient seulement quand vous arrivez à la berner en lui faisant croire que vous en faites partie. La nature est une grande égoïste.

On est restés ensemble, tous les trois, presque toute la matinée, jusqu'à ce qu'on arrive au niveau d'un arbre couché par terre dans les bois. Je ne sais pas ce que l'arbre avait de spécial, peut-être qu'il y avait des traces dessus, je ne me rappelle pas, mais c'est là qu'on m'a dit d'attendre sans bouger. Je me souviens de cette traque comme si c'était hier. J'en ai les mains qui me démangent de tenir une arme.

Retta sort et me rejoint sur le perron. Elle est dans tous ses états.

— Ne sois pas idiote, je lui dis. T'es pas en sécurité, ici.

— Regarde la couleur de ma peau, petite. Je suis en sécurité nulle part.

Dans le kiosque, les cors jouent leur musique de bienvenue et tout le monde applaudit et crie quand le gouverneur monte sur scène. Il agite son chapeau pour saluer la foule. Ils nous tournent tous le dos, orientés vers ce qui est important. Même les plus vieux ont quitté leur fauteuil à bascule sous leur porche pour s'aventurer dehors et être avec leur famille. Retta avance sur le perron pour descendre dans la cour, mais je la retiens par le bras.

— Attends, je lui dis entre mes dents.

Elle m'écoute et elle reste là. Mr Coles se dirige lentement vers sa famille réunie. Il lève le menton pour faire signe à Eddie de rester sur ses talons. Son fils obéit sans poser de question, poussé par l'habitude de toute une vie. Mr Coles voit que le gouverneur attire l'attention de la foule. Il est tiré d'affaire. Puis la patronne relève la tête des jupes de ses filles et voit son mari approcher. Les filles se redressent et tournent la tête lorsqu'elles sentent leur mère bouger, mais la patronne agrippe leurs jupes comme si elle avait peur qu'elles s'envolent.

— Vous n'avez rien à faire ici, lance Mr Coles à ses filles.

Il parle calmement, sans lever la voix. De l'extérieur, on dirait qu'ils discutent du temps qu'il fait. Sauf que c'est loin d'être une belle journée d'été. Je sens Retta qui se crispe à côté de moi et je me surprends à tendre l'oreille et à guetter le retour d'Edna par-dessus mon épaule.

Molly fait un pas en avant et dit :

— Nous en avons le droit. C'est notre mère.

— Vous avez tourné le dos à votre mère pendant quinze ans. Ce n'est pas ce que font des filles dignes de ce nom. Faites demi-tour et retournez d'où vous venez.

— Non ! crie la patronne.

— Peut-être que c'est vous qui feriez mieux de partir, P-père, dit Lonnie.

Eddie pose la main sur le bras de son père, mais il le repousse et avance vers Lonnie.

— Oh, parce que c'est toi le chef, maintenant. C'est ça ? Un chef incapable de former une phrase cohérente.

J'ai appris une chose quand j'avais dix ans : c'est quand une proie est piégée qu'elle est la plus dangereuse. Tout le monde sait ça. Si vous voulez lui régler son compte, vous avez intérêt à faire vite, sinon c'est vous qui risquez de mal finir. Je ne sais pas à quoi je pensais cet après-midi-là. Mais sûrement pas à la panthère, parce que j'ai posé mon fusil par terre et, quand je l'ai fait, ce qui était caché dans les buissons était prêt. Quand la panthère a bondi, c'est Berns qui m'a sauvé la vie. Lui et mon père n'étaient pas partis bien loin. Ils s'étaient postés juste à côté de moi, dans les broussailles. Mon père savait depuis le début que la panthère était là. J'étais l'appât.

Mr Coles tend trois doigts et ouvre l'étui de son revolver d'un mouvement si rapide que personne dans la famille le repère, mais moi si. Le danger est dans les détails.

Sarah dit :

— Nous sommes venues chercher Mère pour qu'elle rentre avec nous.

— Votre mère ne va nulle part.

Mr Coles referme ses doigts autour de son arme. J'ai pas le temps d'arrêter Retta. Elle me dépasse et se précipite dans la cour.

* * *

Retta

Mon Odell est un homme bon et sage, qui a toujours défendu et fait ce qu'il lui semblait juste. Il m'a enseigné tout un tas de choses à travers ses actes et sa foi, et tout ça m'a rendue meilleure. Je trouve mon courage et je fais ce que j'aurais dû faire y a bien longtemps.

— Edwin Alistair Coles, j'lui crie. Laissez cette famille tranquille.

Edwin Alistair Coles, c'est comme ça que sa mère l'appelait quand il était dans de sales draps. Après sa mort, plus personne l'a jamais appelé comme ça. Personne n'osait. Le ciel est gris au-dessus de nous, un gris si vaste que c'est comme si on était dans l'estomac d'une baleine, comme si on nous avait avalés tout entiers. Y a plus aucune autre couleur autour de nous. Même le vert des arbres s'est effacé.

Miss Annie dit :

— Retta, non.

Elle a peur. Je le vois à la façon qu'elle a de tordre ses mains.

— Vous en faites pas pour moi, Miss Annie.

— Tais-toi si tu sais ce qui est bon pour toi, gronde Mr Coles.

— Même quand vous étiez encore qu'un petit garçon dans les bras d'votre mère, vous aviez déjà des secrets.

Il commence à parler en même temps que moi, mais je sais pas ce qu'il dit. Ça m'est égal. Pendant toutes ces années passées à attendre, j'ai tout refoulé en moi. Je suis heureuse que mon mari ne soit pas là pour assister à mon explosion de rage. Ma bouche est comme une pompe impossible à fermer et ça lui briserait le cœur.

— Elle voyait pas le mal en vous parce qu'aucune mère ne voit la graine du mal dans son enfant. Mais moi, je l'ai vu. J'aurais dû le dire à ce moment-là.

P't'être que j'aurais pu empêcher ce que vous avez fait à ces enfants.

Il est confus. J'suis rien qu'une esclave. Il arrive pas à croire que j'ose répondre et tenir tête.

— Tu n'as rien à faire ici, négresse, il crache.

Il tient ces idées-là de son père : une Noire est incapable de réfléchir, il faut la mener à la baguette et la punir pour ses fautes. Mais ce qu'Edwin est, tout le reste, ça appartient qu'à lui. Sauf que là, c'est un jour nouveau, et un jour qui va pas se dérouler comme il veut.

Mr Coles se tourne vers Eddie et lui ordonne :

— Fais-la disparaître de cette cour.

Eddie s'approche de moi et me prend la main.

— Venez, Retta. Ne faites pas ça. S'il vous plaît, ne faites pas ça.

Mais je bouge pas, alors il me pousse doucement et dit :

— Venez à l'intérieur.

— Lâche-moi, mon garçon, je réponds.

Il veut me mettre à l'abri, en sécurité, mais c'est un mensonge que je me suis raconté pendant trop longtemps. C'est un piège. La sécurité n'existe pas. Je ne peux pas revenir en arrière. Jamais.

— Vous êtes un homme mauvais, je lance à Mr Coles, et j'en ai assez de vous regarder.

Eddie recule quand Mr Coles sort son pistolet de son étui. C'est Lonnie qui se jette sur son père pour l'arrêter. Mr Coles se débat et met le pistolet contre la tête de son propre fils. Miss Annie et les filles crient. Lonnie tombe à genoux.

Eddie rejoint son frère en courant et dit :

— Il ne vous embêtera plus, Père. Pas vrai, Lonnie ? Il ne voulait pas faire d'histoires, il sera sage.

Mr Coles utilise son arme pour gifler Lonnie, qui tombe sur le côté. Du sang coule sur son front et dans ses yeux. Il reste étendu par terre. Il sait qu'il a pas intérêt à se relever. Mais moi, je charge vers le vieux saligaud en criant :

— Vous êtes une abomination, Edwin Alistair Coles. La malédiction que vous avez fait peser sur cette famille est sur vous, maintenant. Votre place est dans les flammes de l'enfer.

Le soleil perce à travers les nuages, assez pour laisser passer un rayon qui tombe devant moi, tellement brillant qu'on dirait que c'est Dieu lui-même qui tend la main. Les gens diront que c'était une vieille Noire insolente qui a eu ce qu'elle méritait. C'est l'histoire qu'ils raconteront. Qu'ils racontent ce qu'ils veulent. Je peux rien y faire. J'avance dans la lumière et je trouve ma paix en son sein. Quand le coup part, j'accueille l'obscurité avec joie.

* * *

Gertrude

Dans la cour, le gouverneur parle et la foule applaudit. Ils n'entendent rien à part la voix du gouverneur et la musique, mais le bruit du coup de feu leur fait tourner la tête vers nous. Je perçois du boucan qui vient de l'arrière de notre tente et en me retournant, c'est pas seulement mes filles que je trouve. Toutes les aides les ont suivies. Mary crie quand elle voit Retta par terre et Edna passe la porte comme un ouragan, avec le fusil de ma mère dans les mains. Je tends le bras et elle me le lance. Je fais basculer le levier avec mon pouce, j'ouvre le canon et je vérifie la balle.

— La vitesse et la surprise jouent en ta faveur pour tuer ta proie, disait mon père, mais ça t'aidera pas si y a pas de balle dans ton fusil.

Je garde toujours mon fusil chargé.

Mr Coles est comme un vieux chien enragé. Sa rage le serre à la gorge, il voit rien d'autre que sa vengeance. Son erreur, c'est qu'il regarde pas là où il devrait. Molly et Sarah ont aidé la patronne à se mettre debout et elles la tiennent serrée entre elles deux. Eddie court jusqu'à son frère et l'aide à se relever. Ils veulent tous s'échapper et c'est les femmes que Mr Coles prend en chasse. Il attrape sa femme par les cheveux et la tire en arrière, l'arrachant aux bras de ses filles. Elle tombe par terre, mais il la lâche pas et la traîne vers la tente. Lonnie se sépare de son frère et charge en direction de son père. Sans hésiter, Mr Coles lève son pistolet pour tirer une deuxième fois. Je reconnais la haine d'un père pour son fils, mais Lonnie ne s'arrête pas, il court vers sa mort la tête la première. C'est là que j'avance pour l'avoir dans ma ligne de mire, que j'appuie sur la détente et que j'atteins ma cible. Une balle pour une pièce. Ça me paraît équitable.

Mr Coles agrippe sa poitrine de sa main libre et il a l'air surpris ou confus, je ne sais pas trop, quand il la retire et voit qu'elle est pleine de sang. Il met la main dans sa poche pour attraper son mouchoir. Quand il le sort, toute la monnaie qu'il a dans sa poche tombe par terre. Une poche pleine de pièces brillantes. Il lève les yeux et c'est moi qu'il trouve, l'aube d'un nouveau jour sur son visage. Le chasseur est devenu la proie.

39

Après

Lonnie me porte jusqu'à l'arrière d'un chariot. Bobo m'allonge à l'intérieur et Gertrude place un oreiller sous ma tête avant de me couvrir de couvertures.

— Ça va aller, j'ai envie de leur dire, mais les mots viennent pas.

— Emmenez-la chez le Dr Southard, dit Lonnie au chauffeur. Prenez le raccourci.

Je suis bercée par les cahotements du chariot et je m'endors. Quand je me réveille, on est arrêtés le long de la rivière Edisto. Les feuilles des arbres tremblent dans le ciel devenu orange. Je croyais que la lumière du jour avait disparu, mais elle est revenue. Le temps s'est à nouveau radouci, comme parfois quand le mois d'octobre est capricieux. La brise qui caresse ma peau est tellement douce que je voudrais la boire. J'envoie valser les couvertures et je m'assois pour chercher ceux qui m'ont amenée ici, mais ils sont partis. Je me lève, je descends du chariot et je vais sur la berge, au niveau du petit chemin.

J'suis déjà venue ici. Je connais cet endroit.

À travers les herbes hautes, je marche jusqu'au milieu d'une prairie dorée et j'attends. Le vent amène avec lui une sorte de chant qui fait vibrer les herbes autour de moi. Les palmiers s'agitent. J'arrive pas à dire si c'est la musique qui fait bouger le vent, ou le vent qui crée la musique. Dans tous les cas, c'est une bénédiction. Je tourne sur moi-même pour regarder dans les bois, jusqu'à ce que j'aperçoive un mouvement entre les chênes. Je sais ce que c'est et je suis trop nerveuse pour attendre.

— Louve y es-tu, où es-tu, m'entends-tu ? crie Odell.

— Je suis là, Odell. Je suis juste là !

Il apparaît entre les troncs couverts de mousse espagnole, mais il ne boite pas et il n'a pas de canne. Un homme tout entier. Quand il passe de l'obscurité du bois à la lumière de la prairie, il met une main en visière sur ses yeux pour me voir. Dans ses bras, il tient notre petite, notre fille, notre Esther.

— Je suis là ! je crie.

Esther tourne la tête en entendant ma voix, elle ouvre grand les bras et elle crie :

— Maman !

* * *

Les amis de Retta l'ont ramenée chez elle et Mr Coles a été porté jusqu'au lit de mort qui devait accueillir sa femme. Un groupe de gens sont venus pour témoigner devant les policiers, dont le gouverneur, qui a été retenu pour la plus grande partie de la soirée. Lonnie est resté avec moi jusqu'à ce que les interrogatoires soient terminés. Il a répété à qui voulait bien l'entendre que je les ai sauvés. Edna et les aides ont donné à manger à ceux qui s'étaient présentés, et à la fin, elles ont nettoyé toute la vaisselle. Mr Coles est décédé plus tard dans la nuit. Personne n'a pleuré sa mort. Avant de partir, le shérif m'a dit que beaucoup de gens récoltent ce qu'ils sèment. Ils n'ont que ce qu'ils méritent. Mais je pense que c'est faux. Ma mère méritait pas d'oublier la famille qui l'aimait, pas plus qu'on méritait de la voir souffrir, pas plus que Retta et la patronne méritaient tout ce chagrin. Les gens récoltent ce qu'ils récoltent, un point c'est tout.

Quand on rentre à la maison avec mes filles deux jours plus tard, on découvre que les gens de Shaker Rag ont réparé notre toit et rempli notre placard de nourriture. Nos lits sont faits et du bois est coupé et empilé pour l'hiver. Quand on a appris la nouvelle pour Odell, on est restées avec eux et on a partagé leur douleur. Il est mort sur la route pour retrouver sa femme. On s'est jointes à la congrégation au cimetière de l'église baptiste où ils ont étendu Retta et Odell côte à côte dans leur dernière demeure, avec leur petite entre eux deux. Mary a pris la parole. Au milieu de ses larmes, elle a raconté aux gens des anecdotes sur Retta et Odell et tout ce qu'ils ont fait pour nous. La congrégation a chanté des louanges pendant qu'elle parlait et partagé sa tristesse pendant qu'elle pleurait. Elle a que six ans et c'est déjà la petite fille la plus courageuse que j'ai jamais vue. Après avoir séché nos larmes et rempli nos estomacs au presbytère, j'me suis éloignée.

Quelqu'un s'est installé dans la maison de Berns et Marie. Le froid est mordant et il y a de la fumée qui sort de la cheminée. Un train arrive doucement sur le chemin de fer et ralentit avant d'entrer en gare.

Un vieil homme soulève son chapeau bleu pour me saluer et il disparaît aussi vite qu'il est apparu. Au cœur du marais de Polk, le silence s'est installé. Les grandes punaises d'asclépiade se sont envolées vers le sud de la rivière pour l'hiver. Les cigales, les charançons et les mouches noires ont creusé des galeries profondes pour déposer leurs œufs et dormir. La crête est toujours là, mais je ne peux pas traverser. Il y a tellement d'alligators qui se reposent au soleil sous les arbres dénudés que j'arrive même pas à les compter.

Les hommes viendront bientôt construire leur grande route et transformer ces marécages en une fortune que je transmettrai à mes filles. Et la grosse maman alligator qui a mangé mon péché ? Elle entendra le grincement de leurs machines bien longtemps avant qu'ils arrivent. Elle sera là, comme à présent, cachée sous la surface noire, à attendre, entourée d'une armée d'alligators.

Non. Aucun de nous n'a ce qu'il mérite. Simplement, on fait de notre mieux avec ce qu'on a.

Le soir, alors que le soleil disparaît à l'ouest dans le ciel, je me décide enfin à approcher d'une cour. Je reste entre les palmiers et j'observe ma Lily qui décroche des vêtements de la corde à linge, à l'arrière de la maison qui lui est promise. Elle a un gros ventre rond. Pendant un moment, elle se tient debout sans bouger sous le ciel qui s'obscurcit à l'approche de la nuit. Quand elle relève la tête, j'avance dans le dernier trait de lumière pour qu'elle puisse trouver sa maman.

* * *

La lune se lève au-dessus du fort. C'est une grosse lune orange, une belle lune d'automne. Le fort Sumter se dresse dans la baie, sombre et silencieux, rien de plus qu'un vestige de ce qu'il était jadis. Mes filles m'ont dit qu'ils y organisaient des excursions. Des gens paient pour voir les boulets de canon encore incrustés dans la pierre ou dragués par la mer. Vous imaginez, payer une fortune pour voir les reliques de la guerre ? C'est marée haute, et l'eau recouvre presque les roseaux près du vieux débarcadère où les bateaux chargeaient les morts. Les vagues lèchent le rivage à un rythme régulier. Si je demeure immobile, j'arrive à me souvenir de l'époque avant que tout commence. Quelle ironie. Dans l'après, je retrouve l'avant, mais quel est l'intérêt de posséder le savoir, lorsqu'on ne peut effacer la guerre ni ses conséquences ? Nous vivons dans les décombres. Un coup frappé à la porte de ma chambre me fait sortir de mes souvenirs.

— Tante Annie, me dit ma petite-fille. Le dîner est servi.

La photocomposition de cet ouvrage
a été réalisée par
GRAPHIC HAINAUT
30, rue Pierre Mathieu
59410 Anzin

Imprimé en France par

MAURY IMPRIMEUR
à Malesherbes (Loiret)
en décembre 2020

POCKET - 92 avenue de France, 75013 PARIS

N° d'impression : 250542
S31364/01